TEMPEST
RIMURU

전생했더니 슬라임이었던 건에 대하여 13.5

Regarding Reincarnated to Slime

공식 설정 자료집

목차 CONTENTS

세계안내 147

넓어지는 전생 슬라임 월드

외전소설

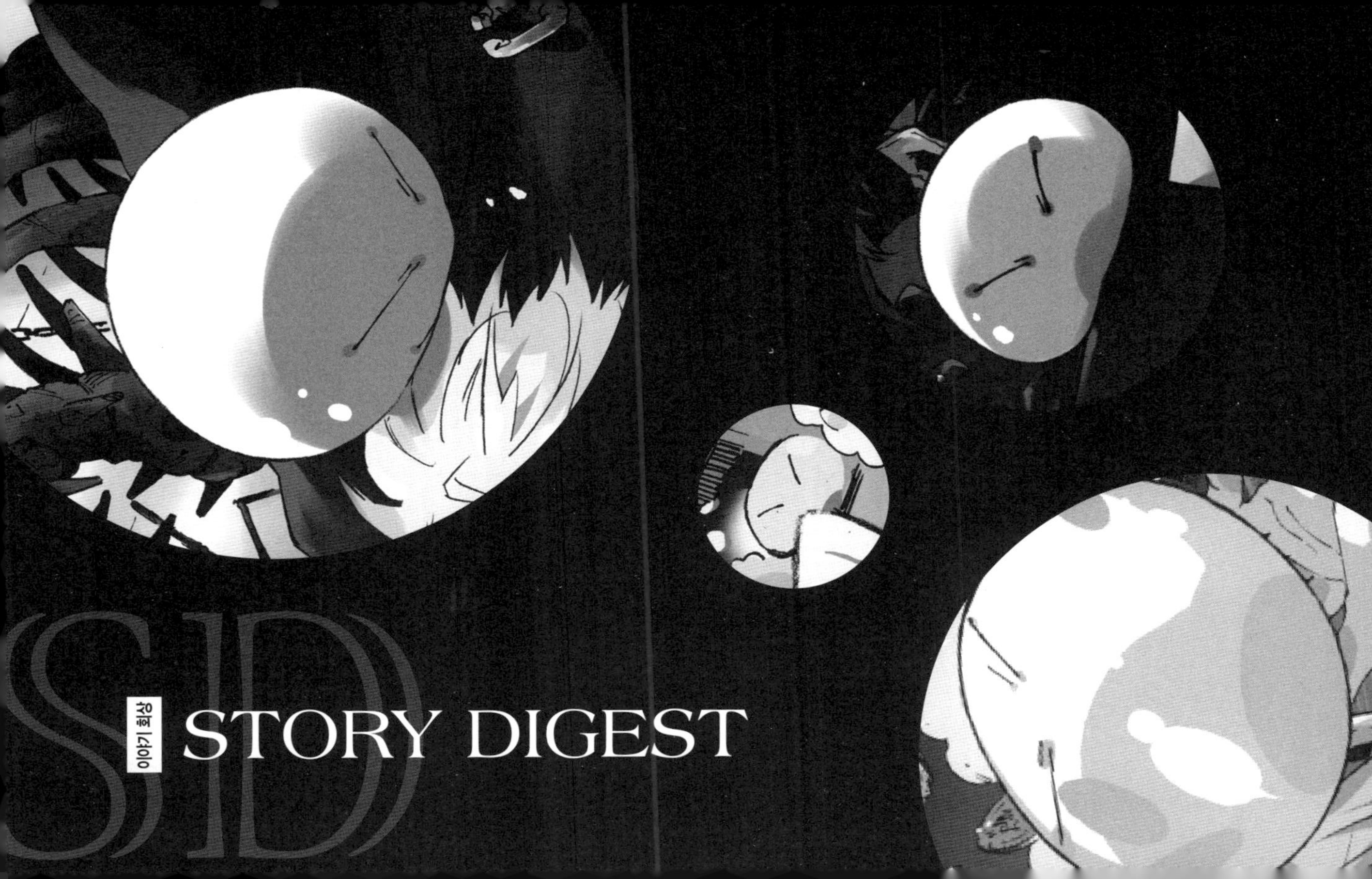
SD
이야기 회상
STORY DIGEST

STORY DIGEST

마도개국 편

드디어 개막된 '개국제'. 큰 무대의 뒤에서 금색의 음모가 닥쳐온다.

●섬광의 용사 마사유키

'용사' 마사유키. 본명은 혼죠 마사유키이며, 그 이름을 보면 알 수 있듯이 이세계인이다. 예전에 살던 세계에선 단정한 용모와 남에게 알리지 않은 오타쿠 취미를 가지고 있던 평범한 고교생이었지만, 이쪽 세계에 온지 얼마 되지 않아 남을 도우면서, 아주 뛰어난 유니크 스킬 '영웅패도(선택된 자)'에 각성한다. 모든 말과 행동을, 주변 사람들이 멋대로 소유자에게 유리해지도록 해석하게 되는 '영웅패도'의 효과는 절대적이었다. 그를 보호해준 모험가 조합에서 만난 유우키에게 신세를 지면서, 맨 처음 마사유키에게 패한 진라이와 유우키가 소개해준 이세계인 버니라는 동료를 얻고 모험가로서 압도적인 속도로 성장해나갔다. 잉그라시아 왕국의 무투대회에선 검을 뽑은 것만으로 상대가 항복했고, 그걸 엄청난 속도의 공격으로 사람들이 착각하는 바람에 어느새 '섬광의 용사'라는 이름으로 널리 알려지게 되었다. 그런 마사유키의 평판을 들은 정령사 지우가 가담하면서, 파티는 점점 더 큰 활약을 하게 되었다.

잉그라시아에서 활동한 뒤로 1년이 지났을 무렵, 마사유키 일행은 유우키의 부탁을 받고 발라키아 왕국으로 향했으며, 그 나라를 이용하여 실체를 감춘 채 노예매매 등의 거래를 일삼고 있던 강대한 범죄조직 '오르토스(노예상회)'를 궤멸시켰다. 마사유키는 그곳에서 '상품'으로 납치되어 온 엘프들을 고향인 쥬라의 대

해설 팀 '섬광'의 실력

마사유키의 동료는 '미친 늑대'라고 불리며 괴력을 자랑하는 진라이, 이세계인 마법사 버니, 고레벨의 정령마법을 구사하는 과묵한 소녀 지우, 이렇게 세 명이다. 마사유키 본인은 강하지 않지만 '영웅패기'의 효과로 모든 공격이 크리티컬 히트가 되며, 이 효과는 동료들에게 영향을 준다. 모두 마사유키를 신봉하고 연계도 탄탄하기 때문에, 파티로선 A랭크를 능가하는 실력을 발휘한다.

발매일 : 2017년 4월 1일
정 가 : 9,800원

삼림으로 보내주기 위해 동행하게 되었지만, 주위 사람들은 새로이 탄생한 마왕을 토벌하는 것으로 착각하고 만다. 그리하여 리무루 시에 도착한 마사유키 일행은 마왕 리무루를 알현한다. 마사유키 이외의 파티 멤버는 리무루를 토벌하겠다고 선언하면서 싸움이 일어날 분위기가 팽배해지지만, 개국제에서 벌어지는 무투대회에서 우승했을 때 리무루에게 도전할 수 있는 권리를 얻는 것으로 합의하면서, 그 자리는 수습이 되었다.

●개국제 전야의 연회

개국제를 눈앞에 둔 리무루는 각국의 대표사절단이랑 서방열국의 왕후귀족 등의 내빈들을 대응하느라 분주한 상황이었다. 블루문드 왕, 가젤 왕, 파르메나스 국왕이 된 요움과 차례로 회담을 가지면서 정보를 교환했다.

바쁜 일정을 다 소화해낸 후 시간이 생기자, 리무루는 유우키와 클로에를 비롯한 아이들을 초대하기 위해 잉그라시아 왕국을 들렀다. 자유조합 본부에서 유우키와 재회하자, 그의 한쪽 팔이자 유적탐사의 전문가라고 하는 카가리를 소개받는다. 그 자리에서 클레이만의 옛 영토에 있는 유적 조사를 도와달라고 의뢰한 리무루는 아이들을 데리고 귀국했다.

개국제의 개막을 앞두고, 영빈관에서

개국제의 일정표

날짜	행사	장소
전날	전야제	영빈관
첫째 날	연설	의사당
	콘서트	가극장
	무투대회 예선	투기장
	기술발표회	박물관
	저녁 연회	영빈관
둘째 날	무투대회 본선	투기장
	만찬회	영빈관
마지막 날	무투대회 결승전	투기장
	지하미궁 공개	지하미궁
	야회(夜會)	도시 전역

마왕 리무루의 얘기를 듣기만 했을 때엔 동료들과 힘을 합쳐서 싸우면 리무루 씨를 상대로도 이길 수 있지 않을까 하는 생각을 했어. 실제로 보니까 장난이 아니더라고. 지금 다시 생각해도 오싹해.

전야제가 벌어졌다. 초대받은 각국의 내빈들을 접대하는 리무루와 동료들. 텐푸라(튀김)에 초밥이랑 로스트비프, 차가운 맥주 등. 일본의 요리를 재현한 메뉴가 나왔고, 다른 데선 볼 수 없는 호화요리가 수많은 손님들을 놀라게 했다. 더구나 마도왕조 살리온의 황제인 에르메시아랑 밀림, 프레이, 칼리온 같은 마왕들의 일행도 참가하면서 연회는 늦게까지 대성황을 이뤘다.

늦은 밤, 축제 준비 상황을 확인하는 리무루와 간부들. 무투대회의 세부사항도 정해졌고, 전야제도 성공하여 모든 것이 순조롭다고 여기게 되었다. 한편, 묘르마일은 예전부터 거래하던 대상들을 따라온 소매상들 중에 안면이 있는 자들이 얼마 되지 않는 것을 알아차리면서 이상하다는 생각을 하게 되었는데…….

●개국제의 개막

드디어 개막제의 막이 올랐다. 가극장

에서 개최된 음악 감상회에선 타쿠토를 비롯한 악단원들의 혼신의 연주, 더구나 슈나의 피아노와 시온의 바이올린 듀오(이중주)가 청중들을 매료시켰다. 이어진 가비루와 베스터의 기술발표회에선 히포크테 풀과 마력요소의 관계에 관한 대발견을 발표하는 등, 눈이 번쩍 뜨일 만한 내용에 그 자리에 있던 사람들이 술렁거리게 되었다.

솔선하여 아이들을 돌봐주는 히나타. 대련에 어울려주거나 같이 놀아주는 등, 의외의 일면을 보여주었다.

감상회 같은 행사는 기대하지 않았다만, 내가 좀 얕보고 있었더구나. 내 부하들에게도 꼭 들려주고 싶은 바이다.

제가 솜씨를 발휘해서 만든 초밥이 손님들께 점점 더 좋은 평을 받은 게 아주 좋았습니다. 뭐, 술안주가 남지 않은 것은 조금 아쉬웠지만 말이죠.

첫날의 행사는 대호평이었고, 성기사들의 메이드로 변장하여 남들 몰래 감상회에 참가했던 루미너스가 악단의 연주를 마음에 들어 하여, 문화교류에 대한 제안을 해올 정도였다. 그에 대한 대가로 리무루는 신성마법의 원리 그 자체라고 할 수 있는 '신앙과 은총의 비오(秘奧)'를 전수받았다.

그 외에도 온천이랑 각종 유희시설, 음식점 등, 왕후귀족부터 서민에 이르기까지 방문자들은 모두 마국의 매력을 마음껏 즐긴 것이다.

한편, 개국제를 위해 필요한 물자를 준비하던 소매상들의 대부분이 대금을 드워프 금화로 지불할 것을 요구해왔다. 템페스트(마국연방)가 보유한 고대왕국의 금화나 성금화는 지불할 수 없게 되어, 이대로 가면 국제사회에서 리무루의 신용이 실추될 위기를 맞게 될 것이다. 리무루는 누군가가 뒤에서 조종하고 있을 가능성을 고

PICKUP

베스터와 가비루의 연구발표는 세기의 신발견이라고 할 수 있을 정도였다. 각국의 참가자들은 물론이고 리무루까지도 깜짝 놀라게 만들었다.

금화 사건이 설마 로조 일족의 음모였을 줄이야……. 실로 간담이 다 서늘했습니다만, 그걸 간파하신 리무루 님의 혜안에는 그저 감탄할 따름입니다.

려했지만, 대책을 생각하면서, 여차하면 자신들의 규칙을 따르게 만들겠다고 다시 마음을 먹었다.

●무투대회와 미궁의 공개

무투대회의 출전자를 선발하는 절차를 맞아, 외부의 참가자들의 실력 차이를 배려하여, 전투력이 높은 베니마루, 시온, 디아블로는 참가시키지 않기로 한 리무루. 사천왕이랑 은밀(밀정) 오니와반(에도막부 시대에 존재했던 쇼군의 직속 밀정의 명칭) 등의 새로운 자리를 신설하고 그 자리에 임명된 자의 대회참가는 인정하지 않기로 함으로써, 템페스트 대표는 게루도와 고부타로 결정되었다.

다음 날 개막한 무투대회에선 게루도가 정체불명의 라이온 마스크(사자복면)에게 패하면서, 템페스트 대표는 고부타만 남게 되었다. 한편, 마사유키는 '영웅패도'의 효과로 순조롭게 연전연승하고 있었다. 게루도에게 승리한 라이온 마스크의

정체는 전(前) 마왕 칼리온이었다. 그 마왕 칼리온에게 고부타가 승리하는 이변까지 발생하면서, 결승전은 마사유키와 고부타의 시합으로 정해지게 되었다.

결승전에서 고부타는 새로운 힘 '나에게 힘을(마랑소환)'을 발동하여 란가와 합체했다. 강대한 힘을 얻은 고부타였지만, 자신의 능력을 제어하지 못하면서 장외로

무투대회

참가자는 200여명. 예선은 여섯 그룹으로 나눠서 배틀로얄로 벌어졌다. 본선은 승리하여 예선을 통과한 여섯 명과 시드권을 부여받은 게루도와 고부타까지 추가되어 벌어지는 토너먼트 전으로 진행되고 있다.

뛰쳐나가 버렸다. 그러나 마사유키의 기권으로 고부타가 승리했다. 관객들은 마사유키의 깔끔한 대응을 한껏 칭송했지만, 마사유키는 마왕 리무루와 싸우지 않아도 되는 상황에 안도하고 있었다.

무투대회 후에 리무루는 마사유키와 식사를 하는 자리를 가졌고, 그 자리에서 두 사람은 대화로 오해를 풀었으며, 리무루는 마사유키에게 던전(지하미궁)의 광고탑이 되어줄 것을 의뢰했다. 그리고 마사유키 일행이랑 에렌 일행 등 네 개의 파티에 미궁을 시험적으로 개방하면서, 그 모습을 거대 스크린을 통해 공개했다. 미궁을 공략하는 모습이나 '부활의 팔찌'의 효과 등의 요소는 많은 관객들과 모험가들을 열광시켰고, 미궁의 본격적인 공개에 대한 기대는 점점 더 높아져만 갔다.

●개국제의 개막

개국제의 운영과 병행하여, 가젤 왕을 중심으로 각 방면을 통해 드워프 금화를 닥치는 대로 긁어모으고 있던 리무루 일행. 그러나 지불해야 할 금액에 비해서 확보한 금화는 너무 적었다. 그러던 중에 마도왕조 살리온의 에르메시아가 도와주겠다는 제안을 했다. 드워프 금화가 부족한 사정을 전해들은 에르메시아는 '다음에 이런 행사가 있을 경우엔 자신도 참가시

던전 공개

참가자	상세
파티 '굉뢰' 밧슨, 고메스 외 네 명	엉망진창인 수준의 공략. 종료 시점에서 두 명이 사망. 미궁관리자에 의해 강제 귀환.
자유조합 에렌, 카발, 기도	라미리스에게 뇌물(요시다 씨가 만든 과자)을 주고 정보를 획득. 5층까지 무난하게 공략. 귀환의 호루라기로 지상으로 돌아옴.
팀 '섬광' 마사유키, 진라이, 버니, 지우	바닥이 꺼지는 함정을 이용하여 10층까지 도달. 계층수호자인 커다란 거미(블랙 스파이더)를 쓰러트림. 금색 보물 상자를 획득한 후 귀환.
'유려한 검사' 가이	10층까지 도달했지만 규칙을 따르지 않았기 때문에 미궁관리자에게 패하여 쓰러짐. 지상에서 부활.

결승전에서 기대에 어긋난 결과가 나왔을 때는 정말로 짜증이 났지 뭐야! 하지만 그 후에 내가 직접 철저하고 확실하게 단련시켜줬어!

켜줄 것'이라는 조건 하에 성금화와 드워프 금화의 환전을 승낙해주었다.

그리고 개국제의 막이 내리려고 할 무렵, 문제가 되고 있던 지불에 대한 얘기가 다시 거론되었다. 역시 리무루를 곤경에 빠트리려는 음모가 꾸며졌으며, 그 주모자는 가스톤 왕국의 뮤제 공작이었다. 그러나 에르메시아의 도움을 받아 사전에 드워프 금화를 확보해두고 있었던 템페스트는 무사히 거래를 완료했다. 리무루는 신용이란 것은 서로의 신뢰관계에 의해 성립된다는 취지를 표명하면서, 이번 건에 관여한 상인들과는 거래하지 않겠다고 선언했다. 더구나 뮤제가 자신의 안전을 위해 불렀던 각국의 기자들에 의해 뮤제의 음모가 널리 알려지게 되어, 이로 인해 뮤제는 실각하고, 리무루 및 템페스트의 국제사회에서의 신용은 지켜졌다. 이렇게 개국제는 무사히 폐막되었다.

뮤제를 뒤에서 조종하고 있었던 흑막은 서방열국을 뒤에서 지배하는 로조 일족의 마리아베르였다. 역시 자신이 직접 나설 수밖에 없다고, 마리아베르는 그렇게 결의했다. 그리고 한 달 후, 템페스트에 카운실 오브 웨스트(서방열국 평의회)가 보낸 편지가 도착했다…….

LEVEL UP!

리무루

마국연방이 정식으로 개국을 선언했다!

루미너스로부터 '신앙와 은총의 비오'를 배웠다!

고부타가 무투대회에서 우승했다!

섬광의 용사 마사유키 일행이 동료가 되었다!

나쁜 꿍꿍이를 꾸미고 있던 녀석들을 제재했다!

가젤 도련님의 사제인 만큼, 리무루 님은 빈틈이 없는 사람이더군. 나쁜 꿍꿍이를 꾸미고 있던 상인들에게도 제대로 본때를 보여준 것 같으니, 이 나라의 미래가 기대가 되는걸.

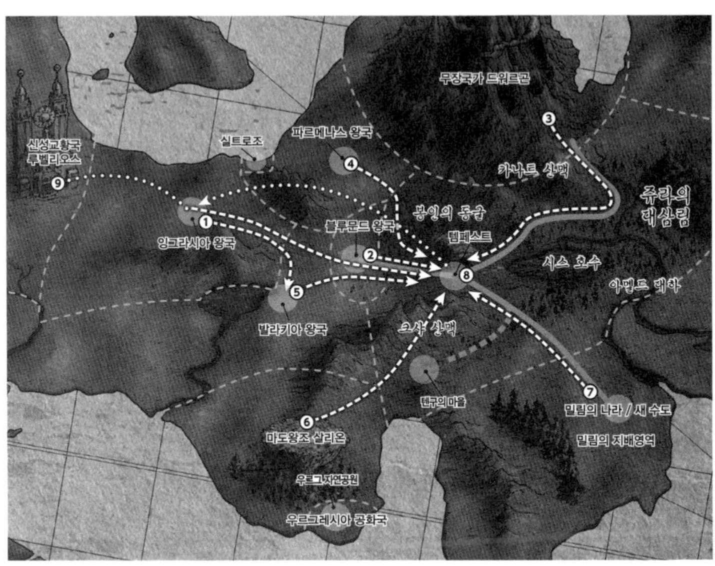

① 마사유키, 발라키아 왕국에서 소동에 휩쓸리다.
② 블루문드 왕, 리무루와 회담.
③ 가젤 왕, 육로를 통해 템페스트로.
④ 요움 왕, 템페스트로.
⑤ 마사유키, 엘프의 노예를 귀환시켜주기 위해 템페스트로.
⑥ 전야제 중에 비룡선을 타고 살리온 황제가 도착.
⑦ 마왕 밀림과 일행, 템페스트에 도착.
⑧ 개국제, 개막.
⑨ 루미너스, 성기사 아루노와 박카스의 메이드로 분장하여 템페스트로.

리무루의 고부타 간단 회상록 ⑨

「백렬 ! 무투대회」

드디어 템페스트의 개국이 공개적으로 선언되었습니다요! 많은 사람들이 와주면 좋겠습니다요.

그래, 여기까지 온 것도 모두가 노력해준 덕분이야. 그 노력의 결과를 다른 사람들도 봐주면 좋겠군.

저도 무투대회에서 우승했으니, 리무루 님도 조금은 인정해주실 거라 생각합니다요!

건방지게 굴지 마. 마사유키가 기권해주지 않았으면 넌 장외패로 진 거였으니까.

으으…… 역시 리무루 님은 엄격하십니다요…….

서방열국과의 융화를 모색하는 리무루. 움직이기 시작하는 음모의 수괴.

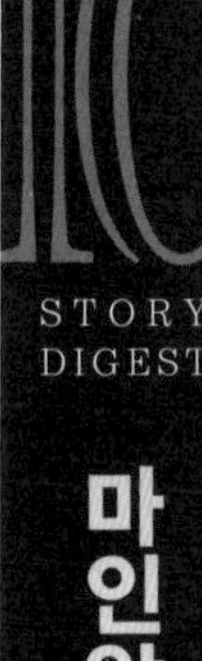

●개국제의 개막

개국제에서 일어난 일로 인해 리무루가 자신을 의심하고 있다고 생각한 유우키는 당분간은 대놓고 적대하지 않은 채, 리무루와의 협력관계를 유지하기로 방침을 굳혔다. 다무라다에게 맡기고 있던 마왕 레온을 위한 '특정기밀상품'=불완전소환으로 불려온 열 살 미만의 이세계인 아이들의 관리를 광대연합의 세 명에게 넘겨주기로 한다. 뒤이어서 암리타의 고대유적을 이용하여 리무루를 덫에 빠트리자고 제안한 카가리. 엘프가 만든 고대 초마도대국의 왕도를 마왕 카자리무가 재현한 도시인 암리타의 유적에는 강력한 방위기구가 존재했다. 리무루를 쓰러트리는 것은 무리여도 그 전투능력을 파악해두고 싶다고 얘기하던 유우키는 카가리의 제안에 동의했다.

개국제로부터 열흘 남짓한 기간이 지난 템페스트(마국연방)에선, 찾아왔던 내빈들도 이 도시를 떠나고 있었다. 에르메시아는 리무루 시에 별장을 구입했으며, 전이마법진을 설치해서 언제든 이 땅에 올 수 있게 준비해두었다. 또한 다양한 음모 뒤에 유우키가 있을 가능성이 높은 지금, 아이들을 유우키에게 돌려보낼 수가 없게 되어, 도시에 남은 히나타가 아이들을 돌봐주게 되었다.

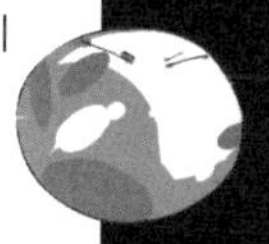

요리 실력은 아직 모자라지만, 차를 끓이는 실력은 상당히 숙달한 모습을 보이는 시온. 맛은 디아블로가 보증할 정도다.

마사유키가 꽤 좋은 아이디어를 내준 덕분에 모험가들의 미궁공략도 잘 진행되고 있는 것 같군. 이 정도면 내가 나설 차례도 가깝지 않을까? 크아—핫핫하!

발매일 : 2017년 9월 1일
정 가 : 9,800원

●지하 미궁의 시험개방

템페스트 관광의 가장 큰 즐길 거리가 될 던전의 시험개방 첫날. 도전자의 레벨이 상정했던 것보다 낮아서 탈락하는 자가 속출했다. 리무루 일행은 3일 동안 경과를 지켜봤지만, 제5층에 있는 안전지대까지 도달한 모험가는 나타나지 않았다. 이대로 가면 미궁의 어려운 난이도만 과장되어 소문으로 퍼지면서, 도전자가 사라질 수도 있다는 것을 염려한 리무루는 마사유키의 제안을 받아들여 미궁의 튜토리얼을 실시했다. 또한 안전지대를 없애고 휴식장소랑 연결되는 문을 만드는 등, 미궁의 구조도 대대적으로 개조하기로 했다.

각 층의 보스 몬스터를 토벌할 때마다 포상금이 늘어나며, 최하층을 돌파한 자에겐 성금화 100닢을 증정함과 동시에 마

내 설계를 멋대로 고쳐서 던전을 만들었을 때는 어떻게 해야 좋을지 몰라서 눈앞이 캄캄했지만, 어떻게든 무사히 오픈할 수 있었네. 다행이다, 다행이야.

모두의 아이디어를 통해서 내 미궁이 점점 성장해가는 것이 너무나 기쁘지 뭐야! 모두가 재미있게 즐길 수 있도록 나도 최선을 다할게!!

밀림으로부터 실전훈련을 받은 고부타. 란가와 '동일화'하여 '현자'의 스킬을 얻으면서 비약적으로 강해졌다.

왕 리무루에 대한 도전권을 준다는 파격적이라고도 할 수 있는 설정을 적용하게 되었다. 이건 포상에 낚인 귀족들이 상급 모험가를 고용하여 미궁에 도전하도록 만들기 위해 뿌린 미끼였다. 마침 그 무렵, 미궁에서 모험가 밧슨의 파티가 레어 장비를 입수한 것이 화제가 되었다. 미궁의 난이도가 대폭 조정되면서, 튜토리얼도 호평을 받았다. 아이템 등을 구매하여 갖춘 뒤에 도전하는 참가자들이 늘어났기 때문에 도시에 영향을 주는 경제효과는 커졌으며, 미궁 주변은 번창하는 모습을 보였다. 미궁을 다시 정비한 후 며칠 만에 10층을 돌파하는 모험가가 나타나자마자, 정령마법을 구사하여 3일 만에 20층까지 도달한 파티까지 출현했기 때문에 그에 대한 대책으로 정령이 없는 구역을 만들거나, 낮은 랭크의 모험가를 위해서 쓰러트린 마물이 아이템을 떨구도록 만드는 등 새로운 조정을 거치면서, 점차 미궁 도전자들이 미궁에서 얻는 수익으로 경제가 활발해졌고, 재차 장비를 갖춰서 미궁에 도전하는 선순환이 생겨났다. 이 미궁 운영을 통해 템페스트가 전 세계의 신용을 얻게 될 것이라고, 리무루는 그런 자신의 전망을 묘르마일과 서로 얘기했다.

디아블로에게 파르무스 왕국 공략 등을 완수한 것에 대한 상을 주려고 생각한 리무루가 디아블로 본인에게 원하는 게 무엇인지를 묻자, 디아블로는 부하를 원한

리무루 일행의 '아바타(가마체)'

팀 '녹란'의 토벌을 위해서 결성되었다. 어느새 모험가들로부터 '죽음을 가져오는 미궁의 의지(던전 도미네이터)'라고 불리면서, 공포의 대상이 된다.

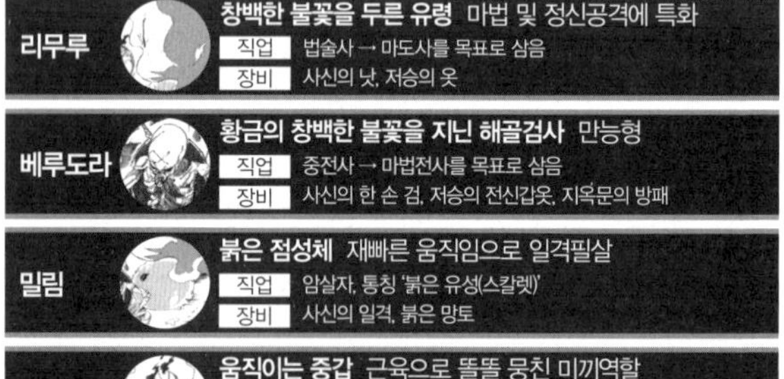

다고 말했다. 아는 사이인 악마를 데리고 오겠다고 말하는 그에게, 리무루는 빙의할 육체를 1,000개 준비하겠다고 약속했다.

빙의용 육체 제작에 몰두 중인 리무루에게 30층을 돌파한 팀이 나타났다는 보고가 전해졌다. 그 팀 '녹란'의 리더는 실력을 속이고 있었으며, 공략방법도 규정에 아슬아슬하게 위배되지 않는 것이었다. 더구나 며칠 전에 히나타가 단독으로 미궁공략에 도전하였고, 베루도라에게 지긴

했지만 최하층까지 도달했기 때문에 모든 층의 보스가 제대로 기능하지 못하는 상황이었다. 그래서 리무루는 자신이 발명한 실제와 비슷한 영혼을 담는 그릇, 통칭 '의사혼(疑似魂)'을 이용하여, 리무루와 베루도라, 라미리스, 밀림의 아바타(가마체, 假魔體)를 만들어낸다. 그 마물에 빙의한 네 명은 쿠로베가 만든 장비를 착용하고 미궁에 돌입했다. 미궁의 새로운 수호자로서 훌륭하게 팀 '녹란'을 성공적으로 방해했던 것이다.

●서방열국 평의회로

실트로조 왕국의 공주인 마리아베르는 전생자였다. 전생하기 전의 세상에선 금융을 자신의 뜻대로 다루면서 유럽을 지배했으며, 전생 후인 현재는 서방열국을 뒤에서 지배하는 로조 일족으로서 암약하고 있었다. 마리아베르가 세 살이 되었을 무렵, 일족의 선조이자 과거에 용사였던

흐응, 다들 미형이라서 멋지네. ……하지만 리무루의 옷 말인데, 그건 아동복 아냐?

잉그라시아 왕국에서 슈나 일행에게 옷을 사준 리무루. 상당히 기뻐하면서 자발적으로 옷을 고른 슈나와 부하들과는 달리, 리무루는 완전히 점원에게 선택을 맡겼다.

리무루 님을 비롯하여 모두 아주 잘 어울립니다! 나도 가끔은 평소와는 다른 옷을 입어보고 싶군요.

그란베르와 만나는데 성공한다. 지배자로서의 강대한 욕망과 유니크 스킬 '그리드(탐욕자)'를 지닌 그녀를, 그란베르는 후계자로 인정하여 자신의 정체랑 루미너스교의 비밀 등, 그가 알고 있는 모든 것을 얘기했다. 그 이후, 로조 일족의 지배 하에서 골고루 평등한 세계를 실현하기 위해서 협력해온 두 사람은 결코 받아들일 수 없는 마왕 리무루에게 대항하기 위하여 계책을 꾸몄다.

개국제가 끝난 뒤 한 달, 리무루는 초청에 응하여, 슈나와 베니마루 등과 동반하여 평의회에 출석했다. 의원들이 적대적인 태도를 취하는 분위기 속에서, 리무루는 라파엘(지혜지왕)의 힘을 빌려 모든 질의에 대한 우위를 확보함과 동시에, 의원들이 정신간섭을 받고 있었다는 것을 간파한 뒤에 그걸 해제했다. 그때 잉그라시아 왕국의 개번 백작과 엘릭 왕자가 부하들을 이끌고 리무루를 붙잡으려고 독단으로 난입했다. 그러나 입회인으로 동석하고 있었던 히나타랑 슈나에게 반격당했다. 더구나 그 계획에 실패한 엘릭에게 총탄이 날아왔지만, 리무루가 간발의 차이로 암살을 저지했다. 마지막으로 등장한 잉그라시아 국왕인 에길이 리무루와의 화해를 선언하면서 그 자리를 수습했다. 그 결과, 템페스트의 국가로서의 승인 및 평의회의

서방열국 평의회의 음모

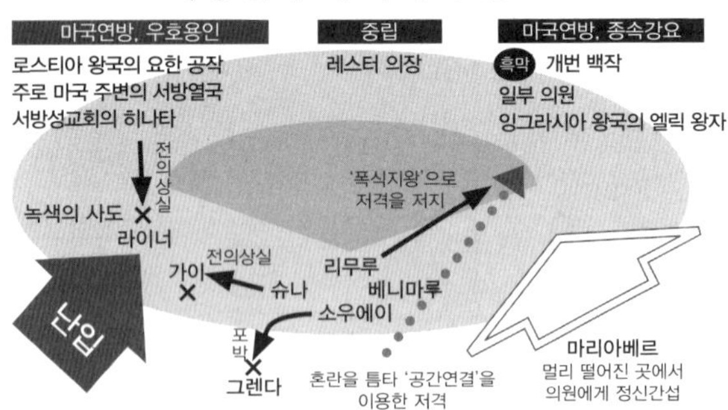

정식 가입, 평의회의 군권위양 등이 만장일치로 가결되게 되었다.

●고대유적에서의 사투

의회에서 엘릭을 저격했던 그렌다는 눈으로 볼 수 있는 범위를 모두 유효사격거리로 만들어버리는 무시무시한 유니크 스킬 '노리는 자(저격자)'의 소유자였지만, 분신체를 구사하여 쫓아온 소우에이에게 붙잡히고 말았다. 리무루는 그렌다를 심문했고, 적지 않게 마리아베르의 정신지배를 받았던 그녀를 방면했다. 그러나 그렌다는 갈 곳이 없어졌기 때문에 리무루가 자신을 고용해주길 바란다고 애원했다. 리무루는 거절했지만, 히나타가 설득한 것도 있었기 때문에 소우에이의 부하로서 그렌다를 채용했다. 그렌다를 통해 오대로에 관한 정보랑 유우키가 정신지배를 받고 있었다는 사실 등이 밝혀지면서, 카가리와의 유적조사 과정 중에 덫이 설치되어 있을 가능성이 부각되었다. 하지만 일부러 빈틈을 만들어서, 흑막인 마리아베르를 이끌어낸다는 작전을 세웠다.

유적조사 당일. 지스타브에 도착한 리무루 일행과 카가리가 이끄는 조사단 일행은 유적의 상층부에 사는 다크엘프의 도움을 받으면서, 술식을 해제하여 유적의 아래층으로 침입하는데 성공했다. 정령교신을 이용하려 최하층까지 답파한 일

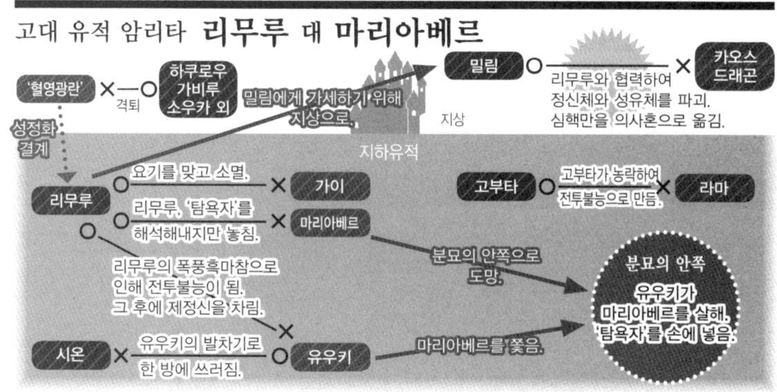

행은 밀림을 중심으로 전리품을 수집하는 등, 순조롭게 조사를 진행했다. 그때 베루도라와 동등하게 느껴질 정도의 힘을 지닌 카오스 드래곤(혼돈용)이 출현했다. 그 자리에 마리아베르와 그녀에게 조종당하던 유우키가 나타나면서, 리무루는 협공을 받고 말았다. 그러나 얼티밋 스킬(궁극능력)을 지닌 리무루에겐 마리아베르의 세뇌는 무의미했으며, 또한 세뇌된 유우키도 카가리와 동료들의 목소리를 듣고 제정신을 차렸다. 유적의 안쪽으로 도망친 마리아베르를 유우키에게 맡기고, 리무루는 밀림을 도와주기 위해 움직였다. 밀림의 옛 친구라는 용을 구하기 위해서 리무루는 의사혼을 이용하여 용의 영혼의 핵만을 추출하는 방법을 제안했다. 그리고 무사히 카오스 드래곤을 다른 마물로 부활시키는 것에 성공했다.

한편, 유우키는 도망친 마리아베르를 살해하고 '그리드'를 빼앗았다. 유우키는 처음부터 세뇌 같은 건 받지 않고 있었던 것이다. 이건 착한 마음을 완전히 버리지 못하는 리무루가 마리아베르를 죽일 수 없을 것이라고 예상한 라파엘이 의도한 바이기도 했다. 유우키에 대한 의혹은 확신으로 바뀌었으며, 이대로 놔둘 수는 없다, 유우키를 막아야 한다는 생각을 하면서, 리무루는 자기 자신이 성장할 것을 맹세했다.

LEVEL UP!

리무루

- 에르메시아는 마국연방에 별장을 샀다!
- 미궁이 오픈되었다!
- 리무루는 서방평의회에 참가했다!
- 그렌다가 동료가 되었다!
- 탐욕의 마리아베르를 물리쳤다!
- 밀림의 옛 친구의 영혼을 구출했다!

해설 마리아베르의 이상

전생자인 마리아베르는 '그리드(탐욕자)'의 힘을 이용하여, 자신의 가족조차도 장기말로 부렸다. 일족의 수장인 그란베르에게만 자신의 기억과 스킬의 권능을 밝히면서 협력관계를 맺게 된다. 경제를 장악하여 세계를 지배하는 것이 그녀의 목적이었다.

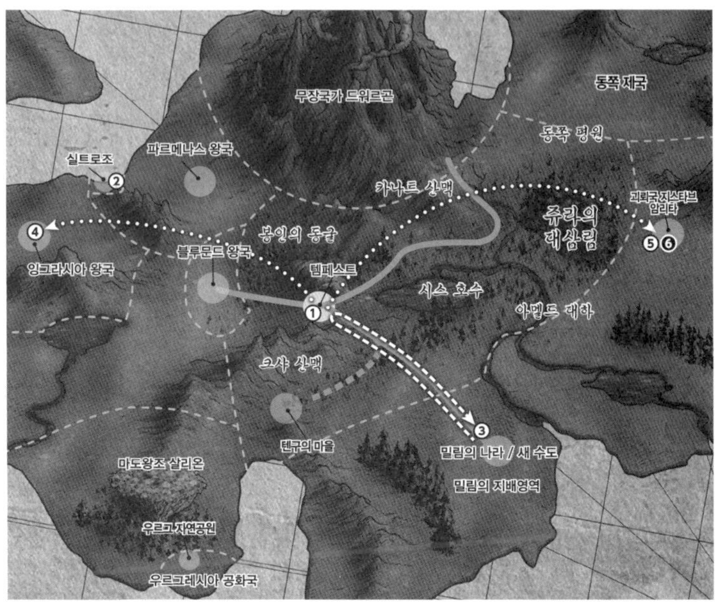

① 디아블로, 명계로.
② 마리아베르, 유우키, 요한의 밀담.
③ 프레이, 밀림을 강제연행.
④ 리무루, 서방열국 평의회에 출석하기 위해 잉그라시아 왕국으로.
⑤ 유적조사대, 괴뢰국 지스타브로.
❻ 리무루 VS 마리아베르.

간단 회상록 ⑩

「미궁개장과 로조의 암약」

미궁이 무사히 오픈되었는데도 차례로 문제가 일어났습죠…….

마음에 걸리는 점은 리얼타임으로 고치면 되는 거야. 그건 그렇고 밀림의 옛 친구에는 많이 놀랐지.

설마 카오스 드래곤이 친구였다니, 밀림 씨는 규격외의 존재입니다요!

어떻게든 영혼을 구해낼 수 있어서 다행이었어. 그건 그렇고 유우키가 배신했을 줄이야…….

리무루 님과 같은 고향 출신이라는 얘기를 들었기 때문에 조금은 복잡한 심경입니다요…….

루벨리오스 대성당에서의 격투!
성궤에 숨겨져 있던 수수께끼——.

●마왕과 광대

마왕 레온을 만난 라플라스는 레온에게 특정기밀상품——이세계에서 소환한 열 살 미만인 아이들의 거래를 중단하고 싶다고 밝혔다. 서방열국에선 리무루 측의 감시가 심해졌으며, 동쪽에선 전쟁 준비가 진행되고 있기 때문에 불완전소환을 벌일 여유가 없다고 했다. 전쟁이라는 중대사를 쉽게 입에 올리는 경솔한 태도에 불신을 품은 레온은 숨기는 게 없는지 라플라스에게 따져 물었다. 하지만 여기까지의 대화는 전부 유우키가 노리던 바였다. 그렇게 나올 때 라플라스가 템페스트(마국연방)에 다섯 명의 이세계인 아이들이 있는 것을 밝히면서, 레온의 반응을 보고 그가 아이들을 모으는 진짜 의도를 파헤치려는 유우키의 책략이었던 것이다.

●리무루의 바쁜 나날

마리아베르 사건이 해결되면서, 일단 평화로운 시간이 돌아온 템페스트. 당장 눈앞에 닥친 리무루의 고민은 마국의 영향력이 늘어난 서방열국 평의회에 자국의 대표자를 누구로 보낼 것인가 하는 것이었다. 적합한 인재를 찾지 못한 채 일단 결정을 보류한 뒤에, 리무루는 쿠로베가 제작 중인 새로운 무기의 개발상황을 듣기 위해 찾아갔다. 그 후에도 밀림과 함께 작은 용인 가이아의 탄생과 육성에 어울려주었고, 삼권

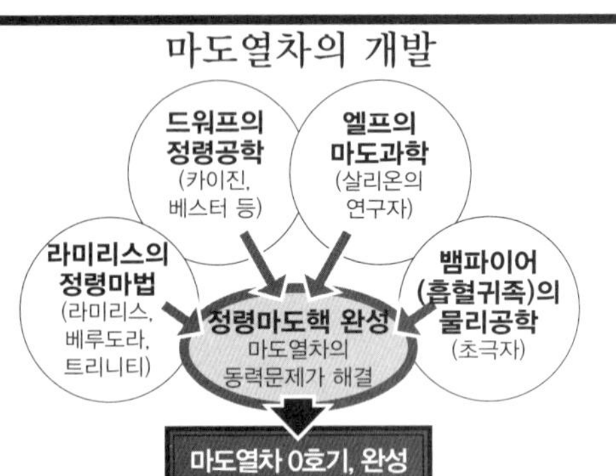

발매일 : 2018년 5월 15일
정 가 : 10,000원

주면 좋겠다고 말하는 그를, 리무루는 달갑지 않아 하면서도 받아들이지만, 물론 일하지 않는 자는 먹지도 말라는 자세를 고수했다. 디노에겐 라미리스가 진행 중인 악마들과 드라이어드를 위한 빙의용 육체를 만드는 실험과 작업을 도와주도록 시키기로 했다. 그때 베루도라까지 조수가 필요하다고 말했기 때문에, 과거에 시즈에에게 빙의하고 있었던 이플리트를 부활시키는 해프닝도 있었다.

분립 등 국가의 구조를 어떻게 만들지를 구상하다가 인력 부족을 한탄하기도 했으며, 수왕국의 신도시 건설 현장이나 각 방면의 도로공사, 파르메나스 왕국을 시찰하는 등 너무나도 바쁜 시간을 보내고 있었다. 더구나 귀국한 그를 기다리고 있던 것은 미궁 안의 95층으로 이전된 연구시설에서 '마도열차'의 시험제작 차량이 완성되었다는 보고였다.

그렇게 바쁘게 지내던 어느 날, 갑자기 마왕 디노가 템페스트를 찾아왔다. 다구류루에게 신세를 지다가 쫓겨났으니 돌봐

그렇게 지내던 사이에 디아블로가 귀환하였고, 그가 데리고 온 700여명의 악마들이 동료로 가담했다. 그중에서도 테스타로사, 울티마, 카레라로 이름을 지어준 세 명의 아가씨들은 무시무시할 정도의 힘을 지녔으며, 리무루는 그녀들에게 평의회 대표 등의 요직을 맡기기로 했다.

●그란베르의 습격

루미너스와 약속했던 음악교류회를 위해서 리무루는 악단과 클로에를 비롯한

새로운 악마들. 블랙 넘버즈 (흑색군단)

이름	서열	계급	상세
디아블로	상위마장→악마공	느와르(태초의 검은색)	사천왕 중의 한 명. 변덕스럽고 괴짜이며 일편단심 리무루 님.
└베놈	상위악마→상위마장	특수개체	디아블로의 직속 부하. 기골이 있으며 임무에 충실함.
테스타로사	상위마장→악마공	블랑(태초의 흰색)	외교무관. 아름다운 백발을 가진 기품이 넘치는 재녀.
├모스	상위마장→악마공	대공작	태초의 악마에 버금가는 실력자이지만, 모습은 소년 같음.
└시엔	상위마장	남작	전투에서 서류작업까지 무엇이든 잘해낸다.
울티마	상위마장→악마공	비올레(태초의 보라색)	검사총장. 보라색 머리카락의 남자 같은 말투를 쓰는 소녀. 천진난만하지만 잔인함.
├베이런	상위마장→악마공	후작	카이젤 수염이 근사한 노신사. 집사처럼 행동하고 있다.
└존다	상위마장	남작	옅은 보라색의 머리카락을 가진 요리사. 궁정요리가 전문.
카레라	상위마장→악마공	존느(태초의 노란색)	템페스트의 최고 재판소장. 시원스런 성격의 여자.
├아게라	상위마장	자작	흰 수염의 노인. 하쿠로우가 조부와 닮았다고 생각하고 있다.
└에스프리	상위마장	자작	귀여운 소녀. 성격은 선천적으로 악랄하며 카레라의 말이라면 무엇이든 찬성하며 아부한다.

아이들을 데리고 루벨리오스를 방문했다. 하지만 환영 만찬회 후에 루미너스가 전해준 것은 그란베르의 불온한 움직임에 대한 정보였다. 루미너스는 그란베르가 자신과 적대하는 이유를 짐작하고 있는 것 같았지만 가르쳐주진 않았다. 하지만 유우키와 그란베르가 협정을 맺은 사실은 전해주었다.

그란베르는 유우키에게 루미너스가 지키는 '용사'가 잠든 성궤를 미끼로 제시하면서 협력을 요청했다. 유우키는 그걸 받아들이고 '리무루가 아이들을 루미너스에게 팔았다'는 거짓 정보로 레온을 움직이게 만들었다.

그리고 연주회 당일, 드디어 그란베르 일파가 대성당에 침입했다. 리무루와 히나타는 대성당으로 향했으며, 입구에서 그란베르와 그가 데리고 온 이세계인들을 맞아 싸웠다. 그 무렵, 대성당에 있던 시온과 디아블로는 그란베르의 맹우인 인섹트(곤충형 마수) 라즐과 싸우고 있었다. 하지만 분위기가 이상한 디아블로를 본 리무루는 걱정거리가 있으면 그쪽으로 가라고 말했다. 허가를 받은 디아블로는 황야에 출현한 블루(태초의 푸른색), 레인을 향해 달려갔다. 하지만 악마끼리의 싸움은 결판이 나지 않은 채, 기이의 개입에 의해 끝나게 되었다. 또한 태초의 악마들끼리의 싸움은 평의회에서도 일어나고 있었다. 그란베르의 동지인 요한 공작이 중추 멤버 학살을 기획하면서 베일(태초의 녹색), 미저

PICKUP

같은 태초의 악마로서 디아블로와도 친한 기이는 템페스트를 방문하겠다는 약속을 억지로 잡으려 들었다.

해설 또 하나의 반란

그란베르의 바람을 이루기 위해서 평의회 멤버를 몰살시키려는 계획을 꾸몄던 로스티아국의 공작 요한. 하지만 '녹색의 신' 미저리를 소환시킨 그의 계획은 테스타로사에 의해 너무나도 쉽게 저지되었다. 자신과 동격인 악마공의 존재를 알아차리고, 미저리는 즉시 물러나버린 것이다.

리를 소환시킨 것이다. 하지만 템페스트의 대표로서 그 자리에 있었던 테스타로사에 의해 미저리는 아무것도 하지 못하고 그 자리를 떠났다.

그 무렵, 그란베르의 목적을 예상하여 현실(玄室)을 지키고 있었던 루미너스에게 라플라스 일행이 나타났다. 그들의 행동은 양동이었지만, 분노한 루미너스는 그걸 눈치 채지 못하고 현실을 벗어났으며, 성궤는 유우키의 손에 떨어지고 말았다.

리무루는 겨우 이세계인들을 무력화시켰지만, 그 자리에 레온이 나타나면서 혼란에 박차를 가했다. 그란베르는 레온과 리무루를 대립시키려고 부추겼지만, 레온이 리무루의 주먹을 무저항으로 받아들이면서, 리무루는 레온을 적이 아니라고 인식했다. 레온도 그 사실을 알아차렸고, 두 사람은 암묵적인 동의하에 그란베르에 대항하는 공동전선을 펼치게 되었다.

리무루와 레온이 일부러 격전을 펼치는 연기를 벌였으며, 히나타가 그란베르에게 고전을 강요당하고 있던 대성당. 한창 싸움이 벌어지고 있을 때 그 자리에 나타난 것은 성궤가 소실된 것을 알고 분노한 루미너스였다. 분산시켜두고 있던 힘을 회수하여 젊은 육체를 되찾은 그란베르는 루미너스와 결판을 짓기를 바랐다. 히나타는 격노하여 달려들었지만, 그란베르에겐 전혀 상대가 되지 않았다. 이윽고 그란베르가 내리친 인정사정없는 참격이 노린 것은 히나타가 아니라, 무슨 이유인지 클

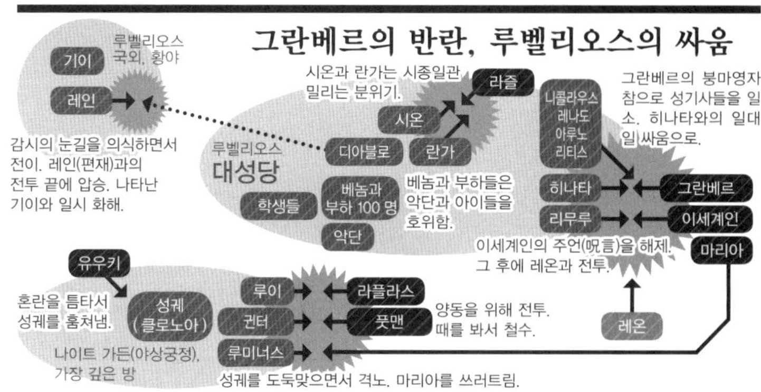

로에였다.

참격은 클로에를 재빨리 감싼 히나타를 꿰뚫었다. 그리고 빈사의 중상을 입은 히나타에게 클로에의 손이 닿은 순간, 클로에의 모습은 사라지고 말았다.

히나타의 죽음을 보고 루미너스의 분노가 불타올랐다. 그란베르와 자웅을 가리는 싸움이 벌어지려고 한 바로 그때, 대성당이 대폭발했다. 그리고 나타난 것은 거대한 요기를 내뿜는 존재——용사 클로노아였다. 그녀를 훔쳐낸 유우키는 용사를 제어할 수가 없었던 것이다.

해 같은 시간을 반복하고 있다는 얘기를 들었다. 그럴 때마다 비극을 맞게 되는 미래가, 이번만큼은 좋은 결과를 맞을 것 같다는 얘기도. 두 사람은 같은 미래에 도달하기 위해서 같은 루트를 밟기로 결심했다.

우선 루미너스를 찾아간 두 사람은 그녀에게 베루도라의 습격을 미리 알려주고 신용을 얻은 뒤에, 모든 것을 얘기했다. 루미너스의 협력 하에 클로에는 용사 클로노아로서 활약하지만, 이윽고 이세계에서 클로에와 레온이 찾아왔다. 동일한 영혼이 동일한 시공에 존재하는 것은 불가능

●용사의 각성

클로에와 히나타는 클로에의 능력인 '시간의 여행자(시간여행)'에 의해 2,000년 전의 세계로 날아갔다. 클로에의 영혼 속에 있다고 하는 히나타는 클로에가 그 힘에 의

클로에와 히나타의 시간도약

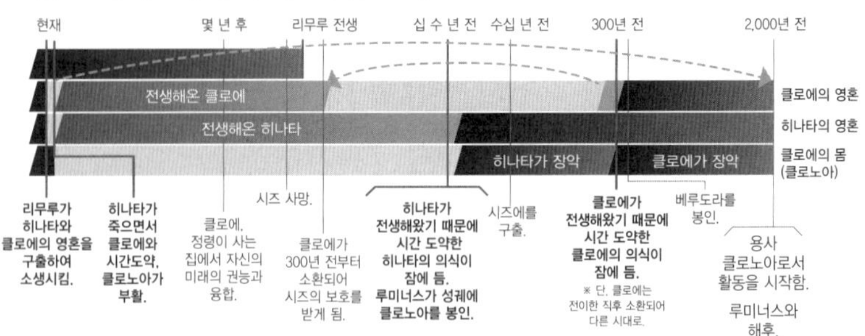

하기 때문에 클로에는 의식을 잃었다. 남겨진 히나타가 그녀의 몸을 사용하지만, 이윽고 용사 클로노아의 제어가 어려워지면서, 루미너스에게 부탁하여 스스로를 성궤에 봉인시켰다.

한편 리무루는 루미너스의 충고를 듣고, 클로노아의 안에 클로에와 히나타의 영혼이 있을 것이라고 추측했다. 그렇다면

클로에의 영혼에 직접 간섭하자고 생각한 리무루는 '항마의 가면'으로 클로노아를 억제하고, 그녀의 정신세계로 들어갔다.

그 무렵, 라즐과 사투를 벌이던 시온은 싸움 속에서 변화를 맞이하고 있었다. 다른 사람을 부러워하는 마음을 버리고 그 자를 넘어서겠다는 정신적 성장에 의해 시온의 '투귀화'는 '투신화'로 진화했으며, 결국 라즐을 쓰러트렸다.

클로노아의 정신세계에 침입한 리무루는 시즈에의 환영에 이끌려 클로노아와 만났으며, 클로에의 영혼이 '무한뇌옥'에 있다는 얘기를 들었다. 동시에 히나타는 이미 죽었으며, 그 자아만이 히나타의 능력인 '바뀌지 않는 자(수학자)'에 보존되어 있다는 사실도. 절망한 리무루를 시즈에가 격려해주었다. 리무루는 마음을 굳

많은 일이 있었던 것 같지만 되살아나서 다행이야. 그리고…… 환영일지도 모르지만, 선생님에게 당시의 일을 사과할 수 있었던 게 기뻤어.

계속 혼자서 날 찾아줬단 말이구나. 그건 너무나 기쁘지만, 나한테 너무 많은 간섭을 하는 것 같아, 레온 오빠!

시즈의 건이 있었기 때문에 내가 리무루와 손을 잡는 일은 이뤄지지 않을 것이라고 생각하고 있었지. 클로에를 겨우 되찾을 수 있어서 정말 다행이야.

게 먹고 방법을 찾았고, 무한뇌옥의 정보자에 간섭할 수 있는 권한을 클로노아에게서 라파엘(지혜지왕)으로 양도할 수 있도록 허락을 받은 뒤에, 두 사람의 의식을 추출하는데 성공했다. 히나타를 반드시 구해내겠다고 약속하고, 리무루는 정신세계를 뒤로 했다.

리무루가 현실로 귀환했을 때 루미너스는 그란베르에게 승리하고 있었다. 그란베르가 진정으로 원하던 것이 클로노아를 올바르게 각성시키는 것이었음을 깨달은 루미너스는, 희망을 클로에게 맡기고 싶다는 그란베르의 소원을 들어주었다.

리무루와 힘을 합쳤으며, 루미너스의 능력으로 인해 히나타는 무사히 소생했다. 그때 히나타의 안에 존재했던 용사의 알이 클로에의 알과 융합함으로써, 클로에는 진정한 용사로 각성한 것이었다.

LEVEL UP!

리무루

밀림의 친구인 카오스 드래곤이 전생했다!
테스타로사, 울티마, 카레라 등이 동료가 되었다!
마왕 레온이 동료가 되었다!
그란베르를 물리쳤다!
클로에가 진정한 용사로 각성했다!

환영 같은 것이었지만, 슬라임 씨와 오랜만에 만나 얘기를 할 수 있어서 왠지 즐거웠어. 아주 강해졌지 뭐야.

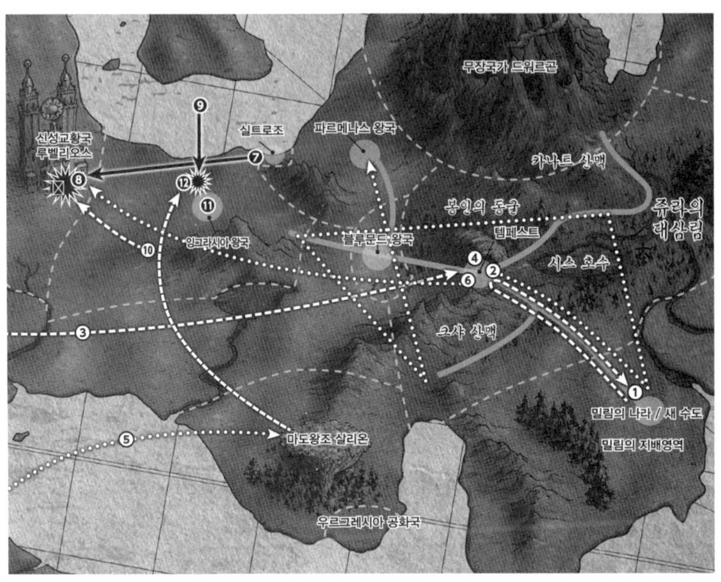

① 가이아 탄생. 밀림, 억지로 끌려 되돌아감.
② 리무루, 각지를 시찰.
③ 디노, 템페스트로.
④ 디아블로 귀환.
⑤ 레온, 살리온으로.
⑥ 리무루 일행, 루벨리오스로.
❼ 그란베르 군, 침공.
❽ 성기사단 & 리무루 일행 VS 그란베르 군.
❾ 북방의 악마들, 침공.
⑩ 레온, 루벨리오스로.
⓫ 요한의 모반.
⓬ 시엔 & 마법사단 VS 북방의 악마들.
⑬ 클로에, 용사로서 각성.

리무루의 고부타 간단 회상록 ⓫

「서방열국의 동란과 용사 각성」

설마 클로에의 정체가 용사였다니, 놀랐습니다요!

뭐, 정확하게 말하자면 조금 다른 것 같지만 말이지. 미래를 바꿔준 클로노아를 위해서라도 평화로운 세계가 되면 좋겠어.

그란베르와는 힘든 싸움을 치렀지만, 다들 무사히, 그리고 히나타 씨도 다시 살아나서 다행입니다요!

클로에를 용사로서 각성시키는 게 그란베르의 목적이었던 것 같아.

좀 더 평화롭게 계획을 실행해주었으면 좋았을 겁니다요…….

계속 발전하는 마국연방.
명백해지는 동쪽 제국의 위협.

12
STORY DIGEST
전쟁전야 편

●유우키와 기이

성궤를 빼앗는 계획이 실패로 끝나면서, 루벨리오스에서 탈출한 유우키 일행. 그때 그들이 동쪽 제국에 가담하는 것이 마음에 들지 않았던 마왕 기이가 나타났다. 유우키에겐 강력하기 이를데 없는 유니크 스킬 '만드는 자(창조자)'가 있었으며, 그 힘으로 만들어낸 '안티 스킬(능력살봉)'에 절대적인 자신감을 갖고 있었다. 선천적으로 가지고 있던 초능력과 마리아베르에게서 빼앗은 '그리드(탐욕자)'도 있었다. 일대일이라면 누구에게도 질 리가 없었지만…… 기이의 강함은 압도적이었으며, 아무런 방법도 써보지 못하고 패배했다. 유우키는 그래도 포기하지 않고, 기이에게 거래를 제시했다. 놓아주면 자신들이 제국을 내부에서 갉아먹겠다. 그건 기이의 목적에도 부합할 것이라고. 거기서 그치지 않고, 마지막으로 기이를 쓰러트리겠다고 선언한 유우키의 제안과 배짱이 기이는 마음에 들었는지, 유우키 일행은 간신히 살아남는 데에 성공했다.

궁지를 벗어난 유우키는 새로운 힘을 원하면서 스스로의 내면과 마주했다. 그리고 그 자신의 탐욕을 바탕으로 삼아 '그리드'는 얼티밋 스킬(궁극능력)인 '마몬(탐욕지왕)'으로 진화를 이루었고, 새로운 힘을 얻었다.

●기이의 방문

음악교류회를 마치고 귀국한 리

마왕 기이 님한텐 정말로 살해당하는 줄 알았지, 뭐야. 나는 물론이고, 유우키 씨까지 아무런 수도 쓰지 못하고 당한 걸 보면 단순히 강한 레벨이 아니란 말이지.

발매일 : 2018년 10월 1일
정 가 : 10,000원

무루 일행은 그 다음 날 루미너스, 레온, 히나타, 클로에 등과 회담을 나누는 자리를 가졌다. 그 자리에서 클로에가 겪었던 과거랑 클로노아의 기억에 대해서 클로에의 입을 통해 들었다. 그러던 중에 리무루는 기이가 이 세계의 붕괴를 저지하는 '조정자'의 역할을 맡고 있다는 것을 알게 되었다. 그렇다면 클로노아가 폭주하지 않으면 기이와의 적대는 피할 수 있을 것이라고 얘기하는 도중에, 그 자리에 갑자기 기이 본인이 찾아왔다. 리무루는 적의가 없다는 것을 알고 기이를 초대했지만, 그 소동 중에 디아블로가 태초의 악마 중의 한 명이라는 것을 처음 알게 되었다. 레온이랑 루미너스로부터는 몰랐다는 것이 어이가 없다는 반응을 받았고, 설마 했던 라파엘까지 말문이 막힌다는 반응을 보이고 말았다. 기이는 디노를 불러와서 왜 이름을 지어주는 걸 막지 않았는지 책망했지만, 디노는 그건 무리였다고 말하면서 책임을 회피했다. 그로 인한 불똥이 튀면서, 리무루도 기이에게 잔소리를 듣게 되었다.

또한 로조 일족의 붕괴로 인해 서방열국에서 권력투쟁이 격화될 것이라 예상하면서, 조정자로서 자신이 꾸민 계획을 망치게 되었다고 기이는 불평을 늘어놓았다. 이에 대한 책임을 어떻게 질 것인지에 대한 질문을 받은 리무루가 답변을 생각하고 있으려니, 옆에서 디아블로가 리무루가 이상으로 삼고 있는 사회에 대해 기이에게 해설해주었다. 그때 공포에 의한 통

해설 과거에 있었던 미래

클로노아가 얘기한 '과거에 겪었던 미래'는 다음과 같은 내용이었으며, 리무루에게 있어서 상당히 충격적인 것이었다.

- 베루도라가 제국에 의해 쓰러지고, 세계 대전이 발발한다.
- 리무루의 죽음이 방아쇠 노릇을 하면서, 밀림과 기이가 싸운다.
- 리무루는 시간을 들여 부활하지만, 그때 이미 템페스트는 붕괴했으며 베루도라도 소실된다.
- 살아남은 동료를 찾는 리무루는 '파괴의 의지'만 남은 채로 계속 싸우는 클로노아를 만난다.
- 클로노아는 기이와 싸우다가 패하며, 리무루의 품에서 죽은 순간에 뭔가가 일어나면서 과거(정령이 사는 집)로 날아갔다.

PICKUP

자신이 폭주하는 일은 있을 리가 없다고 말하며 자신만만한 표정을 짓는 베루도라. 주위의 시선은 물론 차가웠다.

치가 아닌 새로운 선택지를 제시받은 기이는 일단 리무루를 지켜볼 것을 약속했다. 용사 클로노아의 정체는 리무루와 레온, 루미너스가 훌륭한 연계를 보이면서 기이의 눈을 속이는데 성공했다. 회담 후, 만찬을 즐긴 뒤에 방문자들은 돌아갔다.

기이를 비롯한 다른 방문자들과 회담을 나누고 나서 몇 개월 뒤. 리무루는 수도와 국내의 정비발전에 역량을 집중하는 나날

을 보내고 있었으며, 드워프 왕국과 잉그라시아 방면에선 마도열차의 시험운용도 시작되고 있었다. 한편, 동쪽 제국과의 전쟁이 점차 현실시되는 가운데, 군사력의 재편에도 착수했다.

●움직이기 시작하는 동쪽 제국

리무루 일행이 방위태세를 정비하고 있던 무렵, 제국도 차근차근 전쟁 준비를 진행하고 있었다. 절대적인 실력주의를 모토로 삼고 2,000년이나 체제를 유지해온 제국. 그런 제국이 서쪽을 침공하지 않았던 것은 베루도라 토벌의 준비가 완전히 갖춰지지 않았기 때문이었지만, 그것도 거의 완료되고 있었다.

제국으로 온지 얼마 되지 않아 곧바로 군단장의 자리에 올라간 유우키는 비밀결사 케르베로스(삼거두)의 다무라다, 미샤, 베가와 회합을 가졌다. 리무루가 정비를 끝낸 탄탄한 방위체제에 대한 얘기를 듣고, 유우키는 전술을 다시 짤 필요가 있

템페스트(마국연방)의 군대 규모와 조직도

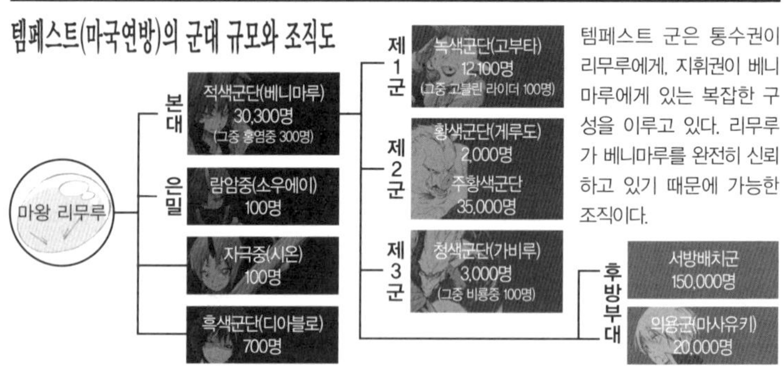

템페스트 군은 통수권이 리무루에게, 지휘권이 베니마루에게 있는 복잡한 구성을 이루고 있다. 리무루가 베니마루를 완전히 신뢰하고 있기 때문에 가능한 조직이다.

세 사람이 방해를 할 것이기 때문에, 우선은 서쪽에 원한을 갖고 있는 가드라를 리무루와 붙여서 제거하려고 생각했다. 유우키는 케르베로스에게 일을 맡기고, 지금은 힘을 축적하기로 했다.

서쪽의 정보를 얻은 가드라의 목적은 루미너스 교의 구축과 절친한 친구를 죽인 칠요의 노사에 대한 복수였다. 우선은 템페스트(마국연방)를 공략하기 위해 유우키가 확보한 이세계인 중에서 가드라가 직접 단련시킨 신지, 마크, 신을 선별하여 미궁을 조사하기 위해 보냈다. 유우키의 쿠데타 계획을 알고 있으면서 일부러 템페스트 토벌을 받아들인 것은 어쨌든 원수인 루미너스 교를 없애려면 그렇게 하는 것이 좋기 때문이었다. 리무루 자체에게 원한은 없지만, 루미너스와 협력관계에 있는 리무루를 쓰러트리는 것에 저항감은 느끼지 않았다.

신지 일행을 배웅한 뒤에, 가드라는 제자인 라젠에게서 얘기를 듣기 위해서 파르메나스 왕국으로 향했다. 그리고 라젠

다고 생각했지만, 제국과 리무루의 싸움이 어떻게 전개될지 기대가 되기도 했다. 제국과 서방열국을 싸우게 만들고, 그 틈에 제국의 머리를 박살 내버리자는 계산을 하고 있었다. 그런 유우키가 제국 중에서 경계하는 자는 세 명. 한 명은 대마법사 가드라, 또 한 명은 제국정보국 국장인 콘도라는 남자. 마지막 한 명은 황제의 옆에 앉는 '원수'라고 불리는 인물이었다. 제국 안에서 쿠데타를 일으키면 반드시 이

해설 제국군

제국에선 소환된 이세계인과 그 지식을 이용하여, 과학기술과 마법의 융합으로 만든 병기들과 그것들을 활용한 전술이 확립되어 있었다. 기계화병사와 전차 등을 보유한 '기갑군단', 각지에서 모은 마수를 DNA 해석으로 배양강화 및 사역하는 '마수군단', 뛰어난 스킬을 지닌 이세계인이나 특히 더 흉포한 마수가 소속된 '혼성군단'. 이 세 개의 주력군단은 그 성과이다. 그리고 그중에서 선발된 100명의 실력자가 임페리얼 가디언(제국황제 근위기사단)으로 불리며, 두려움의 대상이 되어 있었다.

리무루 씨의 주변에는 어떻게 그렇게 강한 자들이 모여 있는 걸까? 뭐, 나는 한동안은 마왕과 제국의 싸움을 관찰하도록 하겠어.

으로부터 이미 칠요의 노사가 전멸했다는 사실을 듣고, 그걸 알고 있으면서 입을 다물었던 유우키에게 이용당하고 있었다는 것을 알게 되었다. 더구나 템페스트에는 태초의 악마들이 가담했다는 것을 알게 되어, 공포로 창백해졌다.

한편, 수도 리무루에 도착한 신지 일행은 순조롭게 미궁을 공략하고 있었다. 보고를 받은 리무루는 세 사람이 이세계인이라는 걸 알아차렸으며, 스파이일 가능성을 의심했다. 60층에서 아다루만 일행에게 패배한 그들은, 아다루만 일행이 얼마나 강한지를 유우키에게 보고한 후에 가드라가 도착하기를 기다렸다. 하지만 템페스트를 찾아온 가드라는 리무루에게 엎드려 항복했다. 절친한 친구인 아다루만이 리무루 곁에서 잘 지내고 있다는 것을 알고, 이제 제국과의 의리를 지킬 필요가 없다는 이유를 들어 템페스트로 바로 갈아탔다. 그의 그런 태도에 쓴웃음을 지으면서도, 리무루는 일단 가드라를 임시 고용했다. 제국으로 돌아가 반전활동에 힘쓰

되, 전쟁회피가 어려울 경우엔 그들을 미궁으로 끌어들이도록 지시했다.

●닥쳐오는 전쟁의 발소리

템페스트의 던전(지하미궁)에선 미지의 무기랑 마정석을 손에 넣을 수 있다. 그렇게 확신한 기갑군단장 칼리굴리오는 어전회의에서 템페스트를 침공할 것을 강하게 주장했다. 가드라는 리무루의 지시대로 침공에 반대했지만, 나약한 태도를 비난받

해설 치열한 서열 시스템

제국군 내부에는 '힘이야말로 모든 것'이라는 절대적인 실력주의에 따라 늘 격렬한 경쟁이 벌어지고 있다. 군단 내에는 서열이 있으며, 제3자의 입회하에 서열이 낮은 자는 서열이 높은 자에 대한 도전 = 서열강탈전이 인정되고 있다. 황제를 수호하는 임페리얼 가디언은 각 군단에서 선출된 상위자들로만 구성되어 있다. 그리고 최고위 중의 한 명이 '원수'가 되고, 나아가선 황제의 지명에 의해 세 명의 '대장'이 선출되며, 그들이 각자 세 개의 군단의 군단장으로 취임하는 것이 통례이다.

아니, 설마 내 절친한 친구인 아다루만과 재회할 수 있었을 줄이야. 더 이상 제국에겐 아무런 미련도 없습니다. 리무루 님, 앞으로 잘 부탁드리겠습니다!

으면서, 그의 의견은 받아들여지지 않았다. 그렇게 되자, 가드라는 유우키와 함께 모두의 관심을 미궁 쪽으로 끌어들이려고 했다. 의견이 분분한 상태에서 회의가 결론이 나지 않는 가운데, 갑자기 원수가 그 논의에 끼어들었다. 그녀에게 베루도라에 대한 대책을 질문받은 칼리굴리오는 전차 등의 병기를 이용하면 용종도 제압할 수

있다고 자신의 생각을 얘기했다. 그리고 유우키가 드워프 왕국을 동시 침공할 것을 제안하였고, 원수가 마수군단장인 글라딤에게 북쪽 루트를 통해 잉그라시아를 직접 공략할 것을 지시하기에 이르면서, 세 방면 동시침공 작전이 결정된 것이다.

회의가 끝난 뒤, 유우키와 얘기를 나눈 가드라는 지금까지 군사적인 일에 끼어들지 않았던 원수가 적극적으로 작전지시를 내린 것을 수상쩍게 여기는 듯한 발언을 했다. 그렇긴 하지만, 제국군의 눈을 미궁으로 돌리게 만드는 것에는 성공했으므로 이제 제국을 떠나겠다는 자신의 생각을 밝혔다. 그리고 마지막 충성의 뜻을 담아서 반전의 의견을 전하기 위해 황제 루드라와 만나기 위해 향하지만, 그 자리에 나타난 콘도가 그에게 총구를 겨눴다. 하지만 자신의 몸을 관통한 것은 총탄이 아니라, 뒤에서 덮친 날붙이였다.

한편, 템페스트에선 리무루가 감시마법 '아르고스(신의 눈)'을 완성시켰으며, 관제실을 설치하여 국내의 감시를 강화하

제국의 침공 작전

기갑군단 전차사단과 비행병단은 대삼림에서 드워르곤 센트럴로 침공. 기갑개조병단은 템페스트로 향한다.

혼성군단 드워르곤 이스트로 침공.

마수군단 서방열국을 기습.

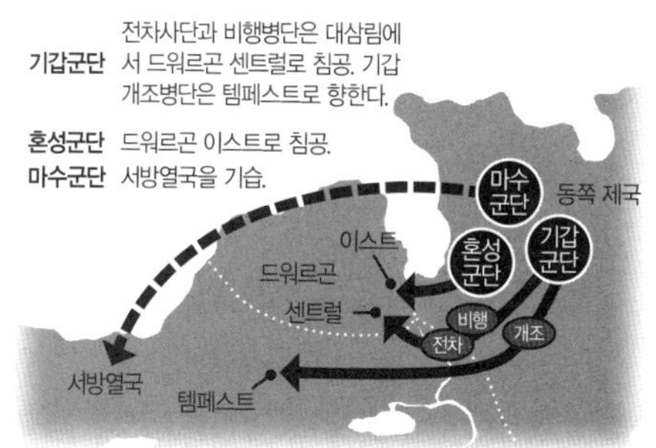

는 등, 전장이 될 미궁내부를 확인하고 있었다. 앞으로의 처신을 결정하지 못한 채 망설이고 있었던 신지 일행 세 명도 정식으로 템페스트에 소속되면서, 라미리스의 연구를 돕게 되었다. 또한 암살을 당했어야 할 가드라도 사전에 걸어둔 마법 덕분에 미궁 안에서 부활했다. 가드라의 얘기를 통하여 제국의 침공 작전을 확인한 리무루는 간부들을 소집했고, 다양한 대책을 마련하여 전쟁에 대비했다.

원수의 정체는 용종인 작열용 베루글린드. 황제 루드라와 베루글린드에게 있어서 전쟁이란 세계를 멸망시키지 않도록 밸런스를 유지하면서, 장기말을 마련한 뒤에 패권을 겨루는 마왕 기이와의 게임이었다. 힘을 축적한 루드라는 지금이야말로 기이와 결판을 낼 수 있는 좋은 기회라고 판단했다. 이리하여 역사상 유례를 찾아볼 수 없는 대군이 템페스트로 침공을 개시했다.

LEVEL UP!

리무루

유우키는 궁극능력 '탐욕지왕'을 손에 넣었다!
기이와 일단 화해했다!
제국과의 전쟁 준비를 진행했다!
마사유키는 의용병단의 리더가 되었다!
가드라 일행이 동료가 되었다!

완전변태를 이루면서, 인간의 형태가 된 제기온과 여성처럼 아름다운 형태가 된 아피트. 그 실력도 엄청나게 늘어난 상태다.

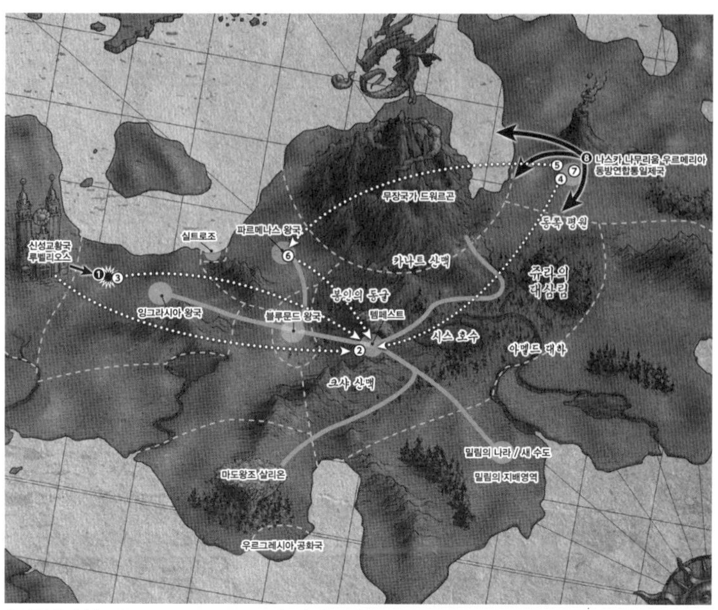

❶ 유우키, 기이와 조우.
② 리무루 일행, 템페스트로 귀국
③ 기이, 템페스트 방문.
④ 신지 일행, 템페스트에 잠입.
⑤ 가드라, 파르메나스로.
⑥ 가드라 일행, 리무루를 배알.
⑦ 동쪽 제국, 어전회의 및 가드라 암살.
❽ 동쪽 제국, 진군개시.

간단 회상록 ⓬

「마왕과의 화해와 전쟁준비」

클로에 덕분에 레온과 우호관계를 맺을 수 있었고, 기이와도 일단 별일 없이 마무리 지을 수 있어서 다행이었어.

기이 씨가 템페스트를 찾아왔을 때엔 너무 놀라서 소변을 지릴 뻔했습니다요.

넌 그래도 사천왕이니까 제대로 좀 굴라고. 그건 그렇고 그란베르와의 싸움이 끝나면서 서쪽이 안정되었는데, 이번엔 동쪽 제국과 싸워야 한단 말이지. 조금은 쉬게 놔두면 좋겠는데.

하지만 덕분에 가드라 씨 일행이 동료가 되었습니다요! 아다루만 씨와 친구였던 것은 의외였지만, 동료끼리 같이 있을 수 있는 게 제일 좋은 일입죠!

닥쳐오는 100만의 제국군!
리무루의 명령을 받고 반격에 나서는 마물들.

13
STORY DIGEST
제국침공 편

●전화의 시작

동료들을 모두 모아서 대책회의를 벌인지 한 달. 그동안 템페스트(마국연방) 진영은 제국군의 움직임을 감시하고 있었다. 제국군의 가스터 중장이 이끄는 '마도전차사단'은 그 위력을 보여주려는 듯이 유유히 국경지대의 평야를 진군했다. 드워르곤 중앙도시에서 30킬로미터 떨어진 지점에 2,000대의 마도전차를 전개시켰다. 한편으론 보병소대가 속속 숲속으로 진군 중이었다. 그들은 총지휘관인 칼리굴리오 대장이 이끄는 '기갑개조병단'이었다.

이쪽이 본대이며, 총병력의 약 70퍼센트=70만의 대군이었다. 전차부대를 미끼로 먼저 보낸 다음, 수도 리무루에서 30킬로미터 떨어진 지점에 진을 쳤던 것이다.

이런 움직임들은 리무루의 '아르고스(신의 눈)'를 이용한 감시와 소우에이와 부하들의 정찰 및 정보소집에 의해 거의 완전하게 파악되고 있었으며, 드워르곤에 보낼 원군으로서 고부타가 이끄는 제1군단과 가비루가 이끄는 제3군단, 그리고 감찰관 겸 정보무관의 자격으로 테스타로사와 울티마

용인족의 고유 스킬 '용전사화'를 완전히 자신의 것으로 만든 가비루. 그 힘은 예전에 마왕이었던 칼리온이랑 프레이에게 필적할 정도다.

적의 마법공격을 일부러 받는 마법내성 실험의 성과는 아주 좋았다!
……리무루 님? 왜, 왜 그렇게 화를 내시는 겁니까?!

발매일 : 2019년 2월 1일
정 가 : 10,000원

가 파견된 상태였다. 리무루는 관제실에서 가젤 왕과 마지막 회의를 하면서, 드워르곤이 동맹국으로서 참전할 의지가 있는지를 확인했다. 그런 뒤에 드디어 최후통첩의 사자로서 가스터에게 테스타로사를 보냈다. 가스터는 그 통첩에 귀를 기울이지 않고 전진을 택했다. 이 행동을 통해 리무루는 전쟁이 시작되었다고 판단하여, 템페스트는 전쟁상태에 돌입했다. 수도 리무루는 통째로 던전(지하미궁)의 내부로 이전시켰고, 지상에는 미궁으로 이어지는 대문만 남겨놓았던 것이다.

싸움은 초전부터 격렬하게 전개되었다. 마도전차의 포격의 위력은 절대적이었으며, 고부타 부대는 그림자 이동을 구사하면서, 가비루 부대의 공중 공격과 호응하여 대항했다. 그러나 가스터는 전차를 밀집연결 및 요새화시키는 진형을 짜고 아군까지도 희생시키는 기총소사와 포격을 감행했다. 더구나 그곳으로 팔라가 소장이 이끄는 '공전비행병단'의 비공선 100척이 참전했다. 신병기인 '매직 캔슬러(마력요소교란방사)'로 인해 그림자 이동이랑 비행을 제한당하면서, 템페스트 군은 고전을 강요당하게 되었다…….

아군의 진영에 피해가 나오기 시작하는 바람에 리무루는 동요했다. 전장에 나가고 싶다고 말했지만, 베니마루의 제지를 받은 그는 자신을 지키기 위해 부하들이 범상치 않은 각오를 했다는 것을 자각하면서, 그 마음을 받아들일 것을 다시금 결의했다. 그리고 리무루는 부하들을 향해 명령했다. "전력을 다해 적을 격파하라"고.

●마물들의 진정한 실력

리무루의 말을 듣고, 마물들은 '지는 척하는 작전'을 중지했다. 그때까지 고전했던 것은 더 강한 강자를 이끌어내기 위한 위장작전이었던 것이다. 이로 인해 전황은 일변했다. 고부타는 란가와 '변신(마랑합일)'하여 전차부대를 격파했으며, 일부러 마법을 받으면서 내성획득실험을 하고 있었던 가비루 부대는 '드래곤 바디(용전사

마국연방 VS 동쪽 제국 / 국경의 싸움

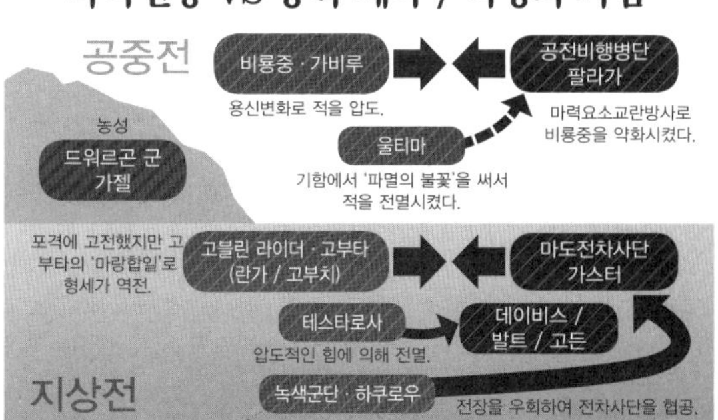

화)'를 동원하여 비공선에 반격을 시작했다. 팔라가는 아군의 비공선이 같이 휩쓸리는 것도 상관하지 않고 매직 캔슬러를 사용했지만, 그래도 추락하지 않는 가비루를 베루도라로 오인했다. 가비루를 구속한 것을 안도했지만, 어느새 비공선에 침입했던 울티마의 손에 의해 병사들은 전부 학살당했으며, 핵격마법 : 뉴클리어 플레임(파멸의 불꽃)을 맞고 폭침했다. 고부타에게 농락당하고 있던 가스터 부대는 비행병단이 전멸했다는 보고를 듣고서야 겨우 후퇴를 지시하려고 했지만 이미 늦었으며, 자신들을 찾아온 테스타로사의 핵격마법 : 데스 스트릭(죽음의 축복)의 먹이가 되어 궤멸했다.

이리하여 두 개의 부대는 전멸했지만, 그 사실을 아직 모르는 칼리굴리오는 미궁을 침략하기 위해서 70만 명 중에 50만 명의 병사를 속속 안으로 보냈다. 어떻게 동료의 희생을 방지할 것인지를 중요하게 생각하는 리무루의 입장에선 모든 것이 의도대로 진행되고 있었다. 전초전의 승리에 촉발되면서 대기하고 있던 자들, 특히 미궁의 수호를 담당하는 미궁십걸들의 의욕이 높아지는 가운데, 드디어 제국군 본

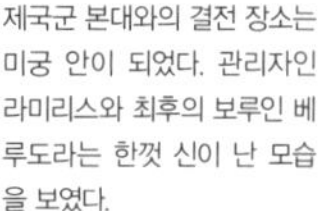
제국군 본대와의 결전 장소는 미궁 안이 되었다. 관리자인 라미리스와 최후의 보루인 베루도라는 한껏 신이 난 모습을 보였다.

대 70만과의 결전이 시작된 것이다.

●미궁의 공방, 지상의 섬멸

제국군의 전술은 압도적인 병력으로 미궁 안을 가득 메운 뒤에 송두리째 빼앗는다는 단순명쾌한 것이었다. 훈련받은 병사들이 통로와 방을 제압했고, 거점을 쌓으면서 전진해 들어갔다. 그와 함께 보물도 획득하면서, 미궁공략은 순조롭게 진행되고 있는 것처럼 보였다. 하지만 침입한 제국병사들은 라미리스의 힘에 의해 1,000명 단위로 다른 층에 전송되면서 분단되었다. 수많은 흉악한 덫들, 무진장으로 발생하는 마물들을 상대하다가 점차 피폐해지면서 그 수가 줄어들고 있었다. 무엇보다 무시무시한 계층수호자들에 의해 차례로 숨을 거뒀던 것이다.

일주일이 지나도 병사들이 돌아오지 않는 것에 초조해진 칼리굴리오는 미니츠 소장을 지휘관으로 삼은 100명 정도의 정예부대를 편성하여 돌입시켰다. 그들 중에서 이세계인인 루키우스와 레이먼드는 동료였던 신지 일행의 구출이 목적이었으며, 그 사실을 알게 된 리무루의 배려에 따라 가드라 일행이 있는 곳으로 전송된 그들은 설득을 당하여 템페스트의 편으로 돌아서게 되었다.

그 외의 자들도 다른 층으로 전송되었

지하미궁의 계층수호자들

층수	수호자
30층	고즐 & 메즐
50층	템페스트 서펜트(람사)
60층	'룬 마스터(마도왕)' 가드라 & 데몬 콜로서스(악마의 수호거상)
70층	'임모탈 킹(불사왕)' 아다루만 &
	'데스 팔라딘(사령성기사)' 알베르트
79층	'인섹트 퀸(곤충여왕)' 아피트
80층	'인섹트 카이저(곤충황제)' 제기온
90층	'나인 헤드(구두수)' 쿠마라
96~99층	파이어 드래곤 로드(화염용왕), 아이스 드래곤 로드(빙설용왕), 윈드 드래곤 로드(열풍용왕), 어스 드래곤 로드(지쇄용왕)
100층	폭풍룡' 베루도라'

자, 그러면 나도 반격 준비에 들어가기로 하겠어! 미궁의 주인으로서 쳐들어오는 적에게 공포를 안겨주도록 하지! 자아, 어서들 오라고!

는데, 그 싸움은 극도로 처절하게 진행되었다. 70층으로 전송된 병사들은 아다루만의 부대와 싸우면서 거의 전멸했다. 임페리얼 가디언(제국황제 근위기사단)인 크리슈나, 레이하, 바잔, 이 세 명만이 힘들게 이겨서 살아남았다. 79층에선 미니츠가 아피트와 사투를 벌인 끝에 무승부에 가까운 승리를 얻었다.

90층의 쿠마라에게 보내진 것은 그녀의 어머니의 원수인 캔자스 대령. 자신이 죽인 자를 불러내어 조종할 수 있는 힘을 지닌 캔자스는 쿠마라의 어머니를 불러내어 싸우도록 시키는 비겁한 수단을 동원했지만, 쿠마라는 그걸 극복해 캔자스를 쓰러트리고 원수를 갚았다.

이윽고 80층에서 미니츠와 크리슈나 일행이 합류하자, 제기온은 그들에게 충분한 휴식시간을 준 뒤에 자신에게 오도록 인도했다. 그리고 리무루도 놀랄 정도의 강자로 성장해 있던 제기온은 순식간에 미니츠 일행을 처치했으며, 이리하여 미궁 안에 있던 적의 세력은 일소되었다.

남은 것은 지상에 있는 20만의 제국군. 아직도 활약할 기회가 없었던 시온이랑 디아블로, 카레라의 주장에 밀린 베니마루가 소탕전을 모두에게 양보하자, 그를 대신하여 지휘관을 맡겨주길 바란다면서 모미지가 자원했다. 그녀에게 지지 않으려는 알비스가 이끄는 수인군도 가담하면서, 완전승리를 위한 소탕부대가 출격했다.

모두가 출전하면서, 그 자리에 베니마루와 단둘만 남은 리무루는 문득 어떤 생각을 떠올렸다. 만약 미궁 안에 적이 숨어 있다면, 지금이 좋은 기회이지 않은가 하고. 그리고 그 생각은 적중하고 말았다. 갑자기 리무루를 습격한 것은 마사유키의 동료인 버니였다. 그는 처음부터 마사유키

나 같은 놈을 위대하신 마왕이신 리무루 님으로 착각한 놈들의 잘못은 만 번 죽어 마땅하다.

괘씸한 자에게 살해당한 것도 모자라 그 유해를 농락당한 어머님의 원통함, 이 쿠마라가 확실하게 갚아주었습니다.

제국과의 결전이 한창 벌어지던 중에 그 정체를 드러낸 버니와 지우. 제국의 자객으로서, 마사유키를 이용하고 있었던 것이다.

를 이용하여 이런 기회가 오기를 기다리고 있었던 것이다. 더구나 또 한 명, 지우의 행방에 대해 리무루가 의문을 품었을 때, 마음속에 클로에의 경고가 들렸다. 그 덕분에 리무루는 지우의 기습을 피하면서 겨우 목숨을 건졌다.

두 사람의 정체는 임페리얼 가디언(제국황제 근위기사단). 그중에서도 상당한 강자였지만, 라파엘(지혜지왕)이 그들의 스킬을 해석했고, 그걸 이용한 도움을 받으면서 베니마루와 클로에가 그들을 격파했다. 하지만 두 명은 '부활의 팔찌'의 힘으로 미궁 밖으로 도망치고 말았다.

그 무렵, 칼리굴리오에게 마도전차사단에 동행하고 있었던 참모관인 미샤가 합류하면서, 마도전차사단과 공전비행병단이 전멸했다는 사실이 알려졌다. 게다가 부활의 팔찌의 힘으로 돌아온 크리슈나로부터는 미궁 안의 아군이 전멸했다는 보고가……. 칼리굴리오는 그제야 겨우 철군을 결심했지만, 이미 때는 늦은 뒤였다. 사자로서 찾아온 아게라로부터 노예가 될 것인가 항전할 것인가를 선택하라는 말을 듣고, 칼리굴리오는 철저항전을 선택했지만, 카레라가 날린 핵격마법으로 인해 잔존병력의 80퍼센트가 순식간에 재가

제국기갑개조병단, 섬멸전

'그래비티 컬랩스(중력붕괴)'로 인해 제국군의 대부분이 궤멸.

에스프리
카레라
아게라

디아블로
제국의 탈출자들을 살해, 본진으로 기습.

칼리굴리오
크리슈나
기갑개조병단

템페스트 수도 리무루

수왕전사단 · 알비스 (조르)
황색군단 · 게루도
자극중 · 시온 (고부조 / 다구라 / 류라 / 데부라)
홍염중 · 모미지 (고부아)

홍염중의 요기를 통합한 모미지의 '요천홍화염'으로 인해 제국군, 궤멸.

테스타와 울이 먼저 공을 세웠지만, 나도 만회할 수 있어서 다행이었어. 핵격마법을 더 많이 날려서 주군에게 칭찬받아야지!

되었다. 나머지는 소탕부대에게 죽임을 당할 뿐이었다.

그리고 칼리굴리오 앞에 디아블로가 찾아왔다. 모든 것을 잃은 슬픔과 깊은 회환에 젖은 칼리굴리오는 성인으로 각성하는 것에 성공했음에도 불구하고, 기량이 모자랐던 그는 디아블로에게 대적할 수도 없었기 때문에, 그대로 자신의 영혼을 빼앗기고 말았다.

●되살아난 자들

분명히 죽었을 텐데도 칼리굴리오는 무슨 이유인지 다시 눈을 떴다. 그의 주위에는 마찬가지로 틀림없이 죽었던 자들이 차례로 되살아나고 있었다. 그건 리무루가 한 일이었다. 악평과 필요 이상의 증오를 피하기 위해서 가능한 한 많은 수의 제국병사들을 '세이크리드 버스데이(대규모 소생술식)'으로 되살렸던 것이다. 칼리굴리오는 어느새 리무루에게 엎드려 절하고 있었다. 제국병사들의 마음속에는 리무루에 대한 감사와 외포(畏怖)의 감정만이 남았으며, 이미 적대하려는 생각은 하지도 않았다.

제국의 템페스트 침공은 지금 완전하게 실패로 막을 내린 것이다.

LEVEL UP!

리무루

마국연방의 군을 재편했다!

베니마루와 리무루는 영혼의 회랑을 연결했다!

버니와 지우가 배신했다!

제국군을 물리쳤다!

제국병사들을 되살려서 해방했다!

PICKUP

리무루의 명령을 받고 기뻐하면서 전장에 선 디아블로. 그의 손은 일체의 자비도 없이 적의 목숨을 차례로 빼앗았다.

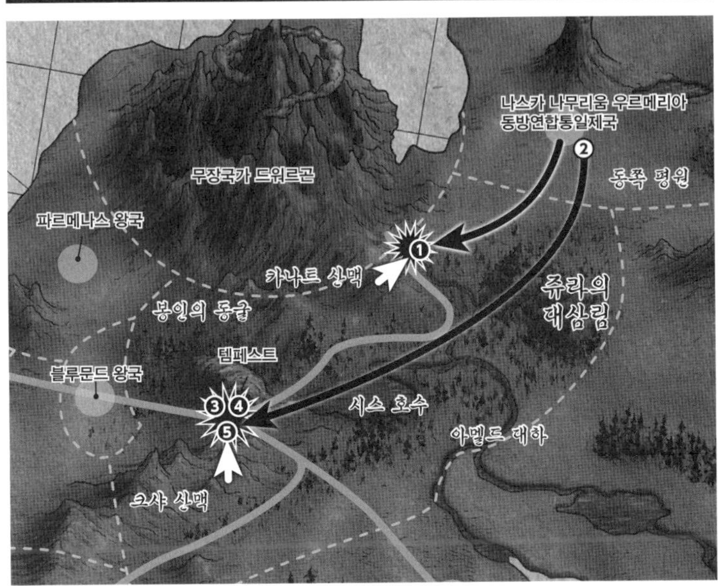

❶ 템페스트 군 VS 제국 기갑군단.
② 제국·기갑개조병단, 템페스트로 침공.
❸ 지하미궁에서 기갑개조병단을 각개격파.
❹ 버니와 지우가 리무루를 기습.
❺ 템페스트·밀림 연합군 VS 제국 기갑개조병단.

간단 회상록 ⓭

「격전! 템페스트 VS 동쪽 제국」

태초의 악마 녀석들, 위험한걸……. 핵격마법은 반칙이잖아.

테스타로사 씨 일행이 그렇게 위험한 사람이라는 얘기는 전 들은 적이 없습니다요!! 알았다면 야영할 때 잔소리 같은 건 하지도 않았을 겁니다요…….

너, 그 녀석들한테 잔소리를 했단 말이야?! 고부타 군, 나중에 뼈는 수습해줄게……. 그건 그렇고 악마들이 적이 아닌 게 정말 다행이로군. 자업자득이라곤 해도 제국군이 불쌍해지기 시작했어.

하지만 거의 대부분의 사람들을 되살려 주었으니까 역시 리무루 님은 자상하십니다요!

SPIN-OFF COMIC

만화 전생했더니 슬라임이었던 건에 대하여 Regarding Reincarnated to Slime 마물의 나라를 즐기는 법

읽으면 마국으로 가고 싶어진다! 별 세 개 클래스의 가이드 코믹

오카기리 쇼 작가님이 그리는 스핀오프 코믹이 마이크로 매거진 사의 온라인 잡지 '코믹라이드'에서 호평연재 중♪ 리무루로부터 마국연방의 가이드북 제작을 의뢰받은 래비트맨 소녀 프라메아. 그녀의 취재를 통하여 주민들의 생활이나 도시의 자세한 모습을 알 수 있으며, 본 작품 자체가 마국의 관광안내를 해주는 것이 재미있다.

↑→ 다양한 물건을 파는 상점에 현지에서만 맛볼 수 있는 먹거리를 파는 노점 등, 도시 안을 걷는 프라메아의 발길에 따라 그 활기찬 분위기를 느낄 수 있다.

↓↘→ 슈나랑 시온 등의 간부들에 마왕 라미리스랑 베루도라 같은 거물 캐릭터와의 교류장면도 많다. 그들의 일상에 주목!느낄 수 있다.

주목 POINT

베루도라가 운영하는 타코야키 노점이랑 세련된 옷가게, 따뜻한 온천에 피가 끓어오르는 지하미궁까지, 프라메아의 다양한 경험을 통하여 리무루 시에 있는 다양한 장소를 볼 수 있는 것이 즐겁다. 또한 다함께 꽃구경을 간다거나 해수욕을 즐기러 가는 등, 원작소설에도 없는 오리지널 성격이 큰 에피소드도 볼만한 부분♪

Contribution 오카기리 쇼

인물기록
CHARACTERS

마 국 연 방
요마족
리무루 템페스트

인간과 마물의 공존을 목표로 삼고 있으며, 한계를 알 수 없는 슬라임 마왕

쥬라의 대삼림 안에 있는 '봉인의 동굴'의 마력요소가 쌓인 곳에서 태어난 슬라임. 이세계의 샐러리맨인 미카미 사토루가 어떤 폭력범의 칼에 찔려 목숨을 잃은 뒤에 전생한 모습이다.

맨 처음 만난 '폭풍룡' 베루도라와 친구가 되면서 이름을 받았고, 그런 뒤에 마물을 다스리는 쥬라의

Topic 1 새로이 태어난 슬라임 바디

보기에는 탱글탱글하고 매끈한 월백색의 만쥬 모양. 슬라임이기 때문에 수면도 식사도, 호흡조차도 딱히 필요가 없다. 생식도 하지 않으므로 성별도 없지만, 전생하기 전에 남성이었기 때문인지, 여성을 좋아하는 것 같다.

Topic 2 극상의 쾌적한 생활을 목표로 삼아라!

리무루의 가장 큰 목적은 어쨌든 쾌적하게 사는 것. 더구나 현대 일본 수준의 생활이 목표이며, 수세식 화장실 같은 인프라 정비와 특히 먹을 것에 대한 집착이 강하다. 기억에 남아 있는 음식을 차례로 재현하고 있는 것에는 히나타도 어이가 없다는 반응을 보였다.

"나는 상당히 낭만을 사랑하는 남자이거든?"

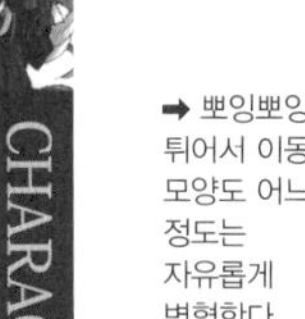

➡ 뾰잉뾰잉하고 튀어서 이동하며, 모양도 어느 정도는 자유롭게 변형한다. 제법 쾌적한 몸이다.

숲의 맹주가 되었으며, 나아가선 쥬라 템페스트 연방국의 맹주가 되었을 뿐만 아니라, 결국에는 마왕으로 각성하여 '옥타그램(팔성마왕)'의 일원의 자리에까지 오르게 되었다. 그런 자리에 올랐으면서도 기본은 온화한 평화주의자이며, 사람이 좋아서 부탁을 받으면 잘 거절하지 못하는 성격을 가진 것은 인간의 샐러리맨이었을 때부터 변하지 않았다. 목표는 마물과 인간이 즐겁게 공존할 수 있는 세계를 만드는 것으로, 세계를 정복하려는 야망은 가지고 있지 않았다. 하지만 보유 중인 전력은 늘어나고 있으며, 지배하는 구역은 점점 넓어지고 있는지라, 그의 의도와 관계없

어빌리티

주요 스킬 등

벨제뷔트(폭식지왕) / 라파엘(지혜지왕) / 베루도라(폭풍지왕) / 우리엘(서약지왕) / 무한재생 / 마왕패기 / 만능감지 / 다중결계 / 흑염뢰

전생할 때에 얻은 '포식자'는 오크 디재스터를 포식함으로써 획득한 '굶주린 자(기아자)'를 흡수 및 융합하여 '글러트니(폭식자)'로 진화했다. 더구나 리무루가 마왕으로 진화했을 때에 '무자비한 자(심무자)'를 소비 및 통합하여 궁극능력 '벨제뷔트'로 진화했다. 또한 마왕이 되었을 때엔 모든 능력의 진화에 앞서 '대현자'가 '변질자'를 통합하여 궁극능력 '라파엘'로의 진화를 이루었다. 그 일로 인해 '무한뇌옥'의 해석이 단번에 진도가 빨라지면서, 갇혀 있던 베루도라의 해방에 성공한다. 영혼의 회랑을 연결함으로써 '베루도라(폭풍지왕)'을 얻었으며, 나아가선 '무한뇌옥'을 진화시킨 '우리엘'도 획득했다.
스킬 외에 원소마법이나 정령마법 등, 마법의 소양도 있다. 상위악마소환은 템페스트(마국연방)의 군비강화에 크게 공헌하는 등 전투 이외의 방면에서 활약하는 능력도 다수 보유하고 있다. 이뿐만 아니라 다양한 내성을 지니고 있어서, 대미지를 받아도 마력요소가 있는 한은 무한히 재생할 수 있다.

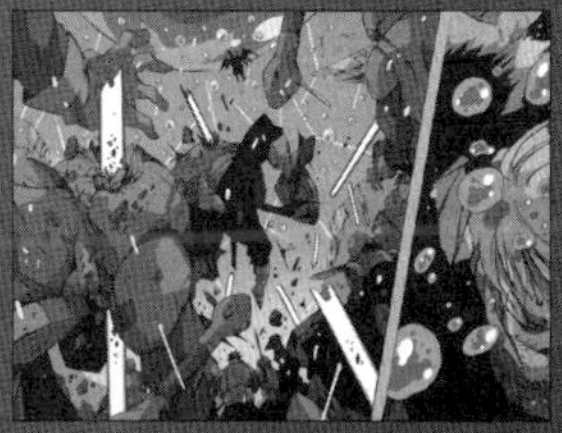

⬆파르무스 군 2만을 순식간에 궤멸상태로 몰아넣은 '메기도(신의 분노)'. 수많은 물방울에 빛을 반사시켜서 대상에게 일제히 발사하는 대량살상마법이다.

⬆'완전기억'으로 인해 영혼이 무사하다면 몇 번이고 소생시킬 수가 있게 되었다.

이 패도를 걸어가게 된 것 같다는 점은 부정할 수 없다.

원래 타고난 도량이 큰 성격인지 아닌지는 불명이지만, 다른 자들이 놀라서 황당해 할 정도로 대담한 짓을 대수롭지 않게 해낸다. 동료가 된 모든 마물이나 태초의 악마들에게 이름을 지어주는 행동이 그 전형. 하지만 그런 점이 인간과 마물과 악마들을 매료시키면서 리무루의 주변에는 그를 돕는 우수한 인재들이 보여드는 것이다.

Topic 3 잃을 수 없는 소중한 동료들

대부분의 일에 느긋한 반응을 보이는 리무루지만, 동료를 잃는 것만큼은 참지 못하고 마음의 평정을 잃어버린다. 마왕이 된 것도 무참하게 살해당한 시온을 비롯하여 동료들을 부활시키고 싶다고 생각한 것이 가장 큰 이유였다.

인물 관계도

베루도라
이 세계에서 맨 처음 사귄 친구.
인생 최초의 친구.

밀림
조카 같은 존재.
절친이다

라미리스
묘르마일
긴밀하게 협력하고 있음.

오니들
친애하는 나의 주인.
감복함으로 동경하면서 절대적인 신뢰를 보냄.

쥬라의 숲 마물들
우리의 왕.
다들 열심히 일해줘서 고마워.

악마들
여차하면 위험한 존재지만 믿음직스러움.
존경하는 주인.

에르메시아
문화를 통해 우호관계를 맺음.
문화 수준에 놀람.

루미너스
츤데레이려나?

히나타
어떤 의미에선 존경.

가젤

학생들

적대관계

유우키
그란베르
동쪽 제국

마사유키
요움
어디까지나 함께 하겠습니다
시키는 대로 역할을 잘 연기해줘서 도움이 됨

이 세계에 전생하면서 아는 사람이 많이 늘었네. 난감한 일도 있었지만, 다들 좋은 사람들뿐이라 나는 행복해!

➡ 옷은 특수하고 희귀한 소재를 이용한 특제품. 움직이기 쉽고 방어력도 상당히 높다.

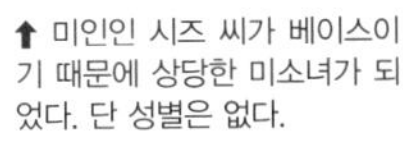
⬆ 미인인 시즈 씨가 베이스이기 때문에 상당한 미소녀가 되었다. 단 성별은 없다.

Topic 4 운명의 여성과의 만남과 이별

시즈 씨, 즉, 이자와 시즈에와의 만남은 운명과 같은 것이라고 말할 수 있을 것이다. 같은 고향 출신의 사람으로선 처음 만난 그녀를, 본인의 부탁에 따라 '포식'한 리무루는 자신이 의태하게 될 그녀의 '모습'과 그녀가 마지막까지 마음에 두고 있던 미련도 이어받았다. 시즈 씨는 확실히 소멸했지만, 때때로 리무루의 꿈속에 나타나 다양한 메시지를 전해주곤 한다. 특히 클로노아의 안에 있는 클로에의 영혼에 간섭했을 때엔 심상풍경 속에 기억과 똑같은 모습으로 나타나서 리무루를 인도해주는 역할을 맡았다. 리무루에게 있어서 그녀는 마음의 버팀목이라고 할 수 있는 존재이다.

마 국 연 방

오니(요귀)

베니마루

군의 모든 것을 지휘하는 믿음직한 사무라이 대장

리무루의 오른팔이라고도 할 수 있는 오니(요귀)인 젊은이. 오크 로드의 침공에 의해 멸망한 오거 족장의 아들로, 일족의 생존자 몇 명과 함께 리무루에게 충성을 맹세하게 되었다. 사무라이 대장이라는 클래스를 부여받은 이후로 템페스트의 군사부문을 담당해온 그는 지금은 군사에 관한 모든 것을 넘겨받는 등, 리무루의 전면적인 신뢰를 얻고 있다. 제국

어빌리티

주요 스킬 등

다스리는 자(대원수) / 염열지배 / 흑염

오니의 젊은 리더답게 '대원수'라는 유니크 스킬을 지녔으며, 주위의 동료들을 잘 활용하는 지휘관이다. 단독 전투에선 불 속성의 마법이 특기이며, 상태이상무효랑 물리공격무효 등의 풍부한 내성도 갖추고 있어서 높은 전투력을 자랑한다. 다중결계나 공간이동도 사용할 수 있는데다, 리무루에겐 미치지 못하지만 다양한 스킬을 지녔으며, 만능에 가깝게 구성되어 있다.

"제가 필두……
삼가 그 명을 받들겠습니다!"

↑ 진홍색의 머리카락에 검은 두 개의 뿔. 허리에 대태도를 찬 모습에선 총대장의 위엄이 느껴진다.

과의 전쟁을 앞두고, 군의 총대장으로서 직속 친위대인 '쿠레나이(홍염중)'와 네 개의 군단을 지휘하며, 나아가선 리무루의 측근에 해당하는 사천왕의 필두를 담당하게 된다. 일족의 후계자라는 정신적인 짐이 있었을 때엔 성격이 급하고 혈기왕성했지만, 다양한 경험을 쌓으면서 스스로를 잘 다스려 냉정한 판단을 내릴 수 있는 우수한 사령관으로 성장했다.

Topic 1 바뀌었지만 바뀌지 않았다?

군의 지휘관으로서 정신적으로도 성장하면서, 침착함을 유지할 수 있게 된 것처럼 보이는 베니마루지만, 그 본성은 바뀌지 않았다. 수왕국 유라자니아를 사절로 방문했을 때엔 마왕 칼리온에게 싸움을 걸어봤다고 하는데, 그 말을 들은 리무루에게 식은땀을 흘리게 만들었다.

Topic 2 소극적인 연애사정

지위와 실력, 뛰어난 용모를 골고루 갖춘 베니마루는 물론 아주 인기가 많다. 그중에서도 텐구인 모미지와 수인족인 알비스로부터는 아내의 자리를 건 진지한 어프로치를 받고 있다. 하지만 본인은 연애 쪽으론 둔하기 때문에 꽤나 소극적이다.

마국연방

오니(요귀)

슈나

향응부터 개발까지 해내는 다재다능하고 가련한 무녀공주

과거에는 오거의 공주이자 무녀, 베니마루의 여동생이기도 한 오니의 소녀. 칸나기(무녀공주)라는 클래스를 얻은 뒤로는 재봉기술로 직물공방의 생산에 공헌하기도 하고, 요리 실력을 이용해 접대요리를 감수하기도 하며, 교양을 활용하여 외교를 막힘없이 진행시키는 등, 리무루의 실질적인 비서로서 다채로운 재능을 발휘한다. 일족의 공주로서 단아한 분위기를

어빌리티

주요 스킬 등

깨닫는 자(해석자) / 만들어내는 자(창작자) / 위엄 / 신성마법

신성마법을 이용한 전투력뿐만 아니라, 다양한 서포트 계열의 스킬을 지녔다. 그중에서도 '해석자'는 리무루의 '포식자'를 분석능력으로 진화시킨 것 같은 스킬이며, 대상을 포식하지 않고 눈으로 보기만 해도 해석할 수 있다. '창작자'에 의한 물질변환으로 다양한 물건을 만들어내는 것도 가능하다.

"어떤가요, 맛있죠? 이게 조화라는 것이랍니다!"

⬆ 온순하고 정숙한 외모를 가지고 있지만, 웬만한 일에는 동요하지 않은 강한 마음을 지녔다.

풍기는 자상한 성품을 갖고 있지만, 착실한 성격에 두려움을 모르며, 또한 스킬 '깨닫는 자(해석자)'를 이용하여 마물이면서도 신성마법을 습득하는 등 전투능력도 상당히 높다. 리무루를 주인으로서 존경하고, 나아가선 한 사람의 마물로서 사모하고 있으며, 그 마음은 시온의 라이벌 선언을 당당하게 받아들일 정도로 진지한 것 같다.

Topic 1 리무루에 대한 마음

리무루에게 성별이 없다는 것을 잘 알면서도 연애감정에 가까운 호의를 품고 있는 슈나. 평소에는 갸륵할 정도로 리무루에게 지극정성을 다하는 그녀지만, 리무루가 여성들에게 둘러싸여 즐거워하고 있으면 무서~운 미소로 견제하는 일도 종종 있다.

Topic 2 완성한 신성마법

신성마법을 쓰려면 신앙의 대상이 되는 것(대부분은 신)이 필요해지게 된다. 스킬 '해석자'를 통해 모방한 슈나의 신성마법은 루미너스에게 배운 비술을 사용하여, 리무루를 신앙의 대상으로 삼아 완성했다.

마 국 연 방

오니(악귀)

시온

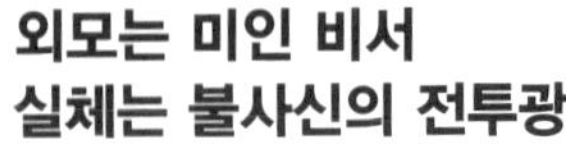

외모는 미인 비서 실체는 불사신의 전투광

리무루의 필두비서를 맡고 있는 오니 여성. 오거의 마을의 생존자 중 한 명이며, 베니마루 일행과 함께 리무루의 신하가 되었다. 부여받은 모노노후(무사)라는 클래스는 비서와 호위를 겸하는 것에 해당하지만, 직선적인 성격에 무엇이든 힘으로 해결하려고 드는 열혈바보인지라 비서로선 그다지 도움이 되지 못한다. 하지만 전투력은 아주 높기 때문에 호위

어빌리티

주요 스킬 등

투신화 / 천안 / 잘 처리하는 자(요리인) / 완전기억

리무루가 마왕으로 각성했을 때에 기프트(축복)로서 얻은 '요리인'은 자신이 바라는 결과를 대상에 덧씌울 수 있는 강력한 스킬. '완전기억'에 의해 육체가 파멸되어도 재생가능한 반정신생명체로 진화했다. '투신화'를 활용한 접근전에선 뛰어난 실력을 자랑하며, 마국연방 굴지의 전투력을 갖추게 되었다.

"아아, 그렇게 늠름하신 모습을 뵐 수 있게 되어서 시온은 행복합니다!"

로선 더할 나위 없이 믿음직스럽다. 리무루를 무조건적으로 신뢰하며, 폭주 기미가 있는 충성심과 최상의 호의를 보내고 있다. 적의 손에 의해 목숨을 한 번 잃은 적이 있지만, 마왕이 된 리무루의 비술에 의해 반정신생명체로서 소생하는데 성공했다. 현재는 함께 소생한 불사의 전투 집단 '부활자들(자극중)'을 이끌고 있다.

← 스타일도 좋아서, 보기에는 쿨 뷰티. 하지만 그 본성은 상당히 아쉽다.

Topic 1 살인적인 요리 스킬

정상적인 미각을 지니고 있음에도 불구하고, 무슨 이유인지 요리 실력은 궤멸적이며, 한 입 먹는 것만으로도 졸도하면서 죽음을 각오해야 하는 정체불명의 물체를 만들어낸다. 스킬 '잘 처리하는 자(요리인)'을 얻은 덕분에 맛은 좋아졌지만, 생긴 것과 식감은 바뀌지 않아서 더 악질적이다.

Topic 2 무대 위에서 보여준 광채

개국제가 열렸을 때 무대 위에서 슈나의 피아노와 함께 바이올린 연주를 선보였다. 리무루의 걱정과는 달리, 그녀가 연주하는 멋진 선율은 관중들을 매료시켰다. 그 음색은 결코 벼락치기로 익힌 것이 아닌, 진정한 광채를 느끼게 만들었다.

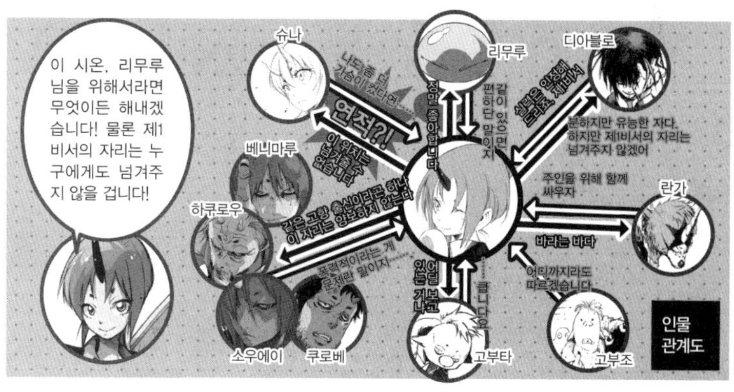

마 국 연 방

오니(요귀)

소우에이

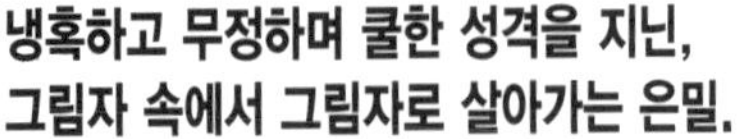

냉혹하고 무정하며 쿨한 성격을 지닌,
그림자 속에서 그림자로 살아가는 은밀.

그림자 이동과 분신을 구사하여 첩보활동을 벌이는 오니 청년. 오거의 닌자 일족이었다고 하며, 리무루의 은밀(隱密, 밀정)로서 다양한 곳에서 정보를 모아온다. 전투능력도 높으며, 그 전법은 사적인 감정을 개입하지 않는데다 냉혹하고 비정하다. 평소에는 과묵하고 무표정하지만, 분노가 정점에 달하면 미소를 짓는 위험한 타입이기도 하다. 그런 위험한 매력

어빌리티

주요 스킬 등

숨어드는 자(은밀자) / 분신화 / 위압 / 점강사(끈끈하고 강한 거미줄)

'은밀자'는 첩보활동에 특화된 스킬로 밀정 등의 임무를 맡는 일이 많다. 독이나 마비를 부여하여 요인을 암살하는 것도 가능하다. '분신화'나 '점강사'를 구사한 지혜로운 전법으로 싸우기 때문에 표면적으로 드러난 전투능력도 아주 높다.

"닥쳐라. 네놈은 그저 리무루 님의 질문에만 대답하면 된다."

⬆칼을 등에 진 스타일의 검은 복장은 닌자 분위기에 어울리며, 그의 쿨한 매력을 잘 이끌어내고 있다.

에 이끌리는 여성도 많은 듯 하며, 본인도 인기가 있다는 걸 알고 있지만, 기본적으로 리무루와 동료 외에는 흥미가 없다. 리무루에게 절대적인 충성을 맹세하고 있으며, 그의 명령을 가장 우선시한다. 현재는 '오니와반(에도 막부 시대에 존재했던 쇼군의 직속 밀정의 명칭)'의 두령으로서 은밀집단 '쿠라야미(람암중)'를 휘하에 두고 있다.

Topic 1 편리한 분신체

소우에이의 분신은 최대 다섯 명. 본체와 상호 연락을 할 수 있다. 구분해내는 것이 어려울 정도로 똑같으며, 본체보다는 능력이 약간 떨어지지만 손색없는 활동을 한다. 더구나 분신체만이라면 비록 살해당하더라도 문제가 없다고 한다.

Topic 2 친구이자 라이벌인 관계

일족의 후계자인 베니마루를 따르는 입장에 있었던 소우에이. 하지만 나이가 비슷하기 때문인지 사이가 좋으며, 서로에게 하고 싶은 말을 거리낌 없이 할 수 있는 사이였던 것 같다. 친구이자 라이벌이기도 한 관계는 지금도 바뀌지 않았다.

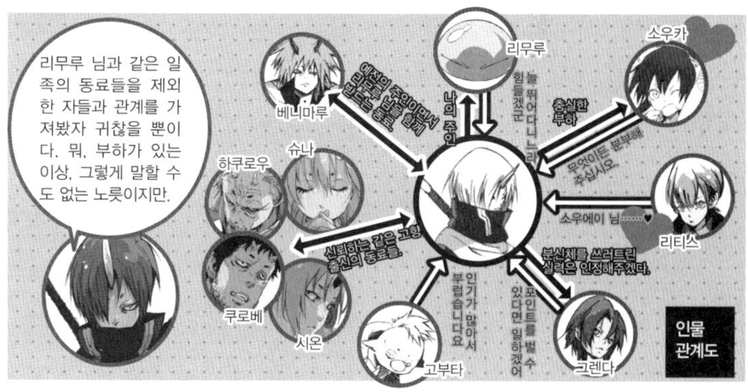

마 국 연 방

오니(요귀)

하쿠로우

악귀처럼 엄격하며, 검의 길만 걸어온 검술스승.

'검귀'라는 이명을 지닌, 오거 마을의 생존자 노인. 그 검기는 엄청나며 검만 쓰는 싸움이라면 마왕과도 충분히 맞서 싸울 수 있을 정도. 리무루의 신하가 되면서 검술스승이라는 클래스를 얻은 이후, 리무루랑 병사들을 단련시키고 있다. 그 수행은 말 그대로 악귀처럼 엄격하며, 소질이 있어 보이는 자에겐 한층 더 인정사정이 없다. 참고로 그 검기는 생선의 회를 뜨는 기술에도 활용되며, 초밥을 만드는 실력도 상당하다.

Topic 딸을 상대로 보여주는 의외의 일면

현재 텐구의 장로인 카에데와 사랑에 빠진 과거가 있으며, 아이가 태어났다는 것이 판명되었다. 그 딸인 모미지 본인의 희망에 따라 제자로 삼았지만, 시간이 날 때에는 데이트를 즐기기도 하는 등, 평소에는 상상도 할 수 없을 정도로 딸에게 푹 빠져 있다.

"후훗, 오래 살고 볼일이구먼."

⬆ 상당히 늙었지만, 리무루가 이름을 지어준 덕분에 진화하여 초로의 나이대로 젊어졌으며, 그 실력도 강해졌다.

어빌리티

주요 스킬 등

극에 달한 자(무예자) / 위압 / 투기법 / 천공안

오랜 시간 동안 쌓아온 수행과 역전의 경험에 의해 극에 달한 검기를 사용하는 자. 더구나 유니크 스킬 '무예자'의 권능인 '천공안'으로 인해 마력요소의 흐름이나 크기를 정밀하게 감지할 수 있다. 자신의 요기를 자유롭게 다루는 아츠인 '투기법'도 구사하는 노련한 전법은 '검귀'라는 이름에 잘 어울린다.

마국연방

오니(요귀)

쿠로베

특급의 무기를 만들어내는 신의 손을 지닌 대장장이 장인

대장장이로서 간부들의 무기제조를 혼자서 도맡고 있는 오니 남성. 오거의 대장장이 집안 출신으로, 리무루로부터 도공의 클래스를 부여받은 뒤로는 대장간과 공방에서 무기랑 방어구의 생산에만 계속 몰두하고 있다. 전투능력은 낮지만, 스킬 '신 급의 장인'을 얻었기 때문에 만드는 무기는 적어도 레어(희소)급, 최상의 결과가 나왔을 때는 유니크(특질)급에 이른다. 현재는 제자들을 육성하면서, 레전드(전설)급 무기를 만들어내는 것을 목표로 삼고 있다.

가문의 원류에 남아 있는 수수께끼

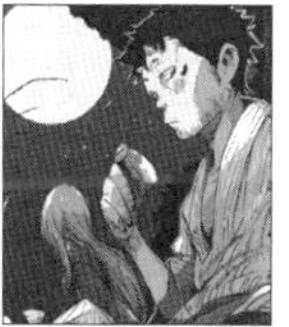

쿠로베의 집안은 대대로 대장장이 가문이었다고 한다. 먼 옛날, 마을로 흘러들어온 갑옷무사들로부터 그 제조법을 배웠다고 한다. 일본도 같은 그들의 무기를 보고, 리무루는 그 갑옷무사들은 이세계인이 아닐까 하는 생각을 했지만, 진상은 수수께끼에 싸여 있다.

"바라시는 대로, 아니, 그 이상의 물건을 준비했습니다"

↑ 미형으로 진화한 오니 중에서 소박한 외모를 그대로 유지하고 있는 것을 보고 리무루는 친근감을 느꼈다.

어빌리티

주요 스킬 등

신 급의 장인 / 염열조작 / 열변동내성

불꽃을 다룰 수가 있지만, 전투력은 다른 오니들에 비하면 낮으며, 그 능력은 대장장이 일에 특화되었다. 그중에서도 '신 급의 장인'은 '만물해석', '공간수납', '물질변환'의 권능을 동시에 갖춘 유니크 스킬이며, 쿠로베의 뛰어난 장인기술을 뒤에서 받쳐주고 있다. 다양한 장비품을 제작함으로써, 마국의 방위 및 경제에 공헌하고 있다.

마 국 연 방

홉고블린

고부타

할 때는 한다!
엉뚱한 짓을 잘 하지만
왠지 밉지 않은 까불이.

고블린 라이더의 대장을 맡고 있는 홉고블린 청년. 리무루가 맨 처음 동료로 삼은 고블린들 중 한 명이며, 칭찬을 받으면 금세 우쭐해지는 느긋한 바보이지만, 감만으로 템페스트 울프(람아랑족) 소환 같은 스킬을 습득하는 등 묘한 재능을 발휘할 때가 있다. 행동으로 옮겨야 할 때를 오판하지 않으며, 남들 몰래 노력을 게을리 하지 않는

어빌리티

주요 스킬 등

나에게 힘을(마랑소환) / 현자 / 동일화

평소에는 어딘가 맹한 구석이 있지만, 주위 사람들이 인정하는 전투의 천재. 밀림과의 수행으로 '현자'를 획득하면서, 전술의 폭도 넓어졌다. '변신(마랑합일)'으로 란가와 합체할 수 있다. 고블린 라이더의 대장을 맡는 등, 그 실력은 마국에서 손꼽히는 수준.

"오늘의 저는 예전과 다릅니다요!"

⬆ 이름을 받고 진화했음에도 불구하고, 무슨 이유인지 외모에 거의 변화가 없었다.

노력가이기도 하기 때문인지, 주위의 평가도 아주 높다. 그렇기 때문에 새로이 재편된 템페스트 군에선 드디어 제1군단장으로 취임하는 것이 결정되었다. 리무루와는 함께 밤의 가게를 찾아가기도 하고, 바보짓을 벌이기도 하는 등, 부하이긴 하지만 악우 같은 존재이기도 한 관계를 유지하고 있다.

Topic 1 보기와는 다른 천재성

누구보다 빠르게 템페스트 울프의 소환에 성공하거나 '변신(마랑합일)'을 획득하는 등, 외모로 봐서는 상상하기 힘들지만 천재성을 발휘한다. 무투대회에선 자폭하긴 했지만, 그 힘으로 인해 결과적으로 사천왕의 자리를 손에 넣었다.

Topic 2 미워할 수 없는 녀석

생각 없는 발언도 많이 하기 때문에 종종 누군가의 지뢰를 밟기도 하는 고부타. 애교가 있기 때문인지, 인덕인지, 왠지 모르게 상대가 쉽게 용서를 해줄 뿐만 아니라 고부타를 마음에 들어 하는 것도 그의 묘한 재능 중의 하나다. 상당히 부러운 성격이다.

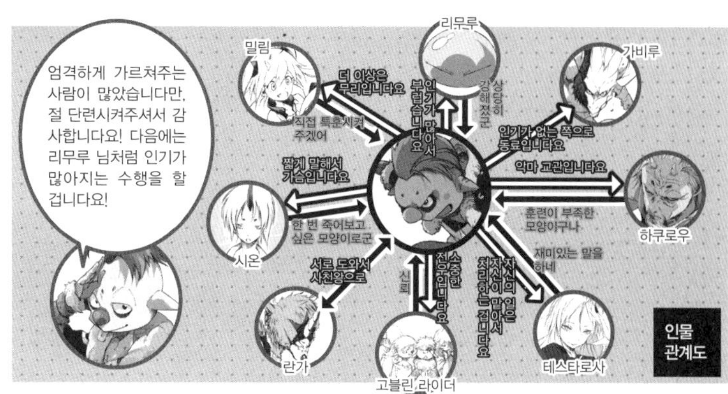

마 국 연 방
템페스트 스타 울프
(흑람성랑)
란가

충실한 호위이자 날카로운 이빨을 지닌 리무루의 애완동물

늘 리무루의 그림자 속에 숨은 채로 호위하는 템페스트 스타 울프(흑람성랑). 일족과 함께 고블린 마을을 습격했을 때 리무루에게 패했고, 쓰러진 보스인 아버지를 대신하여 일족을 이끌고 리무루에게 충성을 맹세했다. 원래는 고개를 들어 쳐다봐야 할 정도로 거대한 요수지만, 리무루의 말을 듣고 평소에는 반 정도의 크기로 몸집을 줄여 생활하고 있다. 리무루에겐 마치 애완동물처럼 애교를 부리면서 따르고 있으며, 그림자에서 벗어나야 하는 임무를 명령받으면 풀이 죽어버린다.

Topic 1 호흡을 맞춘 합체기가 작렬!

협력자가 있으면, 서로의 힘을 상승시킬 수 있는 성질이 있는 란가의 종족. 무투대회에선 협력자인 고부타와 소환수로서 동일화하는 '변신(마랑합일)'을 보여줬다. 고부타가 하지만 란가의 힘을 완벽히 제어하지 못하면서 결과는 자폭으로 끝났다.

어빌리티

주요 스킬 등

마랑왕 / 사념전달 / 초후각 / 죽음을 부르는 바람 / 검은 번개

'그림자 이동'이랑 '사념전달' 등의 보조적인 스킬에, 추가로 번개 계열의 마법을 이용한 공격도 가능하다. 그러나 그 진면목은 기동력을 살린 전투와 '마랑왕'을 이용하여 일족을 완전히 통솔하는 연계공격에 있다. 고부타와의 콤비는 경이적.

"맡겨주십시오, 나의 주인이여!"

➡ 칠흑의 털을 두른 거대한 체격과 두 개의 뿔. 하지만 리무루 곁에서 꼬리를 흔드는 모습은 거의 애완동물인 강아지 수준이다.

Topic 2 전체이자 하나인 종족 특성

좀처럼 볼 수 없는 희소종족인 특A급의 템페스트 스타 울프로 진화한 란가. 그 일족은 '전체이자 하나'라는 존재이기 때문에 리무루에게 이름을 받은 란가가 진화하자, 일족 전체가 함께 진화를 이루었다.

내정부터 외교까지 모든 것을 다 해내는 총괄자

마국연방

홉고블린

리그루도

고블린 킹이라는 클래스를 얻으면서, 수도 리무루의 행정을 총괄하고 있는 홉고블린 남성. 리무루가 맨 처음 동료로 삼은 고블린 마을의 촌장으로, 처음 만났을 때엔 쇠약한 노인이었지만, 이름을 받으면서 근골이 장대한 남자로 진화했다. 국내의 세부적인 행정은 물론이고 외교적인 교섭도 해낼 수 있는 유능한 남자이기에, 리무루는 그를 완전히 신뢰하고 있다. 템페스트의 드러나지 않은 실력자라고 할 수 있을 것이다.

"오오, 리무루 님! 방금 전의 연설은 정말 훌륭했습니다"

Topic 여차할 때는 근육이 운다!

온화한 인품이긴 하지만, 의외로 호전적이고 무투파인 일면도 갖추고 있다. 다툼이 커지면서 중재도 마음대로 되지 않을 때엔 늘 일상적으로 단련하고 있다는 그 근육이 불을 뿜는 것 같다. 화를 내게 만들면 상당히 위험, 할지도 모른다.

마국연방
홉고블린
리그루

리그루도의 아들이며 젊은 홉고블린 세대를 이끄는 중심적 존재. 마국연방의 경비대장으로 A랭크 오버의 실력을 가진 자. 동쪽 제국의 침공에 대비하여 군을 편성할 때엔 마인혼성군의 군단장으로서 베니마루의 추천을 받는 등, 종족이 다른 동료들의 평가도 높다.

마국연방
홉고블린
고부아

베니마루의 휘하에 있는 '쿠레나이(홍염중)'의 대장. 베니마루로부터 전술론을 배우면서, 임시 지휘관으로서 실력을 발휘해줄 것을 기대받고 있다. 원래는 고블린이었지만, 현재는 오거로 진화한 상태다.

마국연방
홉고블린
고부치/고부토 고부츠/고부테

고부타의 부관을 맡고 있는 네 명의 고블린 라이더 멤버. 고부치는 테스타로사와 울티마에게 잔소리를 시작한 고부타를 말리는 등 좋은 브레이크 역할로서, 고부타를 가장 가까이서 서포트한다. 고부토는 실력은 나름대로 있지만 자신감이 지나치며, 리무루로부터 얻은 이세계의 지식을 통해 중2병을 앓고 있다. 고부츠와 고부테는 쌍둥이 남매이며, 오빠인 고부츠가 여동생인 고부테를 지원하는 콤비네이션이 특기이다.

마국연방
홉고블린
고부조

'부활자들(자극중)'의 멤버이며, 시온의 친위대 중 한 명. 어딘가 멍해 보이는 구석이 있지만, 전투 면에선 부하들로부터 "역시 고부조 씨는 대단해!"라는 칭송을 받을 정도로 강한 실력을 가지고 있으며, 잘 죽지 않는 체질을 활용한 돌격전법이 특기이다.

마국연방
홉고블린
고부에

'자극중'의 일원. 어리게 보이지만 나이는 고부타 일행보다 많다. 임기응변을 활용한 전법이 특기이다. 성기사단과의 싸움에선 큰 공을 세웠다.

마국연방
홉고블린 **고부이치**

슈나 밑에서 요리를 담당한다. 그 실력은 발군이며, 슈나의 부재 시에는 총요리장을 맡는 일도 있을 정도.

마국연방
홉고블린 **고부큐**

미르드의 제자이며, 목공 도편수. 개국제까지의 짧은 기간 동안 차례로 건물을 완공했다. 도로정비 등에도 최선을 다해 일하고 있다.

마국연방
홉고블린 **고부나**

부드럽고 온화한 성격을 지닌 고블리나. 우수한 사냥꾼으로 식량조달 등에서 활약 중.

마국연방
홉고블린 **고부에몬**

고부타와의 싸움에 진 이후로, 묘르마일 밑에서 수업 중인 고고한 홉고블린. 리무루로부터 타도(打刀)를 받은 것을 자랑스럽게 여기고 있다.

마국연방
홉고블린 **하루나**

고부이치와 함께 슈나 밑에서 일하는 고블리나. 자신이 발명한 말차 푸딩을 베루도라가 아주 마음에 들어 하는 등, 과자 만들기에 뛰어난 재능을 가지고 있다. 슈나로부터 예절과 매너를 배우면서 내빈의 접대 등도 담당하고 있다.

마국연방
홉고블린 **로그루도/레그루도 루그루도/리리나**

로그루도는 행정의 최고위직에 있으며 아주 호탕한 남자. 위치상 부하인 울티마로부터 '아저씨'라고 불리고 있다. 레그루도는 입법기관의 수장. 카레라의 감시와 보좌도 담당한다. 루그루도는 사법기관의 최고위직에 있다. 속이 검은 일면도 있지만, 판단은 공명정대하게 내린다. 리리나는 여성간부 중에선 슈나 다음으로 리무루의 신뢰를 받는 모양이며, 동쪽 제국과 전쟁을 벌이기 전에 열었던 작전회의에도 참가하고 있었다. 무슨 이유인지 리무루가 '씨'라는 호칭으로 부르고 있다. 개국제에선 식재료의 관리 등을 담당했다.

레그루도

로그루도

리리나

루그루도

마국연방 제일의 대장장이 장인

원래는 드워르곤에서 공방을 열고 있던 실력 있는 장인으로, 과거에는 왕궁기사단 공작부대단장이었다. 마국의 초창기에 리무루가 스카우트해왔다. 종족을 구별하지 않고 대하는 등, 인간적으로 통이 큰 인물. 쿠로베와 함께 공동으로 많은 무기와 방어구 및 도구를 발명했으며, 그중에서도 구멍이 뚫린 무기에 끼우는 코어(마옥)의 개발은 그의 실력에 힘입은 바가 크다. 드워르곤에서 살던 시절에 사이가 좋지 않았던 베스터와도 공동으로 마도열차를 개발하는 사이다.

카이진과 함께 건국 전부터 리무루를 따랐던 드워프 3형제 중의 차남. 세공이 특기이며, 진짜 부적술사 못지않은 각인마법도 구사할 수 있기 때문에 매직 웨폰(마법무구)의 제작도 담당하고 있다.

카이진이 돌봐주고 있던 3형제의 장남으로, 카이진과 함께 이주해왔다. 소재만 있으면 유니크(특질)급의 방어구를 만들어낼 수 있을 정도의 실력을 지닌 방어구 장인. 리무루의 아바타(가마체)가 착용하는 방어구도 직접 만들었다.

드워프 3형제의 막내. 매우 솜씨가 좋은 인물로 소재가공이나 예술, 건축 등 다양한 분야에 걸쳐 활약한다. 천재이면서 과묵한 인물이지만 주변 사람들과의 인간관계도 좋으며, 리무루의 도시 건설에 매진하고 있다.

마국의 발전을 위해 열심히 노력하는 솜씨 좋은 상인

원래는 블루문드 왕국을 거점으로 하는 대상인이었다. 리무루가 구해준 것이 계기가 되어 템페스트(마국연방)으로 이주했으며, 재무총괄부문과 홍보 및 선전의 책임자가 되었다. 노회하면서도 맺고 끊는 것이 확실한 성격. 유일한 인간 간부이지만, 주변에 강력한 마물들만 존재하는데도 불구하고 일을 잘 처리하고 있어서, 리무루의 신뢰는 두텁다. 던전(지하미궁)을 실제로 선보였을 때 부활의 팔찌의 효과를 알리기 위해서 목을 잘리는 등, 직접 희생을 자처하는 일도 있다.

연구자 기질의 드워프

템페스트 기술연구의 중심인물 중 한 명. 과거에는 드워르곤의 대신으로 귀족 출신이었지만, 원래는 연구자로서 연구에 몰두하는 것이 더 성격에 맞는 것 같으며, 가비루와 히포크테 풀을 재배하거나 카이진과 마도열차를 개발하는 등, 차례로 공적을 쌓고 있다. 최근에는 마왕을 비롯하여 터무니없는 수준의 마물들과도 같이 일하고 있지만, 그런 생활에도 의외로 빨리 익숙해지고 있다.

마 국 연 방

드라고뉴트

(용인족)

가비루

실은 문무다재?!
강한 힘을 지닌 드라고뉴트의 젊은 리더

리저드맨 두령의 아들로, 현재는 드라고뉴트(용인족)로 진화하는 데 성공했다. 템페스트의 개발부문을 담당하는 간부. 제국과의 전쟁에선 히류(비룡중) 100명, 블루 넘버즈(청색군단) 3,000명, 와이번(비공룡) 300마리를 지휘하는 제3군단장으로서 제국의 공전비행병단과 싸웠다. 적의 공격마법을 일부러 맞아서 내성을 획득하라고 부하들에게 지시했으며, 모두가 그 지시를 따르는 모습을 보면 부하들의 신뢰가 얼마나 두터운지 알 수 있다. 너무나도 강하기 때문에 제국군의 팔라가 소장은 베루도라로 착각하고 말았다.

Topic 도마뱀도 인기를 얻고 싶다!

가비루는 최근 들어 여성들로부터 인기를 얻고 싶다고 생각하고 있었지만, 여자 드워프에게 도마뱀은 생리적으로 무리라는 말을 듣고, 풀이 죽고 말았다. 리무루에게 상담하면서 섬세한 배려를 익히는 등, 인기를 얻을 방법을 모색하고 있는 것 같다.

"나는 모자라는 점이 많으니까 잘 부탁드리는 바요!"

리무루 님의 한 말씀

허탕을 치는 일도 많고, 분위기를 파악하지 못하는 건 고부타 못지않지만, 실력도 있으면서 겸허하단 말이지. 역시 두령의 아들은 다르다고 할까?

어빌리티

주요 스킬 등

드래곤 바디(용전사화) / 플레임 브레스(흑염토식) / 선더 브레스(흑뢰토식) / 어지럽히는 자(조자자, 調子者) / 와창수류격 / 천안

비행능력을 활용하면서, 창술을 주가 되는 근접전투가 특기이다. 드라고뉴트의 고유스킬인 '드래곤 바디'를 통해 일시적으로 절대적인 전투력을 발휘할 수 있지만, 사용 후에 일정시간 동안 움직이지 못하게 되는 것이 양날의 검이다. '조자자' 덕분에 최악의 상황에서도 운 좋게 넘어가곤 한다.

마국연방
드라고뉴트
(용인족)

소우카

아름다운 용인(龍人) 첩보원

가비루의 여동생이자, 소우에이의 부하인 '쿠라야미(람암중)'의 두령. 경애하는 상사인 소우에이와 마찬가지로 은밀로서 냉철하게 활동한다. 원래부터 착실한 성격인지라, 경박한 구석이 있는 오빠와는 말다툼이 끊이지 않는다. 그러나 인기를 얻고 싶어 하는 가비루에게 충고를 해주는 등, 오빠를 생각하는 마음이 강하다. 소우에이에게 상사 이상의 감정을 품고 있지만, 그를 좋아하는 라이벌도 많다고 하는데…….

숨겨진 임무도 드러난 임무도 요령껏 잘 해낸다

은밀행동을 주로 하는 한편, 개국제에선 무투대회의 실황도 맡는 등 무대에서도 활약했다. 또한 미궁운영에서도 묘르마일의 일을 돕는 등, 임무의 내용을 가리지 않는 능수능란함을 가지고 있다.

"훌륭하게 싸우셨군요!"

어빌리티

주요 스킬 등

은밀 / 마력감지

소우카와 부하인 토우카 일행은 가비루와 마찬가지로 리저드맨에서 진화했지만, 소우에이의 밑에서 첩보활동을 하기 때문에 은밀행동에 적합한 스킬에 특화되어 있다. 그렇기 때문에 소우에이의 말에 따르면 전투력은 낮다고 하지만, 암살이나 기습 등을 고려해보면 그 위험도는 높다.

마국연방
드라고뉴트
(용인족)

토우카/사이카 난소우/호쿠소우

원래는 리저드맨 족장의 딸인 소우카를 따라온 네 명의 종자. 소우카와 마찬가지로 여성 두 명은 '토우카', '사이카', 남자 두 명은 '난소우', '호쿠소우'라는 이름을 받고, 은밀로서 첩보활동에 종사하고 있다. 네 명 다 '쿠라야미(람암중)'에 소속된 상당한 숙련가들이다.

마국연방

오크 킹 게루도

근면하고 과묵하면서 일을 좋아하는 자. 하이오크의 리더!

쥬라의 대삼림으로 쳐들어온 오크의 생존자들을 통솔하는 왕이자 리무루의 충신. 성실 근면한 성격으로 리무루의 신뢰는 아주 두텁다. 동쪽 제국과의 전쟁에 대비하여 새로이 편성한 군대 체제에선 제2군단의 군단장으로 임명되었다. 평상시에는 공작부대인 병사들을 통솔하여, 이웃나라로 연결되는 도로 정비와 유라자니아의 새로운 수도 건설 등, 토목건설부문에 있어서 큰 활약을 보여주고 있다.

Topic 그 무위는 마왕급

개국제의 무투대회에선 마왕 칼리온이 분장한 라이온 마스크와 호각의 싸움을 벌이는 등, 그 전투력은 마왕에도 필적한다. 평소에는 부하의 지도에 힘쓰는 등 자상한 상사지만, 무인의 표정을 띠게 되면 그 실력은 엄청나다.

"구경거리가 필요하다면 제 실력이 도움이 될 것입니다."

리무루 님의 한 말씀

좀 지나치게 성실한 것이 걱정이야. 네가 쓰러지는 게 그 어떤 것보다 난감한 사태니까, 자신을 좀 더 아껴달라고.

어빌리티

주요 스킬 등

지키는 자(수호자) / 채우는 자(미식자) / 회복마법 / 현자 / 사념조작 / 다중결계

개체로서 봤을 때도 육체 그 자체의 파워가 차원이 다른 게루도이지만, 그의 진면목은 일족을 다스리는 통솔력이다. 유니크 스킬 '수호자'의 힘을 통한 집단방어는 철벽이다. 또한 그가 지닌 '미식자'는 리무루가 지닌 '포식자'의 위장기능에 특화된 것으로, 전쟁 이외의 국면에서 편리성이 높다.

마국연방 인간

요시다 카오루

이세계인인 과자 장인. 잉그라시아 왕국의 수도에서 카페를 운영하고 있었지만, 템페스트 개국제를 위해 스카우트되면서 슈나와 함께 요리 준비에 힘썼다. 건장한 체격과 우락부락한 외모와는 달리 섬세한 실력은 초일류이며, 살리온 황제인 에르메시아 등. 요인들 중에도 그의 팬이 많다.

↑일러스트는 스핀오프 코믹 '마물의 나라를 즐기는 법' 제2권에서 발췌.

마국연방 인간

세키구치 료타

이세계인 소년. 검술로는 켄야에게 뒤지지만, 물과 바람의 정령마법을 나눠서 구사할 수 있을 정도로 요령이 좋다. 소극적인 성격이지만, 전투에는 자신이 있는 것 같으며, 리무루와의 모의전을 눈을 반짝이면서 기대했다.

마국연방 인간

미사키 켄야

빛의 정령이 용사의 자질을 발견한 이세계인 소년. 히나타에게 받은 수행의 성과로 인해 웬만한 성기사보다도 확실하게 강해졌다. 좋아하는 앨리스에게 쓸데없는 참견을 늘어놓는 바람에 늘 말다툼을 하고 있다.

마국연방 인간

앨리스 론드

이세계인 소녀. 반장 캐릭터가 너무나도 잘 어울리는 가장 나이가 어린 여자아이. '여제'라는 별명대로 그 실력은 어린아이라는 생각이 들지 않을 정도이며, 골렘 마스터(인형사역자)로서의 능력은 상당한 수준.

마국연방 인간

게일 깁슨

이세계인 소년. 네 명 중에서 가장 나이가 많은 과묵한 남자. 견실하게 방어에 치중하는 배틀 스타일을 갖고 있으며, 방패와 검을 솜씨 좋게 다루면서 공격을 한다. 땅의 정령과 계약을 맺었기 때문에 땅의 정령마법도 익히고 있다.

마국연방

인간

클로에

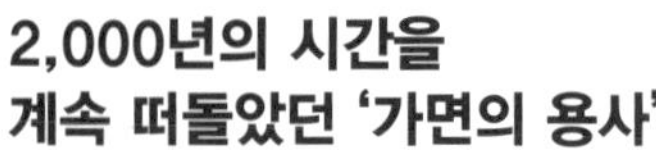

2,000년의 시간을 계속 떠돌았던 '가면의 용사'

리무루가 유우키로부터 거둔, 흑은색으로 빛나는 머리카락이 아름다운 이세계인 소녀. 평소에는 소극적이지만, 리무루 앞에선 천진난만해지며, 그와 관련된 일이라면 갑자기 적극적으로 의욕을 보인다. 켄야를 비롯한 다른 아이들과 사이가 좋으며, 시즈로부터 가르침을 받은 아이들 중 한 명이지만, 실은 마왕 레온이 찾는 소꿉친구인 클로에 오벨 본인이다. 유니크 스킬로 인해 '시간의 윤

어빌리티

주요 스킬 등

요그 소토스(시공지왕) / 절대절단 / 무한뇌옥

상위정령과 동등하거나 그 이상의 마력요소를 지녔으며 마법도 자유롭게 부릴 수 있지만, 히나타로부터 받은 문 라이트(월광의 세검)를 휘두르며 싸우는 근접전투를 특기로 한다. '절대절단'은 궁극능력 급의 위력을 지녔으며, 베루도라의 손을 잘랐을 정도다. 완전제어가 불가능하긴 하지만 궁극능력인 '요그 소토스'는 시간조작이 가능하며, 시간정지라는 치트에 가까운 힘을 쓸 수 있다. 용사로서의 기량도 제국 근위기사에 필적한다.

"이번엔 반드시 다 같이 살아남을 거야."

➡ 용사로서의 기억이 없는 어린 시절에는 책을 좋아하며 어른스러운 여자애였다.

회'에서 빠져나오지 못한 채, 히나타가 죽을 때마다 그녀의 영혼과 함께 과거로 날아가는 운명을 반복하여 겪고 있었다. 현세에 부활한 뒤로는 또 하나의 인격인 '클로노아'와 함께 리무루에 대한 감정을 한층 더 노골적으로 드러내게 되었으며, 제국 대원정 때에는 리무루의 목숨을 노렸던 지우를 집요하게 쫓았다.

Topic 1 클로노아

이세계에 오게 될 클로에 자신과 상반되지 않도록, 자발적으로 루미너스에게 봉인된 '클로에'. 주된 인격이 없기 때문에 폭주하지만, 리무루가 만든 '항마의 가면'의 복제품을 이용하여 그녀의 정신세계에서 영혼의 각성에 성공한다.

Topic 2 시즈와의 인연

시즈에게 '항마의 가면'을 건네주면서 구출한 '용사'. 그녀야말로 루미너스에게 영혼을 봉인당하면서, 히나타의 영혼을 지니고 있는 상태의 클로에였다. 히나타의 영혼은 사카구치 히나타 자신이 전생하길 기다리면서, 클로에의 몸과 외모를 빌어 용사 활동을 계속 해왔다.

※그림 안의 클로에는 스핀오프 코믹 '마물의 나라를 즐기는 법' 제2권에서 발췌.

마 국 연 방

용종

베루도라

리무루가 맨 처음 사귄 친구는 경박스럽고 기분파인 폭풍룡

세계에 넷밖에 존재하지 않는 최강생물 '용종' 중의 한 명으로, '폭풍룡'이라는 이명을 지닌 특S랭크 카타스트로프(천재)급의 마물. '일개 개체이면서 완전한 자'이므로, 죽어도 세계의 어딘가에서 부활한다. 용사의 스킬인 '무한뇌옥'에 의해 300년 동안 봉인되어 있던 동굴에서 리무루와 만났으며, 친구가 되었다. 단순한 성격이며, 대범하고 치켜세워주는 말에 약해서 잘난 체 하기 쉽다. 호기심이 너무나 강

미궁에 군림하는 왕

던전(지하미궁)의 최종 보스로서, 가장 깊은 곳인 100층에 머무르고 있는 베루도라. 인간의 모습으로 생활하기 위해서 억제하고 있던 마력요소를 여기서 해방하고 있다. 그 덕분에 미궁 안에 마물이 발생하고 있기 때문에, 그는 말 그대로 미궁의 주인인 것이다.

어빌리티

주요 스킬 등

파우스트(구명지왕) / 폭풍계마법/ 염화 / 자연영향무효 / 상태이상무효

봉인된 상태에서도 세계의 위협이 될 정도로, 그 마력요소양은 무진장하다. 전투능력도 아주 높으며, 폭풍계마법을 특기로 한다. 리무루의 '베루도라(폭풍지왕)'의 효과로 리무루만 건재하다면 실질적으로 불사의 존재다. 마국연방의 전력 중에선 최강의 한 축에 속한다.

"나 같은 젠틀맨이 그리 쉽게 폭주 따윌 할 리가 없지!"

하고, 인간을 좋아하며 외로움을 잘 타는 면이 있는 것 같다. '무한 뇌옥'에서 해방된 뒤로는 리무루의 분신체를 빙의용 육체로 삼아서 템페스트에 정착했으며, 미궁을 관리하거나 만화를 읽으며 밤을 새기도 하고, 축제에 참가하기도 하는 등, 기분 내키는 대로 자유로운 생활을 마음껏 즐기고 있다.

Topic 2 용사 안의 존재, 진정한 정체

클로에의 시간 도약 사건이 밝혀지면서, 베루도라를 봉인한 자는 용사 안에 존재했던 히나타였다는 것이 판명되었다. 이전에 미궁에서 싸웠을 때, 온갖 수단을 동원하여 베루도라의 숨겨둔 전력을 다 드러내게 만든 덕을 본 것 같다.

마국연방 정령 카리스

시즈에게 빙의되어 있던 이플리트. 리무루의 위장 속에서 베루도라와 의기투합하면서, 그의 조수로서 부활했다. 베루도라가 이름을 지어준 탓인지, 플레임 로드(불꽃의 정마령왕)로 진화했으며, 이전과는 다른 존재가 되었음을 자각하고 있다.

마 국 연 방

요정족

라미리스

밝고 소란스러우면서도 마음 착한 요정 여왕

보기에는 귀엽고 작은 요정이며, 성격은 소란스러우면서도 느긋한 까불이. 장난을 좋아하는 어린아이 그 자체지만 그 정체를 말하자면, '옥타그램' 중 한 명이며, 기이랑 밀림과 어깨를 나란히 하는 가장 오래된 마왕으로, 용사에게 정령의 가호를 부여하는 성스러운 자를 인도하는 자. 원래는 정령이나 요정족이 숭배하던 요정여왕이다. 리무루

"뭐, 그렇긴 하지! 나는 대단하니까 말이야!"

Topic 1 타락한 요정여왕

원래는 요정여왕이었던 그녀는 옛날 폭주한 밀림과 그걸 막으려고 했던 기이 사이에 7일 동안 밤낮을 가리지 않고 벌어졌던 싸움을 중재했으며, 그때에 사악한 요기를 덮어쓰고 말았다. 그리고 대부분의 힘을 잃으면서, 전생을 반복하는 요정으로 타락하고 만 것이다.

Topic 2 외로움을 잘 타는 그녀와 새로운 동료

느긋한 성격을 가졌으면서도, 실은 상당히 외로움을 잘 타는 라미리스. 오랫동안 '정령이 사는 집'에 혼자 있었던 그녀는 리무루가 만들어준 호위인 베레타와 과거에 자신을 모셨던 드라이어드인 트레이니가 동료가 된 것이 너무나 기쁜 모양이다.

어빌리티

주요 스킬 등

작은 세계(미궁창조) / 정령마법

과거에 요정의 여왕이었기 때문에 정령마법을 특기로 한다. '미궁창조'는 미궁 안에 있으면 생사조차도 자유재재로 다룰 수 있는, 말 그대로 '무엇이든 가능'한 무시무시한 능력. 마력만 있으면 도시 그 자체를 미궁 안으로 전이시키는 것도 가능할 정도로 한계를 알 수 없는 실력을 지니고 있다.

↑ 원래는 나이가 수천 살 이상이지만, 현재는 외모의 영향을 받아서 말과 행동에서도 어린티가 느껴진다.

가 그녀가 사는 '정령이 사는 집'으로 찾아갔을 때에 친해지게 되었으며, 그 후에 템페스트로 이주하고 싶다고 우기면서 억지로 들이닥쳤다. 그 결과 리무루의 허락을 받고, 투기장의 지하에 자신의 고유능력인 '작은 세계(미궁창조)'로 거대한 미궁을 만들어내게 된다. 현재는 그 미궁의 관리자로서 활기차게 일하고 있다.

자상하면서도 엄격한 호위 성마인형

라미리스의 호위로서, 리무루가 그레이터 데몬(상위악마)을 빙의시켜 만들어준 골렘(마인형). 리무루가 마왕이 되었을 때 카오스 돌(성마인형)으로 진화했다. 소환시켜준 자인 리무루와 호위대상인 라미리스 둘 다에게 호의를 품고 있다는 걸 기이가 눈치 채면서, 둘 중 한 쪽을 고르라는 말을 듣고 라미리스를 주인으로 결정했다. 라미리스를 경애하고 있지만 트레이니가 라미리스에게 너무 오냐오냐 해주기 때문에, 잔소리를 하거나 엄격하게 대하는 역할을 맡게 되었다.

Topic 가면인형의 진짜 얼굴

몸이 마강으로 만들어져 있으며, 리무루가 애착을 가지고 만든 구체관절인형. 이름을 지어줄 때에 머리카락이랑 피부가 몸을 덮은 인간다운 외모를 가지게 되었지만, 머리 부분은 무기질적인 가면으로 덮여 있기 때문에 그 진짜 얼굴을 볼 수는 없다. 가면 안에 존재하는 얼굴은 과연……?

숲의 관리자인 드라이어드의 맏언니

쥬라의 대삼림의 관리자. 오크 디재스터 사건이 일어났을 때 리무루에게 숲의 맹주가 되어달라고 요청하면서, 그의 부하가 되었다. '의사혼'을 얻어서 드리어스 돌 드라이어드로 진화했다. 평소에도 착실하지만 어딘가 멍한 구석이 있어서, 충고하러 온 라플라스를 쫓아내기 위해서 그의 얘기도 듣지 않고 싸움을 벌인 적도 있었다. '실피드(바람의 처녀)'를 소환하여 부릴 수 있는 등, 정령마법에도 통달해 있다.

마국연방
드리어스 돌
드라이어드
(영수인형요정)

트레이니

Topic **라미리스를 편애?!**

트레이니는 원래 정령여왕 시절의 라미리스를 모시던 정령이었다. 지금도 라미리스를 경애하고 있으며, 어떻게든 따르고 있다. 평소에는 늘 엄격하게 구는 그녀도 라미리스의 부탁이면 뭐든 다 들어주고 만다.

마국연방
드리어스 돌
드라이어드
(영수인형요정)

알파/베타/감마/델타

비교적 젊은 드라이어드이며, 리무루가 배양한 캡슐로 준비한 빙의용 육체를 통해 육체를 얻었다. 리무루가 이름을 지어주면서 드리어스 돌 드라이어드로 진화했다. 미궁 안에 살면서, 그 운영도 돕고 있다.

마국연방
드리어스 돌
드라이어드
(영수인형요정)

트라이어/드리스

둘째인 트라이어와 셋째인 드리스는 장녀인 트레이니와 함께 세 명이 자매이다. 리무루로부터 빙의용 육체를 받으면서 드리어스 돌 드라이어드로 진화하는데 성공했다. 쥬라의 대삼림 주변의 경계에는 그녀들도 크게 공헌하고 있다.

마국연방
타천족
디노

일하는 것을 배운 나태한 마왕

'옥타그램' 중의 한 명. 갑자기 템페스트를 찾아왔으며, 라미리스의 조수로 일하게 되었다. 실은 기이가 리무루를 감시하기 위해서 보냈지만, 디노 자신조차도 그 속사정은 전해 듣지 못했다. 지금까지 생활하면서 일해본 적이 없으며 자신을 특별하게 대접해주길 요구했지만, 베스터가 일축해버린다. 그 후에는 성실하게 일하긴 하지만, 자신이 지나치게 많은 일을 하고 있다는 것을 어필하는 등, 어딘가 주위와는 초점이 맞지 않는 행동을 하고 있다.

Topic 게으름뱅이 마왕이 스스로 선택한 타락생활

예전에는 다구류루에게 의탁한 채 일하지 않고 지내고 있었지만, 무일푼으로 쫓겨났기 때문에 리무루에게 의지하기 위해서 마국연방을 찾아왔다. '슬리핑 룰러(잠자는 지배자)'라는 이름대로 늘 어디서든 잠이 들어버린다.

"그, 그래서 일이라니, 나한테 대체 뭘 시키려는 건데."

↑당장이라도 잠이 들 것 같은 흐릿한 눈. 그 공허한 눈길은 어딘가 상냥하게도 보인다.

마국연방
거인족
다구라/류라/데부라

마왕 다구류루의 세 명의 아들들. 다구라는 첫째, 류라는 둘째, 데부라는 셋째 아들이다. 수행을 위해서 마국연방을 들렀을 때 시온에게 완전히 박살이 난 것을 계기로 시온에게 심취했으며, 현재는 부하가 되어 훈련으로 밤낮을 보내고 있다. 각자가 시온 친위대의 대장 격에 해당한다.

마국연방
인섹트
(곤충형 마수)

제기온

주인에게 절대 충성을 맹세한 미궁십걸의 정점

지하미궁을 수호하는 미궁십걸로 80층을 담당한다. 원래는 리무루가 보호하던 인섹트(곤충형 마수)였지만, 리무루의 몸의 일부를 받으면서 인간형으로 진화했다. 제기온이 말을 하면 다른 십걸들이 놀랄 정도로 평소에는 말이 없다. 자신을 구해준 리무루에겐 말로 다 표현하지 못할 정도의 은혜를 느끼고 있다. 실력은 미궁 제일이며, 쳐들어온 제국 간부인 미니츠 일행 네 명을 상대로 일방적으로 유린하는 모습을 보였다.

초진화를 이룩한 곤충의 왕

리무루와 '영혼의 회랑'이 이어진 것을 계기로 '라파엘(지혜지왕)'이 극한까지 성능을 높이고 베루도라가 단련시켜주었기 때문에, 그 실력은 마국 내에서도 최상위에 들어갈 정도다. 리무루로부터 '밖에 내놓으면 안 될 녀석'이라는 말이 나오게 할 정도로 강해졌다.

"승리를, 리무루 님께 바치자."

⬆ 인간형이 되면서, 남은 곤충의 요소는 투구풍뎅이 같은 뿔과 두꺼운 외피만 남았을 정도로 크게 변모한 상태다.

어빌리티

주요 스킬 등

절대방어 / 디멘션 레이(차원등활절단파동)

리무루로부터 마강으로 만든 외피를 받았기 때문에 아주 높은 방어력을 자랑한다. 더구나 '절대방어'를 구사하면서, 자신의 주위 공간을 일그러트리는 것도 가능하기에 관통공격조차 통하지 않는다. 주먹은 너무나도 묵직해서 어떤 갑옷도 파괴할 수 있다. 게다가 '디멘션 레이'로 방어를 무시하면서 적을 베어버린다.

마국연방
인섹트
(곤충형 마수)
아피트

진화하면서 위험도가 높아진 곤충형 마수의 여왕

미궁십걸로서 79층을 수호하는 마수. 퀸 와스프에서 요염한 여성의 모습으로 바뀌면서, 궁극의 독을 갖춘 인섹트 퀸(곤충여왕)으로 진화했다. 같은 여성 십걸이기 때문인지 쿠마라와는 사이가 좋지 않다. 1,000마리를 넘는 아미 와스프(군단봉)를 부리는 것뿐만 아니라, 히나타로부터 인간형일 때의 전투기술을 배웠기 때문에 실력은 확실하다. 제국을 상대하는 방어전에선 미니츠와 격전을 벌였지만, 아슬아슬하게 패배하고 말았다.

"나는 모든 힘을 동원해서 싸우겠다고 했을 텐데!"

Topic 여왕이 지배하는 군단

아피트가 조종하는 아미 와스프는 몸길이가 30센티미터나 되며, 뛰어난 초감각으로 사냥감을 찾아다닌다. 작은 날개가 초고속의 입체기동을 실현할 수 있게 되면서, 고주파 블레이드의 역할도 담당하기 때문에 한 마리만으로도 특A급의 재해지정을 받을 정도로 강한 힘을 지닌 위협적인 존재다.

마국연방
메즈
(마두족)
메즐

고즐과 견원지간이며 파트너이기도 한 말처럼 생긴 머리를 지닌 마수. 무슨 일만 있으면 서로 경쟁하던 두 사람이었지만, 제국의 공격을 방어하게 되면서, 파트너와 협력하여 낮은 층에서 도망자들을 처리하는 역할을 맡았다. 처음에는 위축된 모습을 보이고 있었지만, 적극적으로 노력하게 된다.

마국연방
고즈
(우두족)
고즐

무투대회에서 리무루 일행에게 거둬진 뒤로, 메즐과 함께 미궁을 지키게 된 머리가 소처럼 생긴 마수. 처음에는 태도가 약간 건방지긴 했지만, 차례로 강자들을 직접 보게 되면서 완전히 위축되고 말았으며, 50층을 맡고 있으면서도 자신감을 상실한 모습을 보이고 있다.

요마수

쿠마라

고향을 잃어버린 요마수들의 왕

90층을 지키는 십걸 중의 한 명으로, 유곽의 기녀가 쓰는 말투(일본만의 독특한 말투이기 때문에 번역에는 반영되지 않았음)로 말하는 요염한 미녀. 아홉 개의 꼬리를 지닌 나인 헤드(구두수)라고 불리는 마수이며, 과거에는 클레이만에게 지배를 받고 있던 것을 리무루가 구해줬다. 현재는 밝은 표정으로 아이들과 놀고 있지만, 제국에 의해 고향을 잃고, 어머니의 처참한 죽음을 직접 목격했던 과거를 가지고 있다. 미궁을 방어할 때에는 어머니의 원수인 캔자스를 지명했고, 격전을 벌인 끝에 훌륭하게 복수를 달성했다.

Topic 팔부중의 평소 임무

쿠마라가 사역하는 팔부중은 소형 요마수들뿐이지만, 실제는 강력한 마인이며, 평소에는 82층부터 89층까지 각층의 수호를 담당하고 있다. 참고로 쿠마라 본인은 클로에를 비롯한 아이들과 함께 히나타를 스승으로 모시면서 같이 놀고 있다.

"자아, 너희들, 리무루 님에게 그 힘을 제대로 보여주는 거예요!"

➡ 귀여웠던 아기여우도 지금은 경국지색의 미녀라고 말해도 그다지 문제가 없을 정도의 미인으로 진화했다.

어빌리티

주요 스킬 등 팔부중

아홉 개의 꼬리 중에 여덟 개가 동물형의 미수(꼬리 짐승)으로 변하는 능력인 '팔부중'을 구사한다. 뱌쿠엔(백원), 겟토(월토), 코쿠소(흑서), 라이코(뇌호), 요다(익사), 민쿠(면양), 엔쵸(염조), 이가미(견경)로 이뤄지는 '팔부중'은 개개별로 의사를 지닌 채 단독으로 행동할 수도 있다. 나인 헤드라는 종족 고유의 능력이며, 쿠마라의 어머니도 같은 종류의 능력을 사용할 수 있었다.

마국연방
와이트
(사령)

아다루만

새로운 신을 찾아낸 언데드의 왕

알베르트랑 애완동물인 데스 드래곤(사령용)과 함께 미궁 70층을 지키는 십걸 중의 한 명. 가드라와는 1,000년도 더 된 옛날부터 절친한 친구였다. 가드라가 리인카네이션(윤회전생)으로 되살려냈지만, 부정한 기운과 섞이면서 부활했기 때문에 사령이 되었으며, 더구나 마왕 클레이만의 주술로 인해 사령의 왕이 되어버렸다. 해방된 후로는 리무루를 신으로 숭배하며, 과거에 추기경이었던 만큼 극단적인 찬사로 인해 그를 곤란하게 만들고 있다. 가드라의 망명을 계기로 그와 재회할 수 있게 된 것을 기뻐했다.

"오, 오오오…… 드디어 저에게도 진정한 신이……."

←↑ 부담스러울 정도로 열혈스러운 해골의 왕과 쿨한 분위기와 함께 도깨비불을 두른 죽음의 성기사라는 이색적인 조합이지만, 명콤비라고 부르기에 부족함이 없다.

마국연방
와이트
(사령)

알베르트

죽은 뒤에도 주인을 지키는 성기사

생전에 아다루만을 경호하고 있었던 전(前) 성기사. 그 충성심은 변하지 않았으며, 죽은 자가 된 지금도 그를 계속 지키고 있다. 처음에는 말을 할 수 없었던 데스 나이트(사령기사)였지만, 진화하면서 데스 팔라딘(사령성기사)이 되었다. 육체는 가지고 있지 않지만, 해골 모습에서 원래의 상큼한 청년 모습을 갖추게 되었으며, 제국 근위기사와 호각으로 싸웠다. 불사계마물의 약점인 성 속성도 아다루만의 '성마반전'으로 극복하면서, 수호자로서 부끄럽지 않은 실력을 자랑한다.

마국연방

데몬

(악마족)

디아블로

최강 악마의 쌍벽을 이루는 느와르(태초의 검은색)는 리무루 님에게 푹 빠진 상태

리무루가 마왕으로 각성했을 때, 2만 명의 시체를 공물로 바쳐 소환한 아크 데몬(상위마장). '느와르(태초의 검은색)'로 불리는 가장 오래된 악마이지만, 리무루가 이름을 지어주고 육체를 주면서 데몬 로드(악마공)로 진화하여 최강의 악마가 되었다. 악마답게 교활하면서 타산적인 성격을 지녔지만, 리무루에게 완전히 심취해 있기 때문에 지금은 충실한 버틀러(집사)

어빌리티

주요 스킬 등

추구하는 자(대현인) / 타락시키는 자(유혹자) / 마왕패기

'대현인'은 '대현자'와 아주 비슷한 능력이지만, 사고가속뿐만 아니라 법칙조작도 할 수 있는 등 범용성이 높다. '유혹자'는 한 번 패배한 자가 거역하려는 뜻만 품어도 디아블로에게 전달된다. 배신하면 바로 들통 나서 처리될 수 있다는 공포 때문에 상대를 반강제적으로 복종시킬 수 있는 무시무시한 능력이다.

"역시 리무루 님이십니다. 저에게 이렇게나 쉽게 정신적 대미지를……."

⬆ 느와르라는 이름에 어울리게 전신이 검은색이다. 머리카락의 일부에는 붉은색과 금색의 염색이 들어가 있다.

로서 그의 곁에서 보필하고 있다. 틈만 있으면 리무루를 한껏 칭송하려 드는 것을, 리무루 본인조차도 귀찮게 여기고 있지만, 굴하지 않는다. 리무루의 명령을 받고 각국의 조정이나 뒷공작을 맡아서 성과를 올리고 있지만, 리무루의 곁을 떠나고 싶지 않다는 이유 때문에 그런 '잡일'을 떠넘기기 위해서 아는 사이인 악마들을 권유하여 데리고 와 리무루의 부하로 삼았다.

Topic 1 악마이며 전투광

진화를 거부하며 강해지는 것에 집착하지 않는, 악마답지 않은 면이 있었던 디아블로. 하지만 실은 그건 자신이 너무 지나치게 강해지면 싸움이 재미없어진다는 이유 때문이었다. 어떤 의미에서는 너무나도 악마다운 전투광이다.

➡ 리무루의 적이라고 판단한 상대는 결코 용서하지 않으며, 인정사정없이 몰아붙이면서 파멸시킨다.

Topic 2 존대한 존재 VS 박한 대접

'루쥬(태초의 붉은색)'인 기이와는 면식이 있는 것 같다. 하지만 결코 사이가 좋은 것은 아닌 것 같으며, 친밀하게 구는 기이와는 달리 차가운 대응밖에 하지 않는다. 기이도 디아블로를 괴짜로 인식하고 있으며, 둘 사이에는 미묘한 관계가 성립되고 있는 것 같다.

마국연방
데몬
(악마족)

베놈

디아블로의 직속 부하인 아크 데몬(상위 마장). 디아블로는 마음에 들어 하는 것 같지만 그 대접은 상당히 엉망이다. 무모한 지시를 내리는 일도 많지만, 완전히 익숙해진 것 같다. 태어나면서부터 선천적으로 유니크 스킬을 지닌 특수개체이며, 살아온 세월은 아직 짧지만 성장속도는 가히 놀랄 만하다.

Topic 2 제1비서의 자리를 둘러싼 인정사정없는 싸움

리무루의 비서인 시온과 디아블로는 누가 제1비서의 자리에 어울리는지를 놓고 매일 다투고 있다. 유능함을 따진다면 물론 디아블로의 압승이 되겠지만, 그 나름대로 시온의 열의를 높이 평가하며, 서로를 인정하고 있는 모양이다.

⬅ 리무루의 집사 포지션이기 때문에 정장을 입고 있다. 오른손과의 갭이 쿨하다.

➡ 리무루가 이름을 지어 주기 전에는 귀족 같은 스타일이었다.

마 국 연 방

데몬
(악마족)

테스타로사

부드러운 아름다움이 무시무시한 본성을 감추는 악마

디아블로에게 권유를 받고, 리무루에게 충성을 맹세한 '블랑(태초의 흰색)'으로 불리는 악마. 현재는 외교무관으로서 서방평의회에 파견되어 있다. 법령을 완벽하게 암기하는 모습을 보여줬고, 그 문제점까지 지적할 정도의 재원이다. 태초의 악마들 중에서도 가장 긍지가 높아서, 그녀가 누구의 부하가 되었다는 사실에는 기이조차도 놀랄 정도였다. 단아하게 보이는 외견과는 달리, 너무나도 호전적이며 가혹한 성격을 지녔다.

"있잖아요, 그런 짓이 통할 거라고 생각했나요?"

Topic 붉게 물든 악마

제국의 속국에서 일어난 끔찍한 사건인 '붉게 물든 호반사변'. 수만 명이 몰살된 그 유명한 사건이 일어났을 때에 소환되어 불려온 악마가 바로 테스타로사였다. 처참하기 그지없었던 그 사건도 그녀에게 있어선 즐거운 '식사'에 지나지 않았다.

외모만 보면 기품이 넘치는 명문가의 아가씨처럼 보이는 백발의 미녀. 하지만 본성을 잘못 착각하면 큰일을 당할 수도 있는데…….

어빌리티

주요 스킬 등

데스 스트릭(죽음의 축복)

상위악마였지만 리무루가 이름을 지어주면서 데몬 로드(악마공)가 되었으며, 원래도 흉악했던 전투력은 더 강화되었다. '데스 스트릭'은 과거에 기이가 각성 시에 썼던 것과 같은 종류의 마법이며, 영혼만을 거둬서 앗아가는 저주 같은 것이다.

마국연방
데몬
(악마족)
울티마

활기차고(?) 남자처럼 구는 여자애의 정체는 잔학무도한 악마

디아블로의 권유에 응하면서, 리무루에게 충성을 맹세한 '비올레(태초의 보라색)'라고 불리는 악마. 현재는 검찰청 검사총장으로 취임했으며, 국내의 범죄를 수사하는 역할을 맡고 있다. 귀엽고 밝은 소녀의 모습이지만, 루미너스에 따르면 본성은 어둡고 음습하며 잔학무도의 대명사 같은 존재라고 한다. 카레라와는 무슨 일만 있으면 대립하다가 화려하게 싸움을 벌이곤 하며, 나중에는 디아블로가 끼어들어 중재한다고 한다.

Topic 아저씨랑 아가씨

로그루도를 잘 따르며, 그를 '아저씨'라고 부르면서 지시를 잘 따른다고 하는 울티마. 로그루도도 그녀를 '아가씨'라고 부르면서 딸처럼 귀여워하고 있다고 한다. 정체를 모르기 때문에 그럴 수 있다곤 해도, 흐뭇한 광경이다.

보라색 머리카락을 사이드 포니테일로 묶은 소녀. 1인칭이 '나'(※원문은 '보쿠(ボク)', 주로 남자아이가 쓰는 1인칭)인 걸 봐도 천진난만하고 장난을 좋아하는 아이로 보인다.

어빌리티

주요 스킬 등

빙결지옥 / 뉴클리어 플레임(파멸의 불꽃)

한층 더 잔인함을 추구하는 데몬 로드(악마공). 핵격마법 '뉴클리어 플레임'은 주변 일대를 증발시킬 정도의 열량으로 무시무시한 파괴력을 자랑한다. '뉴클리어 플레임'으로 인해 불타버린 제국병사들은 한 점의 육체조각도 남기지 못했기 때문에 리무루의 힘을 이용한 소생도 효과가 없었다.

마국연방

데몬
(악마족)

카레라

마음 내키는 대로 학살을 실행하는 브레이크 없는 폭주 악마

디아블로의 권유를 받고, 리무루에게 충성을 맹세한 '존느(태초의 노란색)'로 불리는 악마. 현재는 사법부 최고재판소장을 맡고 있다. 뇌물에도 폭력에도 굴하지 않는 공평성을 지니고 있지만, 레온의 말에 따르면 그녀는 마음 내키는 대로 핵격마법을 날려대는 거친 성격도 같이 가지고 있다고 한다. 리무루는 신경 쓰지 않지만 태도가 상당히 건방지기 때문에 종종 디아블로를 발끈하게 만들곤 한다.

반성하지 않는 폭주차

부하인 아게라에게 브레이크가 듣지 않는 폭주차로 불리는 카레라. 찰나적인 향락을 추구하는 성격인지라, 싸움의 승패에 관계없이 쓰고 싶다는 이유만으로 핵격마법까지 마구 쏴댄다. 지더라도 크게 웃으며 사라질 뿐인 것이다.

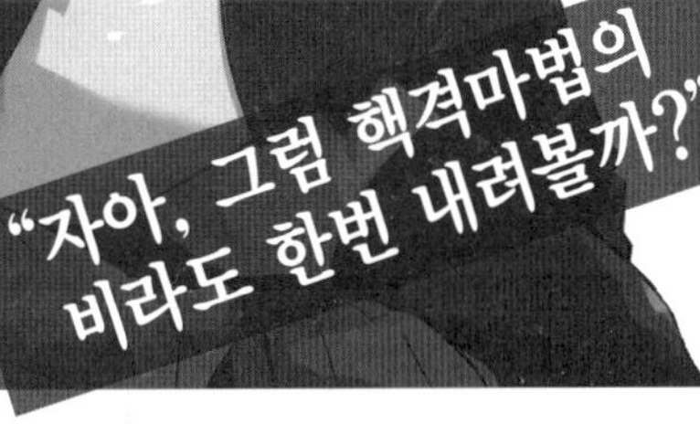

⬆ 어깨에 닿을 정도로 기른 금발이 눈부시다. 평소에도 군복을 애용하고 있으며, 태도는 건방지다.

어빌리티

주요 스킬 등

그래비티 컬랩스(중력붕괴)

'핵격마법의 비를 내린다'는 선언을 듣고, 부하들은 '그녀의 공격치고는 약하다'라는 평가를 할 정도로 한계를 알 수 없는 실력을 가지고 있다. 제국을 상대로 하는 싸움에서 사용한 '그래비티 컬랩스'는 핵격마법 중에서도 최대최강이며, 인공적인 블랙홀을 만들어내어 중력으로 모든 것을 짓눌러버린다.

마국연방 데몬 (악마족)

시엔

테스타로사를 모시면서, 그녀의 부관을 맡고 있는 남작 급의 악마. 300년 동안 무패를 자랑했으며, 몇 번인가 전생을 반복하고 있다. 사무능력이 뛰어나서, 외교무관으로 서방평의회에 파견 중인 테스타로사의 보좌가 임무이다. 그녀가 평의회에서 자리를 비울 때는 그 대리를 맡는 일도 있는 것 같다.

마국연방 데몬 (악마족)

모스

테스타로사의 심복으로서 오랜 기간 동안 그녀를 모시면서, 잡일 등을 도맡아 처리해온 대악마. 11, 12세 정도의 소년으로 보이는 외모를 가지고 있지만, 수만 년 동안 패배를 몰랐던, 태초의 악마에 버금가는 실력자이다. 자신으로부터 분리시킨 수많은 작은 분신체를 각지로 보내서 정보를 동시에 수집하고 분석하는 특수능력을 가지고 있다.

마국연방 데몬 (악마족)

존다

300년 동안 무패였지만, 몇 번인가 전생을 반복하고 있는 악마. 울티마의 종자이며, 궁정요리전문인 요리사이기도 하다. 평소에도 특별히 주문제작한 더블 코트 사양의 요리복을 착용하며, 기품이 넘치는 세련된 동작으로 전장에 있어도 극상의 요리를 제공해준다. 하지만 울티마에게 종종 박한 평가를 받곤 한다.

마국연방 데몬 (악마족)

베이런

집사로서 울티마를 모시고 있으며, 4,000년 이상의 세월을 살아온 악마 후작. 모스에게 몇 번인가 패했으며, 그럴 때마다 전생을 반복하고 있다고 한다. 카이젤 수염이 특징적인 신사의 외모를 가지고 있으며, 늘 허리를 꼿꼿하게 세운 자세로 울티마를 따라다닌다. 비록 전장에 있을지라도, 물론 맛있는 홍차를 준비하여 완벽하게 서빙을 해준다.

마국연방 데몬 (악마족)

에스프리

카레라를 모시고 있으며, 현시점에서 500년 동안 무패를 자랑하는 자작 급의 실력을 지닌 악마. 몇 번인가 전생을 반복하고 있다. 사랑스러운 이목구비를 가진 소녀지만, 성격은 최악이라는 말을 들을 정도로 악독하며, 카레라의 폭주를 추종만 할 뿐 말리려고 들지도 않는다. 손해 보는 역할을 전부 아게라에게 떠넘기고, 자신은 철저하게 카레라에게 아부하고 있다.

마국연방 데몬 (악마족)

아게라

300년 전, 카레라의 부하가 된 이후로 패한 적이 없는 악마이며, 근세종이면서도 자작 급의 힘을 지닌 특수개체. 폭주하는 차 같은 성격을 지닌 카레라에게 상식을 가르쳐주려고 매일 노력하느라 고생을 하기도 한다. 악마치고는 드물게 마법이 아니라 칼을 다루는 것이 특기인 그는 하쿠로우의 조부이자 스승인 아라키 바쿠야와 똑같이 생겼다고 한다.

마국연방
인간

그렌다

암살 청부로 살아온 용병이었던 이세계인.

신성교황국 루벨리오스의 '삼무선' 중의 한 명이었지만, 그 정체는 로조 일족에게 소환된 이세계인이자 스파이. 카운실 오브 웨스트(서방열국 평의회)의 회의에서 리무루 일행을 함정에 빠트리기 위해 잉그라시아 왕자의 암살계획을 실행했지만 실패하면서, 소우에이에게 붙잡혔다. 로조 가에게 거역할 수 없도록 '주언'으로 속박되어 있었지만, 리무루가 아주 쉽게 해제했다는 것을 알자마자, 바로 배신하여 리무루에게 충성을 맹세한 만만치 않은 여성.

⬆ 원래 살던 세계에선 총이나 나이프를 잘 다루던 용병이었다. 나긋나긋한 몸매의 상당한 미인이지만, 입은 상당히 험하다.

어빌리티

주요 스킬 등 노리는 자(저격자)

저격을 특기로 한다. '저격자'가 가지고 있는 '공간조작'의 능력으로 눈에 보이는 범위라면 저격대상과 자신의 총 사이의 공간을 자유롭게 연결할 수 있다. 그렇기 때문에 권총을 이용한 저격이 가능하며. 그렌다의 총은 원래 살던 세계에서 애용하던 것이었다. 차단물이 있어도 저격이 가능하기에, 무적이라고도 생각할 수 있는 스킬이다.

마국연방
인간

아인

팀 '녹란'의 리더이며, '벨트'의 엘레멘탈러(정령사역자). 미저리의 소환에 성공했지만, 그녀에겐 부담이 너무 컸기 때문에 실신했다. 그 후에 지라드와 함께 쿠라야미(람암중)에 소속되게 된다.

마국연방
인간

지라드

⬆ 녹색의 사도가 신으로 믿었던 악마공 미저리.

'데몬 로드(악마공)' 미저리를 신으로 받드는 용병단 '벨트(녹색의 사도)'의 단장. 그란베르의 장기말이었던 요한의 요청으로 미저리를 소환했다. 신들의 말단 자리에 들어가는 것이 목표였지만, 실패로 끝났다.

마국연방

텐구

모미지

"서방님을 위해서라도 승리를!"

사랑에 매진하는 텐구의 수장

성격이 과격한 텐구의 장로 대리이며, 베니마루의 신부후보로서 그의 마음을 사로잡기 위해 매일 분투하고 있다. 하쿠로우의 딸이라는 것도 밝혀졌으며 서로 가까워지면서, 지금은 사제관계가 되었다. 제국 대원정의 마지막 지상전에선 베니마루의 대리 자격으로 제4군단을 지휘하면서, 장래의 남편을 위해서, 아니, 마국연방을 위해서 맞서 싸웠다. 연적이 많은데, 원군을 이끌고 달려온 알비스와는 불꽃을 튀기는 관계다.

Topic 베니마루 농락작전

베니마루에게 반한 뒤로, 그에게 열렬하게 어프로치한다. 텐구가 사는 산의 터널 개통 조사라는 명목으로 그를 연행해 간 일도 있다. 베니마루의 여동생인 슈나로부터는 열심히 요리를 배우고 있으며, 그 갸륵한 태도에는 그녀도 감탄하고 있다.

마국연방

텐구

카에데

모미지의 어머니이며, 하쿠로우를 여전히 계속 마음속에 두고 생각하는 텐구의 장로. 300년 정도 전에 모미지를 낳으면서 체력이 쇠약해졌으며, 현재는 숨어 사는 마을에서 나올 기회가 아주 적다. 보고 있으면 정신이 번쩍 들 정도로 미인이지만 장난기가 있으며, 모미지의 사랑을 응원하면서도, 자신도 하쿠로우에게 사랑편지를 보내는 등 마음은 아직 젊다.

➡ 외모는 인간과 그다지 차이가 없지만, 개의 귀와 흰 날개, 그리고 흰색에서 붉은색으로 그라데이션이 지는 머리카락이 특징.

마국연방
래비트맨
(토인족)

프라메아

축제에 흥미진진한 토끼 귀 아가씨

쥬라의 대삼림에 사는 겁이 많은 소규모의 종족인 래비트맨 족장의 딸. 커다란 귀가 특징적인 미소녀로, 리무루에게 인사를 드리기 위해서 개국제에 참가한 아버지를 억지로 따라왔다. 호기심이 왕성한 성격으로, 마도 '리무루'에 도착하자마자 아버지로부터 달아나는 토끼처럼 도망쳐 행방을 감추더니, 리무루에 대한 인사도 팽개치고 축제로 흥청거리는 도시 안으로 사라져버린 모양이다.

➡ 일러스트는 스핀오프 코믹 '마물의 나라를 즐기는 법' 제1권에서 발췌

마국연방
래비트맨
(토인족)

래비트맨의 족장

래비트맨의 수장. 딸이 도망치는 바람에 대동하지 못한 채 마왕 리무루에게 벌벌 떨면서 인사를 드리지만, 위로의 말을 듣고 안도한다.

마국연방
소인족

타쿠토

어떤 일에도 적성이 맞지 않아서 한탄하고 있었지만, 음악을 통해 사람에게 의욕을 불러일으키는 재능이 있음을 알아본 리무루가 군악대로 추천했다. 개국제의 오케스트라 연주회에서 훌륭한 지휘를 하는 모습을 보여줄 정도로 크게 성장했다.

마국연방
코볼트

코비

코볼트 행상을 이끌고 있으며, 리무루와는 대동맹 결성 이전부터 알고 지낸 사이. 현재는 큰 이득을 볼 수 있는 상업적 회담을 공유하는 사이다.

마국연방
드라고뉴트
(용인족)

아비루

리저드맨의 두령으로서, 개국제에서 마왕이 된 리무루를 오랜만에 만나면서 긴장하는 모습을 보였다. 의절한 아들인 가비루와도 재회하면서, 둘이서 얘기를 나누는 시간을 가질 수 있었다.

밀림의영토

용마인 밀림

용종의 피를 이은 천진난만한 미소녀 마왕

'옥타그램(팔성마왕)'에 소속된 가장 오래된 마왕 중의 한 명. 오랜 시간을 살고 있지만, 외모는 가련한 미소녀이며, 성격은 순진하고 천진난만, 툭하면 싸우려 드는지라 그야말로 어린아이 같다. 하지만 그 힘은 카타스프로프(천재)급으로 여겨지며, 마왕 중에서도 차원이 다른 강함을 자랑한다. 최초의 용종인 '성룡왕' 베루다나바와 인간 여성 사이에 태어난 특수한 존재이

어빌리티

주요 스킬 등

밀림 아이(용안) / 드라고 버스터(용성확산폭) / 드라고 노바(용성폭염패)

유니크 스킬인 '밀림 아이'는 보기만 해도 대상의 마력요소 양을 계측할 수 있다. '드라고 버스터'나 '드라고 노바'는 지형을 바꿔버릴 정도로 압도적인 공격력을 가지고 있지만, 이런 필살기가 없어도 공수 모든 면에서 최강 클래스의 실력을 가지고 있다.

"해로운 짓은 하지 않을 테니까 안심해라!!"

➡ 진지한 상태의 전투 모드. 칠흑의 갑옷을 장착하며, 이마에는 뿔 같은 돌기가 나 있다.

➡ 기본적으론 움직이기 쉬운 면을 중시하지만, 세련된 원피스 같은 옷도 즐겨 입는다.

다. 리무루를 마음에 들어 하여 절친이 된 그녀는 프레이와 칼리온이 부하로 들어오면서 바빠지게 되었지만, 자신의 나라를 몰래 빠져나와 템페스트로 놀러온다. 미궁의 건설도 도와주며, 플로어 보스로 쓰기 위한 드래곤을 잡아오거나 덫을 만들기도 하다가, 결국엔 아바타(가마체)를 조종하여 미궁의 도전자들을 격퇴하는 등 마음 내키는 대로 자유롭게 즐기고 있다.

Topic 1 다시 태어난 친구

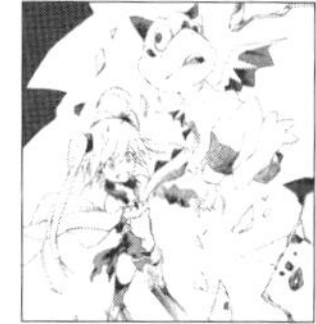

태고적의 옛날, 밀림이 폭주한 것은 애완동물인 용이 살해되었기 때문이었다. 카오스 드래곤이 된 용과 재회한 그녀는 리무루와 함께 그 정신(심핵)을 구출하는데 성공했다. 그런 뒤에 의사혼으로 부활한 용과 진정한 재회를 이룬 것이다.

Topic 2 지고의 요리란?

개국제가 벌어졌을 때, 밀림은 그녀의 신봉자들이 생각을 고쳐먹을 수 있을 만한 요리를 요망했다. 소재 그 자체의 맛을 최고로 치는 그들의 요리는 아무래도 맛이 없었던 모양이다. 템페스트에서 밀림이 식탐을 부리던 모습도 어쩌면 그게 원인이 아닐까?

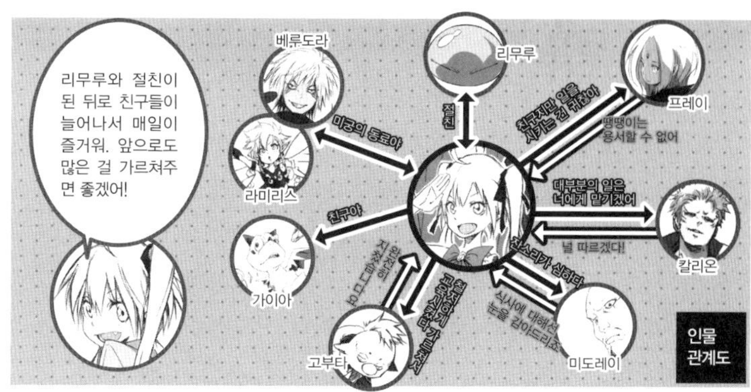

수왕국 유라자니아의 긍지 높은 '사자왕'

밀림의영토
라이칸스로프
(수인족)
칼리온

수인들이 사는 수왕국 유라자니아의 왕. 예전에 마왕이었으나, 마왕 클레이만이 리무루에게 패배하여 소멸한 후, 자신의 역부족을 실감하고 마왕의 자리를 반납하면서 밀림의 부하가 되었다. 사자 수인답게 무투파지만, 뒤끝이 없는 좋은 성격 때문에 부하들이 흠모하여 따르고 있다. 같은 마왕 출신인 프레이와 함께 밀림을 보좌하면서, 새로운 마왕의 영토를 실질적으로 운영하고 있다.

Topic 강적의 정체는 전(前) 마왕

개국제에선 정체 불명의 괴인 라이온 마스크로 무투대회에 출전하여 게루도를 쓰러트리는 등 그 강한 실력을 보여주었다. 고부타의 전술에 패하긴 했지만, 단순한 전투력만 따진다면 아주 높다.

⬆ 뜨거움과 냉정함을 동시에 갖춘 표정이 참으로 남자답다. 수인 중의 수인, 칼리온.

삼수사를 통솔하는 미인

밀림의영토
라이칸스로프
(수인족)
알비스

유라자니아의 최고 간부인 삼수사의 필두로 '황사각'이라는 받은 이름을 뱀의 수인. 지성적이며 차분한 분위기를 지닌 요염한 미인으로, 수인화의 1단계에선 하반신이 뱀으로 변하며, 2단계 변신에선 용 같은 모습이 된다. 제국이 습격해왔을 때엔 2만의 군대를 이끌고 도와주러 달려왔다. 베니마루에게 반해 있으며, 아내의 자리를 노리고 있다. 마찬가지로 베니마루를 사랑하는 모미지와는 라이벌 관계에 있다.

밀림의 영토
하피
(유익족)

프레이

밀림에게 늘 휘둘리는 것 같지만……?
하피를 통솔하는 '스카이 퀸(천공여왕)'

칼리온과 함께 밀림의 부하로 들어간 전 마왕으로, 하피를 통솔하는 아름다운 여왕. 현재는 자신의 영지인 천익국 프루브로지아를 다스리는 한편, 밀림의 부관이라기보다 지배자로서 할 일을 팽개쳐둔 채 놀고만 있는 밀림을 감독하는 교육담당 같은 역할을 맡고 있다. 밀림과는 이래저래 말이 많지만 사이가 좋다. 화를 내는 척하면서 리무루를 시험해보는 등, 지혜로우면서 그 한계를 알 수 없는 누님이다.

Topic 폭군을 돌봐주는 언니?

제멋대로 굴기만 하는 폭군이었던 밀림이 어느 정도나마 성장한 것은 리무루 덕분이라고 생각하고 있는 것 같으며, 잠시만 눈을 떼면 리루루를 찾아가서 놀고 있는 밀림에게 잔소리를 하면서도 지켜보는 모습은 언니 같기도 하다.

⬆ 스타일도 발군이지만, 다리는 맹금류를 떠올리게 하는 발톱처럼 생겼으며, 붙잡히면 아플 것 같다.

밀림의 영토
라이칸스로프
(수인족)

포비오

'흑표아'라는 이름을 갖고 있는 삼수사 중의 한 명. 누구보다도 칼리온을 존경하고 있지만, 리무루가 자신의 목숨을 구해준 뒤로는 그에게도 숭배하고 존경하는 마음을 품고 있다.

밀림의 영토
라이칸스로프
(수인족)

스피어

삼수사의 한 명으로, '백호조'라는 이명을 받은 호랑이 수인. 템페스트(마국연방)를 처음 들렀을 때엔 시비조로 도발을 걸었지만, 그건 리무루 일행을 시험해본 것뿐이었으며, 실력을 인정한 후에는 우호적인 관계를 유지하고 있다.

밀림을 숭배하는 자연주의자

밀림을 숭배하며 받드는, 잊힌 용의 도시에 사는 용인족의 신관장으로 '요리는 음식에 대한 모독이다'는 독특한 종교관을 가지고 있다. 그러나 슈나의 설득에 넘어가 요리를 먹어본 이후로는 그 생각을 고쳤으며, 템페스트와는 우호적인 관계가 되었다. 베니마루가 전사로 인정할 정도의 실력을 지녔으며 가비루의 수행을 도와줄 정도로 의리를 잘 지키지만, 쉽게 화를 내는 성격인 것 같으며 한 번 격노하면 손을 댈 수가 없다.

고생이 끊이질 않는 밀림의 종자

밀림의 종자 중의 한 명으로 미도레이의 부하지만, 미도레이와 달리 사상에 편견은 없다. 당초에 미도레이가 보여준 무례한 태도를 사과하기 위해서, 리무루랑 슈나에게 머리를 연거푸 숙이는 등, 마음고생이 끊이질 않았다. 가비루와 대등하게 상대하는 수준의 전투력도 갖추고 있다. 미도레이가 템페스트에게 모처럼 호의적으로 다가가려고 했을 때에 '민폐다'라는 말을 뱉는 등, 분위기를 잘 파악하지 못하는 일면도 있다.

전생한 밀림의 친구

밀림이 과거에 친구라고 불렀던 카오스 드래곤을, 리무루와 밀림이 협력하여 '의사혼'으로 흡수시킨 뒤에 전생시킨 모습. 템페스트의 미궁 안에서 작은 용으로 되살아났지만, 현재도 밀림과는 아주 사이가 좋으며, 밀림은 미궁 안에서 가이아를 육성하고 있다. 밀림이 자신의 지배지로 돌아간 뒤에는 리무루가 맡게 되었으며, 미궁 안에서 안전하게 지내고 있다.

모험가를 뒤에서 받쳐주느라 고생이 많은 사람

블루문드
인간
휴즈

자유조합 블루문드 왕국 지부의 지부장을 맡고 있는 유능한 남자로, 에렌 일행을 비롯한 모험가들의 형님 같은 존재. 리무루와는 템페스트 건국 전부터 우호적으로 지내고 있으며, 블루문드 왕국의 드럼 왕과 리무루와의 만남을 주선하거나, 베르야드 남작을 템페스트로 데리고 오는 등, 템페스트를 상대로 하는 블루문드 왕국의 외교적인 면에서 보여준 성과는 그의 공적에 힘입은 바가 크다. 베르야드와는 어릴 적부터 친구 사이.

블루문드
인간
베르야드

블루문드 왕국의 남작. 두뇌가 명석하며 선견지명이 뛰어난 대신으로서 왕의 신뢰도 두텁다. 마도열차의 중계지를 블루문드로 유치할 때에는 그 영향을 정확하게 예측하여 리무루를 놀라게 만들었다. 유통거점으로서 블루문드 왕국을 개방하고, 마도열차의 개통에 대비할 것을 약속했다.

블루문드
인간
블루문드 왕비

드럼 왕과 사이좋은 잉꼬부부로서 국민에게 인기가 많은 현명한 아내. 왕보다도 상당히 젊은 외모를 갖고 있지만, 몇 년도 더 된 옛날에 결혼한 사이라고 한다. 개국제에도 둘이 같이 참석했다.

블루문드
인간
드럼 국왕

블루문드 왕국의 국왕. 언뜻 보기엔 온화하기만 하고 해가 없는 인간으로 보이지만, 템페스트에게 협력한 것은 이득을 볼 수 있을 것이라 예상했기 때문이라고 리무루에게 직접 얘기해주면서 리무루를 놀라게 만들었다. 소국인 블루문드의 키를 쥐고 있는 만큼, 만만치 않으며 쉽게 얕볼 수 없는 인물이다.

벼락출세한 영웅왕

파르메나스 왕국의 국왕. 원래는 도시에서 활동하는 변변치 않은 악당이었지만, 리무루의 계획으로 인해 오크 로드를 토벌한 영웅으로 만들어졌다. 파르무스 왕국이 멸망한 후에 국명을 파르메나스 왕국으로 바꾸고 초대 국왕으로 즉위했다. 이후에는 요움 파르메나스라는 이름을 쓰고 있다.

파르메나스
인간
요움

파르메나스
마인
뮤우

마왕으로부터 해방되어 왕비가 되다

원래는 클레이만의 부하인 마인으로 약지의 률란으로 불렸다. 리무루의 도움을 받아서 클레이만으로부터 해방된 뒤에 요움과 결혼했다. 현재는 뮤우 파르메나스라는 이름을 쓰면서, 왕비로서 남편을 보좌하고 있다. 요움과의 사이에 딸인 미임이 태어났다.

파르메나스
라이칸스로프
(수인족)
그루시스

수왕국 출신인 늑대수인. 남자다운 성격으로, 마국에서 대결한 것을 계기로 요움과 친구가 되었다. 현재는 파르메나스 왕국 기사단장으로 취임한 상태다. 뮤우에게 반해 있으며, 그녀의 임신 소식에 충격을 받고 드러누워 버렸다.

파르메나스
인간
에드마리스

파르무스 왕국 시절의 국왕. 은퇴하여 왕위를 요움에게 위양했지만, 정체를 숨긴 채 고문이 되었으며, 요움을 정치적인 면에서 지원한다.

파르메나스
인간
에드가

파르무스 왕국의 국왕인 에드마리스의 아들. 현재는 요움의 종자. 차기국왕으로 아직 태어나지 않은 요움의 아이를 천거하는 등, 요움을 흠모하고 있다.

파르메나스
인간
롬멜

소서러(법술사). 요움이 모험가였던 시절부터 동료였으며, 참모적인 포지션에 있다. 현재는 파르메나스 왕국을 통과할 마도열차 철도를 건설하는 현장지휘를 맡고 있다.

파르메나스
마인
라젠

과거에는 파르무스 왕국의 궁정마술사장이었으며 마인이다. 디아블로를 따르고 있으며, 파르메나스 체제 하에서 요움을 도와주고 있다. 또한 가드라의 제자이기도 한데, 그와 재회했을 때에 리무루랑 디아블로가 얼마나 위협적인 존재인지를 전했다.

파르메나스
인간
그레고리

사레와 마찬가지로 삼무선에 속했던 남자. 현재는 라젠의 제자가 되었으며, 파르메나스의 국왕인 요움의 호위 등을 담당하고 있다.

파르메나스
인간
사레

과거에 루벨리오스의 삼무선이었던 남자. 큰 실수를 저지르면서 교황청으로 돌아가지 못했는데, 라젠이 제자로 받아들여주었다.

루벨리오스
뱀파이어
(흡혈귀)

루미너스 발렌타인

유일신이자 마왕
유구한 시간을 살아온 뱀파이어(흡혈귀)

서방성교회가 신봉하는 '신' 그 자체. 그러나 그 정체는 오랜 수명을 지닌 뱀파이어이며, 진정한 마왕이라고도 부를 수 있는 존재. 태양의 빛이라는 뱀파이어의 약점을 극복한 '초극자'라는 존재이며, 그녀의 휘하에도 여러 명의 '초극자'들이 있다. 그란베르와의 싸움에서 얼티밋 스킬(궁극능력) '아스모데우스(색욕지왕)'에 각성하면서, 지위 및 실력이 둘 다 이 세계에서 최상위에 속하는 한 명이 되었다.

어빌리티

주요 스킬 등

아스모데우스(색욕지왕)

루벨리오스에서 신으로 숭배 받고 있는 흡혈귀이면서 마왕. 그란베르와 상대할 수 있을 정도의 전투력을 지녔다. 전투 이외에도 '아스모데우스'를 이용하여 살해된 히나타를 부활시키는 등, 능력의 범용성이 아주 높다.

"너의 각오를 내가 확실히 받아주마."

➡ 평소에 입는 것은 고딕롤리타 풍의 칠흑색 드레스. 기품이 풍기는 그 모습은 가련하면서도 요염하다.

루벨리오스
뱀파이어
(흡혈귀)

귄터

오래된 흡혈귀로 먼 옛날부터 루미너스에게 충성을 바치면서 따랐던 '삼공' 중에서도 최고의 실력자. 노령의 집사 같은 외모를 가지고 있으며, 정치부터 홍차 준비까지 모두 소화해내는 우수한 남자. 그녀가 루벨리오스 밖으로 나올 때는 호위를 맡는 등, 전투력도 높다.

Topic 1 세계정세에 밝다

먼 옛날부터 살아왔으며, 태초의 악마들과도 알고 지내는 사이. 평소에는 마이 페이스로 굴면서도, 리무루가 태초의 악마들에게 이름을 지어준 것을 꾸짖는 등, 세계의 조화에 관해서 신경을 쓰는 일면도 보였다.

Topic 2 베루도라가 감당하지 못한다?!

기미와 루미너스의 대화에 끼어들려고 했던 베루도라에게 "어른들의 대화에 끼어들지 마라!"고 일갈했다. 이 세계에서 베루도라를 어린애 취급하는 자는 용종을 제외하면 그녀 정도뿐이다.

➡ 루미너스를 대신하여 마왕 역할을 맡고 있었던 쌍둥이 동생 로이.

루벨리오스
뱀파이어
(흡혈귀)

루이 발렌타인

'삼공' 중의 한 명. 표면적으로는 루벨리오스의 교황으로서 행세하는 루미너스의 충신. 과거에는 동생인 로이와 같은 한 사람의 존재였지만, 힘이 너무 강대해서 루미너스 외에는 제어할 수 없었기 때문에 루미너스에 의해 두 사람으로 분리되었다. 로이가 살해당하면서 한 사람으로 되돌아가면서부터는 힘이 크게 향상되었다.

루벨리오스

인간

사카구치 히나타

마국연방과 화해한 서방최강의 성기사

서방 최강의 성기사로 칭송받았던 이세계인. 강한 신념을 지닌 쿨뷰티이지만, 규율을 중시한 나머지, 융통성이 없는 성격인지라 세세한 오해를 잘 사는 경향이 있다. 마물과 적대하는 서방 성교회의 방침 때문에 과거에는 리무루와 대립했지만, 현재 템페스트(마국연방)에는 우호적인 태도로 대하고 있다.

그란베르와의 싸움에선 클로에를 감싸다가

어빌리티

주요 스킬 등

바뀌지 않는 자(수학자) / 데드 엔드 레인보우(칠채종언자돌격) / 신성마법

과거에 리무루와 비겼을 정도의 실력을 자랑한다. 유니크 스킬 '수학자'는 논리적인 사고를 유지할 수 있게 지원하며, 전투시에도 늘 최적의 답을 선택할 수가 있다. 전설 급의 무기인 문라이트(월광의 세검)를 이용한 접근전투가 주된 전법이며, 서방에선 십대성인 중의 한 명으로 여기고 있다.

"재미있는 말을 하네. 그럼 내 상대를 부탁해볼까."

⬆ 성기사의 갑옷과 코트를 소화한 상태에서 가느다란 검을 손에 든 늠름한 모습은 빈틈 같은 건 전혀 없을 것처럼 보인다.

사망해버리지만, 그 정신은 소멸되지 않은 채 클로에와 함께 과거로 넘어갔다. 클로에의 안에서 지내다가 성궤에 봉인된 상태로 현대로 돌아오며, 루미너스의 '아스모데우스'의 도움을 받아서 부활했다. 클로에를 '진정한 용사'로 각성시키는데 일조했다.

Topic 1 의외로 어린아이 같은 일면도

마국연방 개국제에선 축제 가격으로 파는 무기 및 방어구나 매직 아이템(마법도구)을 있는 대로 사들이거나, 노점에서 분이 풀릴 때까지 먹으면서 돌아다니는 등 축제를 만끽하고 있었다. 리무루가 재현한 일본의 요리에는 만족한 모양이다.

Topic 2 통솔력이나 지휘력도 발군

평소에도 성기사들을 통솔하는 히나타는 어린아이들을 돌봐주면서 대련도 해주는 등, 남을 아주 잘 돌봐주는 성격이다. 미궁에선 아피트까지도 지도해주는 리더쉽이 강한 인물이다.

루벨리오스
인간
레나도 제스타

크루세이더즈(성기사단)의 부단장으로, '빛의 귀공자'라고 불리는 실력자. 서방성교회의 십대성인으로 꼽힌다. 원래는 빛의 정령과 계약한 세인트 위저드(성마도사)이지만, 그란베르를 농락할 수 있을 정도의 검술실력을 지녔다. 대성당의 싸움에선 리무루의 '절대방어'의 도움을 받았음에도 불구하고 그란베르의 멜트 슬래시(붕마영자참)의 앞에는 아무런 저항도 해보지 못하고 기절했다.

루벨리오스
인간
아루노 바우만

서방성교회의 십대성인으로 꼽히는 실력자로, 크루세이더즈에선 히나타 다음으로 강한 검술 실력자. 루벨리오스와 우호관계를 맺은 템페스트에 머무르고 있다. 그란베르와의 싸움에선 레나도와 마찬가지로 순식간에 패배하고 말지만, 목숨은 겨우 건졌다.

루벨리오스
인간
리티스

남자들이 많은 크루세이더즈 중에서 몇 안 되는 여성이지만, 그 실력은 십대성인으로 꼽힐 정도로 강하다. 운디네(물의 성녀)와 계약한 엘레멘탈러(정령사역자)이며, 치유마법이 특기다. 템페스트를 습격했을 때에 소우에이에게 패한 뒤로는 그에게 열심히 대시하고 있는 것 같아서, 소우카의 라이벌이라고 할 수 있다.

루벨리오스
인간

니콜라우스 슈펠터스

'디스인티그레이션(영자붕괴)'를 써서 그란베르를 쓰러트린 서방성교회의 추기경. 그러나 실제로는 그란베르의 위장 작전에 이용당한 것뿐이며, 그란베르의 멜트 슬래시를 받았을 때엔 히나타가 감싸줬음에도 불구하고 중상을 입고 말았다. 또한 동쪽 제국에는 그가 정말로 그란베르를 쓰러트린 것으로 선전이 되었다.

루벨리오스
인간

박카스

아루노와 함께 마국연방에 머무르고 있는 십대성인 중의 한 명. 미궁 안에서 수행 중이었기 때문에 그란베르와의 싸움에는 참전하지 않았다. 후릿츠와 연계하여 수왕국의 '삼수사'인 알비스 및 스피어와 호각으로 싸웠을 정도의 실력을 지니고 있다.

루벨리오스
인간

후릿츠

크루세이더즈(성기사단) 중에서도 특히 히나타를 더 많이 숭배하고 있다. 경박한 인상 때문에 오해를 사기 쉽지만, 실력은 일급이며 십대성인 중의 한 명으로 이름을 올리고 있다. 그란베르와의 싸움에는 참가하지 않았으며, 박카스와 함께 미궁을 공략하라는 명령을 히나타로부터 받고, 미궁 안에서 수행을 하고 있었다.

자유조합

인간

마사유키

스킬에 의해 만들어진 고민이 많은 가짜 용사.

용사 마사유키, 또는 섬광의 마사유키로 불리는 이세계인 소년. 본명은 혼죠 마사유키. 1년 정도 전에 이세계로 전이해온 16세의 고교생. 서방열국 최강으로 일컬어지고 있지만, 실은 스킬 '선택된 자(영웅패도)'의 효과로 인해 아무것도 하지 않아도 행운이 이어지는 바람에, 주위 사람들이 멋대로 오해하면서 어느새 용사처럼 취급받는 입장이 되어버렸다. 실력이 그에 상

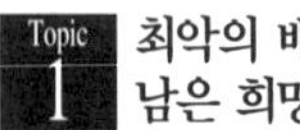

Topic 1 최악의 배신과 남은 희망

동쪽 제국과 한창 전쟁 중에, 그의 동료인 버니와 지우가 배신했다. 그때 진라이도 포함하여 모두가 그의 정체를 알고 있었다는 것이 밝혀진 마사유키는 상처를 받지만, 진라이만은 정체를 알면서도 그를 여전히 흠모하고 있었다는 것을 알게 되었다.

Topic 2 용사가 아닌 마사유키의 자질

게임이나 만화의 지식에 정통한 그는 미궁을 다시 오픈했을 때 게이머의 시점에서 개선점을 제안했다. 튜토리얼의 설치나 각 층에서 여관으로 드나들 수 있게 하자는 아이디어 등은 리무루도 감탄하게 만들었을 정도다.

"저는 미카미── 아니, 리무루 씨의 부하가 되어도 좋습니다!"

어빌리티

주요 스킬 등

선택된 자(영웅패도)

아주 희귀한 유니크 스킬인 '영웅패도'는 얼티밋 스킬에도 밀리지 않을 정도의 힘을 지니고 있다. 파티 멤버 전원의 공격은 늘 크리티컬 히트가 되는 등, 큰 영향력을 발휘한다. 반면에 마사유키 자신은 검도를 약간 배운 수준의 일반인이며, 순수한 전투력은 낮다.

응치 않아서 본인은 그 상황에 진절머리를 내고 있다. 리무루와 만나면서 모든 사실을 밝히고 자신을 보호해달라고 요청했으며, 이후로는 리무루를 위해 일하게 된다. 미궁의 광고탑 역할로 화려하게 공략을 진행하면서, 제국이 침공했을 때엔 의용병단의 군단장이라는 역할도 맡았다.

➡ 러시아계의 피를 이은 가지런한 이목구비. 무슨 이유인지 황제 루드라와 똑같이 생겼는데……?

모든 걸 알고 있었던 마사유키의 동료

이 세계에 온 마사유키에게 맨 처음 시비를 걸었다가 그대로 쓰러진 불량배 모험가. 마사유키의 스킬로 인해 그를 용사라고 믿고 그 자리에서 부하가 되었으며, 그 이후로 파티를 꾸려서 함께 싸웠다. 제국군이 침공했을 때를 기다렸다 정체를 밝힌 버니와 지우가 리무루를 암살하려 했을 때, 실은 마사유키에겐 전투력이 거의 없다는 걸 알아차리고 있었다는 것이 발각된다. 그래도 열심히 노력하고 있는 마사유키를 인정하고, 아무 말 없이 계속 따르고 있었던 것이다.

드워르곤

드워프

가젤 드워르고

"그 리무루는 짐의 사제이니라."

무장국가로서 유명한 드워프 왕국의 통치자

높은 기술력과 군사력으로 인해 다른 나라들로부터 한 수 위로 인정받고 있는 무장국가 드워르곤을 다스리는 드워프 왕으로, 리무루와는 마음이 잘 통하는 사이. 300년 전의 어린 시절에 하쿠로우로부터 검술을 배운 적이 있으며, 마찬가지로 검술을 사사받고 있는 리무루를 사제로 인정하고 있다. 그렇기 때문에 무슨 일이 있을 때마다 리무루에게 어드바이스나 충고를 해주는 등 평

리무루와의 사이

리무루가 마왕이 되었어도 인간에게 해로운 존재가 되리라고는 절대 생각하지 않았으며, 지금도 친교를 유지하고 있다. 개국제에서 태초의 악마들을 동료로 받아들인 것을 알았어도 리무루의 변함없는 모습을 보고, 그를 믿은 게 잘못이 아니라고 확신했다.

가젤의 검술

하쿠로우에게 배운 검술을 더욱 갈고 닦으면서, 지금은 검성이라는 호칭으로 유명해졌을 정도의 실력을 지녔다. 과거에 리무루를 시험했을 때에도 그 실력을 보여줬다. 하쿠로우와 재회한 뒤로는 다시 스승에게 가르침을 청할 수 없는 자신의 입장을 안타깝게 생각하고 있다.

어빌리티

주요 스킬 등

위에 서는 자(독재자) / 영웅패기 / 오보로(朧) 지천굉뢰

왕이 된 이후로, 자신이 검을 휘두를 기회는 적어졌다. 그러나 그 실력은 줄어들지 않았으며, '영웅패기'로 적의 움직임을 봉인하고 빈틈을 노리는 전법은 숨을 쉬는 것처럼 자연스럽게 쓸 수 있다. 하쿠로우로부터 배운 절대적 필살기인 '오보로 지천굉뢰'도 특기로 삼고 있다. '독재자'는 상대의 속내를 꿰뚫어 볼 수 있는, 그야말로 왕에게 어울리는 스킬이라고 할 수 있을 것이다.

소에는 위엄 있는 강직한 인물상을 연기하고 있지만, 실제로는 자신의 나라를 빠져나와 리무루에게 놀러오는 장난기가 있는 인물. 왕궁 중진들과도 사적인 공간에선 편안하게 서로를 대하고 있다.

⬆ 만화판을 맡고 있는 카와카미 타이키 작가님의 러프 일러스트. 왕의 위엄을 제대로 보여주는 분위기를 띠고 있다.

드워르곤 드워프 돌프

드워르곤이 자랑하는 최강 전력의 비밀부대인 페가수스 나이츠(천상기사단)의 단장을 맡고 있는 순백의 기사. 번과 마찬가지로 가젤과 친한 사이지만, 약간 완고한 성격이며 평소에는 문관을 가장하고 있다. 제국군이 침공해왔을 때엔 전차나 마총을 운용하는 모습을 보고 전쟁의 양상이 바뀌었음을 냉정하게 분석하고 있었다.

드워르곤 드워프 번

칠흑의 중갑옷을 입은 무장국가 드워르곤의 어드미럴 팔라딘(군부의 최고 사령관). 가젤 다음으로 강한 실력자이며, 좋은 친구이기도 하다. 약간 완고한 성격으로 처음 만났을 때 이후로 리무루가 보여주는 엉뚱한 행동에 때때로 놀라곤 했지만, 가젤이 신용하고 있는 상대인 이상, 자신도 믿기로 마음을 굳히고 있다.

드워르곤 드워프 젠

아크 위저드(궁정마도사)를 맡고 있는 노파로, 번 일행처럼 가젤과 사이가 좋다. 가젤을 믿고 있다곤 하나, 리무루의 위험행동에 때때로 놀라면서 가젤에게 경종을 울린다. 리무루가 태초의 악마들을 여러 명 부리고 있다는 걸 알았을 때는, 보기 드물게 흥분하는 모습을 보여 알고도 조용히 있던 가젤을 나무랐다.

드워르곤 드워프 앙리에타

드워르곤의 나이트 어새신(암부의 수장)을 맡고 있는 미녀. 자신이 데리고 있던 첩보원들이 차례로 소우에이에게 발각되어 쫓겨난 쓰라린 경험이 있다. 또한 리무루의 극적인 행동에 의해 모이는 정보량도 장난이 아니기 때문에, 모은 데이터를 분석하는 정보부와 함께 좀처럼 고생이 끊이질 않는다.

세 바보들의 홍일점, 엘프 아가씨

자유조합 블루문드 왕국 지부를 거점으로 활동하는 모험가 팀의 여성 소서러(법술사). 실은 마도왕조 살리온의 귀족인 에라루도 공작의 딸이며, 모험을 동경하여 나라를 뛰쳐나온 아가씨. 카발과 기도는 그녀의 호위이다. 그들은 B+랭크의 모험가들이며, 일반적으로는 나름대로 유복한 수입을 올려야 하지만, 에렌 일행은 무슨 이유인지 늘 가난하다. 라비리스에게 뇌물로 케이크를 바치고, 미궁 공략의 정보를 사전에 얻은 적이 있다.

세 바보들의 리더인 전사

에렌 파티의 전위를 맡는 인간족 중전사. 일단은 카발이 파티의 대표지만, 호위대상 아가씨인 에렌에게 그 역할을 빼앗기는 일이 많아서 그다지 위엄이 없다. 실은 살리온의 메이거스(마법사단) 소속으로 상당한 실력자지만, 평소에는 마법의 반지로 힘을 제한하고 있다. 모험가 생활이 완전히 몸에 익었는지, 미궁 프리 오픈 이벤트에선 유니크(특질)급의 무기인 '템페스트 소드(폭풍의 장검)'을 손에 넣고 기뻐했다.

몸놀림이 가벼운 세 바보들의 시프(도적)

세 바보 파티의 도적. 카발과 마찬가지로 에렌의 호위를 맡은 메이거스 소속의 전사이다. 도적스러운 분위기를 내기 위해선지 원래 그런 건지는 불명이지만 "~입니다요"라는 말투가 특징적이다. 리무루로부터 '폭풍의 단도'를 받았다. 미궁탐색에선 그의 힘으로 덫을 파악하고 돌파하면서, 순조롭게 보물을 모을 수 있었다. 또한 회복약이나 휴식장소를 광고하기 위해서 일부러 연기도 했다.

살리온
하이엘프

에르메시아 에르류 살리온

신의 후예라고 자칭하는 연령불명의 천제

마도왕조 살리온을 다스리는 여제. 하이엘프라고 불리는 존재이며, 가젤 왕조차도 머리를 들지 못한다. 숙부인 에라루도의 딸인 에렌과는 정기적으로 다과회를 열 정도로 사이가 좋다. 마왕 레온과는 그가 용사였던 시절부터 알고 지내는 사이. 신하들은 그녀를 무표정에 냉혹하고 비정한 자로 생각하고 있지만, 고양이처럼 변덕이 심한 인물이다. 개국제에서 직접 눈으로 본 템페스트(마국연방)의 문물에 감동하여 별장까지 구입하고 말았다.

Topic 아무리 나이가 들어도…….

2,000년 이상의 역사를 지닌 마도왕조 살리온이라는 국가보다도 오랜 시간을 살고 있기 때문에 가젤로부터는 대요괴라는 평을 듣고 있다. 그런 그녀에게 나이를 묻는 것은 커다란 금기로 여겨지고 있으며, 가젤 왕이 "할머……"이라는 말을 꺼냈을 때는 리무루조차도 전율할 정도의 냉기를 발산했다.

"짐은 그대들과 맹약을 맺으려고 생각한다."

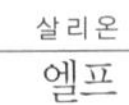

살리온
엘프

에라루도 그림왈트

딸바보인 공작

마도왕조 살리온의 공작으로, 사자의 자격으로 템페스트를 방문했다. 에렌의 아버지이며, 딸을 총애하는 상당한 딸바보. 에르메시아의 숙부이기도 하지만, 에르메시아는 에라루도보다 훨씬 오래 살고 있기 때문에 고개를 들 수가 없다. 공작으로서 살리온의 13 왕가에 대한 감시도 하고 있다. 마왕 리무루와 맺은 도로 정비 계약 건에 대해서 에르메시아로부터 예견능력의 안일함을 지적 받았다.

엘도라도

인마족

레온 크롬웰

소꿉친구를 위해서 수많은 업을 짊어진 쿨한 마왕

긴 금발(플래티너 블론드)과 푸른 눈이 특징인 '옥타그램(팔성마왕)' 중의 한 명. 악마계와 인접해 있는 황금향 엘도라도를 다스리고 있으며, '플래티너 데빌(백금의 악마)', '플래티넘 세이버(백금의 검왕)'로 불린다. 300년 전에 소꿉친구인 클로에와 이세계에서 왔지만 헤어지고 말았으며, 그녀를 찾기 위해서 수단방법을 가리지 않게 되었다. 과거에는 라미리스의 부하인

Topic 1 클로에에 대한 집착

남매나 다름없이 자랐으며, 함께 이 세계로 온 클로에가 레온에게 있어선 모든 것이다. 이 세계에 나타난 이세계인 아이들을 모으기 위해서 악하다는 것을 알고 있으면서도 유우키의 도움을 받았다. 정령의 정착이 불안정해서 죽어간 아이들도 적지 않다.

"그 모습을 보고, 문득 그립다는 생각이 들었을 뿐이다."

어빌리티

주요 스킬 등 상세불명

정통파의 검술을 이용한 접근전이 주된 전법이며, 용사시절부터 애용하는 갓즈(신화)급 무기인 플레임 필러(성화세검)과 레전드(전설)급의 골드 서클(황금의 원형 방패)을 다룬다. 과거에 용사였다는 사실에 부끄럽지 않게 재빠르고 정확한 공격이 특기이며, 그 실력은 비록 아슬아슬했지만, 폭주하는 클로노아의 공격을 막아냈을 정도다. 진정한 용사로서 얼티밋 스킬을 보유했지만 상세한 것은 불명이다.

➡ 차가운 인상의 푸른 눈과 긴 금발이 특징. 흰 로브 안에는 황금의 갑옷을 착용하고 있다.

빛의 정령이 그의 자질을 보고 발굴해낸 용사였지만, 카자리무를 쓰러트린 후로는 마왕을 자칭하고 있다. 오해를 사기 쉬운 성격이며, 시즈에 대한 처우가 원인이 되어 리무루로부터 원한을 샀지만, 그란베르와의 싸움에서 그가 본질을 꿰뚫어 본 뒤로는 협력관계가 되었다. 단, 리무루가 클로에로부터 호의를 받고 있는 것에 대해선 납득하지 못하는 모양이다.

Topic 2 복수해야 할 은인

소환의 실패로 존재가 불안정해진 시즈를 위해서, 이플리트를 빙의시켜 그녀를 마인으로 만든 레온. 시즈에겐 미안하다고 생각하면서도, 클로에를 찾기 위한 것이라고 자신을 억지로 납득시켰다. 그 후에 그녀의 마음을 계승한 리무루의 주먹을 맞게 된다.

엘도라도
종족불명

알로스

실버 나이트(은기사경)로 불리며, 레온의 부하들 중의 필두에 해당하는 존재. 존느(태초의 노란색)이 엘도라도와 악마계의 경계에서 모습을 감춘 이변을 관측했다. 그 후에 리무루와 회담할 때 그녀의 존재를 목격한다.

엘도라도
종족불명

클로드

블랙 나이트(흑기사경)로 불리며, 황금향 엘도라도의 최강으로 손꼽히는 레온의 측근으로, 예의 바르고 배려심이 깊은 무인. 동료인 알로스와 함께 기이와 면식이 있다.

⬆ 어린 시즈는 흑기사 클로드에게 검을 배웠다. 그 검기는 나중에 사람들을 구하는 기술이 되었다.

백빙궁
데몬
(악마족)

기이 크림존

가장 강하며 가장 오래된 악마의 왕이자 세계를 지켜보는 '조정자'

'로드 오브 다크니스(암흑황제)'라는 이명을 가지고 있는 영구동토의 패자. 잔혹한 성격의 루쥬(태초의 붉은색)가 육체를 얻으면서 태어난 존재로, 요염한 미모를 지닌 '옥타그램(팔성마왕)'의 정점이며, 베루다나바가 세계의 붕괴를 막는 역할을 맡긴 창조주의 대변자이기도 하다. 재난을 일으켜서 공포로 인한 세계균형을 목표로 삼고 있었지만, 리무루에게 흥미를 가지면서 인류의 관리를 맡겼다. 최초의 마왕인 밀림, 라미리스를 소중하게 생각하며, 레온과는 절친한 친구(?) 사이이다.

"인류 전체를 마왕들로 지배할 거다. 그게 바로 내 최종목표지."

Topic 세계의 시작을 아는 자

디아블로를 비롯한 태초의 악마들을 잘 아는 것뿐만 아니라 네 명의 '용종'과도 아는 사이이다. 가장 큰 누나인 베루자도와는 세계를 배경으로 하는 어떤 '게임'을 같이 플레이하는 파트너 사이이다. 창세의 무렵부터 이어진 인연이 지금까지 계속 이어지고 있다.

⬆ 피보다 붉은 머리카락과 진홍의 눈을 지닌 요염한 미청년이지만, 성별을 여자로 바꿀 수도 있다.

어빌리티

주요 스킬 등 열용염패

다이아몬드보다도 단단한 육체를 지녔기 때문에 관통공격도 가볍게 받아낸다. 마법과 스킬의 특질을 합친 기술로 어떤 방어도 뚫어내는 공격이 가능하다. 원소마법 '열용염패'를 이용한 공격은 유우키의 '안티 스킬(능력살봉)'조차 의미가 없었다. 또한 무기도 잘 다루며, 예상 못한 신속의 검을 적에게 날리는 기량조차도 그의 실력의 극히 일부분에 지나지 않는다.

느와르(태초의 검은색)를 질투하는 푸른 데몬 로드(악마공)

기이에게 절대복종을 맹세했으며, 암홍색의 메이드 복을 입은 푸른 머리카락의 미녀. 그 정체는 태초의 악마들 중 한 명인 블루(태초의 파란색). 법과 질서를 중시하며 표정을 바꾸는 일이 좀처럼 없지만, 과거에 기이와 비겨서 그 실력을 인정받았으면서도 더욱 강해지는 것을 추구하지 않는 디아블로에게 질투와 함께 불만을 느끼고 있다. 리무루의 부하가 된 그와 '미스트(편재)'로 만든 분신을 사용하면서 싸웠지만, 전혀 대적할 수 없었다. 그녀의 이름은 '피의 비'에서 유래한 것이다.

포학한 성격을 품은 녹색의 데몬 로드(악마공)

기이에게 절대복종을 맹세했으며, 암홍색의 메이드 복을 입은 녹색 머리카락의 미녀. 정체는 태초의 악마들 중 한 명인 베일(태초의 녹색)이며, 자신을 신봉하는 집단인 '벨트(녹색의 사도)'를 이용하여 인간 사회의 감시와 정보 수집을 하고 있다. 기이의 명령을 받고, 서쪽을 공포와 혼란으로 빠트리려고 했지만, 테스타로사에게 저지당하면서 실패했다. 레인과 함께 기이가 잡일을 맡기기 위해서 소환했다. 이름은 '고통으로 일그러진 인간의 표정'에서 유래했다.

잉그라시아
인간
엘릭 폰 잉그라시아

잉그라시아의 제1왕자. 자기도취 기미가 있으며, 동작이 다분히 연기 톤이다. 의회에 참가한 리무루를 토벌하여 공을 세우려고 했지만, 곧바로 구속된다.

잉그라시아
인간
라이너

엘릭과 공모한 기사단의 총단장. A랭크 오버의 실력자이지만, 히나타를 얕잡아보고 도발하다가 반격을 받았다.

잉그라시아
인간
라마

과거에 삼무선이었던 자. 그렌다에게 패하면서, 그녀의 부하가 되었다. 마리아베르의 정신간섭을 받은 그렌다가 죽었다고 믿고, 복수하기 위해서 리무루 일행을 습격했다.

잉그라시아
인간
클라우스

리무루의 후임으로 자유학원의 교직에 취임한 인물. 원래는 A-랭크의 모험가인 실력자이며, 아이들을 친자식처럼 생각하는 인격자이기도 하다.

자유조합
인간
그라세

자유조합 본부에 죽치고 있는 B랭크 모험가. 자신보다 랭크가 낮은 자에겐 건방지게 굴지만, 왠지 미워할 수 없는 인물.

잉그라시아
인간
에길 국왕

잉그라시아 왕국의 국왕. 최고 권력자이면서도 아들인 엘릭이 일으킨 불상사를 대신 사과할 수 있는 도량을 지닌 인물.

잉그라시아
인간
레스터 의장

서방평의회의 의장을 맡고 있는 인물. 공정하며 공평한 가치관을 지닌 자로, 마물인 리무루를 상대로도 끝까지 중립적인 자세를 취했다.

잉그라시아
인간
가이

개국제에도 온 적이 있었던 A랭크 모험가. 잉그라시아의 의회에선 엘릭 왕자에게 고용되어 리무루를 공격하려고 했지만 슈나에게 진압되었다. 마지막에는 마리아베르에게 조종당하여 습격에 가담했지만 리무루에 의해 순식간에 살해당했다.

가스톤
인간
뮤제

가스톤 왕국의 공작. 템페스트(마국연방) 개국제가 벌어졌을 때 거상들을 조종하여 리무루를 함정에 빠트린 뒤에 자신이 해결하는 척 하면서 환심을 사려고 했다. 가젤과 에르메시아의 협력으로 인해 그 음모가 미연에 막히면서 실각한다. 보이지 않는 곳에서 서방평의회와 연결되어 있었다.

전생(前生)의 기억으로 경제를 장악한 '탐욕'의 소녀

전생자. 예전의 삶을 살았을 때 유럽의 지배자로서 군림했던 기억과 경제 지식, 자신의 '그리드(탐욕자)'를 전부 구사하여 세계를 지배할 계획을 꾸미고 있었다. 리무루에게 대항하기 위해서 다양한 음모를 꾸몄지만, 전부 실패로 끝나면서 결국에는 자신이 직접 최후의 싸움에 참가했다. 그러나 자신이 정신을 지배하고 있으리라고 생각했던 유우키에겐 사실은 그 힘이 통하지 않았으며, 오히려 '그리드'를 빼앗기면서 살해당했다. 실은 마리아 로조의 전생체이기도 하다.

Topic 그란베르와의 동맹

전생한지 몇 년 만에 재능을 드러낸 마리아베르는 자신의 편을 가까이에 확보해두기 위해서 가족조차도 인정사정없이 정신을 지배하고 있었다. 일족의 선조인 그란베르에게만 자신의 기억과 지식에 대해 전부 밝히면서 자신의 편으로 끌어들였다.

⬆ 캐릭터 러프 안이 만들어진 이 시기에는 전체적으로 부드러운 이미지가 아직 남아 있다.

어빌리티

주요 스킬 등

그리드(탐욕자) / 그리드 플레어(탐욕의 파동)

'그리드'는 대상의 욕망을 파악하여 정신을 지배하는 무시무시한 유니크 스킬. 많은 인간의 정신을 지배함으로써 이 세상을 자신이 원하는 대로 움직여왔다. 상대의 욕망이 얼마나 강하냐에 따라서 효과의 범위가 달라진다. '그리드 플레어'는 강인한 의지의 힘이 물리적인 파괴력이 되는 마리아베르의 '비장의 수'라고도 부를 수 있는 기술.

실트로조

인간

그란베르 로조

서방열국을 뒤에서 지배하는 로조 일족의 시조

그란베르는 과거에 루미너스와 싸웠던 용사로, 루미너스에게 패배한 뒤로는 '칠요의 노사'와 오대로의 필두로서 영향력을 행세하며 서방열국을 좌지우지하는 한편, 북방에서 침공하는 악마들로부터 인류를 지키고 있었다. 과거에 사랑했던 여성인 마리아의 죽음을 계기로 정신이 피폐해졌으며, 마리아베르가 죽으면서 다시 제정신을 차린 것으로 보인다. 클로에를 '진정한 용사'로 각성시키고 미래에 대한 희망을 맡겼다.

Topic 전성기의 육체로

그란베르는 과거에 루미너스로부터 받은 '러브 에너지(사랑의 입맞춤)'의 에너지를 마리아의 육체에 보존하고 있었으며, 마리아를 흡수함으로써 그란베르 자신의 육체가 다시 젊어지면서 용사로 불렸던 때의 힘을 되찾았다.

←↑ 과거에 용사였으며 서방의 각국을 경제적으로 지배하는 노인답게 기품과 위험한 분위기가 느껴지는 외모를 가지고 있다.

어빌리티

주요 스킬 등

포기하지 않는 자(불굴자) / 사리엘(희망지왕) / 멜트 슬래시(붕마영자참) / 포티튜드(견인불발)

'사리엘'은 루미너스가 가지고 있는 '아스모데우스(색욕지왕)'와 마찬가지로 생과 사를 관장하는 얼티밋 스킬. 용사로서 활약했던 무렵부터 애용하는 '트루스(진의의 장검)'는 갓즈(신화)급으로 분류된다. 멜트 슬래시는 광범위하게 펼친 리무루의 '절대방어'를 쉽게 파괴했으며, 대치했던 성기사들을 기절시켜버릴 정도로 압도적인 공격력을 자랑하고 있다.

드란
인간
드란

오대로 중의 한 명으로, 드란 장왕국(將王國)의 국왕. 그란베르의 명령에 따라 최종결전에 동행하지 않고, 세계의 혼란이 가라앉은 뒤에 인간사회를 부흥시키기 위해 살아남았다.

잉그라시아
인간
시들

오대로 중의 한 명으로, 잉그라시아의 변경백. 북방의 수호를 일임하고 있던 인물이며, 요한과 마찬가지로 그란베르에게 충성을 다했다.

로스티아
인간
요한

오대로 중의 한 명으로, 로스티아 왕국의 공작. 잉그라시아 왕도의 '방어결계'를 파괴하라는 지시를 내렸다. 그란베르에게 충성을 맹세하고 있다.

잉그라시아
인간
개번

오대로 중의 한 명으로, 잉그라시아의 백작. 마리아베르의 뜻을 받들어, 엘릭 왕자와 함께 의회에 출석한 리무루를 공격하려고 획책했다. 그러나 습격은 실패했고 구속되면서, 두 번 다시 햇빛을 볼 수 없는 몸이 된 채 처분을 받았다.

실트로조
서번트
(사역마)
마리아 로조

그란베르의 과거의 아내. 루미너스와의 최종결전에서 그란베르와 함께 나타났다. 마리아베르와 많이 닮은 외모를 가지고 있지만, 나이를 알아보기 힘든 여성이다. 그 정체는 레이즈 데드(사령소생)으로 만들어진 서번트(사역마)였다. 루미너스에게 패한 뒤에, 자신의 체내에 깃들어 있던 젊음을 보존하기 위한 에너지인 러브 에너지(사랑의 입맞춤)와 함께 그란베르에게 흡수되면서 그를 옛날에 용사였던 무렵의 육체로 되돌렸다.

잉그라시아
인섹트
(곤충형 마수)
라즐

그란베르와 천년의 우정을 지켜온 친구

먼 옛날에 그란베르가 이름을 지어준 인섹트이며, 최종형태까지 진화를 이룬 희귀종. 북방의 악마들로부터 인류를 지키고 있었던, 실트로조의 비장의 수단이라고 불러야 할 존재. 물리와 마법, 양쪽에 대한 우위성을 가지고 있다. 시온과 란가에게 패하지만, 그 영혼은 마리아와 함께 그란베르에게 합류되어 그의 '포기하지 않는 자(불굴자)'를 '사리엘(희망지왕)'로 진화시켰다.

➡ 제기온과 마찬가지로 외골격에 둘러싸인 강인한 육체와 각종 내성을 가지고 있다.

동쪽제국

인간 카구라자카 유우키

세계정복을 목표로 하는 중용광대연합의 보스

유우키는 레온에게 진 카자리무가 자신을 부활시키는데 이용할 몸을 빼앗기 위해 소환한 이세계인이었다. 이쪽 세계에 오자마자 바로 얻은 '만드는 자(창조자)'의 스킬을 이용하여 '안티 스킬(능력살봉)'을 만들어서 카자리무에게 승리했다. 그 후에 자유조합의 길드 마스터가 되었으며, 이 세계를 지배하기 위해 착착 준비를 진행시켜왔다.

Topic 1 다 가늠할 수 없는 욕망

유우키의 욕망이란 세계의 부조리함에 맞서서 '세계를 지배하여 자신이 세계를 올바른 방향으로 이끈다'는 것이다. 지나치게 거대해진 그 욕망은 마리아베르의 '그리드'로도 지배할 수 없는 수준이었다.

어빌리티

주요 스킬 등

만드는 자(창조자) / 안티 스킬(능력살봉) / 마몬(탐욕지왕)

'창조자'를 구사하여 만들어낸 '안티 스킬'은 마법이나 스킬 등의 공격을 무효로 만든다. 육체를 성인으로 진화시켜서 아주 높은 신체능력을 얻었다. 접근전이 주가 되며, '안티 스킬'로 상대의 방어를 관통하는 공격을 할 수 있는 등, 일대일의 싸움에는 절대적인 자신감을 갖고 있었다. 기이와의 전투 후에 얼티밋 스킬(궁극능력)인 '마몬'을 획득했다.

⬆ 동쪽 제국에 소속된 유우키. 군복 차림이며 머리카락도 뒤로 넘겼다.

⬆ 자유조합의 길드 마스터였던 때의 모습. 어린 외모까지 가지고 있다 보니 사람이 좋아 보인다.

기이와의 싸움에선 전혀 상대가 되지 않았으며, 동료들이 자신을 감싸주었다는 무력감이 원인이 되면서 '그리드(탐욕자)'가 얼티밋 스킬인 '마몬(탐욕지왕)'으로 각성했으며, 세계의 최강전력 중의 한 축이 되었다. 그 후에 동쪽 제국으로 거점을 옮겨서 군단장까지 승진했다.

Topic 2 원흉조차도 부하로

자신이 소환된 원흉이자 목숨까지 노렸던 카자리무의 정신체인 카가리를 부관으로 받아들이는 등, 그 행동은 대담하기가 이를 데 없다. 한 번 동료로 인정한 라플라스 일행에겐 본심을 보여주는 일면도 있다.

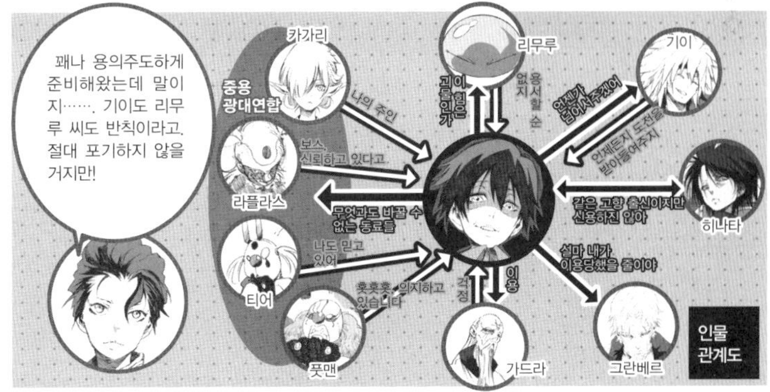

중용광대연합의 회장

중용광대연합
인조생명
카가리

유우키의 비서. 표면적인 얼굴은 자유조합의 부총재이자, 고대유적의 전문가. 그 정체는 커스 로드(주술왕)로 불렸던 전 마왕 카자리무의 정신체이며, 현재는 살리온에서 만든 호문클로스(인조인간)를 육체로 삼고 있다. 출신은 엘프의 왕족이지만, 먼 옛날에 저주를 받아 다크 엘프가 되었으며, 다시 거기서 데스맨(요사족)으로 진화한 뒤에 마왕이 되었다. 자신을 쓰러트린 숙적 레온에게 복수하기 위해서 부하인 중용광대연합과 함께 유우키를 따르고 있다. 유우키와 함께 서방열국을 빠져나가 동쪽 제국으로 거점을 옮겼다.

중용광대연합
마인
풋맨

중용광대연합에 소속되었으며, '앵그리 피에로(분노의 광대)'라고 자신을 칭하고 있다. 말 주변이 없으며 성격이 급한 뚱뚱한 남자. 케르베로스(삼거두)로부터 특정기밀 상품의 거래를 이어받은 뒤에, 라플라스, 티어와 함께 마왕 레온을 찾아가 더 이상은 거래할 수 없다는 취지의 얘기를 전했다.

중용광대연합
마인
라플라스

중용광대연합의 부회장. 마왕 클래스의 실력을 지닌 상위마인이지만, 경박하고 수상쩍은 분위기를 띠고 있으며, '원더 피에로(향락의 광대)'라는 이름으로 자신을 칭하고 있다. 제국과 템페스트의 전쟁이 벌어졌을 때엔 버니와 지우가 배신할 것이라는 유우키의 충고를 전하기 위해서 템페스트(마국연방)를 들렀다. 그러나 과거의 인연 때문에 라플라스의 얘기에 귀를 기울이지 않는 트레이니와 전투를 벌이게 되는 바람에 그 충고는 제때 전해지지 못했다.

⬆ 분노한 표정의 가면을 쓰고 있지만, 실제 표정이나 감정은 알 수가 없다.

⬇ 이런 표정의 가면. 애초에 피에로이기 때문에 수상쩍은 것은 어쩔 수 없다고 할까?

⬆ 이름대로 우는 표정의 가면을 쓰고 있다. 몸집이 작지만 강력한 마인이다.

중용광대연합
마인

티어

중용광대연합에 소속되었으며 '티어 드롭(눈물의 광대)'이란 이름으로 자신을 칭하는 여자 마인. 마왕 레온과 거래에 관한 얘기를 했을 때 교섭 역할을 담당했다. 그란베르가 루벨리오스를 습격했을 때엔 클로에가 시간여행으로 인해 소실된 한 순간의 틈을 포착하고 클로노아에게 마력탄을 발사하여, 클로노아와 레온의 전투를 유발시켰다.

⬅⬆ 동쪽 제국은 물론이고 서쪽에서도 많은 음모를 꾸몄던 책사 다무라다.

케르베로스(삼거두)
전(前) 인간

다무라다

비밀결사 케르베로스의 '돈'을 담당하는 인물. 동쪽 상인인 다무로 행세하면서 히나타에게 거짓 정보를 흘려 리무루와 대립하게 만들었다. 유우키가 동쪽 제국으로 거점을 옮긴 이후에는 유우키를 가드라에게 소개해주는 역할을 맡았다. 버니와 지우는 다무라다가 유우키의 동료로서 마련한 인물이었다.

케르베로스(삼거두)
인간

베가

케르베로스의 '힘'을 담당하는 인물. 균형 잡힌 육식동물 같은 육체를 지닌 남자. 유우키의 지시를 받고 제국의 마수군단에 잠입했다.

케르베로스(삼거두)
인간

미샤

케르베로스의 '여자'를 담당하는 인물. 유우키의 명령에 따라서 기갑군단장 칼리굴리오 농락작전을 벌였다. 제국 기갑군단의 참모관으로서 침공 작전에도 종군했다. 전쟁이 끝날 무렵엔 정보를 가지고 돌아가기 위해서 혼자 도망쳤다.

동쪽제국

인간

루드라 나무 우르 나스카

마왕과 오랜 시간에 걸쳐 계속 싸워온 동쪽의 패자

기이를 상대로, 세계를 칩으로 삼고 인간과 마물을 말로 삼은 게임을 계속하기 위해서 몇 세대에 걸쳐 자아와 기억을 자신의 아이에게 계승시켜온 동쪽의 절대왕자. 리무루의 행동으로 인해 판도가 크게 혼란스러워졌지만, 루드라의 입장에선 너무나 유리한 상황이 되기도 했다. 비장의 수인 '하르마게돈(천사지군세)'의 힘도 최대치까지 올라가 있는 상태지만, 그 탓에 정신이 피폐해져 있다. 아직 수수께끼가 많은 인물.

➡ 중국의 황제 같은 화려한 의상을 입은 루드라. 외모는 젊지만, 이 육체도 상당한 나이를 먹은 상태다.

"모든 장기말은 갖춰졌고, 내가 승리할 때가 가까워진 거야."

동쪽제국

인간

글라딤

제국군의 주력 중의 하나인 마수군단을 지휘하는 대장. 제국에서 두 번째로 강한 남자로 평가되는 힘을 지녔으며, 수왕이라고도 불린다. 마국연방과 전쟁이 벌어졌을 때엔 원수의 명령을 받고, 서방침공을 위하여 공전비행병단의 비공선에 올라탔다.

동쪽제국

인간

칼리굴리오

제국의 최대전력인 기갑군단을 지휘하는 애꾸눈 대장으로, 쥬라의 숲 침공의 총사령관. 하급귀족 출신으로 욕심이 많으며, 가드라가 가지고 돌아온 마정석이랑 마강 장비에 홀려, 리무루가 노리던 대로 지하미궁을 목표로 진군했다. 마물들을 가볍게 보고 있었지만, 전군이 전멸되는 절망과 죽음의 공포를 직접 겪었고, 리무루가 그를 소생시켜주었을 때엔 그 강대한 힘 앞에 굴복하여 엎드렸다.

동쪽제국
용종
베루글린드

황제와 늘 함께 있었던 불꽃의 '용종'

동쪽 제국에서 정체불명의 인물로 여겨지고 있던 원수의 정체이며, 베루도라보다 오래 살아온 '용종' 중의 한 명인 작열용이기도 하다. 인간의 모습일 때는 푸른색 머리카락의 차가운 미모가 인상적인 미녀이며, 기이와 루드라의 인연의 싸움이 이어지는 동안, 루드라의 몸을 걱정하면서 늘 그를 뒤에서 계속 받쳐주고 있었다. 호전적인 성격이며, 승부를 가릴 날이 가까워졌음을 느끼고, 방해가 될 것 같은 동생(베루도라)이랑 리무루의 제거까지도 감안해두고 있다.

← 용을 수놓은 차이나드레스와 옆트임을 통해서 엿보이는 매끈하고 아름다운 다리는 요염한 여성이라는 인상을 준다.

"당신의 패도를 방해하는 자들을 전멸시켜버리겠어요!"

동쪽제국
인간
팔라가

공전비행병단의 지휘를 맡은 소장. 비행하는 가비루를 베루도라로 착각하여 공격을 개시했다. 그러나 비공선의 정보 수집을 위해서 찾아온 울티마를 상대하게 되면서, 부하 전원의 목이 날아갔으며, 결국에는 '뉴클리어 플레임(파멸의 불꽃)'을 억지로 끌어안은 채 선단 전체를 끌어들이면서 같이 폭사했다.

동쪽제국
인간
가스터

칼리굴리오의 심복으로, 마도전차사단을 맡은 중장. 드워르곤으로 쳐들어갔지만, 고부타와 란가가 힘을 합친 마랑에게 농락당했다. 그 결과, 사자로서 찾아온 테스타로사에게 완전히 몰렸다가, 우연히 나타난 데이비스 일행에게 그녀의 처리를 떠넘겼다. 그들을 미끼로 이용하여 후퇴를 시도했지만, 결국 테스타로사에게 목이 부러지면서 절명했다.

동쪽제국
인간
콘도 타츠야

제국을 샅샅이 알고 있는 수수께끼로 가득 찬 괴인

제국에서도 거의 알려지지 않은 정보국을 통솔하는 일본 출신자. 영리하게 보이는 외모 그대로의 성격으로, 예전에 살던 세계에서도 지금의 이 세계에서도 군인이었다. 70년 전, 특별공격작전에 참가했다가 그 여정 끝에 도착한 곳에 있던 자가 비밀정원에서 휴식 중이던 황제였다. 그 인연과 실력으로 현재의 지위에 올랐으며, 황제에게 진심으로 충성을 맹세했다. 배신자에게는 인정사정이 없으며, 특히 쿠데타를 꾸미는 유우키를 경계하고 있다.

⬆ 구 제국해군의 분위기가 느껴지는 흰 군복이 위엄 있고 날카로운 인상의 외모에 잘 어울린다.

"춤춰라, 제국을 위해서. 네 목숨은 이미 내 손 안에 있다."

동쪽제국
인간
데이비스/발트/고든

붉게 물든 호반사변에서 블랑(태초의 흰색)을 퇴치한 3인조. 정보국 소속의 첩보원을 자칭하는 최강 급의 근위기사이며, 리더인 데이비스는 서열 11위로 더블오 넘버(한 자릿수)와도 면식이 있다. 가스터가 있는 곳으로 참전 차 달려오면서, 테스타로사와 조우했다. '데스 스트릭(죽음의 축복)'으로 전멸했다.

➡ 육체와 이름을 얻은 블랑 앞에선 공포에 떨 수밖에 없었으며, 먼저 목이 부러진 발트는 차라리 축복을 받았다고 할 수 있었다.

➡ 마개조로 한층 더 강해져 있던 아피트와 호각의 싸움을 벌였으며, 그 결과는 무승부에 가까운 것이었다.

동쪽제국
인간

미니츠

칼리굴리오가 전폭적으로 신뢰하는 소장. 특별 주문한 군복을 입은 우아하게 생긴 남자이며, 유니크 스킬 '거만한 자(압제자)'을 이용해 시야에 들어오는 모든 것을 인력조작으로 압축 및 폭발시킨다. 아피트에게 신승한 뒤에 합류한 크리슈나 일행과 함께 제기온에게 도전하지만, 전혀 상대가 되지 않았으며, 공간절단공격으로 목숨을 잃는다.

➡ 강한 복수심을 품고 있던 쿠마라를 상대로 싸우다가, 그녀의 어머니의 죽음을 이용하는 모습을 보이면서 한층 더 강한 원한을 사는 바람에 전황은 일변했다.

동쪽제국
인간

캔자스

20년 전, 요마향 섬멸작전의 성공으로 영웅이 된 냉혹하고 건방진 미니츠의 부하. 계급은 대령. 그 작전 후에 쿠마라를 클레이만에게 팔아넘긴 과거가 있다. 지하미궁에선 쿠마라의 희망에 따라 일대일로 싸웠으며, 유니크 스킬 '빼앗는 자(약탈자)'로 그녀의 어머니의 '어둠'을 사역했다. 격노한 쿠마라에 의해 산산조각으로 찢겨서 죽었다.

동쪽제국
인간

레이하

아다루만과 대등한 힘을 보인 마법사 미녀. 서열 94위의 로열 나이트로 크리슈나 일행과 함께 제기온에게 도전했다. 바잔의 즉사를 보고 잠깐 넋을 놓은 사이에 두 조각으로 절단 당했다.

동쪽제국
인간

바잔

미궁에서 데스 드래곤(사령용)을 혼자서 몰아붙인 자이며, 거대한 체격을 가진 서열 35위의 로열 나이트. 아다루만을 격파한 후에 제기온에게 도전하여 선제공격을 날렸지만, 순식간에 살해당했다.

동쪽제국
인간

크리슈나

우아한 분위기를 지닌 남자이자 로열 나이트로 서열은 17위. 미궁에서 알베르트를 격파했지만, 제기온에게 패배했다. 가드라가 가지고 온 팔찌를 써서 미궁 밖으로 나갔음에도 불구하고, 디아블로에게 살해당했다. 나중에 리무루의 힘으로 되살아나면서, 그의 신봉자가 된다.

동쪽제국

인간 버니

케르베로스(삼거두)가 정체를 숨겨서 보낸 이세계인 암살자

유우키가 마사유키에게 소개한 자이며 미국인이었던 원소마법사. 제국 대원정이 시작되기 전에는 팀 '섬광'의 멤버로서 마사유키를 존경하는 척하고 있었지만, 실은 다무라다가 주선한 제국 최강의 로열 나이트(근위기사) '더블오 넘버(한 자릿수)'. 리무루에게 기습을 시도했지만, 베니마루에게 막히는 바람에 부활의 팔찌를 이용하여 지상으로 탈출했다. 지우, 미샤와 함께 후퇴했지만 디아블로에게 살해당했으며, 그 후에 리무루가 소생시켰다.

"우리를 다른 로열 나이트(근위기사)와 똑같이 생각하진 말라고."

Topic 원소마법사가 되는 길

유우키로부터 보호를 받게 된 당시에 버니는 영어밖에 말할 수 없었지만, 마법을 이용하여 다른 말을 할 수 있게 되었다. 그 힘에 매료되어, 잉그라시아의 학원에서 마법 습득을 희망했다. 우수한 원소마법사가 된 것이다.

⬆ 목에 건 펜던트를 쥐면, 황제로부터 받은 레전드 급의 무장이 나타나면서, 장비된다.

어빌리티

주요 스킬 등

선더 레인(뇌격대마우) / 성정화결계

원소마법사로서, '선더 레인' 같은 강력한 마법을 다룬다. 그러나 진짜 특기는 창술이며, 로열 나이트로서 레전드(전설)급의 무기와 방어구를 장착하고, 황제로부터 받은 얼티밋 스킬의 일부를 구사한다. 권능이 은폐되어 있어서 상세한 사항은 불명이지만, 마법이나 스킬에 대한 절대적인 우위성이나 간섭을 막아내는 모습 등을 보면, 방어 지원에 특화된 것으로 생각할 수 있다.

동쪽제국
인간
지우

'섬광'의 홍일점은 리무루를 노리는 '더블오 넘버(한 자릿수)'?!

마사유키를 용사를 사칭하는 수상한 자로 의심하고 있었던 담담한 말투의 정령마법사. 팀 '섬광'의 일원이 된 뒤로는 그를 맹목적으로 신뢰하면서 활약했다. 그 정체는 버니와 같은 로열 나이트(근위기사). 다무라다의 지시에 따라 리무루 암살을 획책했다. 클로에에게 자신의 기습이 막힌 뒤로는 버니의 지원으로 물러나지만, 리무루의 지원을 받은 클로에에 의해 분쇄되었다. 그 후에 버니와 같은 운명을 겪는다.

"수다는 거기까지. 지금 바로 죽이겠어."

Topic 미녀의 맨얼굴은 암살자

은신, 기습이 특기이며, 목적을 위해서라면 비정해지는 지우. 암살에 방해가 될 것 같은 성기사 박카스나 루미너스가 파견한 '초극자'를 몰살했다. 클로에와의 싸움에선 리무루의 의식을 분산시키기 위해서 미궁도시도 표적으로 삼았다.

⬆ 버니와 마찬가지로 펜던트에선 최상위의 레전드 급 무기와 방어구가 나타났으며, 검은 날이 달린 검을 손에 들고 싸웠다.

어빌리티

주요 스킬 등

정령마법 / 격리결계 / 독성 안개

정령마법이 특기지만 회복마법도 사용할 줄 알아서, 팀 '섬광'의 서포트도 담당했다. 로열 나이트로 활동할 때는 황제로부터 받은 검과 은밀성이 뛰어난 얼티밋 스킬을 구사했다. '라파엘(지혜지왕)'조차도 그녀의 정체와 접근을 알아차리지 못했다. 클로에와 싸울 때엔 독성 안개를 발생시켜 시야를 가리는 등, 적의 발을 묶는 기술을 이용하여 우위에 서려고 했다.

동쪽제국

인간

가드라

윤회전생으로 유구한 삶을 계속 이어온 대마법사

오랜 옛날부터 이세계의 존재를 알았으며, 전생한 이세계인들을 확보해온 제국에서 제일가는 마법사였다. 남들이 보는 앞에선 거만하게 굴지만, 근본적인 성격은 자상하며 의외로 얘기가 잘 통한다. 절친한 친구인 아다루만의 복수를 리무루가 해주었다는 얘기를 제자인 라젠으로부터 들었으며, 제국에 대한 애착도 떨어진 것도 있다 보니, 신지 일행과 함께 망명했다. 베레타를 대신하며 던전(지하미궁)의 십걸로 선발되었다.

갚아주지 못한 원수

절친한 친구인 아다루만을 함정에 빠트려서 죽인 루미너스 교와 칠요의 노사를 증오하며, 서방을 멸망시키기 위해 이세계의 지식을 이용하여 제국군을 강화시켰다. 그러나 군의 근대화가 오히려 화근이 되면서, 단장을 맡고 있던 마법병단은 해체되고, 제자들도 빼앗겨버렸다.

➡ 제국의 왕궁 전속 마법사치고는 수수한 차림새이지만, 쓰이고 있는 옷감은 고급품이다. 긴 수염과 머리카락과 로브가 도사에 어울리는 관록을 자아내고 있다.

어빌리티

주요 스킬 등

신비오의 : 리인카네이션(윤회전생)

가드라가 마도의 극에 달하기 위해서 개발한 마법. 이 오의로 인해 전생을 반복하였고, 그럴 때마다 각국의 수많은 비전서를 탐독하면서 현재의 힘을 손에 넣었으며, 두 종류 이상의 마법을 동시발동하거나 적의 마법발동을 방해할 수 있다. 또한 신비오의 자체는 다른 사람에게 걸어주는 것도 가능하기 때문에 아다루만에게도 이 마법을 걸어주었다.

인망이 두터운 백의의 이세계인

동쪽제국
인간
타니무라 신지

연구실에 살다시피 하던 일본의 대학생으로, 유우키의 보호를 받으면서 가드라의 제자가 되었다. 유니크 스킬 '치료하는 자(의료사)'를 가지고 있는데, 바이러스를 조작하여 치유술은 물론이고 독도 자유로이 다루기 때문에, 제국에선 의지할 수 있는 종군의사로 활약했다. 마크, 신과 함께 조사를 위해 던전을 파죽지세로 전진했지만, 리무루에게 스파이라는 것을 간파 당했다. 매력적인 도시와 가드라의 설득에 의해 마크 및 신지와 함께 망명할 것을 결의했다.

동쪽제국
인간
신 류세이

중화풍의 옷을 입고 있으며, 흑발을 땋은 외모가 특징적인 아직 젊은 이세계인. 말 수가 적지만, 유우키와 신지, 가드라를 믿고 있다. 담담하게 시킨 일을 해내는 타입으로 위험을 회피하는 것에도 능하다.

동쪽제국
인간
마크 로렌

신이랑 신지와 함께 유우키의 보호 하에서 가드라에게 유니크 스킬의 사용법을 배운 20대 중반의 이세계인. 늘 탱크톱에 청바지를 입는 육체파이며, '던지는 자(투척자)'로 어떤 물건이든 던질 수 있다. 신지를 신뢰하고 있다.

동쪽제국
인간
레이먼드

신지 일행과 가드라를 찾기 위해서, 루키우스와 함께 미궁 안으로 들어간 이세계인. 과거엔 격투가였다. 가드라 일행의 생존을 기뻐했으며, 루키우스와 함께 템페스트(마국연방)에 망명했다.

동쪽제국
인간
루키우스

미궁 공략을 위해서 모은 정예중의 한 명. 이세계인으로 신지 일행의 친구. 행방을 알 수 없게 된 친구를 찾기 위해서 미궁에 들어갔으며, 무사히 신지 일행과 합류했다. 그들에게 설득되면서 동료가 되었다.

SPIN-OFF COMIC

만화 전생했더니 슬라임이었던 건에 대하여 전생 슬라임 일기

마국연방의 일상풍경을 그린
훈훈한 스핀오프 4컷 만화♪

본편과는 조금 다른, 리무루와 유쾌한 동료들이 느긋하게 사는 모습을 그린 4컷 만화가 코단샤 '월간 시리우스'에서 연재 중! 일상계 4컷 만화의 걸작인 '커다란 꺽다리'의 시바 작가님이 그리는 리무루와 동료들이 나누는 코미디 분위기의 대화는 보고 있으면 흐뭇해진다. 마음의 위안을 받고 싶어질 때에 반드시 읽어보길 바라는 작품이다.

⬇➡ 원작에서 묘사된 적도 있고, 묘사되지 못한 적도 있는 마국의 일상. 원작과는 약간 다른 개그 분위기로 전개되는 것이 기분 좋게 느껴진다.

⬆ 슈나에 시온에 란가…… 모두의 리무루 사랑이 멈추질 않는다. 그리고 마무리를 책임지는 고부타(웃음). 이 마국은 평화롭습니다♪

주목 POINT

기본적으로 시끌벅적한 코미디 분위기가 즐거운 4컷 만화이지만, 죽은 오크 로드에 대한 게루도의 마음이나 오랜 삶을 살아온 밀림이 문득문득 보이는 외로움 등, 소설을 읽은 사람이라면 약간 찡하게 느껴지는 부분도 잘 묘사되어 있다. '전생 슬라임'답게, 살아 있는 캐릭터들이 자아내는 일상이 사랑스럽게 느껴지는 스핀 오프 작품이다.

月 日 맑음!
전생슬라임일기
본편과는 조금 다른 리무루와
동료들의 일상 이야기입니다.
SHIBA
2019.
따끈따끈
리무루 님 만두

세계안내
WORLD GUIDE

마왕 리무루로 인해 격동하는 세계

여기에선 이야기가 진행됨에 따라 새로이 판명된 사실이나 주인공인 리무루의 활약으로 크게 양상이 바뀐 인간과 마족 양쪽의 세력판도 등에 관한 개요를 해설한다. 8.5권에 있는 같은 코너와 병행하여 읽어보면 작품의 세계에 대한 이해가 분명 더 깊어질 것이다.

쥬라의 대삼림에 리무루를 맹주로 모시는 쥬라의 숲 대동맹이 생겨났고, 그 후에 쥬라 템페스트 연방국 = 마국연방으로 나라가 세워졌다. 이 몇 년 동안에 인간의 영역에선 파르무스 왕국의 마국 침공과 패배가 계기가 된 내전이 발발했다. 그 결과, 파르무스 왕국을 대신하여, 오크 로드 정벌의 영웅인 요움에 의해 파르메나스 왕국이 수립되었다. 서방에서 1, 2 위를 다투는 대국의 체제 변경은 주변의 국가들을 경악하게 만들었다.

한편, 마족의 영역에서도 커다란 변화가 일어나고 있었다. 오크의 대침공에 카리브디스 (폭풍대요와)의 부활 등, 차례로 쥬라의 숲을 재앙이 덮쳤던 것이다. 이 사건들은 마왕 클레이만의 책략에 의한 것이었지만, 리무루는 마물들과 함께 이에 맞서 싸웠고, 모든 혼란을 정리했다. 그러는 동안 리무루는 인간사회와의 우호관계를 모색하면서, 마왕 밀림이랑 마왕 칼리온과도 우호조약을 맺었다. 그리고 클레이만을 쓰러트리고 자신이 새로운 마왕이 된 것

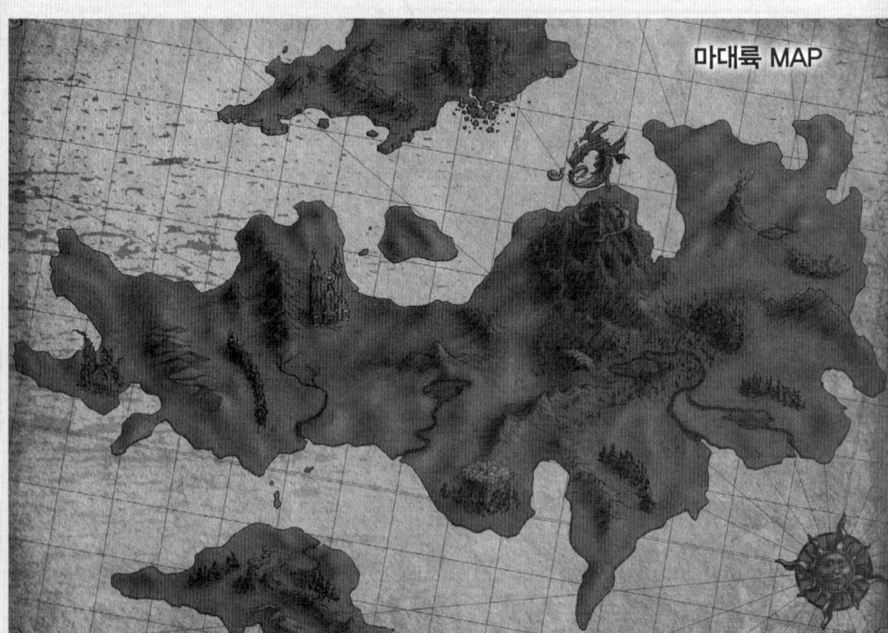

세계의 섭리

여기서부터는 스킬이나 마법, 종족, 법칙 및 현상 등, 작품 속에서 새로이 판명된 세계의 섭리를 소개해나가도록 하겠다.

【마력요소】
마법의 근원이며, 마법적인 에너지 그 자체라고도 부를 수 있는 물질이지만, 수수께끼가 많은 마력요소. 가비루와 베스터의 연구로 '의지'에 반응하는 것이라는 사실을 알게 되었다.

【영자】
마력요소를 구성하는 특수한 입자. 특수한 파동을 발산하며, 어두운 색의 빛을 내뿜는다. 스피리추얼 바디(정신체)나 아스트랄 바디(성유체), 나아가선 영혼에까지 간섭할 수 있다. 모든 물질을 투과할 수 있어서, '절대방어'로도 완전하겐 막을 수 없다. 신성마법에는 영자를 제어하는 마법이 많다.

【정보자】
이 세계의 최소단위이며, 영자보다도 작다. 이 세계의 모든 물질에 반드시 포함되어 있는 것으로, 영혼에도 존재한다. 클로노아로부터 간섭권을 양도받음으로써, 리무루는 한정적으로 정보자를 관측, 조작할 수 있게 되었다.

【영혼, 스피리추얼 바디 (정신체), 아스트랄 바디 (성유체), 매터리얼 바디 (물질체)】
영혼이란 것은 영자로 구성된 덩어리이다. 성유체는 영혼을 보호하는 '신체'의 최소단위라고도 할 수 있는 장치. 정신체는 성유체를 담는 그릇이며, 힘 그 자체를 축적할 수 있다. 이것들이 파괴되어도 영혼이 남아 있으면 소생이 가능하다(루미너스의 '신의 기적'이나 신성마법 : 사자소생 등). 정신체, 성유체로 행동할 수 있는 '정신생명체'가 악마나 정령이다. 인간도 선인, 성인이 됨에 따라서, 육체도 정신생명체에 가까워진다(예 : 히나타).

이다. 이를 계기로 마왕 칼리온과 마왕 프레이가 마왕 자리를 반납하고 밀림의 산하로 들어가면서, 구 '십대 마왕' 에서 '옥타그램(팔성마왕)' 의 시대가 되었다.

새로운 마왕에 대한 각국의 대응은 제각각으로 나뉘었지만, 마물을 악으로 규정한 루미너스 교 및 신성교황국 루벨리오스는 리무루를 토벌하기 위해서 성기사단장 히나타를 보냈다. 파르무스 왕국의 침공도 물론이고, 이 사태의 뒤에는 세계지배를 꿈꾸는 로조 일족과 유우키 일파의 계획이 존재했지만, 결과적으로 리무루와 히나타는 화해했다. 루벨리오스와의 사이에 불가침조약이 맺어졌으며, 루미너스 교의 교의도 일부 개정됐다.

이로 인해 흐름은 마국연방에게 우호적인 경향으로 기울었다. 성대한 개국제를 개최했고, 서방평의회의 참가국으로 받아들여졌으며, 드워프 왕국이랑 마도왕조 살리온까지 끌어들여 인마공영권을 목표로 삼게 되었다. 리무루는 편리하고 쾌적한 삶을 실현하기 위해서, 새로운 기술이나 문화의 연구 및 도입을 적극적으로 권장했으며, 중앙도시 리무루를 중심으로 개발을 진행시키고 있었던 것이다. 로조 일족의 다양한 음모를 전부 물리치면서, 인간사회에서의 지반을 굳힘과 동시에 새로운 발전에 매진하고 있었다. 그리고 드디어 동쪽 제국이 움직이기 시작했다――.

오랜 시간에 걸쳐 유지되고 있었던 균형이 무너지면서, 지금 세계는 크게 움직이기 시작했다. 그 중심은 바로 리무루와 마국연방이었던 것이다.

데몬(악마족)

악마의 사회는 레서 데몬(하위악마), 그레이터 데몬(상위악마), 아크 데몬(상위마장), 데몬 로드(악마공)이라는 종족 랭크 외에 살아온 세월(현대종 ~ 선사종 및 태초)와 작위(기사 ~ 공작 및 왕)이라는 격의 차이가 명확한 계급사회다. 그중에는 전생을 반복하는 자나 유니크 스킬을 지니고 태어나는 개체도 있으며, 예외는 있지만 기본적으로는 실력 = 격으로 보면 된다. 참고로 악마의 계급에 대한 정보는 가드라의 오랜 연구 끝에 판명된 것이다.

정신생명체인 악마는 방대한 에너지로 신체를 구성하고 있지만, 통상적으로 물질세계에서 신체를 유지하는 것은 어렵다. 하지만 이 세계(물질세계)의 곳곳에는 정신세계인 악마계와 겹치는 문과 같은 장소가 존재하고 있으며, 짙은 마력요소와 독기로 가득 찬 그 땅 = 지옥문을 통과하여 나타나는 경우엔 육체를 얻지 못한 악마라도 단시간이라면 물질세계에 출현할 수 있다고 한다. 존느(태초의 노란색)는 마왕 레온이 다스리는 황금향 엘도라도 부근에 있는 지옥문에서 나타나는 일이 많으며, 때때로 출현해선 그곳을 지키는 레온의 부하들을 상대로 난동을 부렸다고 한다.

인섹트(곤충형 마수)

아피트랑 제기온, 라즐과 같은 인섹트는 단순히 벌레의 형태를 한 마수가 아니라, 실은 이계라고 불리는 물질세계와 정신세계 사이의 공간에 사는 정령의 힘이 깃든 반(半) 정신체이다. 종족의 특성상 자연스럽게 육체를 얻을 수가 있으며, 정신세계와 물질세계를 자유로이 오가면서 각 세계를 침략하고 있다고 한다.

물질과 정신, 양쪽의 특성을 지니고 있기 때문에 물리공격에도 마법공격에도 강한 내성을 지녀, 악마족의 천적이 되어 있다. 마력요소의 영향을 받아서 진화도 할 수 있으며, 최강 클래스의 인섹트라면 최종진화형태가 인간형이 된다. 인간형이 되면서 단련을 하거나 전법을 배울 수도 있다. 제기온은 베루도라가, 아피트는 히나타가 단련을 시켜줌으로써 압도적으로 강한 실력을 손에 넣었다.

그 외

북쪽 바다에는 대해수라고 불리는 대형 해양마수가 서식한다. 지능은 낮지만, 구역을 침입하는 자에 대한 공격본능은 격렬하기 때문에 10 미터를 넘은 거구로 배에 몸통박치기를 날리기라도 하면 어떤 배이든 침몰한다고 한다. 이들에겐 뒤떨어지지만, 리무루 일행이 초밥 재료로 사용했던 스피어 참치도 대해수의 일종으로, 60 노트의 속도로 돌격하여 선체에 큰 구멍을 내는 괴물이다.

라파엘(지혜지왕)의 진화

이전보다 몇 단계 더 진화하여, 리무루와는 다른 인격처럼 자유롭게 굴 수 있게 되었다.

새로운 능력의 개발을 좋아하는 것 같으며, 리무루의 부하들에게 능력을 부여하는 '스킬 기프트(능력수여)'를 발명했다. '통합분리'와 '능력개변', '먹이사슬'을 조합한 새로운 능력으로 고부타의 '동일화'나 고즐의 '초속재생' 등을 부여했다.

라미리스의 '작은 세계(미궁창조)'에 대한 간섭을 허락받으면서, 미궁 안에서 일어나고 있는 일에 대한 방대한 데이터를 연산할 수 있게 되었다.

다른 자의 얼티밋 스킬(궁극능력)이나 상대의 유전정보의 분석도 가능하게 되었으며, 클로노아를 도와줄 때엔 '무한뇌옥' 속에서 히나타와 클로에의 정보자를 조작하는 일을 기쁘게 받아들여 실행했고, 유니크 스킬을 얼티밋 스킬인 '요그 소토스(시공지왕)'로 진화시켰다.

⬆'통각무효'의 기능을 지혜지왕의 판단에 따라 끄고 켜는 것이 가능하다는 게 밝혀지면서, 리무루는 술에 취하는 감각을 체감할 수 있게 되었다.

새로이 각성한 얼티밋 스킬(궁극능력)

발동 조건은 정해지지 않았지만, 커다란 감정의 동요가 영혼을 움직이면, 영혼에 뿌리를 내린 능력인 유니크 스킬이 크게 변화하면서 발생하는 것으로 생각된다.

●아스모데우스(색욕지왕)/루미너스

성궤의 상실 및 히나타의 영혼의 소실에 분노의 한계를 넘은 루미너스가 획득한 것이며, 유니크 스킬 '러스트(색욕자)'가 진화한 얼티밋 스킬. '생과 사'를 관장하는 권능을 가지고 있다. '재탄'의 권능으로 무한뇌옥에 간섭하여 '요그 소토스'에 묻혀 있던 '수학자'(히나타의 영혼)를 건저내면서, 클로에와 히나타 두 사람을 구했다.

●사리엘(희망지왕)/그란베르 → 클로에

마리아, 라즐, 그란베르의 힘이 '영혼'속에서 승화되면서, 그란베르의 유니크 스킬인 '포기하지 않는 자(불굴자)'가 진화한 능력. '아스모데우스'와 대치되는 얼티밋 스킬이며, 생과 사를 관장한다.

●요그 소토스(시공지왕)/클로에, 클로노아

시간정지 등 시간을 조작할 수 있는 권능. 시간조작은 에너지의 소비가 심하기 때문에 제어가 어려우며, 아직 발동은 안정적이지 않다.

유니크 스킬

유니크 스킬이란 감정이나 소망이 구체화된 능력이다. 영혼에 뿌리를 내리는 경우가 많다. 따라서 유니크 스킬로 인해 영혼이 보호된 상태라면, '그리드(탐욕자)' 처럼 영혼에 영향을 주는 권능의 영향을 완화할 수 있다. 역설적으로 스킬을 육체로 되돌리면 스킬 소유자였던 자의 영혼이 체내로 되돌아오기 때문에 소생된다.

히나타의 자아를 유지하고 있던 것은 '영혼의 잔재' 인 '바뀌지 않는 자(수학자)' 였다. 그 이름대로 통합, 변질하지 않고 남아 있었기 때문에 영혼의 부활이 가능했다. 히나타의 말에 따르면 전생이나 육체를 얻는 방법 등으로 세계를 건널 때에 대량의 에너지를 받아들이면서 영혼의 영향을 받아 능력이 나타난다고 한다(실제로 유우키가 모으고 있었던 이세계인의 90 퍼센트는 유니크 스킬 보유자였다).

대죄 계열로 분류되는 유니크 스킬은 인간의 원죄——욕망의 원류에 뿌리를 내리고 있다는 점에서 특수한 것이다.

마리아베르의 '그리드(탐욕자)' 는 아주 강력하여 인간의 욕망을 지배하는 권능을 지녔고, 욕망을 심어주기도 하며, 자극하여 조작할 수도 있다. 공격능력도 높아서 '죽음을 갈망하라!!' 고 명령하는 것으로 산 자의 본능을 반전시켜 죽음에 이르게 만든다. 전생 전부터 사이코키네시스를 다룰 줄 알았던 유우키는 순수한 에너지를 방대하게 받아들여서 자유자재로 변화시키는 유니크 스킬인 '만드는 자(창조자)' 를 만들어냈다. 이 권능을 통해 정신체도 보호할 수 있는 힘인 '안티 스킬(능력살봉)' 을 완성했다. 아주 특이한 영적체질이 되면서 마법, 스킬 단위로 시도하는 모든 공격이 무효가 되며, 일부의 마법과 혼합된 아츠로만 데미지를 줄 수가 있다.

아츠

훈련의 결과로서 얻게 되는 기술 외에 스킬로부터 파생된 '기술' 이 이 작품에 등장하고 있다.

●'댄스 위즈 울브즈(질풍마랑연무)' /고부타 & 란가

두 사람이 '변신(마랑합일)'함으로써 사용가능해진다. 소닉붐(초음속파동)을 일으키면서 고속으로 이동하며, '파멸의 소용돌이'를 발생시키는 대군용(對軍用) 섬멸기다.

●'메모리 엔드 레퀴엠 (죽을 자에게 바치는 진혼곡)' /루미너스

얼티밋 스킬 '아스모데우스(색욕지왕)'를 획득한 루미너스가 그 힘을 해방한 일섬의 기술.

신성마법

신의 '이름' 을 매체로 삼는 것으로 그 신을 신봉하는 술자가 구사할 수 있게 된다고 하는 비술을 이용한 마법. 리무루가 루미너스로부터 배운 '신앙과 은총의 비오' 는 '영자' 를 제어하는 기술이며, 신앙대상이 '영자' 를 조작해주면서 마법을 발동시킬 수 있는 시스템이었다. '신앙' 이란 신에게 마력을 바치는 것이며, 신자가 늘어날수록 신앙대상인 신의 마력은 증대한다.

핵격마법

이 세계에서 일반적인 4대 마법(원소마법, 정령마법, 신성마법, 소환마법) 이외의, 더욱 수준이 높고 강력한 마법의 하나로서 핵격마법이 등장했다. 이건 주로 영자를 조작하는 마법이며, 인간이 다룰 경우엔 고레벨의 술자들이 의식마법이나 집단마법으로서 시간을 들여 주문을 읊어야 할 필요가 있지만, 정신체라서 마력요소의 저장량이 방대한 상위악마라면 연발도 가능하다.

●뉴클리어 플레임(파멸의 불꽃)/울티마

어비스 코어(흑염옥)의 중심에 초고열의 폭발을 일으켜서, 그 충격파로 주위의 모든 것을 날려버린다. 울티마가 주문영창 없이 날린 한 발로 인해 공전비행병단이 소멸되었다.

●데스 스트릭(죽음의 축복)/테스타로사

생물의 유전자나 영혼에 영향을 주는 어둠의 빛(영자)을 발산하여 강제적으로 사멸시키는 대규모 섬멸마법. 테스타로사가 사용했을 때엔 반경 500미터 이내의 제국병사들을 사멸시켰다. 제한하지 않으면 그 효과범위는 최대반경 수 킬로미터에도 달한다. 영혼도 파괴하는 궁극의 금단마법이지만, 극히 드물게 존재하는 마(魔)에 적성이 있는 자를 선별하는 축복의 마법이기도 하다.

●그래비티 컬랩스(중력붕괴)/카레라

카레라가 쓴 마법으로 핵격마법 중에서도 톱클래스의 힘을 자랑하는 것이다. 블랙홀을 생성하여 수많은 것들을 파괴한다. 물건만이 아니라 마법 그 자체나 현상도 파괴할 수 있다.

핵격마법 외에 리무루의 대규모관측마법 '아르고스(신의 눈)'이나 가드라가 전생하기 위해서 사용하는 신비오의 '리인카네이션(윤회전생)', 제국이 장벽이나 결계를 만들기 위해서 이용한 레기온 매직(군단마법) 등, 다양한 마법의 존재가 밝혀지게 되었다.

동쪽 제국이 마국연방 침공 작전에 투입한 마도전차로 대표되는 병기들은, 가드라가 이세계인으로부터 들은 과학기술을 바탕으로 두고 이 세계의 마법기술을 조합하여 만든 것으로 대부분은 마력요소를 이용하고 있다.

비공선

제국이 자랑하는 하늘을 나는 전투용 배. 현재 이 세계에선 제공권이라는 개념은 없는 것에 가까우며, 대공경계도 중요하게 생각하지 않기 때문에 지상공격이나 대규모 병력의 수송 등에도 용이하다. 최대 400 명이 탑승할 수 있다. 조작에는 최소 50 명의 인원이 필요하며, 최고속도는 음속을 넘는다. 지금까지 비밀리에 감춰두고 있었지만, 템페스트 침공전에서 처음 투입했다. 운용부문, 방위부문, 공격부문 외에 예비인원, 의료반에도 각 100 명의 인원이 배치되었다.

방어는 오로지 마법을 이용한 방어결계에 의존하고 있다. 경량화를 위해서, 선체의 장갑은 얇다. 무장으로 극비병기인 매직캔슬러(마력요소 교란방사) 발생장치(마물의 에너지원인 마력요소에 영향을 줘서 마물의 움직임을 봉인하는 장치) 외에, 마법증강포(포대의 마력구에 최대 열 명의 마법사가 동시에 마력을 주입하면서 주문을 영창함으로써 대마법을 쉽게 다룰 수 있다)가 정면에 한 개, 좌우 양쪽에 두 개씩 총 다섯 개가 탑재되어 있다. 보조무장으로서 통상병기인 기관총도 장비되어 있다.

마도전차

제국의 장갑무장차량. 전장은 약 10 미터, 전폭은 3.5 미터. 마력요소를 이용한 내연기관을 보유하고 있으며, 대기를 순환시킴으로써 에너지를 충전한다. 다섯 명이 조종에 필요하다. 최대속도는 시속 100 킬로미터. 약간이지만 공중에 뜰 수도 있어서, 차량연결이나 진형을 이용하여 임시 요새처럼 운용하는 것도 가능하다.

주포인 '마도포'의 구경은 120 밀리미터. 초속이 2,000 미터 / 초에 달한다. 최대사정거리는 30 킬로미터, 유효사정거리는 3 킬로미터. 장탄 수는 50 발이며, 1 분 동안에 다섯 발을 발사할 수 있다. 그 위력은 실로 높아서 전술급마법인 초고등폭발술식

에 필적한다. 참고로 이건 마법원리로 발사되는 것이지만, 포탄 그 자체는 쇳덩어리이기 때문에 대마법결계나 대궁방어 등을 가볍게 관통하는 무시무시한 질량병기이기도 하다. 보조 무기로서 기관총도 장비되어 있다.

게다가 시험제작품이지만, 수십 미터 범위에 걸쳐 폭발함으로써 수만 도의 열과 폭풍을 만들어내는 특수탄도 있다.

일러스트/ meiz

그 외

●개조병

마법적으로 개조가 된 보병. 전투력은 C+~A랭크에 해당하는 자까지 존재한다. 1주일 동안은 먹지도 마시지도 않고 행군할 수 있다.

●스펠 건(마총)

권총 타입과 장거리용의 마총=저격총이 있다. 마법을 쓰지 못하는 자라도 공격마법을 발사할 수가 있으며, 마물이나 스피리추얼 바디(정신체)에도 대미지를 줄 수 있다. 탄환에 마법이 담겨 있으며, 테스타로사를 노렸던 저격총에는 원소마법 : 화염대마구가 담겨 있었다. 참고로 마력을 두르지 않은 원래의 소총이나 권총도 존재하고 있다.

●매직 캐논(중마도포)

들고 다닐 수 있는 병기 중에선 최대 화력을 지닌 마도병기. 대기 중에서 마력요소를 모으는 충전식이며, 원소마법 : 에어 버스터(공파대마포)를 발사할 수 있다.

●매직 사벨(제국식 마법검)

사용자의 마력으로 마력요소를 순환시킴으로써 '기술 : 오라 소드(투기검)'보다 높은 위력을 지닌 마법검과 동등한 효과를 지니고 있다.

LE GUIDE TEMPEST

마국 가이드

★ ★ ★

계속 발전 중인 마국연방. 그리고 쥬라의 대삼림의 한가운데에서 최대의 존재감을 자랑하는 중앙도시 리무루. 여기서부턴 자극으로 가득 찬 마물의 나라의 최신정보를 소개하도록 하겠다. 자신만의 평가 기준으로 별점을 매기면서 읽어보면 즐거울지도 모른다!!

마왕 리무루에게 충성을 맹세한 마물들의 나라 '템페스트(마국연방)'는 탄생한 이후 몇 년 사이에 리무루 자신의 힘과 주민들의 노력으로 인해 다양한 기술이랑 문화가 폭발적인 기세로 발전했다. 만전을 기한 끝에 개최한 개국제를 계기로, 쥬라의 대삼림 전역에서 각 종족이 알현을 위해 찾아오게 되었고, 광대한 영토의 지배도 확실하게 자리를 잡아가고 있었다. 또한 서방열국을 중심으로 인간의 나라들로부터도 국가로 인정을 받게 된 결과, 교류도 활발해지면서 자극적인 관광지 및 경제, 문화의 새로운 중심지로 성장하고 있다.

수도인 중앙도시 리무루의 발전도 눈부시다. 현재 인구는 대략 3만 명 정도까지 늘어났다. 더구나 상인이나 모험가, 관광객 등 외부에서 찾아온 자도 늘어나면서, 늘 수만 명 이상의 거주 인구를 거느리고 있다. 그런 사람들을 상대로 한 경제활동도 점점 활발해지고 있다. 초기부터 벌이고 있던 회복약 사업 등도 순조롭긴 하지만, 그중에서도 정식 오픈된 던전(지하미궁)은 그 운영에 따른 직접수입과 관광자원으로서의 높은 평가로 인해 막대한 이익을 가져오고 있다.

거주, 영빈, 상공업, 오락으로 크게 네 구역으로 나눠진 도시의 형태는 그대로 개발이 진행 중이며, 새로이 루미너스 교회가 건립되거나, 가극장 등의 문화시설이 완성되는 등의 변화도 있었다. 그중에서도 가장 크게 모습이 바뀐 곳은 관광오락구역이라 할 수 있다. 개국제가 개최될 무렵에는 급조된 콜로세움(원형투기장) 이외는 공터였지만, 현재는 도시구역으로서의 체제가 잘 정비되어 있다. 현재도 4제곱킬로미터의 큰 도시지만, 이대로 발전한다면 언젠가는 도시 구역의 확장이 필요해질 기세이다.

국민의 생활에선 의식주가 완전 보장되어 있으며, 필요에 따라서 각종 물품이나 복리후생을 받을 수 있는 배급제가 초기부터 계속 이어지고 있다. 하지만 최근에는 리무루의 뜻을

일러스트 / meiz

받아들여, 일한 결과에 따라서 다양한 혜택을 받을 수 있는 공로 포인트 제도 등, 화폐경제로 이행하기 위한 실험적 제도의 도입도 시도되고 있는 것 같다. 교육면도 '학원'의 설립에 따라, 기본적인 읽고 쓰기와 계산을 교육하는 것뿐만 아니라 각종 전문직의 양성도 가능하게 되었다.

또한 교외의 농지도 순조롭게 확대가 진행되고 있으며, 그 생산력도 증가했다. 작물 품종도 다양하게 늘어나고 있다.

참고로 봉인의 동굴에는 히포크테 풀의 재배와 포션 개발을 비롯하여, 다양한 기술개발을 위한 연구시설이 세워져 있었지만, 미궁의 95층으로 이전했다. 현재는 주로 특수한 상황에서 벌어지는 전투용 훈련의 수련장 등으로 사용되고 있다.

처음부터 우호적이었던 블루문드 왕국이나 드워프 왕국, 실질적으로 괴뢰국인 파르메나스 왕국 등, 그때까지도 근린국과의 관계구축에 많은 노력을 기울여 온 리무루였지만, 루벨리오스와 화해 및 불가침조약을 맺은 뒤에, 개국

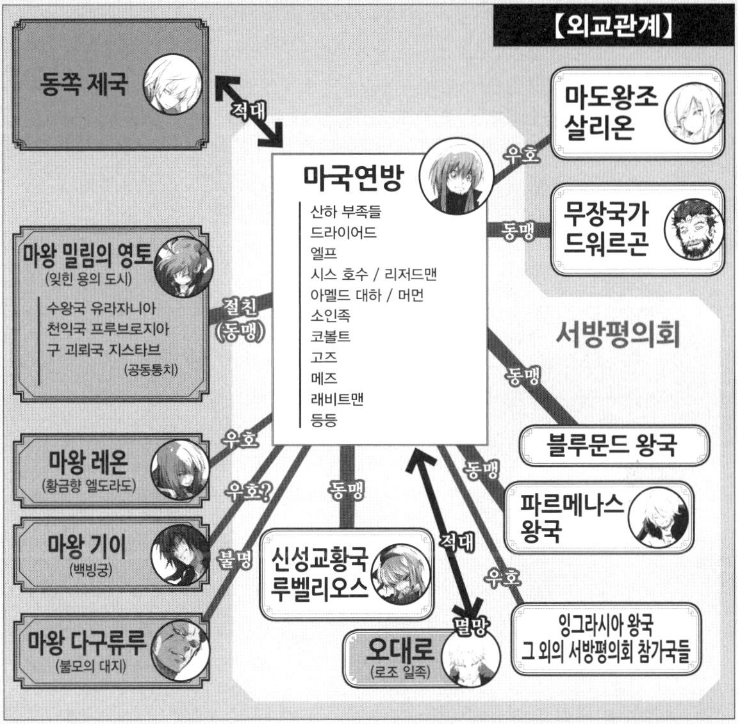

【외교관계】

동쪽 제국
적대
마국연방
산하 부족들
드라이어드
엘프
시스 호수 / 리저드맨
아멜드 대하 / 머먼
소인족
코볼트
고즈
메즈
래비트맨
등등

우호
마도왕조 살리온
동맹
무장국가 드워르곤

마왕 밀림의 영토
(잊힌 용의 도시)
수왕국 유라자니아
천익국 프루브로지아
구 괴뢰국 지스타브
(공동통치)
절친 (동맹)

서방평의회
동맹
블루문드 왕국
동맹
파르메나스 왕국
우호
잉그라시아 왕국
그 외의 서방평의회 참가국들

우호
마왕 레온
(황금향 엘도라도)
우호?
마왕 기이
(백빙궁)
불명
마왕 다구류루
(불모의 대지)

동맹
신성교황국 루벨리오스
적대
멸망
오대로
(로조 일족)

제를 거쳐 서방평의회에 정식 가입을 완수하면서, 인접한 이웃나라들의 거의 대부분과 양호한 관계를 맺는 데에 성공했다. 그 결과, 표면적인 전쟁의 위험도 없어지면서, 유통 및 교역 면의 장점도 점점 확대될 것이 예상되고 있다.

다른 마왕들과도 대부분 우호 내지는 중립적인 관계를 유지하고 있으며, 마음에 걸리는 것은 아직까지 수수께끼가 많은 동쪽 제국의 동향뿐인 상황이다.

마국연방을 선보이게 될 일대 이벤트로서 리무루가 기획한 개국제. 리그루도나 묘르마일을 비롯한 문관계열의 간부들의 노력도 있었기 때문에, 각국에서 온 귀한 손님을 마국에서만 접할 수 있는 요리와 서비스로 접대하는 전야제로 시작되었으며, 마왕 리무루의 개막선언, 악단 콘서트에 기술발표회, 무투대회, 던전(지하미궁)의 공개 발표 등등, 모든 기획이 대호평을 받으면서 성황리에 끝났다.

왕후귀족이나 사절뿐만 아니라, 모험가랑 상인, 일반서민 관광객들까지 잇따라 몰려들면서, 개국제 기간 동안 리무루의 도시에는 최대 약 10만 명을 넘는 사람들이 머물렀다.

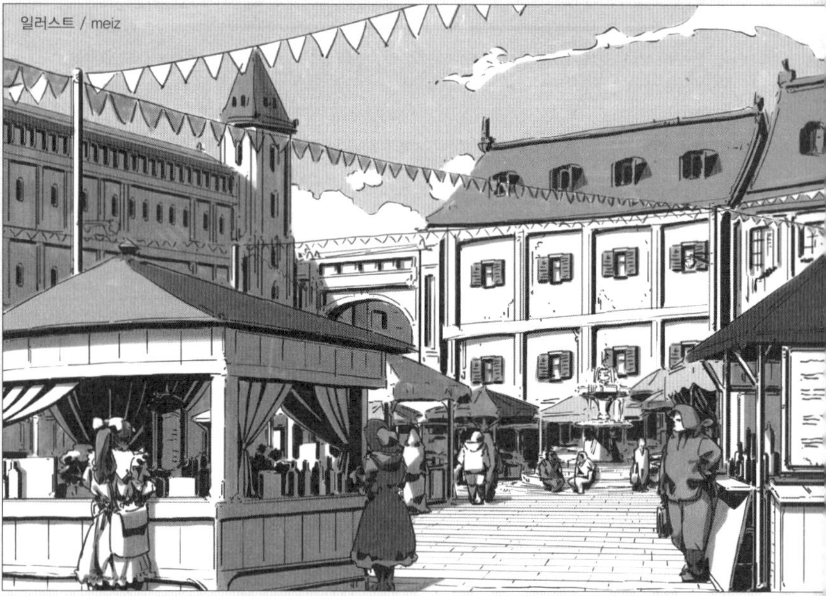

일러스트 / meiz

⬆ 리무루 시에 몇 군데 존재하는 광장 중의 한 곳. 노점이나 간이 가게가 세워지면서, 개국제 기간 동안은 늘 북적거렸다.

마국의 일상 시리즈 ①

템페스트 견문록

글 / Tomomi Seto

시끌벅적한 축제의 소란스러운 분위기를 빠져나온 뒤에, 그렉 노인은 혼잣말로 '영차' 하고 중얼거리면서 광장 가장자리에 설치된 벤치에 앉았다. 축제의 분위기에 들뜬 나머지, 나이도 잊어버린 채 꽤나 오래 걸어 다니고 말았다. 슬슬 옷과 장식품을 만드는 공방에서 열고 있는 직물체험 행사에 참가하고 있을 아내도 돌아올 때가 되었을 것이다.

이곳은 쥬라의 대삼림에 새로이 생긴 나라인 템페스트, 그 수도인 리무루라는 도시다. 거대한 규모의 개국제가 개최된다는 얘기를 듣고, 블루문드 왕국의 그럭저럭 유복한 농가에서 은거 생활을 보내던 그는 같은 나이인 아내 메어리를 데리고, 일부러 관람 차 놀러온 것이다.

"여보, 오래 기다렸나요?"

벤치에 앉아서 인간과 마물이 오가는 광장을 바라보고 있으려니, 얼마 지나지 않아 메어리가 돌아왔다. 목에 두르고 있는 것은 직물체험 행사에서 만든 스카프인 걸까.

"아니, 그리 오래 기다리지 않았소. 그보다 직물체험은 어땠소? 즐거웠소?"

"네! 그렇게 큰 베틀은 처음 만져봤어요. 옷감의 색도 무늬도 선명한 것이, 그런 건 예전에 여행을 간 도시인 룰러에서도 본 적이 없었거든요. 너무나 근사했어요."

어린 소녀처럼 볼을 붉힌 채 들뜬 아내의 모습을 가늘게 뜬 눈으로 바라보면서, 그녀를 여기 데려오길 잘했다는 생각이 들었다. 처음에는 자식부부에게 메어리와 함께 개국제에 가겠다는 얘기를 했을 때는 큰 반대를 받았다. 무리도 아니다. 쥬라의 대삼림은 마물들로 날뛰는 위험하기 그지없는 장소이며, 정식으로 국교가 맺어져 있다곤 하나 주민 전원이 마물인데다, 무엇보다 정체를 알 수 없는 새로운 마왕이 세운 나라이니까. 하지만…… 그렉 자신은 옛날부터 알고 지내던 행상인으로부터 들은 얘기――템페스트의 마물들은 정말로 인간들에게 우호적이며, 그 도시는 엄청나게 발전되어 있다――에 마음이 끌리고 있었다. 실제로 마국이 생긴 뒤로는 고블린들이 밭을 엉망으로 만드는 일도 없어졌다.

블루문드와 연결된 도로도 잘 정비되면서, 오가는 자들도 늘어나기 시작한 것이다. 듣자하니, 국왕도 그 나라를 방문한다고 하니, 위험따윈 분명 없을 것이다. 그의 그런 생각은 정확히 맞아떨어졌다.

"아, 그렇지. 공방에 있던 사람들은 고블리나랑 수인족이 많았지만, 다들 자상하고 선량해 보였어요. 마물이라고 해도 무서운 사람들만 있는 건 아니더군요."

"그렇더군. 어느 가게든 크게 환영해주고, 길을 잃으면 친절하게 안내도 해줬으니, 이렇게 인간에게 가까운 마물은 처음 봤소."

물론 이 나라에는 무시무시한 마물도 잔뜩 있을 것이다. 하지만 너무 쾌적한 도로로 여행하는 도중에 들른 여관에서 일하는 마물들은 모두 친절했으며, 이 수도 리무루에 들어온 뒤에도 그런 모습은 달라지지 않았다.

그렉은 훌륭한 도시의 경관이랑 한층 더 장대한 콜로세움(원형투기장), 그 주변에 세워진 노점을 바라보면서, 그 기술력과 개국을 성공시킨 정열에 감탄함과 동시에 눈앞을 오가는 인간과 마족들에게도 놀라움을 감출 수 없었다. 그곳에는 인간도 마물도 차별 없이 서로 교류했으며, 같이 웃으면서 함께 축제를 즐기는 모습이 있었다.

이 도시에 도착한 후에 얼마 지나지 않아서 모든 불안감을 내던지고 마음껏 개국제를 즐기기로 한 자신의 판단은 틀리지 않았다고, 그는 생각했다.

"그러고 보니, 아까부터 좋은 냄새가 나네요. 당신 짐에서 나는 건가요?"

문득 메어리가 뭔가를 깨달은 것처럼 고개를 갸웃거리더니, 그렉의 짐을 들여다봤다. 그는 그 말을 듣고 뒤늦게 생각이 났고, 짐에서 아직 따뜻하게 포장된 꾸러미를 꺼냈다. 후각을 자극하는 맛있는 냄새가 한층 더 강해졌다.

"자식들에게 줄 선물을 고를 생각으로 가게를 돌아다녔는데, 나도 모르게 그만 냄새에 낚이고 말았지, 뭐요. 아니, 본 적도 없는 맛있어 보이는 음식들이 가득하더군."

햄버거라는 이름의, 빵 사이에 고기와 야채랑 치즈를 끼운 음식이랑, 라면이라는 이름의 가느다란 면이 들어간 수프. 그중에서도 상당히 많은 수의 사람들이 줄을 섰던 노점에서, 가게 주인으로 보이는 젊은 남자가 만들고 있던 것이 이 동그랗게 생긴 음식이었다.

"'타코야키'라고 한다더군. 막 구운 걸 먹어봤는데, 이게 정말 맛있더란 말이지."

표면은 바삭하면서도 속은 화상을 입을 정도로 뜨겁고 촉촉했으며, 뭔가 부드러운 어패류의 고기가 들어 있었다.

먹기 좋게 식었다고 생각되는 그것을, 그는 아내에게도 권했다.

"어머나, 맛있네요! 참 특이한 음식이 다 있군요."

"그렇지? 그 가게 주인과는 묘하게 얘기가 잘 통해서 신나게 얘기를 나눴다오. 아내와 함께 왔다고 얘기했더니 맛보게 해주라고 덤으로 주더군."

장사꾼치고는 태도가 건방졌던 그 젊은이는 그가 선물로 사서 들고 있던 용 모양의 장식품을 보고 자신에게 말을 걸었던 것이다. 그건 폭풍룡 베루도라를 모티브로 만든 나무 조각상이었으며, 첫눈에 보고 마음에 들어서 샀다고 대답했더니, '그렇군, 그렇단 말이지'라고 말하면서, 왠지 만족스러운 표정을 지었다.

베루도라는 확실히 두려운 존재지만, 쥬라의 대삼림의 바로 옆에 사는 그렉 같은 농민들에겐 다른 나라의 침략을 막아주는 수호신이기도 했다. 고맙고도 위대한 분이라고, 그렇게 말하다가 어느새 신이 나서 한참 얘기를 나눴던 것이다.

"그랬군요. 분명 그 사람도 우리와 사정이 같은 곳에서 태어난 사람이겠죠."

메어리도 납득한 듯한 표정으로 고개를 끄덕였으며, 자신도 막 구운 걸 먹어보고 싶다고 말했다. 그럼 내일도 그 가게로 가보자고, 그는 아내에게 제안했다. 내일은 마을로 돌아갈 예정이었지만, 떠나기 전에 들를 수는 있을 것이다.

"가게 주인도 꼭 한 번 더 오라고 말했으니까 말이지. 자신이 계속 그 가게에 있을 거란 보장은 없지만, 자신의 이름을 대면 덤으로 더 주도록 얘기해놓겠다고 약속까지 해줬거든."

자신에게 맡겨두라면서 건방지게 몸을 뒤로 젖히던 젊은이의 모습을 떠올리면서, 그렉은 자신도 모르게 그만 웃고 말았다. 그는 그런 뒤에 정말로 자신의 이름을 가르쳐주었다.

'내 이름은 베루…… 아니, 아니지, 그래, '기메이(일본어로 '가명'이라는 뜻)'다! 기억해둬라!"

젊은이의 이름을 잊지 않도록 머릿속으로 반복하여 외우면서, 그렉은 돌아가기 전에 한 번 더 그를 만날 수 있으면 좋겠다고 중얼거렸다.

리무루 시에선 각종 상점이나 공방 종류는 도시를 십자로 가르는 메인 스트리트와 남서쪽 블록의 상공업구역에 집중되어 있다. 메이드 인 템페스트만의 질이 좋은 물건, 혹은 희귀한 물품을 구하러 오는 상인들이랑 손님들이 많다. 가격이 금화 수십 닢 정도의 고급 아이템부터 은화로도 살 수 있는 기념품까지 풍부하게 갖추고 있기 때문에 소위 윈도우 쇼핑만으로도 충분히 즐길 수 있다.

그런 것들 중에서도 인기가 있는 것은 무기 및 방어구랑 옷 같은 장비품 등인데, 슈나 공방 브랜드의 한정 디자인의 옷도 취급하고 있는 의류점(부티크)은 요즘 특히 더 인기가 높다. 슈나 공방 브랜드의 상품은 디자인이 신선할 뿐만 아니라, 마물이나 마법적인 재료에서 유래한 신소재를 사용하고 있는 것이 많으며, 웬만한 갑옷이나 방패를 능가하는 고성능을 갖추었다는 것이 잘 팔리는 이유이다. 디자인의 신선함은 반 이상은 리무루의 기억에 의존하는 것이 크지만, 거기에 슈나의 유니크 스킬인 '깨닫는 자(해석자)'와 센스가 가미되면서, 이 세계에선 달리 찾아볼 수 없는 것을 만들어내고 있는 것이다.

참고로 그렇게 만들어진 슈나의 무녀복이나 시온의 슈트 등은 착용자에 대한 동경도 한몫하면서 도시의 유행까지 만들어내고 있다. 실제로 슈나랑 시온을 패션리더로서 추종하는 자도 나오기 시작하고 있는 것 같다.

물론, 그런 요소들을 살린 기성품의 라인업도 있으며, 비교적 적당한 가격에 제공되고 있다. 그러나 뭐니 뭐니 해도 가장 인기가 있는 것은 오더 메이드. 공방의 장인들은 슈나의 지도를 받고 이미 숙련공의 영역에 도달한 자도 많아서, 옵션 요금에 따라 치수 재기부터 수정, 완성까지의 과정을 그날 안에 끝낼 수도 있다.

개국제 때에 리무루 시를 방문한 여러 나라의 왕후귀족 중에도 슈나 공방을 지명하여 특별히 주문한 옷을 구입한 자가 몇 명이나 있었다고 한다. 히나타도 상당히 가격이 비싼 고기능의 드레스를 구입했다. 이런 각국의 요인들이 입으면서, 앞으로도 그 지명도와 평가가 더 올라갈 것으로 예상된다.

일러스트 / meiz

칼럼 : 마국의 물품 제작

※스핀오프 코믹 '마물의 나라를 즐기는 법' 제 1 권에서

통상적으로 인간의 국가나 도시라면, 예를 들어 옷을 만들 때에도 가죽, 금속세공, 옷감만 따져도 직물 등 장인별로 길드가 형성되어 있으며, 더 나아가선 만드는 자와 파는 자도 명확하게 구분이 된 상태로 분업이 되어 있는 일이 많다. 각자의 입장이나 권익을 지키기 위해서 만들어진 제도지만, 제도가 복잡해지면서 경직된 경향을 보이며, 이런 부분이 유연한 발상에 의한 기술혁신이나 상품개발의 방해가 되는 경우도 많은 것이 현실이다.

그러나 마국의 경우엔 리무루에 대한 충성심이라는 큰 축이 있으며, 모든 것은 리무루를 위한 것이라는 명분 아래 마물들은 일치단결하고 있기 때문에 이런 폐해와는 인연이 없다. 마국에서 새로운 것이 만들어지는 것은 리무루가 이세계인으로서 기억하고 있는 것에 의존하는 부분도 크지만, 더 큰 이유는 그런 리무루 밑에 모인 자들의 창의적인 연구와 열의라고 할 것이다.

어떤 고브리나의 독백

글 / Tomomi Seto

어서 오세요. 수도 리무루의 제작공방에 잘 오셨습니다. 이곳은 주로 섬유나 천, 봉제기술, 그리고 의복이나 장비품 등의 연구개발과 제작을 하고 있는 시설입니다.

거주구역 안에 있는 걸 보고 놀라셨겠죠? 무기 등의 공방은 남쪽 구역에 있으니까 말이죠. 그곳보다는 조용하기 때문에 차분하게 일을 할 수 있답니다.

저요? 저는 여기서 직물을 담당하고 있는 고블리나인 사나에라고 합니다. 슈나 님의 지도 아래, 매일 직물 실력을 키우기 위해 연마 중인 일개 장인이죠.

저기서 큰 소리를 내고 있는 것이 베틀이에요. 삼베나 명주 등을 옷감으로 짜기 위해서 드워프 분들이 만드신 역작으로, 고장도 적은 우수한 물건이죠. 저도 최근에 겨우 삼베뿐만 아니라 명주로 옷감을 짜는 방법의 가르침을 받게 되었답니다. 좀 더 정진해야겠다고 생각하고 있어요.

아, 명주실은 지옥나방의 고치에서 얻을 수 있는 특수한 실인데, 고농도의 마력요소를 함유하고 있어서 방어력이 우수한 템페스트의 특산품이랍니다. 옷감으로 짜려면 아주 높은 수준의 기술이 필요해서 얼마 전까지는 슈나 님만 다룰 수 있었던 것이었어요.

슈나 님 말인가요? 그분은 이 공방에서 섬유랑 의류의 연구와 제작, 새로운 디자인의 고안 등을 맡고 계신답니다. 하지만 그뿐만이 아니라, 리무루 님의 보좌랑 손님의 접대까지 맡아서 처리하시기 때문에 너무나 바쁘시죠. 그래서 좀처럼 공방에는 잘 계시지 않아요. 저도 슈나 님을 동경하여 이 공방에 들어왔으므로, 간간이 뵐 수밖에 없다는 건 너무나도 아쉽지만…… 어쩔 수 없는 일이죠.

자, 이곳은 창고랍니다. 습기가 차지 않도록 벽 등에 여러 가지로 특수한 처리가 되어 있어요. 안에 나열되어 있는 건 가게에 내놓을 예정인 상품이랍니다. 신작도 있으니까 어떤 게 있는지는 비밀로 해주세요.

네, 본 적도 없는 디자인만 있다고요? 그렇겠죠. 저도 이해해요. 예를 들면 이건 슈트라는 건데, 시온 님이 주로 입으시는 거랍니다. 늘 반듯하고 늠름하신 분이라 잘 어울리죠. 이 옷은 '세일러 복'. 리무루 님의 말씀으로는 학교에 다니는 사람들이 똑같이 입는 옷이라던가…….

이런 종류의 보기 드문 의상은 대부분 리무루 님이 직접 디자인하신 거예요. 리무루 님의 지식과 발상은 정말로 대단하답니다. 슈나 님은 그걸 하나하나 전부 시험적으로 만들어보시고, 리무루 님 본인에게 입혀보시고 있어요. 귀여운 분이라서, 그건 그것대로 잘 어울린다니까요?

단, 그런 옷들 중에서 딱 하나, 미완성인 것이 있답니다. 옷감의 성질이 만들기 어려운 것이라고 했던가……. 팔은 물론이고 다리까지 다 드러난 상태에서 위아래가 일체가 되어 몸에 딱 맞게 만들어진 디자인인데, 아아, 가슴 부근에는 이름을 적은 흰 천을 덧댄다고 했던 것 같아요. 그 독특하면서도 첨단적인 디자인. 제 꿈은 언젠가 그걸 완성시키면 리무루 님이 입어 봐주시는 거랍니다. 이름은…… 그렇지, '학교 수영복'이라고 휘갈겨 쓴 것을 봤어요. 완성될 날을 부디 즐겁게 기대하면서 기다려주세요♪

LE GUIDE
TEMPEST

★ ★ ★

Trade : Arms

상업
무기 및 방어구

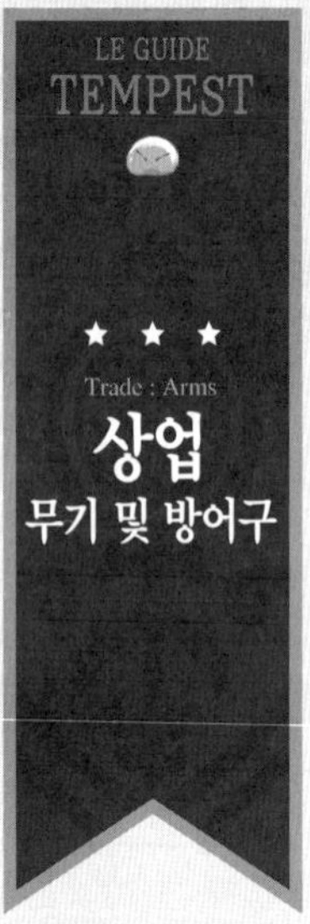

상업 블록에 밀집되어 있는 무기 및 방어구의 공방이랑 상점은 마국 무역의 중추 중의 하나라고 해도 좋을 것이다. 이곳에는 카이진이랑 가름 형제 같은 숙련된 드워프 장인의 공방을 중심으로, 그 제자들(고블린 등의 타종족)의 공방이랑 점포 등이 나란히 자리를 잡고 있으며, 낮 동안엔 공방의 굴뚝에서 연기가 끊이질 않는다. 쿠로베의 무기 및 방어구를 제작하는 공방도 이 구역의 한 곳에 존재한다. 일하고 있는 장인들과 그 가족들이 사는 집도 기본적으론 여기에 있다. 노동자를 위한 식당도 다수 존재하는 것 외에, 도시 밖에서 온 모험가 같은 일반 손님을 상대하는 무기점과 각종 장비나 공예품을 파는 가게랑 번화가도 있어서,

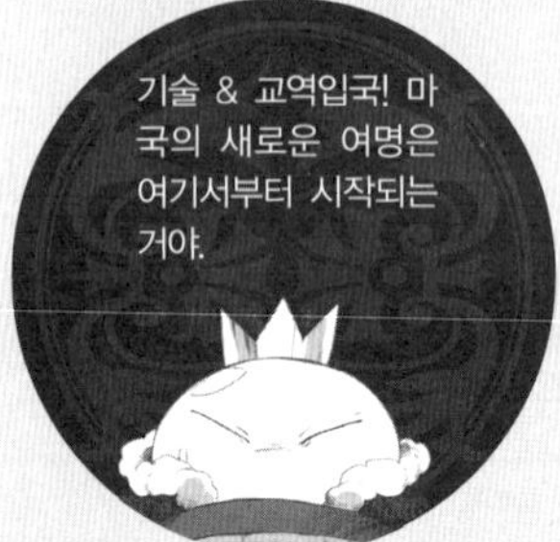

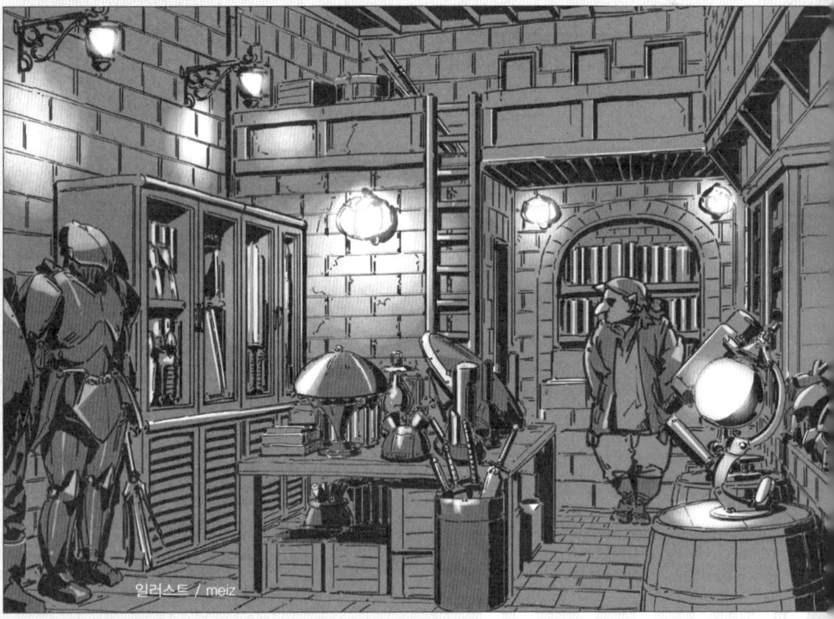

일러스트 / meiz

⬆ '대장간 거리에 있는 쿠로베의 공방. 쿠로베랑 제자 장인들이 연구를 거듭하면서, 질이 좋은 무기를 제작하고 있다.
※스핀오프 코믹 '마물의 나라를 즐기는 법' 제2권에서

사람들로 붐비는 상공업 구역을 이루고 있다.

다른 나라에선 그 이름대로 레어(희소)급의 무기와 방어구 등이 그리 흔하게 거래되지 않으며, 하물며 유니크(특질)급의 아이템이라면 일반적으로는 돈을 낸다고 해서 쉽게 손에 넣을 수 있는 게 아니지만, 이곳 리무루 시에선 여러 곳을 구경하면서 돌아다니면 그렇게 큰 고생을 하지 않고도 자주 볼 수 있다. 이건 다른 나라는 흉내 낼 수 없는 압도적인 어드밴티지이다.

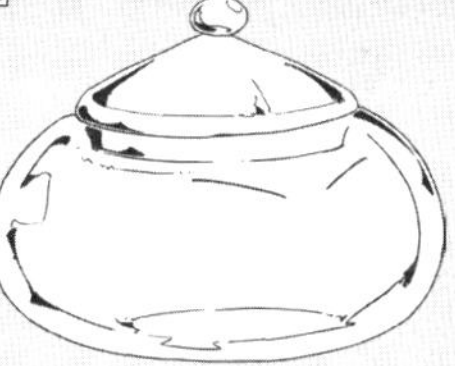

⬅ 장인들의 취향이겠지만, 기념품 중에는 리무루의 생김새를 본떠서 만든 공예품 등도 많이 볼 수 있다.

칼럼: 상인들의 마국 드림

일러스트 / meiz

질이 좋은 무기 및 방어구를 비롯하여 하이퍼 포션(상위회복약) 등의 귀중한 마법약도 마국에선 안정적으로 공급되고 있기 때문에, 최근에는 그걸 사러 오는 상인들도 늘어나고 있다. 블루문드 쪽에는 템페스트(마국연방)에서 생산된 물품도 어느 정도는 유통되게 되었지만, 그 외의 다른 지역에선 아직 알려지지 않았다. 이곳에서 구입하여 쟁여둔 상품을 그런 지역에서 팔아치우면 상당한 이익을 예상할 수 있는 것이다.

참고로 블루문드의 수도에서 구입해서 팔아도 나름대로 이익을 볼 수는 있지만, 리무루 시에서 물건을 들여오는 것이 가격이랑 품목의 양쪽 면에서 더 이득을 볼 수 있다. 그렇다곤 해도 역시 마물의 나라라는 이유 때문에 위험하게 보는 자들이 많기 때문에, 그것만으로도 마국에서 직접 거래하는 것은 매력적이라고 할 수 있다. 미궁에 도전하는 모험가와는 또 다른 의미로, 상인들에게 있어서 일확천금의 마국 드림이 이곳에 존재하는 것이다.

길모퉁이의 기술혁신

글 / Tatsuya Masuda

카앙, 카앙, 카앙. 쇳덩이에 망치질을 하는 소리가 끊이지 않는 이곳은 공업구역에 여럿 존재하며, 무기와 방어구를 제작하는 공방 중의 한 곳이다. 노가 빛을 비춰주는 광원이 되는 목조 방식의 실내는 외관을 보고 상상한 것보다 훨씬 더 넓었다. 벽에 걸린 무기와 방어구는 기름이 발라진 표면으로 빛을 반사하고 있었기 때문에, 손질이 잘 되어 있다는 것을 충분히 가늠할 수 있었다.

""너는 전혀 모르고 있어!""

소금물로 데친 닭거위 같은 눈을 하고 있는 소녀 앞에서 쌍둥이 드워프가 양손 가득히 자랑스럽게 내놓은 물건을 든 채, 각자의 정열을 맞부딪치고 있었다.

"비키니 아머야말로 진리야."

"고딕롤리타야말로 답이라니까."

(천국에 계신 할머니, 사란은 어디서 뭘 잘못한 걸까요…….)

사란은 일확천금을 꿈꾸면서 마국연방을 찾아온 모험가였다. 미궁 근처의 술집 앞에서 햄버거의 냄새에 배를 곯고 있던 그녀에게 말을 건 사람이 바로 다인과 마이트라는 이 쌍둥이 드워프였다. 그들에게 여성용 장비의 시험착용을 의뢰받은 사란은 보수와는 별도로 식사도 제공하겠다는 매력적인 제안을 받고 바로 승낙했던 것이다.

소금으로 간을 한 뒤에 마석을 연료로 태우는 대장간용 노를 이용해 푹 끓인 닭거위 수프로 공복을 채운 뒤에, 의뢰에 관해 설명하는 시간이 있었다. 그러나 어느 쪽의 방어구를 먼저 착용할 것인가로 다인과 마이트가 싸움을 시작하고 말았다.

"여성 모험가는 전통적인 비키니 아머로 미궁에 맞서야 한다고."

"아니, 아니지, 마법소녀로 불리는 모험가들은 대대로 고딕롤리타를 입고 강대한 적과 싸운단 말이야."

카이진이랑 가름을 동경하여 템페스트로 이주한 두 사람은 봉사활동으로 학교 수업을 도왔을 때, 인간의 아이들이 가지고 있던 만화라는 것을 읽어보고 푹 빠지고 말았다. 그 이야기 속에 그려져 있던 가련한 소녀가 화려하고 아름다운 의상을 입고 둔탁하게 생긴 무기를 휘두르면서 마물을 쓰러트리는 모습은 그들의 창작의욕에 지금까지 없었던 큰 자극을 주었다.

두 사람이 언쟁을 벌이는 사이에도 사란의 앞에는 갖가지 장비들이 줄줄이 놓여졌다. 그녀는 놀라서 눈을 휘둥그레 뜰 뿐이었다.

사란은 가위바위보라고 불리는 승부방식으로 이긴 다인의 장비부터 먼저 입어보게 되었지만, 정말로 큰일은 지금부터였다. 지옥나방의 유충에서 얻은 마력이 담긴 명주와 점강사(끈끈하고 강한 거미줄)의 복합섬유, 마강을 심으로 삼고 만들어낸 장갑에는 각인마법이 새겨져 있었으며, 모든 방어구가 보기보다 더 높은 강도를 지닌 질이 좋은 물건이었지만, 일단 그 수가 너무 많았다.

비키니 아머부터 시작하여, 고딕롤리타, 무녀, 닌자, 공주 기사라는 사란이 들어본 적도 없는 장비가 마구 쏟아져 나왔다……. 덤으로 쌍둥이는 방어구에 맞춰서 그에 어울리는 무기도 같이 만들고 있었으며, 거대한 도끼나 창을 지정한 포즈로 들게 하더니, 카메라라고 하는 정체불명의 마술도구로 뭔가 촬영까지 하는 판국이었다.

지금 이 자리에선 이세계의 문화와 드워프의 기술력이 융합되면서, 핵격마법 급의 대폭발이 일어난 것이다. 애초에 이 정도의 폭발은 이곳 템페스트에선 의외로 곳곳에서 쉽게 일어나고 있었지만…….

의뢰가 끝났을 때엔 완전히 지친 나머지, 두 번 다시 이 쌍둥이와는 얽히지 않겠다고 사란은 맹세했다. 하지만——.

몇 개월 후, 미궁에서 방어구 세트를 파괴당하는 바람에, 다시 쌍둥이에게 코스튬플레이를 한 모습을 끝도 없이 촬영당하는 그녀의 모습을 볼 수 있었다.

리무루 시의 관광 및 레저라고 하면 크게 북서쪽에 있는 영빈구역의 리조트 & 고급식당 & 미식문화와 남동 블록의 대중식당 & 엔터테인먼트로 나뉜다.

영빈구역에선 고급여관이나 요정 등을 비롯한 여러 장소에서 상류층에 어울리는 대접을 받을 수 있다. 왕후귀족이나 거상 같은 부유층은 물론이고, 열심히 일해서 저축한 돈을 크게 한 번 써보려는 서민까지, 각 클래스에 걸맞은 시설이 준비되어 있다. 그 모든 곳이 요금이 아깝지 않을 정도로 다른 곳에선 받을 수 있는 서비스를 받을 수 있기 때문에 이용객들의 만족도는 높다. 휴양의 목적으로 느긋하게 욕탕에 몸을 담그는 일본문화, 특히 온천문화라는 리무루가 들여온 문화적 요인이 큰 차별화를 가져온 것이다.

또한 북쪽의 집무관에 가까운 구역 등은 고급스러운 분위기가 더 강하며, 가극장을 비롯한 문화시설과도 가깝다. 이 도시를 마음에 들어 했던 살리온 황제 에르메시아가 이 구역에 있는 저택 중의 하나를 별장으로 구입했을 정도이다.

➡ 기본적으로는 부유층을 대상으로 하는 고급 리조트지만, 비교적 서민층이 이용할 수 있는 것에 가까운 미들 클래스의 숙박시설이 나란히 자리를 잡고 있는 온천가도 있어서, 관광객과 함께 주민들도 즐기고 있다.

※스핀오프 코믹 '마물의 나라를 즐기는 법' 제2권에서

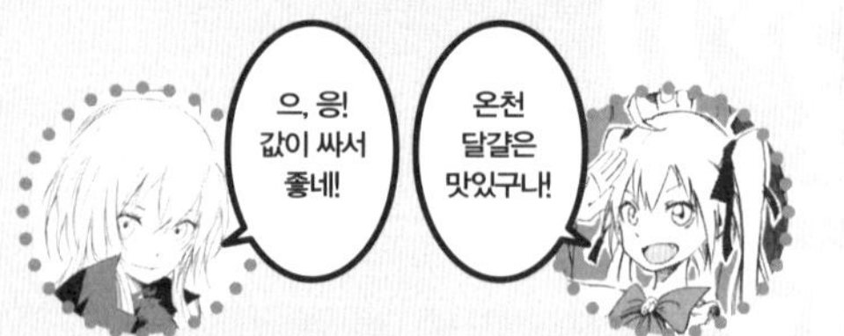

일러스트 / meiz

※스핀오프 코믹 '마물의 나라를 즐기는 법' 제1권에서

⬆ ➡ 영빈관은 국빈을 대접하기 위한 시설이며 서양풍의 건물이지만, 개국제의 전야제에 선 큰 방에 다다미를 깐 공간이 설치되면서, 대연회장으로 사용되었다.

일러스트 / meiz

관광오락구역의 가장 큰 볼거리는 뭐니 뭐니 해도 그 구역의 중앙에 위치했으며, 다른 건물들보다 월등히 커서 랜드마크가 된 콜로세움(원형투기장)이다. 로마 제국의 콜로세움처럼 모험가나 자신의 실력을 자랑하고 싶어 하는 사람들이 참가하는 무투대회와 각종 스포츠 경기는 물론이고, 소와 비슷하게 생긴 마수 등을 비롯한 각종 마물들끼리 싸우게 하는 투수(鬪獸)대회나 각국에서 모인 요리사들이 실력을 겨루는 요리 페스티벌 등등, 다양한 이벤트가 벌어지고 있다.

최대의 어트랙션은 투기장 지하에 입구가 있는 던전(지하미궁)이다. 100층이나 되는 라미리스의 던전은 일대 모험 엔터테인먼트(도박?) 시설로서 본격적으로 개업하였으며, 늘 내부 구조와 운영을 개선하면서 호평을 받으며 영업 중이다. 최대수용인원수는 5만 명이라는 수용력과 거대 모니터를 활용하여 제공하는 미궁공략의 실황중계는 일반인이라도 모험의 박력을 느낄 수 있는 명물 이벤트가 되어 있다.

콜로세움의 주변은 전시를 위한 작은 건물이나 소극장, 카페에 레스토랑이랑 기념품점 등, 관광을 위한 시설이 많은 편이다. 장래에는 테마파크 등의 시설도 구상 중이기 때문에 점점 더 풍부한 버라이어티 성을 갖춘 오락의 전당이 완성될 예정이다.

이 부근에는 요시다 씨의 카페를 비롯하여 하이 퀄리티의 스위츠를 파는 가게부터 라면, 교자에 타코야키 같은 서민적인 맛난 음식까지, 식문화를 즐길 수 있는 것도 리무루 시 관광의 큰 즐거움이 되어 있다.

일러스트 / meiz

북동 블록에 있는 거주구역은 홉고블린을 중심으로 초기부터 템페스트에 참가하고 있는 종족이나 그 후에 템페스트에 참가한 종족들이 살고 있는 구역이다. 단, 주민 전체 중의 몇 할(주로 독신자)=상공업구역에서 일하는 자들의 대부분은 그쪽에서 살고 있기 때문에, 굳이 말하자면 가족 단위로 사는 자들의 집이 많다. 묘르마일이 간부가 된 것을 계기로 인간의 수도 늘어나고 있다. 참고로 이 구역에 있는 가옥은 모두 목조 & 기와지붕이 기본인 일본풍의 디자인이다.

※스핀오프 코믹 '마물의 나라를 즐기는 법' 제3권에서

북동 블록의 한쪽에는 훌륭한 교사를 갖춘 학원이 세워져 있다. 이 학교(통칭 '스쿨')에선 마국연방의 국민을 상대로 읽고 쓰기랑 산술 같은 기본적인 것부터 다양한 직업에 필요한 전문기술을 교육하고 있다. 학생은 반드시 어린아이여야 할 필요는 없으며, 희망하면 나이와 관계없이 입학이 가능하다. 설립 당초에는 홉고블린들이 중심이었지만, 쥬라의 숲 각지에서 이주한 종족이나 아직 일부지만 서방열국에서 이주해온 인간도 있기 때문에 학생들의 구성은 다양하다.

학생들에게 가르치는 교사는 잉그라시아 왕국에서 초빙한 인재나 루벨리오스의 성기사들 등, 인간이 중심이 되어 있는 것 같다. 이런 점은 애초에 인간과 공존공영하기 위해서 그 문화를 마물에게도 퍼트리겠다는 리무루의 이념에 의한 바가 클 것이다. 의무교육제인 것은 아니므로, 학교에 다니는 것은 희망자에 한하지만, 일반적으로 학습의욕은 높다. 기본적인 읽고 쓰기를 익히는 것만으로 충분한 자들은 학교와는 별도로 서당에서 배울 수도 있다.

참고로 슈나의 직물공방은 이 구역에 있다.

밀정, 암약하다

글 / Tomomi Seto

기와지붕의 집들이 늘어서 있는 어떤 곳을, 큰 짐을 짊어진 남자가 달리고 있었다. 그 남자, 마우리는 옛날부터 약초를 비롯한 약의 재료부터 적당한 가격의 마법약까지, 약을 전문으로 취급하는 지극히 평범한 행상인이었다. 새로운 도시가 흥하고 있다는 얘기를 듣고 돈을 벌 수 있는 기회라고 생각하여 찾아온 것이다. ……하지만 사실 그건 표면적인 얘기일 뿐이었다. 그의 정체는 사실, 서쪽에 있는 어떤 소국에 소속된 자로서, 행상으로 각국을 돌아다니면서 정보를 캐내는 밀정이었다.

그의 현재의 목표는 쥬라의 대삼림에 갑자기 탄생한 마물의 나라다. 블루문드보다 더 서쪽에 있는 지역에선 아직 정확한 정보가 전해지지 않았다. 수수께끼가 많은 이 나라의 내부사정을 파헤쳐서, 그 동향을 파악하는 것이 마우리의 사명인 것이다.

"오늘은 이 부근부터 시작해보기로 할까……."

어제까지는 도시 밖에서 온 사람들을 대상으로 하는 상점이나 공방, 환락가 등을 중심으로 보고 돌아다녔다. 마우리는 그 드워프 왕국에서 코볼트나 소인족과 거래한 경험도 있었다. 마물 중에서도 비교적 얘기가 잘 통하는 종족이 있다는 건 알고 있었지만, 이 도시는 확실히 말해서 지나칠 정도로 완벽하게 만들어져 있다. 그로 인해 생기는 불안감이 도저히 머릿속을 떠나지 않았다.

그는 관광객이나 모험가로 북적이는 바깥쪽과는 반대에 있는 일반시민이 많이 사는 구역으로 들어와 있었다. 때때로 순찰하는 자들과 지나쳤지만 자신을 검문하거나 다그치는 일도 없었다. 큰 거리의 소음 대신에 곳곳에서 열심히 작업하는 자들이랑 놀면서 뛰어다니는 아이들의 목소리가 들려왔다.

마우리는 어떤 집 한 채를 대상으로 정했다. 익숙하지 않은 양식의 건물이었지만, 나름대로 근사했다. 그렇다고 해서 부자나 귀족의 집인 것도 아닌, 이 일대에 많이 존재하는 주택 중의 한 곳. 즉, 일반서민의 집으로 보였다.

말을 걸어봤더니, 집 주인으로 보이는 홉고블린 남자가 싹싹한 태도로 대하면서 안으로 들여보내주었다. "인간과는 사이좋게 지내라는 리무루 님의 말씀이 있었거든요"라고 했었다.

곧바로 정보 수집을 위해서 상품인 다양한 약을 탁자 위에 가득 나열해서 보여주었다. ……하지만.

"필요 없습니다. 우리에겐 리무루 님으로부터 받은 하이퍼 포션(상위회복약)이 있으니까. 미안하군요."

주인은 마우리가 자신 있게 꺼낸 약들을 보고 미안하다는 표정으로, 그러나 깔끔하게 딱 잘라서 그렇게 말했다. '그런 말도 안 되는 일이……'라고 그는 생각했다. 확실히 하이퍼 포션은 이 나라의 특산품이라고 들었지만, 값이 은화 30닢이나 되는 약을 그렇게 쉽게 국민들에게 나눠줄 리가 없다.

"아뇨, 하지만 그런 귀중한 것이라면 여차할 때를 대비해서 보관해둬야겠죠. 그런 점에서 보면 제가 취급하는 약은 가볍게 살 수 있는 가격이니까……."

"필요하다고 말만 하면 얼마든지 받을 수 있거든요? 애초에 사라고 해도 우리는 돈을 거의 갖고 있지 않아요. 식량도 입을 것도 사는 장소도 필요한 것은 전부 지급을 받으니까 필요가 없습니다."

어이가 없는 얘기를 듣고, 마우리는 자신도 모르게 주변을 돌아봤다. 나무로 만들었지만 제대로 지어진 건물과 가구. 자신에게 내놓은 차와 과자도……. 모든 것이 검소하면서도 질이 좋았다. 마우리의 고향이라면, 귀족 정도 되지 않으면 이런 삶은 바랄 수 없다. 그런데 이 모든 것이 지급품이라고……? 눈앞이 아찔해지는 기분을 느낀 그는 일단 진정하자고 생각했다. 화장실을 좀 쓰고 싶다고 말하자, 주인은 흔쾌히 승낙했다.

"화장실은 저쪽에 있습니다. 사용법을 모르겠다면 물어보면 가르쳐드리죠."

사용법? 그런 생각과 함께 고개를 갸웃거리면서 화장실로 간 마우리는 머리가 멍해졌다. 뭐야, 이 화장실은. 배설물을 전부 물로 씻어낼 수 있는 구조로 이뤄져 있었다. 이런 화장실은 고향의 왕궁에서조차도 본 적이 없다.

새파래진 표정으로 거실로 돌아온 그를, 주인이 신경 써서 배려해주었다. 필요하면 욕실에서 땀이라도 씻어내라는 말을 듣고, 모든 집에 욕실이 있다는 걸 알게 되면서 한층 더 머릿속이 아찔해졌다. 참고로 그 화장실도 이 거주구역의 주택에는 표준장비라고 한다. 이런 고급주택지에 살고 있다는 건 이 홉고블린이 실은 고급관료였다는 얘기일까?

"내가 하는 일? 무기와 방어구를 만드는 공방의 창고지기입니다."

그 대답을 들은 다음 순간, 마우리는 급한 볼일이 생각났다고 말하면서, 도망치듯이 그 자리를 뒤로 했다.

바로 보고를 올려야 한다는 생각에 마음이 급해졌다. 하지만 과연 이 얘기를 믿어줄 것인가. 최악의 경우엔 쓸모없는 내용이라고 판단하고, 자신을 해고할지도 모른다. 만약 그렇게 된다면…….

(응, 이 나라로 이주하자.)

마우리는 망설임 없이 그렇게 마음속으로 정했다.

마국연방은 수도 리무루의 화려한 상공업이나 오락산업에 시선을 뺏기기 쉽지만, 쥬라의 대삼림이라는 대자연의 혜택을 그대로 누릴 수 있기 때문에 제1차 산업도 상당한 규모를 이루고 있다.

초창기에 고블린 집락 규모로 존재했던 무렵부터 식용가능한 생물이나 식물의 수렵채집은 해오고 있었지만, 시스 호수나 아멜드 대하 유역을 영역으로 삼는 리저드맨이나 머먼들의 도움을 받으면서 민물고기 등의 조달도 용이하게 되었다. 또한 아직 적은 규모이긴 하지만 대륙 남북의 바다까지 나가서 어패류의 조달도 가능해지게 되었다. 어업권 및 구역 설정 등이 엄격하지 않기 때문에 현재는 잡고 싶은 대로 잡을 수 있다. 북쪽 바다에서 잡아온 스피어 참치는 개국제에서 하쿠로우에 의해 훌륭한 초밥이나 생선회가 되었다.

당연하지만 임업도 활발하다. 현재 목재는 수출하지 않고 있으며, 오로지 국내의 토목건설 사업을 위해서 필요한 양만큼만 사용되고 있다. 이건 리무루가 숲의 관리자인 트레이니와 다른 드라이어드들의 의사를 존중하고 있는 것도 크다. 그녀들의 협조 덕분에 계속 유지할 수 있는 삼림자원의 활용이 가능하다고 해도 과언이 아닐 것이다.

드워프 왕국 정도는 아니지만, 쥬라의 대삼림에는 크샤 산맥을 비롯한 각종 광산물자원이 풍부한 장소도 많이 있다. 천연 철광석을 던전에 있는 베루도라의 마력요소를 이용하여 마광석으로 진화시키는 등, 터무니없는 비기도 활용하고 있다.

그리고 영토 안의 각지에선 농업도 진행하고 있다. 그 일을 담당하는 주력이 되어 있는 자들은 하이오크들이다. 원

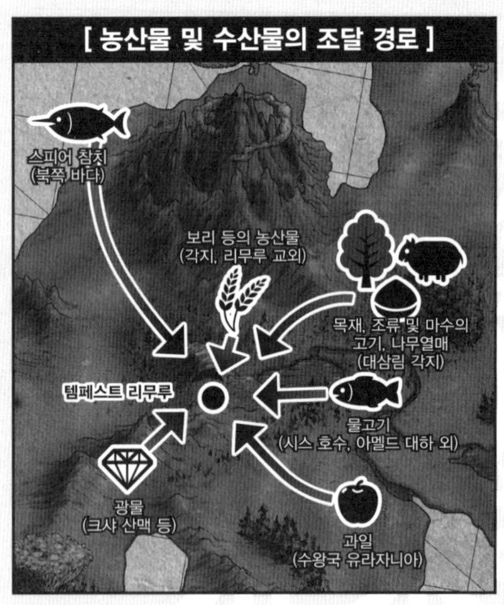

일러스트 / meiz

래는 오크 로드에게 이끌려 이 땅으로 온 그들이었지만, 수도 많고 힘을 쓰는 일에 적합한 종족이다. 무엇보다 식량을 만든다는 행위에는 남다른 감정을 품고 있기 때문에 각자가 우수한 농민이 되었다. 그중에서도 수도의 교외에 있는 농장에선 대규모의 보리농사가 지어지고 있다. 관광객의 증가 및 마물들의 생활문화 향상에 따라 맥주나 빵 같은 보리 제품의 수요는 매일 늘어나고 있으며, 쌀이랑 채소 등의 다양한 작물 재배도 이뤄지고 있다.

주변국과의 교류가 늘어난 것에 대한 혜택도 크다. 일찍부터 우호관계를 맺은 수왕국 유라자니아로부터는 질이 좋은 과일을 수입하고 있으며, 스위츠는 물론이고 와인 같은 과일주의 원료로 이용되고 있다. 맥주, 브랜디, 일본주 같은 술의 제조도 그렇지만, 원래는 리무루의 취미 및 개인적인 이유로 진행되고 있는 것도 장래에는 산업으로 확립할 것을 계획에 넣어두고 있다.

빵도 술도 라면도 원료가 없으면 만들 수 없으니까 말이지! 식량이 얼마나 풍부한지는 문화 레벨의 지표가 돼. 중요하고 또 중요하다고!

마국 농가의 아침은 일찍 시작된다.

글 / Tatsuya Masuda

수도 리무루의 외곽에 있는 농지에서, 오늘도 아침부터 열심히 농사에 임하는 하이오크 가족이 있었다. 개국한 이후, 마물의 나라의 분위기가 바뀌면서 극상의 요리를 찾아 관광 차 들르는 자들도 적지 않게 되었다. 관광입국을 기치로 세운 마국에게 있어서 농업에 종사하는 그들은 그야말로 정책의 뼈대라고 할 수 있었다.

마왕 리무루의 지도 아래, 관개설비를 정비했으며, 마왕 리무루가 도입한 농기구가 이용되고 있는 이 농지는 경작면적에 비해 불가능할 정도의 생산량을 자랑하고 있었다.

많은 인간들이 볼 때엔 도저히 마물의 농업이라고는 믿을 수 없을 것이다. 이 농지에선 마왕 리무루가 중요시하는 작물인 '밀'이 재배되고 있었다. 바람에 살랑살랑 흔들리면서, 기분 좋은 음색을 연주하는 그 식물은 마물들에겐 익숙하지 않은 것이었지만, 빻아서 가루로 만들면 다양한 요리로 변화되는 마법 같은 식재료였다.

개국제에도 이 땅에서 만든 밀을 이용한 요리가 각국의 정상들에게 제공되었다고 한다.

"좋아, 오늘은 여기까지 하자!"

아버지인 호수-16의 목소리를 듣고 일가의 손이 멈췄다. 주변이 어두워질 때까지 작업을 한 만큼 그들은 많이 피곤한 상태였지만, 이 일에 대한 긍지와 사명감으로 인해 피로감보다 오히려 충실감을 느끼고 있었다.

이 농지를 맡고 있는 하이오크들은 처음엔 이 땅을 침략하려고 찾아왔다. 그러나 오크로드 게루도가 리무루에게 패배하면서, 침략은 실패로 끝났다. 그럼에도 불구하고 리무루는 그들을 용서했으며, 목숨을 빼앗기는커녕 이 땅으로 받아들여주면서, 10만 명 이상의 모든 동포에게 이름까지 지어주었던 것이다.

구원받은 자신들의 목숨과, 이름을 받으면서 오크에서 하이오크로 진화하여 얻은 그 힘을 전부 리무루에게 바칠 것이다. 자신들에게 베풀어준 큰 은혜를 갚고 싶다는 마음으로, 리무루에게 부여받은 직무를 최선을 다해 임하는 것은 호수-16 일가뿐만 아니라 모든 하이오크들의 기쁨이 되어 있었다.

어느 날, 마왕 리무루가 농지를 시찰하러 찾아왔다.

"여어, 다들 열심히 일하는군."

그렇게 말하면서 호수-16 가족들에게 말을 건 마왕 리무루. 그들은 감격한 나머지 작업을 중단하고 머리를 숙였다.

그런 뒤에 마왕 리무루는 개국제에서 제공된 요리가 아주 좋은 평가를 받았다는 사실을

전해주었다.

"이것도 다 자네들 농가들이 열심히 일해준 덕분이야. 수고가 많네."

마왕 리무루는 그들을 치하한 뒤에 그 자리를 떠났다.

"굉장해! 리무루 님이 나에게 말을 걸어주신 건 처음이야!"

"역시 리무루 님은 상냥하신 분이구나!"

아들인 호수-18과 아내인 호수-17은 차례로 리무루에 대한 감상을 입에 올렸다. 신뢰하는 지배자가 자신들이 하는 일을 지켜봐주었다는 것이 그들을 한층 더 기쁘게 만들었다.

"좋아, 호수-18, 앞으로도 리무루 님에게 맛있는 밀을 바칠 수 있도록 더 열심히 밭을 일구는 거다!"

가장의 힘찬 목소리에 하이오크들은 큰 소리를 지르면서 호응했다.

그들을 비롯한 주변에 사는 하이오크들은 그 후에도 아침부터 저녁까지 열심히 농업에 매진했다. 경애하는 마왕 리무루에 대한 마음을 가슴속에 품고, 오늘도 그들은 계속 밭을 일굴 것이다——.

슈나가 관여하고 있는 의복 및 신소재랑 새로운 요리 및 식재료에도 가비루의 부하들이 나무의 섬유로부터 만들고 있는 종이, 카이진이랑 베스터 일행이 만들어내는 무기나 마법도구 등, 리무루 시에선 매일 다양한 것들이 만들어지고 있으며, 산업과 문화의 기폭제가 되고 있다.

연구의 중심은 던전(지하미궁) 95층에 있는 연구시설이다. 예전엔 봉인의 동굴에 설치되어 있었지만, 좁아졌다는 것과 기밀유지에 더 적합하다는 것 때문에 던전으로 옮긴 것이다. 현재 미궁 안의 연구시설에는 드워프의 연금장인('정령공학'), 살리온의 연구자('마도과학', '정령공학'), 루벨리오스의 '초극자'('마도과학') 등, 우호관계에 있는 각국에서도 다양한 분야의 연구자들이 참가하고 있다.

【마도열차】

리무루의 생각에 의해 개발이 추진되고 있는 열차와 철도망 구상. 그 중추적인 핵이 되는 기관차의 동력에는 마력요소를 연료로 삼아서 에너지를 만들어내는 '정령마도핵'을 사용한다. 이건 마력요소를 각종 속성의 정령에 부여함으로써 쓰기 편한 에너지로 변환할 수 있게 만드는 것이며, 통상적으로는 대기 중에 포함된 마력요소를 흡수하여 연료로 삼으며, 부족할 경우엔 마정석으로 보충할 수도 있다. 마력요소를 열량으로 변환시켜서 터빈을 돌리는 내연기관의 일종이다. 전기도 만들어낼 수 있어서 각 차량을 밝게 비추는 것도 가능하다. 만들어진 에너지를 '정령마도핵'으로 되돌려서 배터리처럼 모아둘 수도 있다.

시험제작기인 마도열차 0호기의 완성 후, 시험용 기관차를 20량까지 생산했다. 드워프 왕국과 잉그라시아 왕국 방면에선 주행 및 시험운용이 시작된 상태다. 기관차는 검게 번뜩이는 위용을 갖춘 모습이다. 마강제라는 것은 한 눈에 보고 알 수 있으며, 불길하게 느껴지는 쇳덩어리 같이 생겼다. 평균시속은 50킬로미터. 이건 어디까지나 안전을 우선한 속도이며, 이론상의 최고속도는 그 네 배다. 현재의 기본편성은 기관차 1량 당 화물차 2량과 객차 3량을 연결한 6량 편성이 되어 있다.

【구멍이 뚫린 장비】

리무루의 아이디어를 쿠로베가 카이진과 협력하여 실현한 신식 마법무기와 방어구. 마법 발동의 핵이 되는 매체를 준비하여 카트리지 방식으로 교환함으로써, 하나의 마법무기와 방어구로 다양한 마법을 발동할 수 있게 만든 것이라고 한다. 쿠로베가 개발한 기본이 되는 무기 자체가 유니크(특질)급이며, 구멍이 최대 세 개까지 뚫려 있다. 구멍에 마법을 담은 마석을 끼우면, 그 마석에 담긴 마법이 부여되면서 마법무기와 방어구로서 기능한다. 카이진이 마력요소를 응축하여 결정화하는데 성공했다. 그 결정에 속성을 부여한 것을 '엘레멘트 코어(정령속성핵)' 내지는 코어(마옥)이라고 한다. 엘레멘트 코어의 기술은 '정령마도핵' 연구의 과정에서 얻은 것이다. 마력이 떨어지면 쓸 수 없긴 하지만, 숙련된 마법사가 다시 마력을 채워 넣어서 충전할 수 있다.

일러스트 / meiz

일러스트 / meiz

템페스트(마국연방)라는 국가의 발전과 함께, 그 군사력도 또한 크게 강화되고 있다. 애초에 개국제가 열렸던 시점에서도 상당한 규모였지만, 제국과의 싸움을 앞두고 군비증강이 필요지기도 했기 때문에 베니마루의 제안으로 새로운 전력을 더하여 조직개편이 이뤄졌다. 지휘계통은 약간 특수한데, 통수권은 리무루에게 있지만 전군의 지휘권은 사무라이 대장인 베니마루가 가지고 있다. 군의 지휘에 초보자가 끼어들어선 안 된다는 리무루의 의향에 따른 조직구성이지만, 이로 인해 더욱 기동적인 지휘운용이 가능하게 된 것이다.

예전부터 있던 고블린 라이더, 그린 넘버즈(녹색군단), 옐로 넘버즈(황색군단), 히류(비룡중) 등의 각 부대 및 군단에, 신설된 레드 넘버즈(적색군단), 블루 넘버즈(청색국단)이 추가되면서 제1군단부터 제3군단까지의 각 군단으로 재편성되었다(쿠레나이(홍염중), 쿠라야미(람암중), 부활자들(자극중)은 독립부대). 또한 마인들을 중심으로 한 베니마루 직할인 제4군단, 마국연방의 거주자와 근린국가에서 온 이민들로 구성된 의용병단 등도 신설되었다. 제1군단부터 제4군단은 소위 상비군이다. 물론 쥬라의 대삼림의 각 종족에 소집을 걸면 더 많은 전력을 확보할 수 있다. 이리하여 직접 운용 가능한 전력만으로도 그 수가 10만을 넘는 규모가 된 것이다.

더구나 비공식적으로나마 리무루만 움직일 수 있는 비장의 수단으로, 디아블로 휘하의 악마 700명으로 구성된 블랙 넘버즈(흑색군단) 등, 정보를 공개했다간 위험해질 것 같은 비장의 전력도…….

●독립직속부대

•쿠레나이(홍염중)

베니마루 직속의 친위대. 고부아를 필두로, A- 랭크 이상의 맹자 300명을 중심이 되는 정예부대이다. 현재는 참모본부도 겸임하고 있다.

•쿠라야미(람암중)

소우에이가 이끄는 첩보활동이 주된 임무인 은밀 집단. 소우카와 그 부하 네 명의 대장이 100명의 멤버를 통솔하고 있다. A랭크나 특A랭크의 실력자들이 모여 있는 수수께끼가 많은 부대.

•부활자들(자극중)

시온 직속의 리무루 친위대. 단, 리무루의 목숨을 지키기 위한 부대이기 때문에 리무루의 명령은 듣지 않는다. 시온과 함께 소생한 자들 100명으로 구성되었으며, B- 랭크에 해당하지만 잘 죽지 않는 것이 특징이다.

•시온의 직속부대(비공식)

다구류루의 자식들인 다구라, 류라, 데부라가 대장을 맡고 있는 비공식부대. 원래는 고부조를 비롯한 열렬한 시온의 팬들이 멋대로 조직한 팬클럽이었다고 하는, 어떤 의미로는 특수한 부대. 멤버는 무슨 이유인지 B+ 랭크 이상의 강자들이 1만 명 정도 있다고 한다.

●제 1 군단

군단장은 고부타와 군사고문인 하쿠로우가 이끌고 있다.

A- 랭크에 해당하는 100 명이 소속된 고블린 라이더와 쥬라의 대삼림 출신인 마물들이 대부분인 12,000 명이 소속된 그린 넘버즈로 구성되어 있다. 초창기부터 활동하던 B 랭크 이상의 병사들이 신규 고용한 C~D 랭크 이하의 병사들을 거느리면서 쓰리 맨 셀(3 인 1 조)로 행동한다.

●제 2 군단

군단장 게루도가 이끌며, 현재는 공작부대로서 각지에서 활약 중이다.

처음부터 게루도의 부하였던 B+ 랭크 수준의 하이오크 전사단 2,000 명으로 구성된 옐로 넘버즈(황색군단)와 신참인 C 랭크 수준의 하이오크 지원병 35,000 명으로 구성된 오렌지 넘버즈(주황색군단)로 구성되었으며, 전선에서 방패 역할을 담당하는 높은 수비력을 지녔다.

●제 3 군단

군단장 가비루가 이끄는 드라고뉴트(용인족)로 구성된 유격비공병단.

A- 랭크에 해당하는 전투능력과 비행능력, 높은 지휘능력, 스킬 '드래곤 바디(용전사화)'를 골고루 갖춘 최강부대인 히류(비룡중) 100 명과 리자드맨 전사단 중에서 지원병 3,000 명을 모아서 만든 블루 넘버즈(청색군단)로 구성되어 있다. 블루 넘버즈는 C+ 랭크 수준에 해당하지만, B+ 랭크의 와이번(비공룡)을 타고 제공권을 지배한다.

●제 4 군단

군단장 베니마루가 이끄는 쿠레나이(홍염중)의 천인대장이 통솔하는 레드 넘버즈(적색군단).

예전에 클레이만 휘하에 있었던 마인들, 그 중에서 전투가 특기인 자들 및 쥬라의 대삼림에서 온 자들 3만 명으로 구성되어 있다. 클레이만 휘하에 있던 자들은 포로로서 공사에 종사하고 있었지만, 노동에서 삶의 보람을 찾게 되었기 때문에 리무루를 위해 지원했다.

●의용병단

군단장 마사유키가 이끄는 템페스트 거주자 및 근린국가들의 모험가나 용병인 인간들 2만 명으로 구성되어 있다.

●블랙 넘버즈(흑색군단)

군단장 디아블로와 테스타로사, 울티마, 카레라, 이 세 여성들의 명령만 받는, 그레이터 데몬(상위악마)들 700 명으로 구성된 리무루의 직속부대. 유일하게 베니마루의 지휘 하에 놓여 있지 않은 완전독립부대로서 리무루의 비장의 수단 같은 존재가 되어 있다.

●서방배치군

군단장은 일단 테스타로사. 15만 명이나 되는 대군이면서, 정식 소속은 서방평의회. 템페스트(마국연방)에 지휘권이 있지만, 원래는 서방평의회에 속한 소규모의 군대에 후방지원을 위해 고용한 지원병들이 추가된 부대이다. 구성원은 각지에 여전히 그대로 흩어져 있기 때문에 현지고용하기로 했다. 재해구조나 토목공사, 후방지원이 주된 임무다.

●미궁십걸

던전(지하미궁)의 50 층 이하부터 10 층마다 배치된 가디언(계층수호자)들. 미궁의 수호자다.

지옥의 수련장

글 / Tomomi Seto

"하아아아압! 으랏차아아잇!!"

도시 바깥에 있는 연병장에서 연녹색의 피부에 땀이 맺힌 채 열심히 검을 휘두르는 자들은 그린 넘버즈(녹색군단)의 하급병사이자 신규 고용된 홉고블린이었다. 쥬라의 대삼림에서도 외곽에 속한 땅에서 찾아온 그는 실력은 아직 C랭크에 지나지 않았지만, 군단의 동료들과 함께 매일 엄격한 훈련을 받으면서 전투력을 향상시키기 위해 노력하고 있었다.

그런 그의 동경의 대상은 사무라이 대장 베니마루였다. 마물로서의 강함은 물론이고, 엄청난 수준의 검기, 군을 통솔하는 역량, 쿨하면서도 금욕적인 분위기까지 모든 것이 멋있었다. 그렇게 되고 싶다고 생각하는 것은 주제넘은 짓이지만, 조금이라도 그에 가까워지고 싶다고 생각하고 있었다.

오전 훈련을 마치고 점심을 먹고 있는 도중에 동료 중 한 명이 가쁜 숨을 쉬면서 식당으로 뛰어 들어왔다.

"이봐, 큰일이야! 이 이후에 특별수련장에서 베니마루 님과 하쿠로우 님이 모의전을 가지신대!"

그런 얘기를 들어버리면 가만히 있을 수 없다. 그는 남은 밥을 재빨리 털어 넣은 뒤에 의자에서 일어났다. 말단 병사에겐 늘 바쁜 베니마루의 모습을 볼 수 있는 기회는 좀처럼 찾아오지 않는 것이다. 하물며 대련 같은 귀중한 견학의 기회를 그냥 넘길 수는 없는 노릇이었다. 그는 휴식도 취하는 둥 마는 둥 넘겨버리고 황급하게 특별수련장, 즉, 봉인의 동굴로 달려갔다.

실로 엄청나다고 표현할 수밖에 없는 싸움이었다.

봉인의 동굴은 오랫동안 폭풍룡이 봉인되어 있던 영향으로 인해서 지금도 마력요소가 짙게 감돌고 있는지라, 약한 개체라면 오랜 시간 머무를 수가 없다. 일정 수준 이상의 강자만이 사용가능한 수련장이기에, 이곳에서 수련을 하는 것도 또한 그가 동경하는 바였다.

그런 곳에서 벌어지는 베니마루 VS 하쿠로우의 싸움은 움직임을 눈으로 좇아가는 것도 힘들었다. 멈춘 자세에서 동작을 취하는 그 한순간 사이에 상대에게 날아드는 검의 공격, 피하는 동작, 동굴에 울려 퍼지는 검의 소리가 배 속을 진동시켰다. 두 사람이 띠고 있는 기백을 직접 접하는 바람에 현기증을 느끼면서도 그는 흥분을 억누르지 못한 채, 그 싸움에 빠져들었다.

결과는 하쿠로우의 승리였다. 검술 실력만 따지면 아직 베니마루는 스승을 넘어서지 못하는 모양이다. 하지만 반대로 말하자면 검술 실력'만' 그렇다는 얘기다. 베니마루가 만약 '헬

플레어(흑염옥)' 같은 스킬을 사용해서 싸웠다면 결과는 바뀌었을 것이다.

이 나라에서 진짜 실력을 발휘하여 싸우는 베니마루 님에게 이길 수 있는 자는 리무루 님이나 베루도라 님뿐이지 않을까……?

천천히 검을 집어넣는 베니마루의 옆얼굴을 동경의 시선으로 바라보면서, 그는 생각했다. 저렇게나 강하다면 아무것도 두려운 것이 없을 것이다. 어떤 상대라도 겁을 먹지 않고, 늘 여유 있는 표정으로――.

하지만 그는 보고 말았다.

"아, 안 됩니다. 지금 베니마루 님은 하쿠로우 님과 대련 중이시라……!"

"켁! 시온!!"

그렇다. 수상한 보라색의 연기가 피어오르는 접시를 든 시온을 앞에 두고, 베니마루의 표정이 변하는 순간을.

지옥을 눈앞에서 본 것처럼 창백한 표정으로 식은땀을 흘리면서 뒷걸음질을 친 뒤에 곧바로 도망치는 베니마루. 이상한 오라를 풍기는 접시를 손에 들고 쫓아가는 시온. 그는 그 두 사람을, 그저 넋이 나간 표정으로 바라보고 있었다.

마왕 라미리스의 권능으로 창조된 던전(지하미궁). 그곳에는 무시무시한 마물이랑 덫이 기다리고 있지만, 동시에 가치 있는 보물을 획득할 수 있는 일확천금의 찬스가 있기에 모험가들을 계속 끌어들이고 있다. 오픈한 이후로 업데이트를 거듭하면서, 점점 더 인기를 얻는 모습을 보이고 있는, 리무루 시에서 가장 큰 어트랙션이다.

시스템은 접수처에서 입장허가증을 작성한 뒤에, 1회 당 은화 세 닢의 입장료를 지불하고 들어가는 방식으로 운영된다. 처음에는 안내 역할로 드라이어드(나무요정)(주로 알파, 베타, 감마, 델타)가 대동하며, 미션 형식의 튜토리얼을 받게 되어 있다. 접수처에는 아이템 판매소도 같이 설치되어 있어서, 획득한 아이템의 감정이나 구매도 하고 있다.

각 층에는 100층에 있는 베루도라의 방에서 나오는 마력요소 공급구가 설치되어 있어서 마물이 자연스럽게 발생한다. 그들 중 일부는 드롭용 아이템이 주입되어 있는 상태로 미궁 안을 배회하고 있다. 곳곳에 보물 상자랑 덫이 설치되어 있는데, 며칠마다 한 번씩 일부의 통로나 방 등의 구조가 바뀐다. 각 층에는 에리어 보스(영역의 주인), 10층마다 가디언(계층수호자)으로 불리는 특히 더 강력한 마물이 존재한다. 이걸 쓰러트리면 운영 측에서 격파 보수도 준다.

※스핀오프 코믹 '마물의 나라를 즐기는 법' 제1권에서

아래층으로 내려가는 계단 바로 앞에는 반드시 휴식장소가 존재하는 친절한 사양으로 설계되어 있다. 더구나 그곳에서 요금(은화 한 닢)을 지불하면, 95층에 있는 도시로 전이하여 식사나 숙박 등의 각종 서비스를 받을 수 있다. 10층마다 그 자리에서 모험을 재개할 수 있는 '기록지점' 도 설치되어 있다. 미궁 안에서 죽어도 부활할 수 있는 팔찌도 판매하고 있어서, 어떤 의미로는 안심하고 도전할 수 있는 모험의 장으로 만들어져 있는 것이다.

←⬆ 쓰러트린 마물이나 보물 상자에선 하위회복약 같은 아이템 외에 마정석이나 고품질의 무기 및 방어구 같은 고가의 보물도 발견된다. 당연히 아래층으로 내려갈수록 더 좋은 것이……!

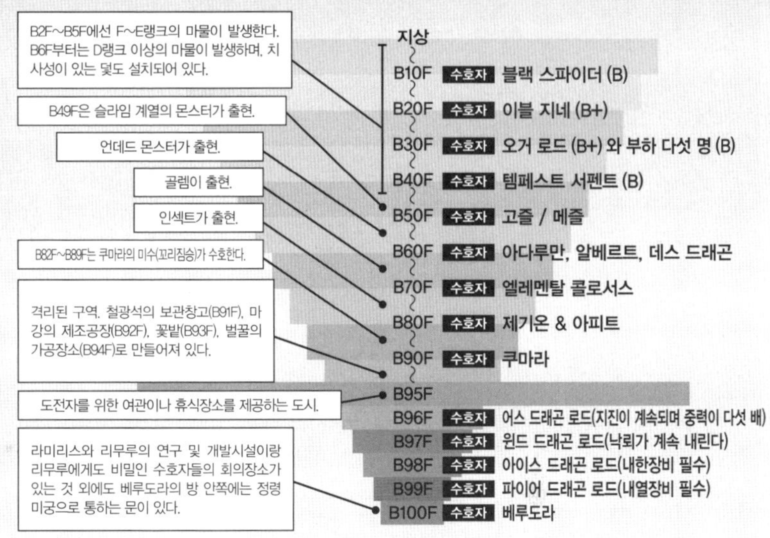

미궁 안의 덫

독화살 / 독의 늪 / 회전하는 바닥 / 이동하는 바닥 & 절단하는 실 / 아래로 떨어지는 함정(바닥에는 창이 잔뜩 박혀 있음) / 마비독 / 가짜 보물 상자(B20F 이하) / 폭발하는 보물 상자 / 수면 가스가 든 보물 상자 / 마물의 방 / 밀폐된 방 / 어두운 층 / 천장이 낮은 층 / 숨겨진 방(B11F 이하) / 정령이 없는 구역(정령사역자 대책) / 미감정품 드롭(독약이 섞여 있음) / 거대 슬라임 방(B49F) / 슬라임 풀(B49F) / 슬라임 레인(B49F) / 슬라임 돌(B49F)

보물 상자

보물 상자는 구리색, 은색, 금색의 세 종류가 있다. 제1층은 구리 색의 보물 상자만 나온다. 제2층 이하로는 구리와 은의 보물 상자가 설치되어 있다. 금색의 보물 상자는 계층수호자를 쓰러트렸을 때에 나타난다.

내용물 : 회복약류 / 미궁용 아이템 / 현금 / (구리색 보물 상자)특상급 이하의 무기 및 방어구 / 시리즈로 만들어진 무기 및 방어구(명칭이 일치하는 것을 다 장착하면 특수효과 발동) / (금색 보물 상자 한정)쿠로베의 제자들이 만든 특상급 장비 및 쿠로베가 제작한 레어 급 장비 / (구리색 보물 상자 한정)덫

접수처에서 파는 아이템

●부활의 팔찌 : 미궁 안에서 사망하더라도 지상에서 부활할 수 있다. 사망할 때의 고통은 차단된다. 처음에 딱 한 번 무료로 제공하지만, 거의 대부분의 도전자가 두 번째 이후에도 구입하기 때문에 가장 잘 팔리는 아이템이다. 가격은 은화 두 닢.
●귀환의 호루라기 : 지상으로 돌아갈 수 있는 아이템. 가격은 은화 30닢.
●현상의 기록구슬 : 임의로 세이브 포인트(기록지점)를 생성할 수 있다(딱 한 번만). 사망하더라도 등록한 지점에서 모험을 재개할 수 있다. 가격은 금화 한 닢.
●하위회복약 : 은화 네 닢.
●상위회복약 : 은화 35닢.
●휴대용 각종 식량 : 보존마법이 걸려 있는 식량.
●각종 렌탈 장비 : 사망했을 때에 무기랑 방어구들을 잃어버린 사람들이 이용.

※스핀오프 코믹 '마물의 나라를 즐기는 법' 제1권에서

【95층의 도시(미궁도시)】

미궁 안에서 최후의 안전지대가 되는 층. 반경 5 킬로미터나 되는 넓이에 숲이 우거져 있어서, 트렌트(수인족)와 엘프가 사는 하나의 도시가 만들어져 있다. 그 한쪽에 미궁 공략자를 위한 시설(모든 요금은 지상보다 높게 책정되어 있음)이 있으며, 각층에서 이전해온 자들을 상대로 휴게소, 식당, 여관 외에, 이 층에서만 취급하고 있는 고급 무기를 파는 가게가 영업 중이다. 각 시설의 관리운영에는 트렌트와 엘프가 종사하고 있다.

또한 격리된 구역에 있는 광대한 연구시설에선 드워르곤의 연금 장인, 살리온의 마도연구자, 루벨리오스의 연구자들이 모여서 자유롭게, 그리고 때로는 서로 협조하면서 다양한 분야의 연구를 하고 있다. 그 외에도 아피트의 양봉장이나 히포크테 풀 같은 마력요소를 띠게 되는 식물의 재배지, 리무루 전용이랑 특별회원전용인 엘프의 가게 등, 미궁공략 이외의 부분에서도 중요한 시설이 모여 있는 장소이다.

모험가를 위한 서비스의 예

항목	요금
95 층 입장료	은화 세 닢
숙박	은화 세 닢
의류 세탁	은화 세 닢
대욕탕 이용	은화 세 닢
장비의 세정 및 보수	은화 다섯 닢

제국과의 전쟁 시의 던전(지하미궁)

동쪽 제국과의 전쟁에서 주된 전장이 된 곳은 이 던전(지하미궁)이었다. 라미리스의 스킬로 인해 평소에는 존재하지 않는 101층을 창조하여, 그곳으로 중앙도시 리무루를 통째로 이전시켰을 뿐만 아니라, 적의 주력인 70만의 대군을 맞아서 공격했다. 미궁에 1,000명이 들어갈 때마다 다른 층으로 보내어 분산시키면서, 속속들이 전력을 투입한 제국군 53만 명을 1주일 만에 전멸시켰다.

이때, 던전은 통상적으로 영업을 할 때와는 다른 특별사양으로 변경되어 있었다. 제국 장병들이 침입할 때에 각자의 정신에 직접 조건을 확인하는 질문을 했으며, 클리어하지 않으면 밖으로 나갈 수 없는 설정으로 변경된 것이다. 그 조건은 미궁의 왕인 베루도라를 쓰러트리는 것. 그리고 베루도라가 있는 100층의 문은 미궁십걸이 하나씩 가지고 있는 열쇠를 전부 모으지 않으면 열리지 않는 것이었다. 또한 아래층으로 내려갈수록 좁아지는 구조도 변경되었으며, 각층마다 서로 다른 엄청난 넓이의 공간으로 바뀌었다. 공간이나 마물, 덫의 종류 등의 내용도 변경되었다.

미궁 하층부의 수호자를 맡고 있는 강자들. 리무루에 대한 충성심을 보여주기 위해 늘 활약할 기회를 노리고 있었던 그들에게 있어서, 제국군의 침입은 자신들의 실력을 보여주기에 최적인 기회가 되었다. 제국의 물량과 정예병들에 의해 아쉽게도 아다루만과 알베르트, 아피트가 패배했지만, 막대한 피해를 끼쳤다. 최종적으로 남은 자들도 제기온의 공격에 의해 살해당했다.

던전 도미네이터
(죽음을 가져오는 미궁의 의지)

리무루 일행의 아바타(가마체). 평소에는 자동으로 움직이면서 유니크 보스로서 배회하고 있었다.

주요 변경점

- 배회하는 마물의 레벨업. 통상시에 F~D랭크이던 마물이 B랭크 전후의 마물로 변경.
- 고즐 & 메즐을 B50F에서 이동하여, B30F의 계층 수호자로(선임이었던 오거 로드와 부하 다섯 명은 그 휘하로).
- B49F의 슬라임 계통의 덫을 더 흉악하게 바꿈 → 슬라임 지옥. 템페스트 서펜트를 B40F에서 B50F의 계층수호자로 이동.
- B51F ~ B60F의 층에 흉악한 트랩(화학병기 비슷한 것 : 눈이나 목에 피해를 주는 무미무취의 가스 / 신경독 / 용해액 샤워 등)을 다수 설치. 자기수복기능이 있는 골렘이 다수 배회. 던전 도미네이터(죽음을 가져오는 미궁의 의지) 출현.
- B60F의 계층수호자를 룬 마스터(마도왕) 가드라 & 데몬 콜로서스(마왕의 수호거상)으로.
- B70F은 불사계 마물이 대거 나타나는 죽은 자의 성곽도시로. 계층수호자를 임모탈 킹(불사왕) 아다루만, 데스 팔라딘(사령성기사) 알베르트, 데스 드래곤(사령용)으로.
- B79F의 계층 수호자를 인섹트 퀸(곤충여왕) 아피트로.
- B80F의 계층 수호자를 인섹트 카이저(곤충황제) 제기온으로.
- B96F ~ B99F 층을 열 배의 넓이로 확장.
- B100F 층으로 원래의 B95F 층을 이전. 제2군단과 제4군단으로 수비.
- B101F 층에 중앙도시 리무루를 통째로 이전.

미궁과 모험가

글 / Tomomi Seto

"나, 나왔어……."

"굉장해…… 설마 정말로 나오다니……."

"소문은 사실이었구나……."

꿀꺽, 하고 침을 삼키는 소리가 들렸다. 우리 세 사람의 눈앞에 레어(희소)급의 검이 찬란하게 빛나고 있었다. 너무나도 상대하기 버거웠던 거대 곰을 겨우 쓰러트리고, 우여곡절 끝에 열어본 은색 보물 상자에서 나타난 것이다.

그렇다. 이곳은 마물의 나라인 템페스트의 지하미궁이다. 팀 '황야의 바람'은 소꿉친구 세 명으로 이뤄진 모험가로 파르무스, 아니, 지금은 파르메나스라고 불리는 왕국의 완전 촌구석 마을에서, 최근 소문으로 들은 미궁을 공략하기 위해서 온 것이다.

목표는 실력을 시험하는 것과 뭐니 뭐니 해도 돈을 버는 것! 미궁 안의 마물을 쓰러트리면 마정석을 손에 넣을 수 있다. 운이 좋으면 질이 좋은 무기나 고대금화 같은 보물도 얻을 수 있으니까 말이지. 처음에는 반신반의했지만…… 지금 우리는 여기서 잔뜩 돈을 벌 생각이다. 그리고 반드시 고향으로 금의환향할 것이다!

"그건 그렇다 쳐도……."

불이 붙은 것처럼 뜨거워진 얼굴로 황홀한 표정을 지으면서, 마법사인 리리가 차가운 과일주스를 손에 든 채 중얼거렸다.

"여기 있는 여관의 대욕탕은 정말 최고란 말이지……. 은화 세 닢 정도는 전혀 아깝지가 않아."

"욕탕뿐만이 아니지. 여관의 방이랑 침대도 청결하고 밥도 맛있는데다, 손님 대접도 정말 융숭해. 게다가 안전까지 보장된다고."

아래층으로 내려가는 계단 옆에 있는 문으로 연결되는 여관은 95층에 있는 안전지대라고 한다. 문을 여는데 은화 한 닢. 그리고 여관에 묵는 데에 은화 세 닢이 들지만, 이런 곳에 묵을 수 있다면 싼 값이다.

"극락이 아닐까, 여긴……. 나는 아예 여기에 살고 싶어……."

머리가 아플 정도로 차가운 과일주스를 마시면서, 한숨을 쉬었다. 우리 마을과는 여러 모로 레벨이 다르단 말이지…….

"아니, 아니, 아직 그 정도는 아닌 것 같아."

식당 메뉴의 완전제패를 노리던 볼런이 양손에 음식을 잔뜩 든 채 돌아왔다.

"여관 종업원에게 물어봤는데 말이지. 이 도시의 일반적인 여관은 여기랑 같은 요금이라도 더 호화롭다고 했어. 방도 여기보다 더 넓고 깨끗한데다, 식사도 종류가 더 풍부하고 서비스도 충실하다고 하더라고……."

"뭐라고…… 여기보다 더……?"

꿀꺽 하고 침을 삼켰다. 우리는 여기도 극락이라고 생각하고 있었다. 그런데 같은 가격에 더 수준이 높다고……? 헉, 그러면 설마……?!

"잠깐, 잠깐……! 그렇다면, 혹시……?"

내가 말하기 전에 이 세상의 진리를 깨달아버린 것 같은 표정으로, 리리가 소리를 질렀다. 아아, 리리, 너도 알아차린 거냐…….

"그렇다면 돈을 더 내면 훨씬 더 대단한 곳에 묵을 수 있다는 얘기인 것 아냐……?"

"오오…… 그 종업원의 얘기에 따르면 말이지. 은화를 몇 닢 더 내면 방에 욕실이 딸려 있거나, 본 적도 없는 이국의 요리를 원하는 만큼 먹을 수 있다고 하던데……."

꿀꺽, 하고 다시 마른 침을 삼킨 우리는 자신도 모르게 오늘 모은 마정석이 들어간 주머니를 바라봤다. 이걸 전부 팔면 그 대단한 여관에 묵을 수 있지 않을까…….

"……안 돼, 안 돼! 우리 목적은 돈을 잔뜩 들고 고향에 금의환향하는 거니까!"

"그, 그렇지! 나는 자금을 모아서 마을에 가게를 차릴 예정이니까!"

"나는 전국을 돌아다니면서 미식 여행……이 아니라 수행 여행을 떠날 예정이야!"

나에게도 꿈이 있었다. 부자가 되어서 돈을 잘 버는 모험가라는 평판을 얻은 뒤에…… 여자애들에게 잔뜩 인기를 얻는 것이다! 그러기 위해선 지금은 참아야 한다고 생각하면서, 우리는 눈물이 나오는 걸 애써 참았다.

그랬었는데.

4층 안쪽의 작은 방, 거대 곰이 지키는 은색 보물 상자에서 훌륭한 레어급의 검이 나오고 말았다. 이건 정말로 터무니없는 일이었다. 정공법으로 공략한다면 나 같은 녀석은 평생 볼까 말까 한 레벨의 보물이다. 이걸 팔면 한동안은 놀고먹을 수 있을 정도의 큰돈이 손에 들어올 것이다. 그리고…… 그리고 말이지.

"저기……. 괜찮……겠지……? 우리는, 상당히 노력했으니까……."

"응…… 상당히 노력했지……. 나는 방금 죽을 뻔했으니까……."

"그렇지……. 어느 정도는 상을 받아야겠지……."

우리는 서로의 얼굴을 바라보면서, 고개를 끄덕였다. 그것만으로도 무슨 말을 하고 싶은 건지 바로 알 수 있었다. 우리는 정말로 호흡이 딱 맞는 최고의 파티 동료들이다.

"자, 가자, 얘들아!"

우리는 기합을 넣고, 일제히 지상을 가리켰다. 그리고 아찔해질 만큼 최고의 여관 체험으로 발을 디딘 것이다.

그리고 약 한 달이 지난 지금, 우리는 아직도 템페스트에서 미궁의 공략에 매진하고 있었다. 놀고 있었던 것은 아니다. 아래층으로는 좀처럼 나아가지 못했지만, 공략 실력은 늘었으며, 마정석이랑 전리품으로 꽤 많은 돈을 벌었다.

하지만 우리는 아직 고향에 돌아갈 수는 없었다. 왜냐하면——.

"재미있어 보이는 것을 아직 다 보지 못했으니까 말이지. 그리고 얼마 전에 본 귀여운 드레스도 사고 싶거든."

"아직 먹어보지 못한 것도 잔뜩 있으니까 말이지. 이러고 있는 사이에도 또 새로운 요리가 만들어지니까, 정말이지 방심할 수가 없어."

"투기장도 구경해봐야겠지. 가능하면 좋은 자리에서."

그래서 아직 우리는 이 수도 리무루에서 벗어나지 못하고 있었던 것이다. 이해가 될까?

"뭐, 벗어나지 못하는 가장 큰 이유는 왠지 돈이 잘 모이지 않기 때문이지만 말이야……."

"동감이야. 이렇게 버는 데 정말 신기하다니까."

정말이라니까. 세상에는 신기한 일이 다 있단 말이지. 어때, 당신도 그렇게 생각하지?

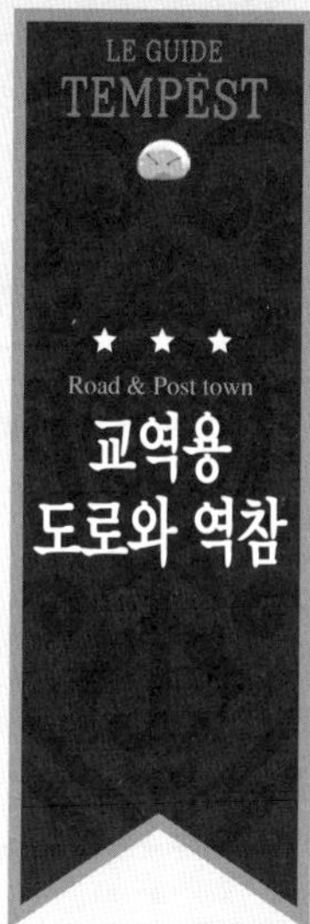

LE GUIDE
TEMPEST

★ ★ ★
Road & Post town

교역용 도로와 역참

수도 리무루로부턴 세 개의 주요 도로가 이어져 있다. 동쪽으로 가면 시스 호수를 넘어서 아멜드 대하를 따라 북상하는 드워르곤 루트. 남쪽으로 가면 유라자니아 루트. 블루문드 왕국을 경유하여 서방열국이랑 마도왕조 살리온에 도달하는 서쪽 루트.

이 도로들은 전부 마국연방이 정비한다. 노면은 돌바닥을 깔아서 만든 훌륭한 것이다. 특히 쥬라의 대삼림=마국의 영토 내부에 한해선 쾌적성과 편리성을 추구하고 있다. 10킬로미터 지점마다 '전자동 마법발동기'가 설치되어 있기 때문에 마물의 침입을 결계로 저지하며, 여행자의 보호와 치안유지를 위하여 경비대가 순찰을 돌뿐만 아니라, 20킬로미터 지점마다 경비부대가 대기하고 있는 '파출소'가, 40킬로미터 지점마다에는 여관이 있어서, 식사랑 숙박, 각종 장비품 등을 판매 및 제공하고 있다. 장소에 따라선 경비부대가 주둔하는 곳이랑 개간 및 확장공사에 종사하는 부대의 야영지도 인접하고 있어서, 작은 규모의 도시나 마을처럼 되어 있다. 여관에서 제공되는 보기 드문 요리는 마국 도로를 여행하는 자에게 있어서 큰 즐거움의 하나가 되어 있다.

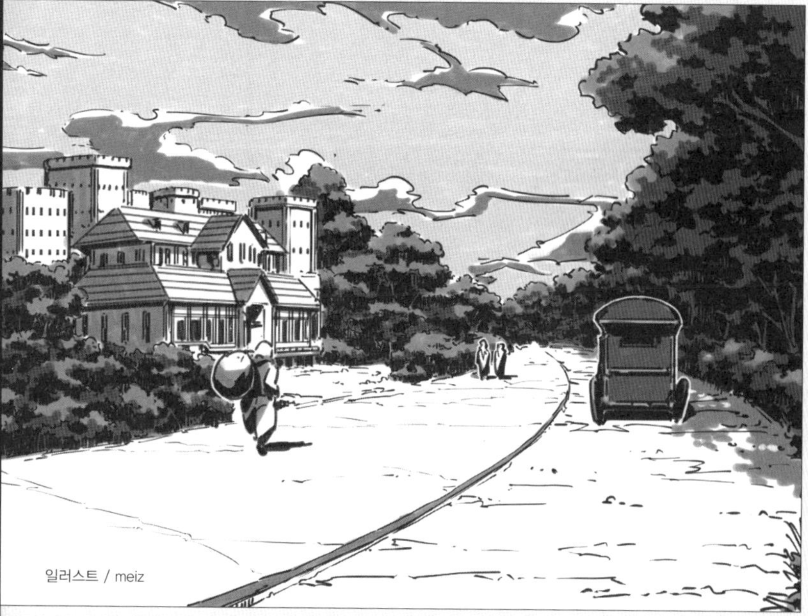

일러스트 / meiz

LE GUIDE
TEMPEST
Organigram
조직도
파르메나스 왕국
라젠
제1비서
시온
제2비서
디아블로
카운실 오브 웨스트
서방평의회
외교무관, 전권대사
테스타로사
통치·행정통괄
리그루도
재정통괄·홍보선전
묘르마일
무녀
슈나
행정부문
로그루도
검사총장
울티마
어용상인
코비
향응 그룹
하루나
의복 및 장식 연구 그룹
조리 연구 그룹
고부이치
사법부문
루그루도
최고재판소장
카레라
쥬라의 대삼림
각 부족장
입법부문
레그루도
식량관리부문
리리나
수렵채집 그룹
농업관리 그룹
학원
서당
조직도 슬슬 모양이 잡히기 시작했지만, 종적 관계가 아니라 간부들끼리 서로 의논하면서 적절하게 처리해주니까 많은 도움이 되고 있어~!

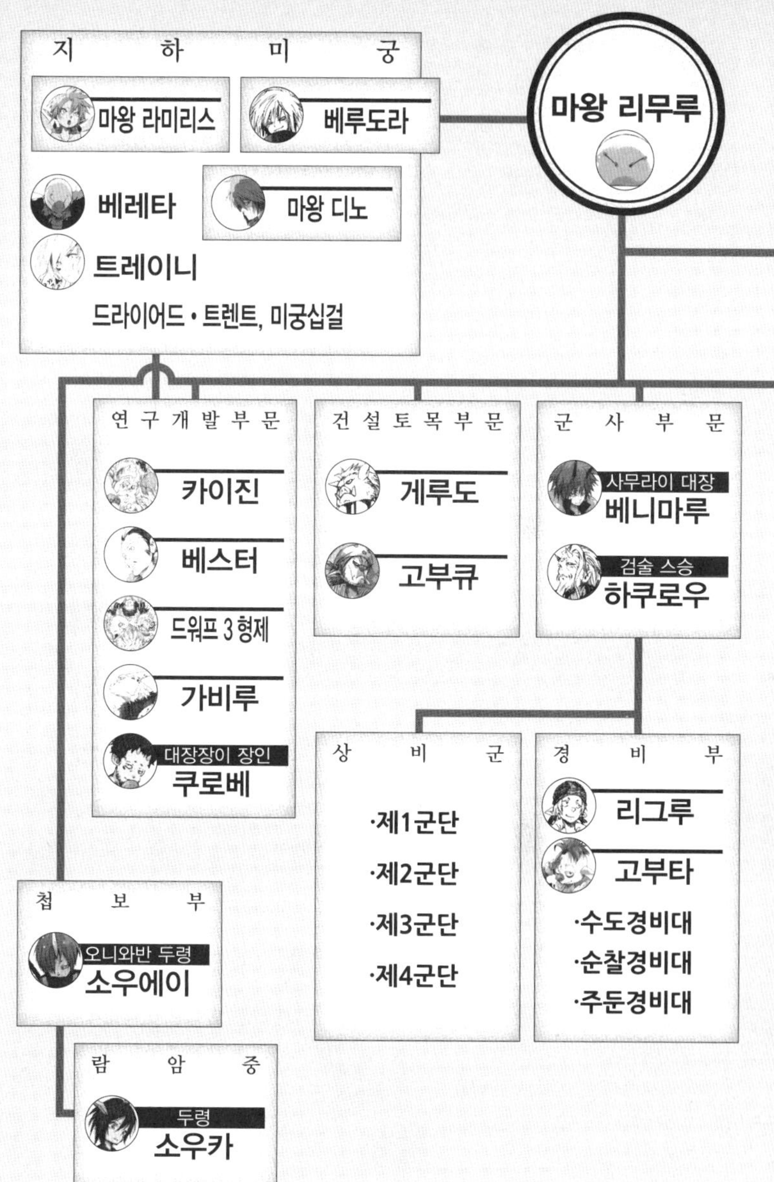
마왕 리무루
지하미궁
마왕 라미리스
베루도라
베레타
마왕 디노
트레이니
드라이어드 • 트렌트, 미궁십걸
연구개발부문
카이진
베스터
드워프 3 형제
가비루
대장장이 장인
쿠로베
건설토목부문
게루도
고부큐
군사부문
사무라이 대장
베니마루
검술 스승
하쿠로우
상비군
·제1군단
·제2군단
·제3군단
·제4군단
경비부
리그루
고부타
·수도경비대
·순찰경비대
·주둔경비대
첩보부
오니와반 두령
소우에이
람암중
두령
소우카

그 외의 지역

대륙의 서쪽에 위치한 나라들이, 창설자 그란베르 로조의 노력 끝에 마물이랑 동쪽 제국의 위협에 대한 대항과 서방열국의 다양한 문제 조정을 위해 설립된 국제조직이다. 회의는 한 달에 한 번, 잉그라시아 왕국에서 개최된다. 평등한 상호조직을 표방하고 있지만, 실제로는 출자금에 따라 선출할 수 있는 의원의 수가 달라지며 영향력도 바뀌게 된다. 지금까지 큰 힘을 지니고 있었던 로조 일족과 그 중진인 오대로의 실각에 의해, 최근에 가입한 템페스트(마국연방)의 세력이 증가한 상태다.

템페스트의 대표자는 외교무관 테스타로사. 잉그라시아를 차지하려고 꾸민 자가 소환한 악마를 격퇴하면서, 다른 의원들을 구했기 때문에 그 지위는 반석에 오른 것처럼 탄탄해졌다. 지금은 의장인 레스터까지도 그녀를 중용하고 있다.

자유조합

서방평의회의 하부조직으로서 자리를 잡고 있는 국제조직이며. 원래 존재했던 모험가 상호조합을 개편하여, 각국의 상층부와 교섭하거나 모험가끼리의 상호구조, 모험가들이 수집 및 채취한 마정석 같은 획득물을 매매하는 등의 활동을 하고 있다. 본부는 잉그라시아 왕국의 수도에 있으며, 잉그라시아를 비롯한 서방열국이 뒤를 봐주고 있다. 그 시스템을 만들어낸 자는 자유조합 총수였던 카구라자카 유우키다. 마물이나 모험가를 실력에 따라 랭크를 매기는 구조도 그가 정리한 것이다. 하지만 현재, 카구라자카 유우키와 부총재였던 카가리가 동시에 도망쳐서 행방을 감췄기 때문에 조합 내부는 대혼란에 빠져 있다.

쥬라의 대삼림의 서쪽과 인접한 소국으로, 수도는 돌로 만들어진 도시 '론도'. 온후한 드럼 국왕과 총명하고 아름다운 왕비는 잉꼬부부로서 국민들에게 인기가 있다. 국왕은 착하게 생긴 인물로만 보이지만, 실은 의외로 실리에 밝으며, 템페스트(마국연방)와는 초창기의 단계부터 국교를 맺어서 교역을 시작하고 있었다.

템페스트에게 있어선 서방열국과 이어주는 현관문

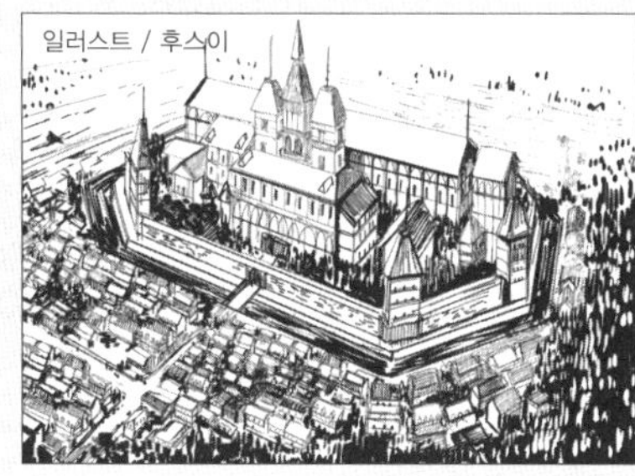

이며, 또한 우수한 정보국을 보유하고 있어서 정보수집과 정보조작에 능한 이 나라를, 리무루는 그가 추구하는 인마공영권의 핵이 될 것으로 생각하여 중요시하고 있으며, 물류의 중심지로 삼으려고 계획하고 있다.

쥬라의 대삼림 북서쪽에 인접한 대국으로 수도 '마리스'를 중심으로 번영하고 있다. 파르무스 왕국 시대에는 서방열국에서 강대한 발언권을 지니고 있었지만, 템페스트에게 전쟁을 시도했다가 패배하면서 멸망했다. 영웅 요움을 새로운 국왕으로 모시면서, 파르메나스 왕국으로 새로이 태어났다. 현재는 디아블로의 하인이 된 마술사 라젠과 왕비 뮤우가 중심이 되어 국가를 운영하고 있다.

일단은 독립국가이지만, 지배층이 리무루를 따르고 있기 때문에 마국연방과 거의 일체라고 할 수 있을 것이다. 구체제 시절엔 공예품이나 무기 및 방어구의 중계무역이 주산업이었지만, 신체제로 바뀐 뒤로는 농업을 주산업으로 삼고, '마도열차'의 철도부설 공사도 자국에서 벌이면서, 발전하기 위해 노력하고 있다.

대륙의 거의 중앙에 위치하며, 서방열국의 교통망의 중추인 잉그라시아 왕국에는 카운실 오브 웨스트(서방평의회)의 본부랑 자유조합 본부, 서방성교회의 실무거점 등의 중요시설이 모여 있다. 중앙에 흰색의 왕성이 우뚝 솟아 있으며, 극장이나 도서관, 자유학원, 쇼윈도를 갖춘 부티크 등, 문화적인 시설이 나란히 자리를 잡은 수도는 '화려한 룰러'라고 불리는 대도시이다.

국제정치의 무대이기도 하며, 무슨 일만 있으면 권모술수가 소용돌이치는 장소가 되기도 하는 대국이지만, 노회한 에길 국왕이 절묘하게 다스리고 있는 것으로 보인다. 기사단이나 군과는 달리 국왕직속의 마법심문관이라는 이 나라 최강의 집단도 보유하고 있다. 로조 일족에 대한 대항책으로서 만들어낸 것이라고 하는데, 이 마력의 힘을 품고 있는 이형의 자들은 A랭크 오버의 힘을 갖춘 마인으로서 공포의 존재가 되어 있다. 음모를 꾸몄다가 실각한 평의회 의원인 개번 백작과 왕국의 북방수호를 맡고 있던 시들 변경백은 로조 일족의 오대로였다.

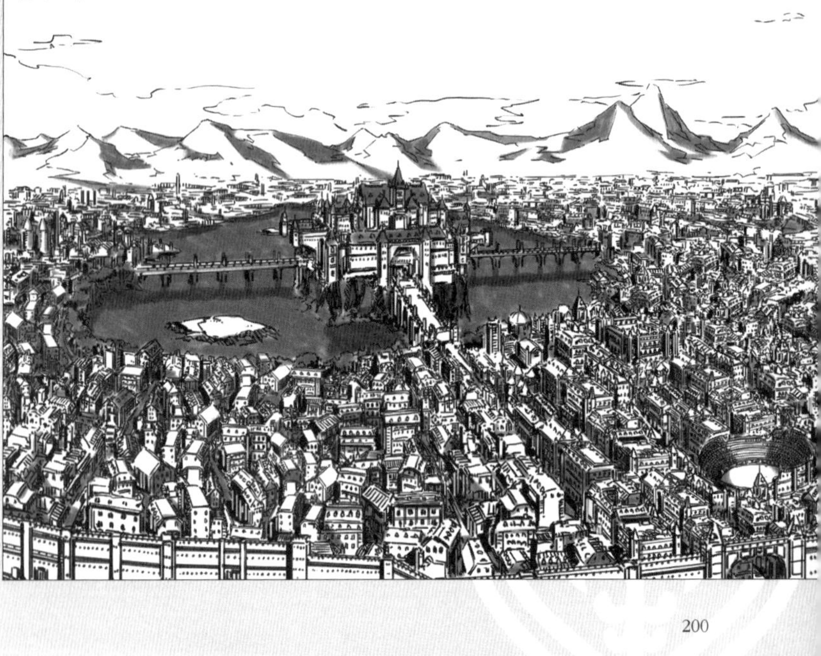

일러스트 / meiz

그 외의 카운실 오브 웨스트 (서방평의회) 참가국

로스티아 왕국 : 오대로 중의 한 명이자, 자유조합의 굵직한 출자자인 요한 로스티아 공작이 있는 나라. 요한이 그란베르의 반란에 가담하여 잉그라시아 왕국의 방위결계를 파괴시킨 뒤에, 미저리를 소환해서 평의회 멤버를 몰살시키는 계획을 세웠지만, 테스타로사에 의해 저지되었다.

드란 장왕국 : 오대로 중의 한 명인 드란 국왕이 다스리는 서방의 작은 군사국가. 로조 일족의 대가 끊어지지 않도록 하기 위해서 그란베르의 반란에는 가담하지 않았으며, 일족의 생존자를 받아들이는 곳이 되었다. 이미 평의회에 대한 영향력도 잃었으며, 리무루의 산하로 들어갔다.

가스톤 왕국 : 잉그라시아 왕국에 인접한 상업국가. 이 나라의 귀족인 뮤제 공작이 로조 일족 장로의 칙명을 받고, 개국제에서 상인들을 뒤에서 조종하여 마국연방의 신용을 떨어트리려는 계획을 실행했지만 실패했다. 그런 뒤에 뮤제는 로조 일족이 보낸 자(그렌다로 예상된다)에 의해 암살당했다.

발라키아 왕국 : 잉그라시아 주변의 소국. 고우셀 공작이 간부를 맡고 있는 노예상회의 본거지로 엘프를 비롯한 노예나 위험한 마물, 위험한 아이템 등의 거래가 이뤄지는 거대한 시장이 만들어져 있었다. 국왕이 자유조합에게 의뢰하여, 용사 마사유키가 이끄는 토벌부대가 노예상회를 궤멸시켰다.

라키아 공국 : 쥬라의 대삼림에 인접하지 않은 내륙국가. 대표인 수염 아저씨는 리무루에게 은근히 뇌물을 요구하는 등 심각한 대응을 보였다.

자문드 공화국 : 라키아 공국에 대항하여 자신들의 나라에 우선적으로 철도부설 공사를 하라고 주장했던 나라.

라바하 왕국 : 수해대책 공사의 원조를 잉그라시아에게 부탁했던 나라. 지원의 대가로서 마국연방의 평의회 가입에 반대하도록 매수되었던 것 같다.

카르나다 왕국 : 가뭄피해로 인해 잉그라시아에 식량 원조를 요청하고 있었다. 마찬가지로 그에 대한 대가로 마국연방의 평의회 가입에 반대하라는 요구를 받았다.

잉그라시아 왕국과 파르메나스 왕국 사이에 존재하는 북쪽의 소국. 수도는 아름다운 '시아'. 금융, 공예 등이 주산업이며, 무역의 중계지점이기도 하다.

과거에 '빛의 용사'였던 그란베르 로조와 그 후예들이 지배하고 있던 이 나라는 서방열국에 뿌리를 내린 채, 천수백년에 걸쳐 로조 일족에 의한 경제적인 세계지배를 꾀하고 있었다. 하지만 마리아베르의 죽음으로 인해 그 계획은 수포로 끝났으며, 폭주한 그란베르도 쓰러진 후, 로조 일족은 오대로 중의 한 명인 드란 국왕이 다스리는 드란 장왕국으로 달아나서 피신했다.

대륙 서부에 위치한 신성교황국 루벨리오스는 유일신 루미너스를 숭배하는 '루미너스 교'의 신도가 사는 종교국가다. 청렴한 분위기를 띠고 있는 수도 '룬'은 루미너스 교의 성지이자, 서방성교회의 총본산이 되어 있으며, 국외에서도 수많은 순례자들이 찾아오기 때문에 경제적인 번영을 누리는 모습을 보여주고 있다.

나라를 다스리고 있는 곳은 루미너스 신의 대변자인 교황을 정점으로 두고, 추기경 중에서 선출되는 집행관들이 행정을 담당하는 교황청이다. 루벨리오스에서 사는 자들은 신의 이름 아래 모두 평등하며, 일도 생활도 모두 관리를 받고 있다. 경쟁도 없으며, 모두가 평온하게 살 수 있는 행복한 나라라고 하지만, 리무루는 교류회를 위해서 방문했을 때, 그런 방식의 정치는 뭔가 아니라고 느꼈다. 이건 이것대로 하나의 답의 형태, 그렇지만 자신이 선택할 길은 이게 아니라고 생각한 것이다.

도시에 인접한 영봉의 완만한 경사면에는 성신전(교황청)이랑 서방성교회 총본부 등이 세워져 있다. 그리고 그 뒤에 산의 정상으로 이어지는 계단 끝, 깊은 곳의 사원의 더 안쪽에는 이 나라의 진짜 도시가 있다. 영봉의 지하에 펼쳐져 있는 '나이트 가든(야상궁정)'에 사는 자야말로 루미너스 신의 정체이자, '퀸 오브 나이트메어(밤의 여왕)'로 불리는 마왕 루미너스 발렌타인인 것이다. 그녀는 지금까지 자신은 바깥 무대에 서지 않은 채, 심복 부하에게 나라의 유지를 맡겨왔다. 하지만 마왕 리무루의 대두와 마국연방의 진출로 인해 그 방식을 바꾸지 않을 수 없게 되었다.

마국연방과의 관계는 틀어질 것으로 예상되고 있었다. 마물의 존재를 허용하지 않는 서방성교회의 성기사단 단장인 히나타가 마왕 리무루를 제거하려고 도전했기 때문이다. 나중에 이번 일은 유우키와 그란베르가 꾸민 덫이었다는 것이 판명되었고, 양국은 관계를 회복하여 국교를 수립했다. 교회를 포함한 루벨리오스 본국과 마국연방은 유효기간 100년의 불가침 조약을 맺게 되었다. 이로 인해 마물의 존재를 인정하지 않는다는 루미너스 교의 교의도 바뀔 것으로 예상된다. 마국연방과의 우호관계를 맺은 뒤에, 루미너스는 개국제에서 마음에 들었던 마국연방의 악단을 초대하여 음악교류회를 가지거나, '초극자'라고 불리는 흡혈귀 족의 연구자들을 보내서 기술협력을 하는 등, 적극적인 교류를 도모하고 있다.

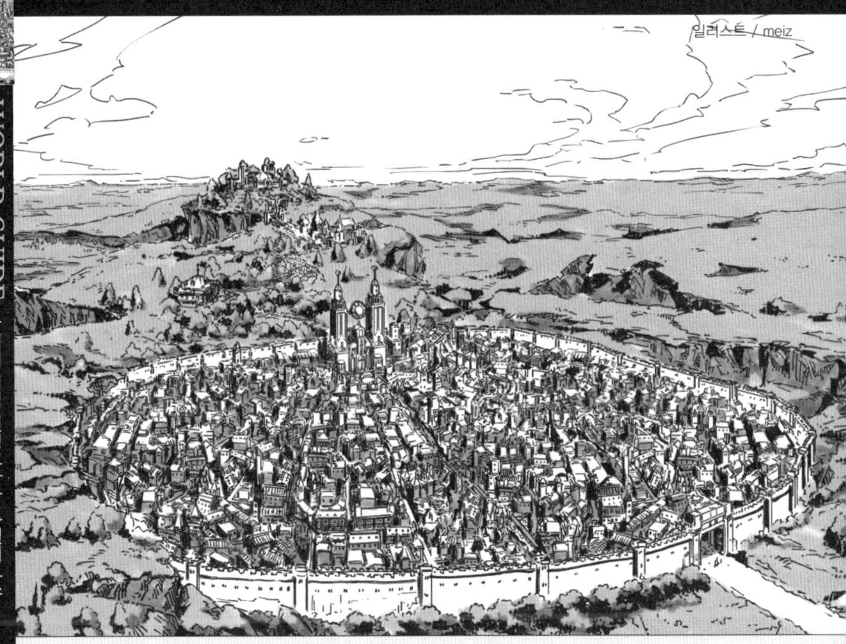

신성교황국 루벨리오스의 전력

교황청 소속　루크 지니어스(교황직속 근위사단)

전원이 A랭크 이상이다. 그중에서도 정예인 푸른 하늘의 사레, 큰 바위의 그레고리, 거친 바다의 그렌다를 삼무선이라고 불렀는데, 각자 리무루의 부하들에게 패하면서, 사실상 붕괴된 상태이다.

서방성교회 소속　템플 나이츠(신전기사단)

성교회신전으로부터 파견되는 기사들의 총칭. 그 수는 수만 명을 넘는다고 일컬어지고 있다.

서방성교회 소속　성기사단

신전기사단 중에서 특히 더 우수한 자들이 소속되어 있다. 히나타가 직접 훈련시킨 자들이며, 그 실력은 전원 A랭크 이상이다.

근위사단과 성기사단의 단장을 히나타가 겸임하고 있으며, 성기사단은 그녀의 휘하에 있는 여섯 명의 대장이 기사단을 이끌면서, 마물의 토벌에 특화된 활동을 하는 조직으로서 각국의 존경을 받고 있다. 그 위광과 활동이 루벨리오스의 서방열국에서의 영향력을 크게 만드는데 기여하고 있다는 것은 틀림없는 사실이다. 과거에는 삼무선을 더하여 십대성인이라고도 불리고 있었다.

한편, 칠요의 노사의 필두였던 그란베르의 반란으로 인해 적지 않은 피해를 입은 국내는 현재 상당히 혼란스러운 모양이다. 루이를 잃은 것이나 근위사단인 삼무선이 사실상 붕괴되는 등, 지금까지의 체제를 바꾸지 않으면 안 되는 사건도 많이 일어난 것 같다.

마도왕조 살리온은 13 왕가를 통괄하는 고대왕조를 중심으로 한 왕조국가다. 인구는 1억 명 정도. 수도는 '에르민 살리온(신수에 감싸인 도시)' 라고 불리며, 그 이름대로 하늘 높이 솟은 거대한 신수의 내부에 세워진 아름다운 도시이다.

2,000 년에 걸친 오랜 역사를 자랑하는 국가이지만, 이 나라를 부흥시킨 자는 오랜 생명을 가졌으며 늙지 않는 하이엘프이자 신의 후예——천제라고 칭하는 에르메시아 에르 류 살리온 황제이다. 지배하에 있는 13 왕가와 군주는 모두 에르메시아에게 충성을 맹세하고 있다. 각 왕가는 자치를 인정받고 있고, 황가에 세금수입을 바치고 있으며, 개별적인 군대를 지니지 않은 채, 황제가 각국의 조정을 관장한다. 모든 권력이 황제에게 장악되어 있으며, 과거에 단 한 번도 반란을 허용한 일이 없다고 한다. 메이거스(마법사단)로 불리는 고위무관의 집단은 살리온의 최고전력이며, 그 전력은 루벨리오스의 성기사단에 필적한다고 일컬어지고 있다. 또한 용의 힘으로 하늘을 나는 '비룡선' 을 다수 보유하고 있다.

일러스트 / 후스이

경제도 서방평의회에 소속되지 않고 독자적으로 경제활동을 전개하고 있다. 일개의 나라로서 완전체를 이루고 있는 국가이며, 다른 나라와 교류할 기회도 적기 때문에 황제 에르메시아가 나라 밖으로 나가서 외유하는 일 같은 건 과거에 없었기에, 마국연방의 개국제에, 더구나 호문클루스(인조인간)에게 빙의하지도 않고 맨몸으로 방문한 것은 대사건이었다.

마국연방과의 국교수립은 당초 살리온의 중진인 에라루도 공작이 에르메시아로부터 전권을 위임받은 사자의 자격으로 진행시켰다. 에라루도

마도과학

'마도과학'은 마법의 극에 달한 자만 도달할 수 있는 영역에 있는 학문이며, 마법에 의한 법칙조작으로 세계를 어디까지 변혁할 수 있는지에 대한 문제까지 다루고 있다. 기초이론을 제창한 자는 에르메시아의 친모이며, 내용의 수준이 높기 때문에 이론을 계승할 수 있는 자가 적지만, 연구는 계속되고 있다고 한다.

공작의 외동딸인 에륜이 모험가 에렌으로서 리무루와 아는 사이였으며, 그 결과 리무루를 마왕으로 각성하도록 부추긴 책임이 있기 때문에 에라루도 공작이 스스로 리무루의 본질을 파악하기 위해 나선 면도 있었다. 그리고 리무루의 사람됨을 알게 되면서 우호관계를 선택한 것이다.

다행히 국교수립은 승인받았지만, 회담 상황을 들은 에르메시아는 마왕 리무루에게 큰 흥미를 느꼈고, 개국제에 참석하기로 한다. 기술협정에 관한 얘기도 진행되면서, 수세식 화장실이나 욕실 등의 설비를 수입하는 것이 즉시 결정되었다. 에르메시아는 마도열차에 대해서도 흥미진진한 반응을 보였고 철도부설 공사에 대해서도 적극적으로 협력했으며, 마도열차 개발에 대한 기술협력을 위해서 살리온으로부터는 지금까지 공개하지 않은 채 은닉하고 있었던 '마도과학'의 연구가들이 파견되게 되었다.

참고로 에르메시아는 개인적으로 마국연방의 영빈관 근처의 가장 비싼 부지에 있는 고급여관을 하나 사들였다. 전이 마법진을 설치하여 별장으로 삼을 생각을 하고 있는 것 같으며, 드워르곤의 가젤 왕을 많이 분하게 만들었다고 한다.

마도왕조 살리온의 군사력

살리온이 보유하고 있는 '순혈의 기사' 메이거스(마법사단)는 선조 급의 오래된 피를 갖추고 태어난 자들로만 구성된 고위무관의 집단이며, 살리온 최강의 전력이다. 하늘을 나는 비룡선을 다수 보유하고 있어서 기동성도 높으며, 루벨리오스 습격을 위해 실트로조가 북방의 땅에서 전력을 거뒀을 때엔 북쪽에서 난동을 부리는 악마들을 제압하기 위하여 마법사단의 반수가 비공선으로 파견되었다. 또한 에르메시아가 개국제에 참석했을 때에는 수효용왕이 끄는 비룡선을 타고 황제의 수호기사로서 동행했다. 참고로 모험가 에렌의 동료인 카발과 기도도 마법사단의 일원이다. 평소에는 마법의 반지로 능력을 제한하고 있으며, 에렌이 정말로 진정한 위기의 상황에 빠졌을 때에만 제한이 해제되도록 되어 있다.

쥬라의 대삼림 북부, 카나트 산맥에 있는 거대한 동굴에 지어진 드워프들이 사는 왕국. 검성으로 이름 높은 영웅, 가젤 드워르고가 통치하며, 동쪽 제국과 서방열국에 대해 중립을 내세우고 있었다. 출입구는 이스트, 웨스트, 센트럴의 세 개의 문만 있으며, 입국심사를 할 때에 드워프 왕국 내의 법에 대한 강습을 받도록 정해져 있다. 마국연방과 처음 국교를 맺은 나라이고, 리무루와 가젤 사이도 아주 양호하며, 현재는 동맹을 맺은 상태다. 또한 살리온과 어깨를 나란히 하는 대국이긴 하지만, 에르메시아와의 개인적인 관계 때문에 가젤은 약간 상대하기 버거워하고 있다.

일러스트 / 후스이

기술력이 뛰어나며, 드워프가 만드는 무기 및 방어구, 공예품은 동서 양쪽에서 다 중시하고 있으며, 고가로 거래되고 있을 정도이다. 교역이 아주 잘 발달되어 있으며, 높은 기술을 활용한 화폐도 제조하고 있기 때문에 대륙에서 가장 신뢰받고 있는 드워프 금화의 발행국이 되어 있다. 또한 '정령공학' 이 발달되어 있어서 마국연방과도 기술제휴를 하고 있다. 그 때문에 모니터나 '연락기' 등의 도입도 진행되고 있어서, 제국의 침공을 받았을 때에 많은 도움이 되었다.

군사력도 아주 강하며, 마법병단은 1,000 년의 무패를 자랑할 정도다. 게다가 군부와는 별도로 운용되는 비밀부대인 천상기사단을 보유하고 있으며, 페가수스를 탄 A 랭크 수준의 드워프 기사들이 편성되어 있다. 그들의 장비는 드워프 장인들이 만든 최고의 무기와 방어구로, 그 실력을 기본적으로 끌어올려주고 있다.

수뇌부에는 왕과 친한 영웅들이 모여 있는데, 어드미럴 팔라딘(군부의 최고사령관) 인번, 첩보 임무가 주인 나이트 어새신(암부의 수장) 앙리에타, 아크 위저드(궁정마도사) 젠, 그리고 페가수스 나이츠(천상기사단) 단장 돌프, 이렇게 네 명이 가젤 왕을 받쳐주고 있다. 그들도 가젤을 믿으며 리무루를 위험한 마물은 아니라고 판단하고 있지만, 폭풍룡뿐만 아니라 태초의 악마들도 몇 명이나 부리고 있다는 사실을 최근에 알게 되면서, 동요를 감추지 못하고 있다.

마왕 밀림 나바의 지배지역은 원래는 밀림을 신봉하는 사람들이 사는 '잊힌 용의 도시'뿐이었지만, 클레이만과 리무루의 싸움이 있은 후에 영주를 잃은 클레이만의 영역과 마왕의 자리에서 내려와 밀림의 신하가 된 칼리온과 프레이의 영지도 더해지면서, 광대한 영역을 자랑하게 되었다. 그때까지의 밀림은 영지의 일 같은 건 신경도 쓰지 않은 채 자유롭게 행동하고 있었지만, 영지도 영민도 늘어난 지금은 역시 그럴 수 없다보니, 칼리온과 프레이가 통치의 실무를 맡고 있으며, 밀림도 프레이의 엄격한 교육을 받으면서 나라의 운영에도 관여하게 되었다. 그렇다곤 하나 자유방임한 기질을 바로 버릴 수도 없으니, 빈번하게 신전을 빠져나가선 마국연방에 놀러가서 틀어박혔다가, 프레이에게 꾸지람을 듣고 다시 끌려오는 패턴이 반복되게 되었다.

마국연방과는, 리무루와 밀림이 절친인 것과 유라자니아가 리무루에게 큰 은혜를 입은 것도 있어서 아주 우호적인 관계를 쌓고 있다.

【잊힌 용의 도시】

밀림의 원래 지배지역으로 총인구는 10만 명 미만이다. 밀림이 거주하는 거대한 신전이 세워진 수도 '용의 마을'을 중심으로, 밀림을 용의 황녀로서 신봉하는 '용을 모시는 자'들이 살고 있다. 국민 전원이 드라고뉴트(용인족)의 후예이므로 개개인의 전투능력이 아주 높으며, 그래서인지 이 나라에는 신전을 지키는 신관전사단 이외의 군대는 존재하지 않는다.

일관되게 밀림만 숭배하는 그들은 문화적 진보를 부정하며 변화를 싫어한다. 밀림은 그런 그들을 지루하게 여기고 답답함을 느끼고 있었다. 하지만 완고한 신관장이 마국연방의 개국제에 참석했을 때 요리와 관련된 일을 겪으면서, 그때까지의 개념이 뒤집어질 만한 깨달음을 얻었다. 그 일로 인하여 어쩌면 앞으로는 어떤 변화가 있을지도 모른다.

【수왕국 유라자니아】

과거에 마왕이었던 칼리온의 영지. 총인구는 3억 명에 달하며, 상급국민으로 불리는 계급인 수인족이 중심이며, 그 외에 소수종족이나 인간, 아인 등의 다양한 자들이 살고 있다. 온난한 기후와 풍요로운 대지 덕분에 과일과 대하부근에서 산출되는 금이 특산품이다. 과거에는 백수도시 '라우라'를 수도로 삼은 군사강국이었지만, 밀림의 습격으로 인해 도시가 궤멸되었다. 주민들의 일부는 한때 마국연방의 지하미궁에서 피난생활을 하면서 지내고 있었지만, 동쪽 제국과의 전쟁이 일어나기 전에는 원래 살던 땅으로 돌아갔다.

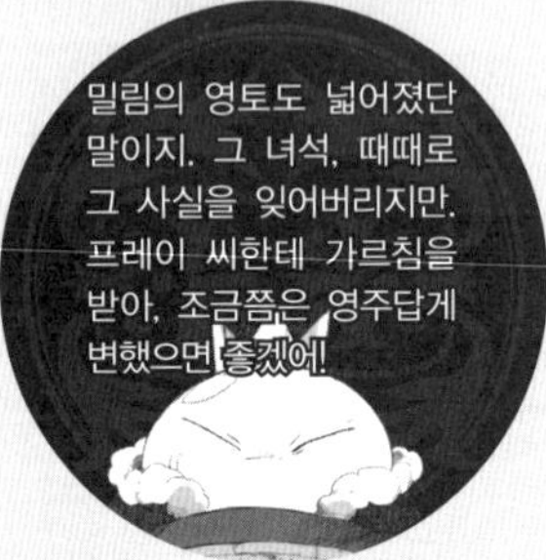

칼리온이 마왕의 자리에서 내려와 밀림의 신하가 되었기 때문에 현재의 지배자는 밀림이지만, 실제 통치는 칼리온이 하고 있으며, 수인들의 충성도 통합 이전과 달라지지 않았다. 마국연방과는 그때까지 과일의 수출이나 기술제공 등으로 교류하고 있었지만, 궤멸된 후에는 부흥지원을 받으면서 영세우호국이 되어 있다. 수도가 있던 땅에는 밀림의 지배영역의 새로운 수도로서 신(新) 왕도가 리무루의 주도하에 건설 중이다.

【괴뢰국 지스타브】

마왕 클레이만이 지배하고 있던 마물종족들의 나라. 수도는 숨겨진 도시 '암리타'. 총인구는 1억 명이나 되지만, 그 대부분이 노예계급이었다. 클레이만이 쓰러진 뒤에 그 영지는 마국연방과 밀림의 공동통치령이 되었으며, 현재는 다크 엘프에게 관리를 맡기고 있다. 과거에 클레이만이 머물렀던 성은 현재도 그대로 남아 있으며, 성 아래에는 과거에 엘프가 살고 있었다고 하는 고대의 유적 '암리타'가 있다. 리무루는 유우키 휘하의 고고학자들과 함께 이 유적을 탐사했다. 골렘이 대기하는 함정 등으로 인해 저지를 받으면서도 보물 몇 가지를 발견했지만, 폭발이 일어나는 등 다양한 트러블이 있었으며, 그 결과 최하층이 매몰되고 말았다. 장래에는 원래대로 정비하여 박물관 등으로 만들 예정이지만, 현재는 복구작업이 필요한 상태에 놓여 있다.

⬆ 마국연방의 개국제에는 밀림의 지배영역의 수뇌진이 전부 참석했다.

【천익국 프루브로지아】

과거에 마왕이었던 프레이의 영지. 총인구는 100만 명 미만, 하피(유익족)만으로 구성되어 있는 나라이다. 하늘에 우뚝 솟은 산맥의 중간부분을 도려내서 만들어진 적층형 도시이며, 수도는 천공의 도시 '지아'. 귀중한 광물자원이랑 보석 등이 주요한 교역품이며, 날개를 지니지 않은 자는 들어오는 것조차 허용되지 않는 나라였다.

프레이가 마왕의 자리에서 내려와 밀림의 신하가 되었기 때문에 유라자니아와 마찬가지로 현재는 밀림의 통치 하에 놓여 있다. 다른 어떤 곳보다 높은 장소에 도시를 만드는 것에 집착하고 있던 프레이는 새로운 수도로서 건설 중인 신 왕도, 그 중심이 될 마천루의 완성을 기대하고 있는 것 같다.

일러스트 / meiz

마왕 레온이 다스리는 나라이며, 바다 너머 다른 대륙에 있다. 지구에 있는 오스트레일리아보다도 큰 섬으로 레온은 그 전체를 지배하고 있지만, 대륙의 위치랑 인구, 종족구성 등의 상세한 사항은 불명이다. 중앙에 거대한 화산이 있으며, 연중 내내 분화 중이다. 그 근처에 아름다운 중앙도시와 레온이 사는 나선형의 왕성이 높이 세워져 있지만, 마법을 이용한 기류조작 덕분에 도시에 화산의 연기나 화산재가 쏟아지는 일은 없다. 부근에 풍부한 금속광맥이 있고 금광맥도 풍부하며, 인간사회와도 비밀리에 거래를 하고 있는지라, 극도의 번영을 누리고 있다.

레온이랑 기이와는 일단 잠정적으로 우호적인 관계가 된 것 같긴 한데…… 마왕이란 녀석들은 정말 귀찮단 말이지.

레온에겐 흑기사경 클로드랑 은기사경 알로스라는 충실하고 강력한 부하 외에 청기사단이라는 정예의 강한 군단이 있다. 그에 대한 상세한 사항은 불명이지만, 영내에 있는 지옥문에서 나타나는 악마들을 저지하기 위한 전력을 할애하고 있는 것 같다.

일러스트 / meiz

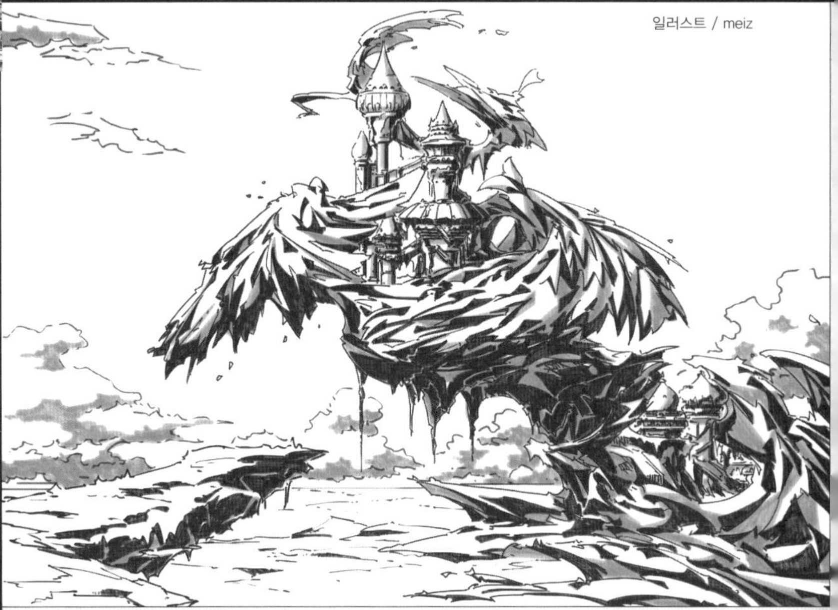

일러스트 / meiz

다구류루의 영토

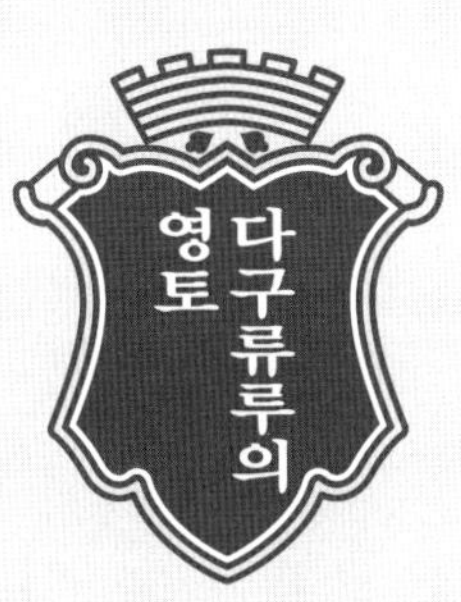

대륙의 가장 서쪽에 위치하는 거인들의 왕 다구류루의 지배지. 수수께끼가 많으며, 황야를 사이에 두고 루벨리오스와 접해 있지만, 딱히 교류도 없는 것 같다. 세 명의 아들을 리무루에게 맡겨놓은 채 내버려두는 등, 다구류루의 의도에도 수수께끼가 많다.

백빙궁

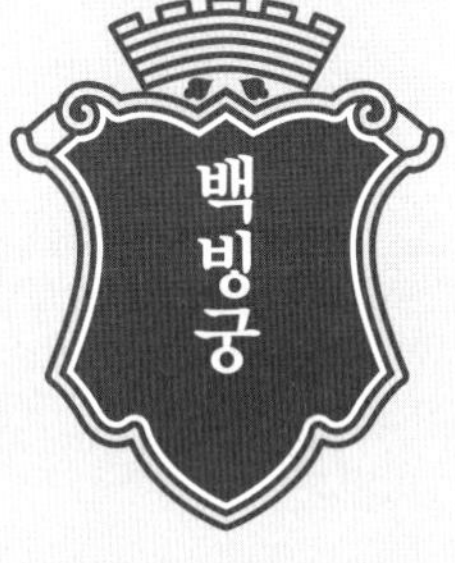

태초의 악마들 중 한 명이자 마왕인 기이 크림존이 머무르는 성이며, 환상적인 아름다움을 지닌 곳이다. 북방의 대륙에 있으며, 지배지는 광대하지만, 영구동토의 빙원에 덮인 극한의 땅이기 때문에, 기이를 따르는 악마들 외에는 사는 자도 없다. 백빙궁에는 레인과 미저리 외에 무슨 이유인지 용종인 베루자도의 모습도 볼 수 있다. 또 육체와 이름을 얻은 아크 데몬(상위마장)이 여섯 명, 그레이터 데몬(상위악마)이 200명 이상 존재한다. 때때로 기이가 장난삼아 악마들에게 서방열국의 북방을 습격하도록 시키고 있다.

통일황제 루드라 나무 우르 나스카가 지배하는 대륙 동쪽의 강대한 제국. 소국이었던 나스카 왕국이 2,000년이라는 오랜 세월을 거쳐 무력으로 대국 나무리우스 마법왕국과 우르메리아 동방연합을 서서히 흡수합병하면서, 현재의 형태를 갖추게 되었다. 정식명칭은 나스카 나무리움 우르메리아 동방연합통일제국.

⬆ 군부소속인 유우키는 검은 제복, 정보국 소속인 콘도는 흰 제복을 입고 있다. 소속에 따라 군복에도 차이가 있을지도?

정치, 군사의 양쪽 면을 다 황제가 전권을 장악하고 있으며, 철저한 실력주의로 유지되고 있다. 정치부문은 귀족원에 의해 운영되고 있지만, 겉모습만 그럴 뿐이지, 귀족들은 명예와 권익만 부여된 황제의 꼭두각시 인형에 지나지 않는다.

군사부문은 '이세계인'의 과학지식을 중시하는 궁정마법사 가드라가 추진한 근대화계획을 기본으로 하여, 현재도 여전히 성장을 계속하고 있다. 군부는 주로 네 개의 조직으로 나뉘어져 있으며, 총이랑 전차, 마법으로 육체가 개조된 보병 '기사'가 편성된 기갑사단, 과학기술로 유전자조작을 받은 마수를 부리는 마수군단, 개인전투에 특화된 맹자들이 모여 있는 혼성군단, 그리고 완전실력주의인 최강집단 임페리얼 가디언(제국황제 근위기사단)이 존재한다. 특히 로열 나이트(근위기사)들에겐 서열이 정해져 있으며, 치열한 서열쟁탈전이 벌어지고 있다. 상위 열 명은 '더블오 넘버(한 자릿수)'라고 불리는 격이 다른 힘을 지닌 자들이며, 몇 명은 정체조차도 불명이다. 그리고

케르베로스(삼거두)

유우키를 총수로 두고 있는 비밀결사. 동쪽 상인이라고도 칭하며, 제국의 어두운 사회를 좌우한다. 3대 간부인 '돈'의 다무라다, '여자'의 미샤, '힘'의 베가가 운영한다. 취급하는 상품은 병기, 암살이나 이세계인의 아이들, 엘프 노예 등 비인간적이고 범죄에 해당하는 것이 많다. 서쪽에도 세력을 넓히고 있으며, 마사유키에게 궤멸된 노예상회는 다무라다가 맡고 있던 하부조직이었다. 그 외에 미샤가 관할하는 창부의 관(에키드나)이라는 조직이 있다. 각국의 그림자에서 암약하며, 파르무스 왕국의 내란이 계속된 것도 다무라다가 유도한 것이다. 최종목표는 세계지배지만, 기이와 접촉한 이후로 유우키는 케르베로스를 이용하여 제국을 혼란스럽게 만드는 것을 노리고 있다.

그 상위 네 명으로부터 원수와 세 명의 대장이 선발된다. 또한 로열 나이트들의 일부는 황제에게 충성을 다하는 이세계인 콘도 타츠야가 지휘하는 정보국에 소속되어 있으며, '더블오 넘버' 와 동등하거나 그 이상의 힘을 지녔으면서도 서열경쟁에 참가하지 않는 자도 있다. 참고로 지금까지 군단장의 교대는 수십 년 동안 일어나지 않았지만, 유우키가 불과 1년 만에 그 자리에 올라가서 혼성군단을 통괄하고 있다.

대항하는 자에겐 압도적인 무력을 이용하여 공포를 심어주며, 신하가 된 자에겐 풍요로운 생활을 보장한다. 이런 당근과 채찍을 나눠서 사용함으로써 2,000 년 동안이나 황제가 독재통치로 다스리는 대국으로 번영하고 있다.

그런 강국이면서도, 영지가 쥬라의 대삼림의 서쪽까지 확장되지 않은 것은 350 년 정도 전에 대삼림으로 어떤 부대가 침공한 사건에 기인한다. 베루도라의 기분을 상하게 만드는 바람에 당시 대삼림의 동쪽 끝에 있던 10 만 명 수준의 최대 규모의 요새도시가 완전히 파괴되었으며, 제국은 그 이후로 답보 상태에 빠지게 된 것이다. 폭풍룡의 위협뿐만 아니라, '블랑 (태초의 흰색)' 으로 불리는 악마로 인해 실효적 지배를 방해받게 된 속국에서 일어난 사건 때문에 그 대처에 쫓기게 된 것도 하나의 이유였다. 그게 바로 십 수 년 전에 일어난 실베리아 왕국의 '붉게 물든 호반사변' 이며, 1 만 명의 백성이 사망했다. 현재도 제국 안에서 터부로 여겨지고 있다.

무력에 의한 침략 및 지배를 추구하는 황제의 정체는 초대부터 기억과 인격을 계승해온 '용사 루드라' 이다. 제국의 힘으로 전 세계를 지배하는 것을 목표로 삼은 것은 마왕 기이와 2,000 년 동안 계속되고 있는 세계를 건 게임이기 때문이며, 원수로서 그의 파트너를 맡고 있는 용종 베루글린드와 함께 서방원정의 기회를 엿보고 있다. 그러나 제국 안에서 그들의 진짜 모습과 목적을 아는 자는 없다.

우리는 평화롭고 즐겁게 살아가고 싶을 뿐이니까, 제국은 우리를 그만 좀 건드렸으면 좋겠단 말이지.

SPIN-OFF COMIC

만화
전생했어도 회사의 노예였던 건에 대하여

전생했더니 슬라임이었던 건에 대하여

Regarding, though Reincarnated to Shachiku

이번에는 전생했더니 중간관리직? 설마 했던 블랙기업 코미디 개막!!

'템페스트 상사'로 전생하고 만 리무루. 그곳은 사원의 무급노동도 마다하지 않는 베루도라 사장이 지배하는 초절 블랙기업이었다……! 코단샤 '월간 시리우스'에 연재 중인 아케치 시즈쿠 작가님의 if 스토리는 천재지변 급이며 산업재해 급으로 즐겁다♪ 리무루 일행의 다른 곳에선 볼 수 없는 모습을 즐길 수 있다!!

⬆➡ 눈을 떠보니 종합잡무과의 과장이 되어 있던 리무루. 마력요소가 없기 때문에 슬라임 모습으로 근무 중(웃음). 아니, 그 전에 이게 무슨 상황이지?!

⬅ 잡무과의 사원은 마국의 간부들. 슈나는 딱 봐도 사무직 여성이라는 느낌이 드는 사무원 제복이 잘 어울린다♥

⬆➡ 뭘 하고 있는 건지 여전히 불명인 템페스트 상사. 도산의 위기가 닥쳐오는 가운데, 베루도라의 무모한 짓이 계속 이어진다!

주목 POINT

상황 설정부터 다른 관련 작품과는 전혀 다른 본 작품이지만, 캐릭터들을 보고 있으면 리무루에 대한 애정이 넘쳐나기 때문에 역시 '전생 슬라임'이란 걸 알 수 있다. 하지만 리무루 자신도 이 상황(설정)을 파악하지 못하고 있는 것 같다(웃음). 황당한 에피소드들이 전개되는 가운데, 어떤 표정이랑 활약을 보여줄 것인가……. 독자들도 리무루와 함께 이 카오스를 즐겨봐야 할 것이다!

Contribution 아케치 시즈쿠

전생했더니 슬라임이었던 건에 대하여 13.5

2019년 7월 24일 1판 1쇄 인쇄
2019년 8월 1일 1판 1쇄 발행

저 자 후세
일러스트 밋츠바
편 집 GC노벨 편집부
옮 긴 이 도영명
발 행 인 유재옥
본 부 장 조병권
담당편집자 김민지
편집 1팀 정영길 김민지 조찬희 이성호
편집 2팀 김다솜
편집 3팀 박상섭 김효연
미 술 강혜린 박은정
라이츠담당 박선희 오유진
디 지 털 최민성 박지혜
물 류 허석용 허태욱
발 행 처 ㈜소미미디어
등 록 제2015-000008호
제 작 처 코리아피앤피
주 소 서울시 마포구 토정로222, 403호(신수동, 한국출판콘텐츠센터)
판 매 ㈜소미미디어
마 케 팅 한민지, 한주원
전 화 편집부 (070)4164-3962, 3963 기획실 (02)567-3388
판매 및 마케팅 (070)4165-6688, Fax (02)322-7665

ISBN 979-11-6389-641-8 04830
ISBN 979-11-5710-126-9 (세트)

여기서 부터 읽어 주세요. ▶

외전소설
SIDE STORIES

마물의 나라의 급여사정

개국제도 끝나면서, 온화한 나날이 이어지고 있었다.

그러던 중에도 리그루도는 매일 바쁘게 지내고 있었다.

바쁘지만 충실하고 행복한 나날이었다.

이것도 다 리그루도와 동료들의 주인 덕분이다.

그분, 마왕 리무루의 위광이 내려주신 은혜인 것이다.

떠올려보면 몇 년 전의 일이다.

과거에 고블린의 촌장으로 살고 있었던 리그루도.

당시에는 이름도 없었으며, 쥬라의 대삼림의 수호자가 사라지면서, 격동의 시대가 한창 막을 열었던 때였다.

(운이 좋았지…….)

리그루도는 그렇게 생각하면서 감사하는 마음을 잊지 않았다.

당시, 위태로운 상황에 처한 부하 고블린들이 자칫 잘못하여 리무루에게 손을 대기라도 했다면…….

그런 짓을 했다면 지금의 리그루도와 동료들은 존재하지 않았을 것이다.

애초에 그런 마음을 먹을 수도 없을 정도로, 리무루가 내뿜고 있었던 오라(요기)는 차원이 달랐다.

그때의 리무루에게 그럴 뜻은 없었지만, 결과적으로는 그게 리그루도와 동료들을 구한 것이다.

(아랑족의 위협 따위는 바로 사라져버릴 정도로 리무루 님의

위광은 정말 대단했으니까 말이지. 그 매끈하게 빛나는 유선형의 모습, 그걸 보고도 거역할 마음을 품는 건 어리석은 자나 할 짓이지. 내가 아니더라도 누구나 공손히 따를 뜻을 보였을 것이다.)

그렇게 생각하면서, 응응 하고 고개를 끄덕이는 리그루도.

하지만 의외로 그렇지도 않았다.

리그루도는 현명한 선택을 했다. 그러나 세상에 있는 자들의 대부분은 그런 식으로 올바른 선택을 하진 않는 것이다.

만약 리무루의 출현 장소가 다른 곳이었다면, 거기서는 비극이 발생했을 가능성도 있었다.

예를 들어서 인간의 모험가였다면?

마물로서의 본질을 꿰뚫어 보지 못하고 그 외모만으로 판단하고 말았을 것이다.

대화도 통하지 못한 채, 전투가 벌어졌을 것으로 생각된다.

그렇게 생각해보면, 리무루와 처음으로 접촉한 자들이 리그루도와 같은 마을의 고블린들이었다는 것은 어떤 의미로는 모두에게 있어서 행운이었다.

그리고 리무루는 리그루도의 부탁을 들어주면서 맹주가 되었다.

그를 따르는 존재는 고블린만이 아니라, 오거랑 오크, 리저드맨에 드라이어드.

숲에 사는, 수많은 종족을 부리는 마왕이 된 것이다.

*

한창 바쁘게 직무를 수행하던 중에 리그루도는 문득 과거를 떠올리며 그리워했지만, 자신을 부르는 목소리를 듣고 이내 제정신을 차렸다.

"오오, 여기 계셨소이까, 리그루도 공. 찾고 있었습니다."

"묘르마일 공? 무슨 문제라도 일어났습니까?"

"뭐, 문제라고 할 정도는 아닙니다만——."

자신에게 말을 걸어온 자는 묘르마일이었다.

인간이면서도 리무루가 믿고 의지하고 있으며, 템페스트(마국연방)의 재무총괄부문을 맡고 있다. 리그루도와 마찬가지로 아주 정력적으로 일하고 있으며, 지금은 이 나라엔 없어선 안 될 인물이었다.

리그루도는 묘르마일을 응대하면서 미소를 보였다.

묘르마일 덕분에 리그루도는 남들 몰래 품고 있었던 고민이 해결된 것이다.

그 고민이라는 것은 바로 리무루에게 있어서 자신들이라는 존재가 가지는 의의였다.

거대한 힘을 지닌 마왕.

그런 위대한 존재의 부하로서, 리그루도는 자신의 역부족을 한탄하고 있었다.

리무루의 부하 중에는 무투파로서 이름이 높은 마인들이 많이 속해 있었다.

예를 들자면 베니마루 일파가 그러했다.

리무루의 부하로서 부끄럽지 않은 실력자들이 모여 있었고, 리그루도보다도 월등히 강했다.

그 외에도 게루도가 이끄는 하이오크들.

도시의 발전에 빠질 수 없는 공작에 특화되어 있을 뿐만 아니라, 수비 및 방위의 임무도 담당하고 있었다.

그리고 디아블로.

그 데몬(악마족)은 이질적인 존재였다.

끝을 알 수 없는 힘을 지닌 것은 틀림없어서, 만약 그자와 적대 관계였다면, 하고 생각하니 오싹해졌다.

리무루에게 충성을 맹세하고 있는 것은 의심할 것도 없지만, 디아블로를 두려워하는 자가 많은 것 또한 사실이었다.

란가와는 양호한 관계를 구축하는 것 같았으며, 리그루도의 부탁도 거절하지 않고 웃으며 들어주긴 하지만…… 그래도 명백하게 '격이 높은 존재'인 상대에게 부담감을 느끼는 것은 어쩔 수 없는 얘기라 할 수 있었다.

그리고 그게 바로 리그루도의 고민의 씨앗이었다.

강력한 마인들이 리무루의 부하로 들어와 있는 현재의 상태. 그런 상황 속에서 자신이 뭘 할 수 있는지를 놓고 리그루도는 늘 고민하고 있었던 것이다.

그런 생각을 하고 있는 리그루도였지만, 그 힘은 가볍게 A랭크를 넘어서고 있었다.

비교대상이 좋지 않을 뿐이지, 결코 약하지는 않았다. 오히려 템페스트 안에선 강자로 불릴 만한 위치에 있었다. 그 사실을 자각하지 못한 채, 리그루도는 리무루부터 받은 고블린 킹이라는 지위에 어울리는 존재가 되고자, 나날이 노력을 거듭하고 있었다.

그런 리그루도에게 있어서, 묘르마일의 존재는 구원이었다.

힘 같은 것과는 관계없이, 인간이나 마물 같은 종족의 차이도 뛰어넘으면서, 묘르마일은 재무총괄부문의 수장——재무장관으로 취임했으니까.

(그랬었지. 전혀 고민할 일이 아니었다. 리무루 님은 우리에게 싸울 힘을 바라고 계시지 않아. 애초에 그분은 위대하신 마왕이니까! 이러면 안 되지. 나도 아직 생각이 고루하구나. 쓸데없는 걱정을 했어. 힘의 강약으로 상대를 판단하는 마물의 본능에서 벗어나지 못하고 있는 것 같군…….)

그렇게 깨달으면서, 쓴웃음을 지은 리그루도.

그 후로는 망설임을 버리고, 도시의 운영에 힘을 쏟게 된 것이다.

그런 리그루도였기 때문에 묘르마일에게 몰래 고마움을 느끼고 있었다.

묘르마일의 실력에 경의를 표하고 있는 것도 사실이지만, 그 이상으로 친구에 가까운 감정을 품고 있었다.

그렇기에 묘르마일을 대하는 리그루도의 말투에는 더더욱 친근한 기운이 담겨 있었다.

"그래서, 대체 무슨 일이 있었던 겁니까?"

"이것 참, 저 혼자서 고민해도 답이 나오질 않아서 말이죠. 또 리무루 님이 무모하고도 어려운 문제를 제시하셨지 뭡니까."

분개하는 듯한, 그러면서도 기쁜 말투로 묘르마일이 그렇게 불평을 늘어놓았다.

그 말을 듣고, 리그루도도 빙긋 웃었다.

무모하고도 어려운 문제라고 말은 했지만, 그건 리무루가 신뢰하고 있는 증거이기도 했다. 할 수 없는 일은 부탁하지 않으므로,

그만큼 리무루가 기대하고 있다는 의미이기도 하다.

"저도 지금 삼권분립의 구조에 대한 공부를 하던 중이었습니다. 우선은 입법. 우리나라의 헌법을 제정하라는 지시를 받았죠."

"갑자기 뜬금없는 얘기로군요. 변함없이……."

리무루는 왕으로서 군림하면서도 통치할 마음은 전혀 없었다.

자신이 정치에 관여하기라도 하면, 자유로운 시간이 사라질 것으로 생각하고 있었기 때문이다.

단, 주권은 국민이 아닌 맹주인 리무루가 가지고 있었다.

템페스트—— 즉, 쥬라 템페스트 연방국은 다양한 종족들의 연합으로 이뤄져 있다. 가치관과 주장이 다른 자들이 리무루의 비호 아래에 들어간 것으로 인해 템페스트는 하나의 국가로서 성립되어 있는 것이다.

애초에 리무루가 없다면 국가로서 성립이 되지 않았다.

리무루에게 주권이 있다는 것에, 불평이 나올 리가 없었다.

그리고 무엇을 숨기겠는가. 이 리그루도야말로 리무루로부터 정치에 관한 전권을 위임받은 남자인 것이다.

현재 상태를 유지한 채 행정의 중추가 될 각 부문을 총괄하면서, 천인대장으로 이뤄질 입법기관과 법을 감시하는 역할을 맡을 사법기관을 제정하라——는 말과 함께.

더 말할 것도 없이 서방열국과의 교류를 예상하여 내린 명령이었던 것이다.

아무리 그래도 몽땅 떠넘기진 않았으며, 초안에 대해선 리무루도 의견을 내겠다고는 했지만…… 그래도 터무니없이 무모한 시도이긴 했다. 그러나 리그루도는 그 명령을 기쁘게 받아들였다.

"하하하, 바라는 바입니다. 그건 그렇고 묘르마일 공, 그건 어떤 안건입니까?"

리그루도는 사람이 좋았다.

자신도 너무나 힘든 상황에 처해 있었지만, 그렇다고 해서 친구의 얘기를 듣지 않으려고 하지는 않았다.

묘르마일도 리그루도와 짧은 시간 동안 어울렸음에도 불구하고 그런 리그루도의 성격을 파악하고 있었다.

그래서 더욱더 미안한 태도로 얘기를 꺼냈다.

"아니…… 바쁜 중에 미안합니다. 제 쪽에서 처리하고 싶습니다만, 이것만큼은 리그루도 공의 의견을 들어본 뒤에 제정하고 싶어서 말이죠. 그리고 각 부문의 승인도 필요한 안건이다 보니……."

"호오? 그게 무엇입니까?"

"음, 실은 말입니다……."

한창 바쁜 리그루도를 더 번거롭게 만들고 싶지 않다——고 묘르마일은 생각했지만, 이번에 리무루로부터 받은 명령에 관해선 독단으로 결정을 내리기가 어렵다고 판단했다.

그 안건은 바로——'급여체제의 구축'이었다.

"급여, 라고요?"

"그렇습니다. 리무루 님의 말씀으로는 '이 나라에서 일해주고 있는 모두에게 감사의 마음을 전하고 싶다'고 말씀하셨거든요."

"과연. 우리는 그저 의식주가 충족되기만 해도 행복한데 말입니다. 그런 상황에서 리무루 님으로부터 보람이 있는 일까지 부여받았으니, 더 이상의 대가를 바랐다간 벌을 받을 겁니다. 하지

만 인간에겐 다른 가치관이 존재하겠죠.”

리그루도가 경애하는 리무루였지만, 원래 그는 인간이었다고 한다.

그렇기 때문에 마물과는 다른 가치관에 따라서 자신들에게 은혜를 베풀어주고 싶다는 생각을 한 것이겠지. ──리그루도는 그렇게 생각하면서, 크게 고개를 끄덕였다.

그에 동의하듯이 묘르마일이 말했다.

“제 입장에선 리무루 님의 마음을 이해할 수 있습니다. 자신의 일을 평가받은 뒤에야 다음에도 더 노력하자는 생각을 할 수 있으니까 말이죠.”

“흠. 욕심이 많은 자가 있다면 이 주먹으로 입을 다물게 만들자고 생각했습니다만…… 리무루 님의 생각을 방해할 수는 없죠. 그렇다면 상으로서 급료를 얼마나 지급하는 것이 타당할 것인지를 생각해야 한단 말입니까. 으―음, 이건 확실히 어려운 문제로군요.”

“솔직히 말하자면, 재정에는 여유가 생겼습니다. 그걸 급여로서 분배하는 것도 좋겠습니다만, 과연 그걸 모두가 유효하게 활용할 수 있을지에 대해선 제 입장에선 의문이 들어서 말이죠…….”

묘르마일의 얘기를 듣고, 리그루도도 겨우 사태의 심각성을 이해할 수 있었다.

말로는 쉽게 급여라고 칭하지만, 약육강식인 마물들에겐 지금까지 돈이란 건 인연이 없는 것이었다. 원하는 게 있으면 힘으로 손에 넣는 것이 그들이 살아온 방식이었기 때문이다.

코볼트 상인들처럼 글을 읽고 쓰거나 산수에 능한 자들만 있는

게 아니라, 돈 계산에 밝지 않은 자가 많았다는 것도 이유로 들 수 있었다.

지금에 와서야 리무루의 지시에 따라 그런 교양을 공부하는 자들이 늘었다. 하지만 그래도 대부분의 마물이 글을 읽고 쓰는 것조차 만족스럽게 해내지 못하는 게 현재의 상황이었던 것이다.

그런 그들에게 급여를 지급한다고 해도, 그걸 제대로 쓸 수 있을지는 불명이었다.

"지불한 급여가 쓰이지 않는다면 상으로서의 의미가 없겠군요."

"그렇습니다. 게다가 돈은 쓰는 게 여러모로 좋습니다. 모아두고만 있다간 경제가 정체되는 원인이 되기도 하니까요. 그런 문제가 발생하는 것은 피하고 싶군요."

좋은 의도를 가지고 정한다고 해도, 그게 발목만 잡을 뿐 아무런 의미가 없다면 아예 논외다.

그런 우려를 품은 것만 보더라도 묘르마일이 선견지명이 있는 유능한 남자라고 말할 수 있었다.

리그루도에겐 어려운 얘기였지만, 묘르마일이 말하려는 게 무엇인지는 이해할 수 있었다.

실제로 급여를 고맙게 받은 뒤에 모아두기만 할 자는 많을 것이다.

지혜가 있는 자라면, 쓰는 방법을 스스로 생각할 것이다. 그러나 대부분의 마물들은 현재 상태에 만족하고 있기 때문에 이렇다 할 정도로 원하는 것을 떠올리지 못할 것이다.

그리고 무엇보다, 그게 리무루가 준 것이라는 이유만으로 마물들에겐 통화 이상의 가치를 지닌 보물이 될 수 있었다.

급여를 지급하는 것보다 마물들의 의식을 먼저 개혁하는 것이 더 중요할지도 모른다. ――리그루도는 그렇게 생각했던 것이다.

"흐―음, 이건 확실히 어려운 문제입니다……."

리그루도는 그렇게 신음하듯 말했다.

일한 내용에 걸맞은 지급액을 생각하는 것도 큰일이지만, 그 이전에 통화의 이용방법을 교육하는 것이 선결과제인 것이다.

리그루도는 자신을 지혜로운 편이라고 생각하고 있었지만, 묘르마일이 가지고 온 의논거리에는 머리를 감싸 쥘 수밖에 없었다.

리무루와 의논해보고 싶지만, 그건 그것대로 주객전도일 것이다.

일이 난감해졌다는 생각을 하면서, 리그루도와 묘르마일은 서로의 얼굴을 바라본 채 침묵에 잠기고 말았다.

그때였다.

"쿠후후후후후, 재미있는 얘기를 하고 있군요."

어느새 나타났는지, 산뜻한 미소를 지은 디아블로가 그렇게 말하면서 두 사람의 얘기에 끼어들었다.

*

그 미소를 보고, 리그루도는 수상쩍다고 생각했다.

베니마루 같은 자는 대쪽 같은 성격이라 뭔가를 숨기는 일은 없지만, 디아블로는 그렇지 않았다. 늘 앞일을 예상하며 계획을 꾸몄다. 그리고 자신의 이익을 우선하는 경향이 강했다.

그런 디아블로가 흥미를 보였다면, 뭔가를 꾸미고 있다는 건 명백했다.

(이 얼굴은 틀림없이 나쁜 꿍꿍이를 꾸미고 있는 거다! 디아블로 공은 머리가 너무 좋아. 지금은 속아 넘어가지 않도록 단단히 정신을 차려야 한다!!)

그런 결의를 마음속에 품은 채, 리그루도는 디아블로 쪽으로 고개를 돌렸다.

"이런, 이런, 디아블로 공, 휴가를 즐기고 계셨던 게 아니었습니까?"

"네에, 제 손발이 되어줄 자들을 찾아 권유하러 갔죠."

"호오. 그래서 성과는 어떻습니까?"

묘르마일이 어디까지나 순수하게 묻자, 디아블로는 후훗 하고 여유 있는 표정을 보였다.

"물론, 흔쾌히 받아들여 주었습니다."

이걸로 저는 늘 리무루 님의 비서 일에 전념할 수 있게 되었습니다――라고, 그 표정이 대신 웅변해주고 있었다.

정말로 흔쾌히 받아들여 주었는지는 확실하지 않지만, 디아블로에게 부하가 생긴 것은 틀림이 없는 것 같다.

"그거 잘됐군요. 그런데 디아블로 공. 저희 얘기를 듣고 있었던 것 같은데, 무슨 좋은 의견이 없겠습니까?"

리그루도가 아주 조심스럽게 얘기를 꺼냈다.

그 얼굴에는 절대 속지 않겠다는 결의의 빛이 보였다.

리그루도의 입장에선 디아블로는 상대하기 번거로운 자였다. 방심하면 바로 농락을 당할 것이다.

리그루도에 대해서도 제대로 경의를 보여주고는 있지만, 그건 어디까지나 리무루라는 주인이 있기 때문이다. 만약 리무루가 사라지기라도 한다면 디아블로는 이 나라에 대한 흥미를 잃을 것이다.

애초에 그런 사태가 일어난다면 이 나라 자체가 붕괴해버리겠지만…….

"쿠후후후후. 그 급여 문제 말입니다만, 딱히 현금으로 지불할 필요는 없지 않을까요?"

"음?"

"흠. 그건 저도 생각해본 것입니다. 하지만 상품 같은 것으로 현물지급을 한다고 해도 필요하지 않은 것을 지급해봤자 의미가 없는데, 한 명, 한 명에게 일일이 요망사항을 듣는다는 것은 도저히 현실적이지 않은 것 같습니다만……."

현물로 지급한다면 돈이 사장될 우려는 사라지지만, 이번에는 비용이 너무 많이 들어간다.

애초에 도시의 주민들이라면 최소한도의 생활은 보장되고 있으니까, 이 아이디어는 소용이 없다고 묘르마일은 판단한 것이다.

그러나 디아블로의 미소는 여전히 유지되고 있었다.

"아뇨, 그렇지 않습니다. 생각해보십시오. 지금도 존재하지 않습니까. 현재 식당에선 인트 제도가 도입되어 있죠? 그 포인트를 더 폭넓게 활용해보는 건 어떨까요?"

리그루도와 묘르마일을 똑바로 바라보면서 그렇게 말했다.

"포인트라면, 스페셜 메뉴를 예약할 수 있는 '공로 포인트' 말입니까?"

"확실히 일한 결과에 따라서 포인트가 쌓이는 방식이었죠. 아니, 그렇군요! 확실히 그건 각 직장의 최상위자의 사인에 대응하여 스탬프를 찍어주는 것뿐이니, 돈이 얽힐 일이 없습니다. 돈이 사장될 우려도 없으며, 각자의 취향을 조사할 필요도 없죠. 음, 좋은 생각일지도 모르겠군요!!"

리그루도가 미처 이해하기도 전에, 묘르마일이 그 아이디어에 아주 긍정적인 반응을 보였다.

흥분한 것처럼, 차례차례 그에 관련된 아이디어를 얘기하기 시작했다.

그 얘기를 듣고, 기쁜 표정으로 미소 짓는 디아블로.

(어라, 나는 디아블로 공을 너무 지나치게 경계하고 있었던 건가. 이분은 리무루 님 이외의 일에는 관심이 없을 것으로 지레짐작하고 있었는데, 약간은 협조적인 면도 있군. 나답지 않게 조금 지나치게 색안경을 낀 채 보고 있었는지도 모르겠어.)

그렇게 생각하면서 약간 반성하는 리그루도.

상당히 쉽게 넘어가는 남자였다.

그런 리그루도를 놔둔 채, 묘르마일과 디아블로는 얘기에 열을 올렸다.

"문제는 그 포인트의 활용방법이겠군요."

"음. 교환할 수 있는 것이 스페셜 메뉴뿐이어선 안 된다는 말씀이로군요?"

"바로 그렇습니다. 그도 그럴 게, 마물 중에선 식사에 흥미가 없는 자도 있으니까요. 리무루 님의 영향으로 단맛을 좋아하는 자도 많아졌습니다만, 그렇게 식욕이 강하지 않은 마물에 대한

배려도 필요하겠지요."

"그건 맹점이었습니다. 디아블로 공의 말대로 식사에 관심이 없는 자도 있겠군요. 포인트를 이용하면, 그런 분들에게도 충분한 보충을 제공할 수 있을 겁니다. 실로 훌륭한 아이디어입니다!"

"아닙니다, 대단할 게 못 됩니다. 그보다도 어떤 것을 포인트로 교환할 수 있게 할 것인가, 그게 중요하지 않을까요?"

"그 말이 맞습니다. 자, 그럼 어떻게 한다……."

묘르마일과 디아블로, 두 사람의 대화를 듣고, 리그루도도 내용을 이해할 수 있었다. 그와 동시에 디아블로의 총명한 의견에 감탄했다.

(역시 디아블로 공이로군. 리무루 님의 비서를 맡고 있는 만큼 지혜로워. 나도 참, 뭔가를 꾸미는 게 있지 않을까 하는 의심을 하다니, 나도 아직 수행이 부족한 것 같군. 좀 더 사람을 보는 눈을 길러야――)라고 생각하며, 리그루도는 솔직하게 탄복하고 있었다.

그리고 자신도 나름대로 의견을 생각해봤다.

"흐―음, 쿠로베 공의 무기나 슈나 님의 신작 의상 같은 것도 기뻐할 것 같군요."

"오오, 확실히 그렇겠군요. 일반적인 상품은 순서를 기다리면 되지만, 그것도 포인트를 우선권과 교환하는데 이용할 수가 있겠습니다."

"과연. 그렇다면 고부타가 받았다는 낚싯대 같은 것도 의외로 인기가 있을지도 모르겠군요. 뭐니 뭐니 해도 그건 리무루 님이 직접 만드신 것이니까요. 그것과 같은 것을 도르드 님과 그 제자

들에게 만들어달라고 부탁해보죠."

"오오, 그거 아주 좋은 생각입니다. 저도 최근에 낚시의 재미에 눈을 떴으니까 말이죠. 꼭 하나 갖고 싶군요."

"핫하하, 그러면 시험제작품을 나중에 하나 드리도록 할까요?"

"아뇨, 아뇨, 상품으로서 팔도록 하죠. 그걸 제가 취급할 수 있도록 맡겨주시면 좋겠습니다."

"그건 바라마지 않는 제안이로군요. 이걸로 우리나라의 특산품이 하나 더 늘어날지도 모르겠습니다."

핫핫하. 왓핫하. 그렇게 웃으면서 리그루도와 묘르마일은 즐겁게 의견을 나누었다.

골치를 썩이고 있던 문제가 해결될 것 같은지라, 두 사람의 기분은 아주 고양되어 있었다.

그런 두 사람을 바라보는 디아블로도 계속 미소를 짓고 있었다.

그리고 넌지시.

"리무루 님에게 하루 봉사할 수 있는 권리, 같은 건 어떨까요?"

독을 한 방울 떨어트리는 것처럼, 자연스럽게 의견을 제시했다.

"네?"

"뭐라고요?"

리그루도는 말문이 막혔고, 묘르마일은 눈을 동그랗게 뜬 표정으로 디아블로가 했던 말을 되물었다.

디아블로는 침착함을 유지한 채, 대단치 않은 의견이라는 듯이 설명을 시작했다.

"아뇨, 그렇게 대단한 의견은 아닙니다. 리무루 님이 저희에게 고마운 마음을 나타내고 싶어 하시는 것과 마찬가지로, 저희도

또한 리무루 님에게 입은 은혜를 갚고 싶다고 생각하니까요. 그렇지 않습니까?"

"그, 그건 그렇습니다만……."

"저도 뭐, 리무루 님이 중책을 맡겨주신 걸 고맙게 생각하곤 있습니다만……."

"그렇겠죠! 그래서 전 그 마음을 표명할 수 있는 기회를, 모두가 공평하게 얻을 수 있게 만드는 것은 어떨까 하는 생각을 한 겁니다."

그렇게 디아블로는 자신만만하게 내뱉었다.

묘르마일은 그럴듯하다고 생각했지만, 리그루도는 쉽게 납득을 하지 못하는 것 같았다.

"아뇨, 그렇지만 그건 리무루 님의 승낙이 필요하지 않을까요?"

"물론입니다! 그건 두말할 것도 없이 당연하죠. 그리고 리무루 님의 시간을 빼앗는 결과가 되니까, 매월 1일, 딱 한 사람에게만 그 영예를 주는 방식으로 하면 됩니다. 그렇게 하면 그 포상의 희소가치는 높아지며, 경쟁률도 격화될 겁니다. 높은 포인트로 정해두면 여러분의 사행심을 자극하는 데도 도움이 될 것 같군요."

으음, 하고 리그루도는 낮게 신음했다.

디아블로의 의견이 들어볼 만하다고 생각한 것이다.

하지만 아직 뭔가가 석연치 않은 부분이 남아 있었다.

"그, 그렇지만…… 리무루 님에게 대접을 받겠다는 건 물론 불경스러운 생각입니다만, 반대로 저희가 접대를 해드린다고 해도 그건 그것대로 상이 되지는 않을 것 같습니다만?"

리그루도는 솔직하게 그 의문을 입에 올렸다.

그러자 디아블로는 어이가 없다는 표정으로 한숨을 쉬었다.

"리그루도 공, 잘 생각해보십시오. 리무루 님을 접대한다는 것은 단둘이서 하루를 보낸다는 뜻이 된단 말입니다."

"으, 음?"

"그러니까 말이죠, 같이 가극을 즐긴다거나, 책을 읽으시는 리무루 님께 주스를 가져다드린다거나, 식사를 함께 하거나 하면서 하루를 같이 보낼 수 있다는 얘기입니다!"

"그럴 수가?!"

"저희는 리무루 님에게 봉사해드릴 수 있고, 리무루 님께선 저희에게 감사의 마음을 전해주실 겁니다. 어떻습니까? 아주 훌륭한 아이디어라는 생각이 들지 않습니까?"

악마(디아블로)는 그렇게 달콤하게 속삭였다.

리그루도는 '과연'이라는 생각이 들었다.

그렇게 생각하고 말았다.

그게 리그루도의 약한 부분, 패인이었다.

참고로 묘르마일은 어떤 생각을 했는가 하면.

(나는 꽤 자주 리무루 님과 둘이서 술을 마시러 가거나, 식사를 같이 하곤 하는데…… 그걸 공공연히 말했다간 질투를 살 것 같군. 음. 입 다물고 있자!)

현명한 판단.

능력이 있는 남자는 그 격이 달랐다.

디아블로 앞에서 어설픈 발언을 뱉는 실수는 하지 않았으며, 묘르마일은 이 건을 초안으로 정리하여 리무루에게 제출한 것

이다.

*

방에서 서류정리를 하고 있는 리무루에게, 묘르마일은 급여에 관한 서류를 전달했다.

디아블로는 리무루 옆에 서서 서류정리를 돕고 있었다. 리무루에게 귀환했음을 보고한 후로 며칠이 지났으며, 지금은 평소대로 제2비서로서 업무에 복귀하고 있었다.

"오, 다 됐나, 묘르마일 군!"

"네. 심사숙고한 결과, 여기에 적혀 있는 대로 금전이 아니라, 지금 존재하는 포인트 제도를 응용하는 형태로 상을 주는 것이 바람직할 것이라고, 저는 그렇게 감히 생각했습니다."

묘르마일이 그렇게 보고하자, 리무루는 기쁜 표정으로 고개를 끄덕였다.

그 환하게 개인 표정에서, 지금까지 무보수로 동료들을 부리고 있었던 것에 대해 찜찜한 기분을 느끼고 있었다는 것을 엿볼 수 있었다.

리무루는 서류를 한 번 읽어봤는데, 맨 위의 항목을 보고 눈썹을 찌푸렸다.

"응? 뭐지, 이건. 나에 대한 봉사권……?"

역시 의문스럽게 여기시기는 군. 묘르마일은 그렇게 생각했다.

"그 '리무루 님에 대한 봉사권'이라는 항목 말입니다만, 리무루 님이 이 나라의 모든 자에게 가지고 계시는 감정과 마찬가지로,

이 나라에서 일하는 자들도 리무루 님에게 감사의 마음을 표현하고 싶어 하지 않겠는가, 하는 의견이 나와서 말이죠."

묘르마일은 미리 준비해뒀던 답변을 늘어놓았다.

그 포상에 대한 아이디어가 수포로 돌아간다고 해도, 묘르마일에겐 문제가 없다. 그러므로 전혀 당황하지 않고 당당한 태도로 대응했다.

그 모습을 곁눈질로 보면서, 디아블로가 씨익 웃었다.

"그건 분명 리그루도 공이 제안하신 희망사항이었죠."

"호오, 리그루도가 말인가. 그 녀석은 정말로 진지하다니까. 이런 걸로 내게 마음을 쓰지 않아도 되는데 말이지."

디아블로가 슬쩍 흘린 한 마디를 듣고, 리무루가 쓴웃음을 지었다.

그 반응을 통해 알 수 있듯이, 리그루도에 대한 리무루의 신뢰는 아주 컸다.

만약 이 아이디어를 제안한 자가 디아블로였다고 밝힌다면, 리무루는 좀 더 조심스러운 반응을 보이면서 여러모로 진지하게 검토했을 것이다. 그러나 리그루도의 아이디어라고 들었기 때문인지, 리무루는 깊게 생각하지 않은 채 솔직하게 감동하고 있었다.

바로 그게 디아블로가 노리는 바였던 것이다.

(쿠후후후후, 계획대로 되었군! 이 권리는 맨 처음이 중요하지. 어차피 곧바로 폐지될 것이니, 모두가 분위기를 살피면서 결정을 미루고 있는 사이에 제가 차지하기로 하죠.)

그런 계획을 꾸미면서, 디아블로는 득의만만한 미소를 지었다.

그런 짓을 하기 때문에 리그루도를 비롯한 여러 사람이 경계하

는 것이지만, 본인이 딱히 신경 쓰지 않는 이상, 앞으로도 이런 일은 계속 일어날 것 같았다.

“으—음, 하지만 말이지, 모처럼 힘들게 번 포인트를 날 위해 쓰는 것도 좀 그런데…….”

아직 납득을 하지 못하는 분위기의 리무루.

그런 리무루에게, 묘르마일이 대답했다.

“……뭐, 그렇게 생각하시는 것도 지당합니다만, 이 아이디어에 대해서 의견을 물어본 자들로부터는 절찬을 받아서 말이죠. 애초에 상당히 높은 포인트로 설정해두고 있으니, 이걸 선택한다는 것은 그만큼 리무루 님에 대한 감사의 마음이 크다는 얘기가 되겠지요. 스스로 그걸 고르는 것이니, 본인도 충분히 납득한 상태에서 선택한 것으로 봐야 할 겁니다. 그러므로 우선은 반응을 알아보는 건 어떨까 하고 생각합니다.”

“으—음, 그런가? 그러고 보니 그럴 것 같긴 하군. 뭐, 상관없나. 어차피 당분간은 포인트도 모이지 않을 테니까, 한동안은 이렇게 유지하고 반응을 보기로 할까.”

“그게 좋을 것 같습니다.”

리무루는 더 이상 생각하는 걸 포기하고, 그 아이디어를 채용하기로 했다.

이리하여 이 안건은 리무루에 의해 승인된 것이다.

——디아블로가 아주 작은 몸짓으로 주먹을 불끈 쥐면서 성공한 걸 기뻐했지만, 그걸 눈치 채는 자는 없었다.

*

그리고 두 달 후——.

"야아— 리그루도. 자네가 모처럼 생각해준 나에 대한 '봉사권' 말인데, 역시 그건 없던 것으로 하지 않겠나?"

리그루도는 리무루의 호출을 받은 자리에서 그런 말을 들었다.

"네, 네? 그게 무슨 말씀이신지?"

무슨 이유인지 제안자가 디아블로가 아니라, 자신이 되어 있는 것에 의문을 느낀 리그루도였지만, 그 동요를 애써 감추고 리무루에게 되물었다.

"실은 말이지, 맨 처음 그 권리를 손에 넣은 자가 디아블로였는데, 이번에도 또 디아블로가 되었거든. 아무래도 그 녀석, 뒤에서 포인트를 몰래 사들이고 있는 것 같단 말이지. 이렇게 되면 매번 그 녀석이 권리를 획득할 것 같은 기분이 들어."

그게 리무루가 해준 대답이었다.

(당한 건가?! 역시 그 악마를 믿어선 안 되는 거였나!!)

번개를 맞은 것처럼, 리그루도는 디아블로의 책략에 넘어갔다는 것을 깨달았다.

이 특권이 사라지게 될 것도, 디아블로는 이미 계산해두었겠지. 오히려 그렇게 되면 환상 속의 권리로서 한층 더 부가가치가 높아질 것이다.

이제 두 번 다시 손에 넣을 수 없는 '리무루 님에 대한 봉사권'—— 그걸 경험할 수 있었던 자는 결국 유일하게 디아블로만 남게 되었으니까.

모든 것은 디아블로의 손바닥 위에 있었던 것이다.

(큭, 나도 아직 멀었군. 디아블로 공의 교활함을 뻔히 알고 있으면서도 또 감쪽같이 속아 넘어가다니…….)

그렇게 생각하며 후회했지만, 이제 와선 이미 늦은 뒤였다.

결국 리그루도가 생각했던 대로 '리무루 님에 대한 봉사권'은 환상 속의 권리가 되었다.

그 자리에 남은 것은 수많은 마물의 질투의 감정.

그리고 리그루도의 후회.

하지만 이것들은 절대 무의미하지 않았다. 포인트 제도는 여전히 남아 있었고, 마물의 나라의 급여는 보상제도로서 더욱 세분화되면서 확립되게 되었으니까.

——이건 아직 국가로서의 제도가 애매했던 템페스트 여명기의, 어떤 급여사정에 대한 뒷이야기이다——.

영원한 밤의 나라의 여신님

12권 한정 소책자

내 이름은 루미너스.

루미너스 발렌타인이라고 한다.

구세계의 지배자인 뱀파이어(흡혈귀).

그 정점에 군림하고 있는 것이 '퀸 오브 나이트메어(밤의 여왕)'인 바로 나이다.

――하지만 실제로 다스리는 행위는 귀찮아서 좋아하지 않는다.

나는 그저 못마땅한 표정을 지은 채 고개를 끄덕이고 있기만 하면 된다. 그렇게 하면 부하들이 알아서 적절하게 처리해준다.

먼 옛날, 적대세력의 왕이었던 귄터를 내 밑으로 들어오도록 받아들였는데, 이건 정말 잘한 선택이었다. 마음 내키는 대로 살고 있던 나를 대신하여, 귄터가 지배체제를 구축해준 것이다.

불만이 있을 때는 불평을 말하지만, 그렇지 않으면 좋을 대로 하게 내버려 두고 있었다. 그것만으로 내 왕국은 번영을 누리게 되었다.

뭐, 그것도 그 망할 도마뱀(베루도라)의 방해를 받으면서 다 망쳐버렸지만 말이지!

그때 클로에와 만나지 않았다면 얼마나 많은 피해가 생겼을지 모른다. 그런 생각을 하면 클로에에게 아무리 감사하더라도 부족하다고 할 수 있을 것이다.

물론 클로에 안에 있던 히나타에게도 말이지.

나는 그때 이후로 그 두 사람을 진정한 친구라고 생각하고 있다.

하지만 불만이 전혀 없느냐고 묻는다면 꼭 그렇지만은 않다.

그 두 사람에 대해서 불평을 늘어놓고 싶은 점도 있다.

그게 무엇이냐 하면, 바로 설명이 너무나도 부족하다는 것이다.

"어, 그러니까 분명 커다란 지진이 슬슬——."

그렇게 알려줘서 경계를 시작했지만, 몇 십 년이나 지난 뒤에야 진짜 지진이 일어난다거나.

"전염병이 유행하니까 대책을——."

이라고 말해놓고, 구체적으로는 병이 유행한 뒤에 증상에 대한 치료법만 가르쳐준다거나.

그 외에 다 헤아릴 수 없을 정도지만, 클로에의 증언은 실로 애매한 것들이었다.

처음에는 기억이 애매하기 때문에 시기가 맞아 떨어지지 않는 것이 아닐까 하는 생각을 하고 있었다.

그러나 나는 알아차렸다.

클로에는 의도적으로, 재앙의 발생을 완전히 막으려고 하지는 않았다는 것을,

마음이 착한 클로에.

그런 그녀가 왜 모든 재앙을 알고 있으면서도 그걸 막으려고 하지 않는 것일까?

너무나도 부자연스러운 결과가 계속 이어지는 걸 보면서, 나는 확신을 가졌다.

모든 사건이 일어난 뒤에 그 피해를 조금이라도 경감시킨다——.

단지 그 이유 때문에 결정적인 내용을 숨긴 채 나에게 정보를 흘리고 있었을 것이라고.

그러면 왜 클로에는 그런 짓을 한 것일까?

클로에는 미래를 알고 있다고 말했다.

나도 그 말을 믿었다.

그 말을 의심하지 않기 때문에, 그렇기 때문에 더더욱 불만을 느꼈지만…… 클로에가 무슨 생각을 하고 있는 것인지 고려해보는 것도 친구로서 할 일이겠지.

그리하여 내가 낸 결론은 하나.

클로에는 미래를 바꾸고 싶지 않은 것이다.

정확하게 말하자면 자신이 알고 있는 미래까지 이어지는 여정을 차질 없이 도달하고 싶었던 것이다.

적어도 나에게만큼은 진심을 밝히고 의논해달라고 부탁해도 좋았을 텐데…….

그게 바로 내가 클로에에게 느끼고 있는 불만이다.

그런 생각을 하고는 있지만, 나와 클로에는 아주 우호적인 관계를 구축하고 있었다.

1,000년 이상의 시간을 보내면서, 서로의 성격도 알게 되었고.

그 얄미운 베루도라를 한 방 먹여서 놀라게 해준 것에도 성공하면서, 내 답답하던 속도 후련해졌다.

실로 행복한 나날을 보내고 있었지만, 그 시간은 갑작스럽게 끝을 고했다.

"실은 말이지, 루미너스, 난 이제 곧 사라질 것 같아."

"뭐라고?"
"사라진다는 표현은 좀 거창하려나. 잠에 드는 것에 가깝겠네. 하지만 히나타는 조금 더 남아 있을 테니까 교대하는 것으로 생각하면 될 거야."
"교대……."
클로에가 그렇게 밝히긴 했지만, 너무 갑작스러운 얘기라서 나도 혼란스러웠다.
그런 점도 클로에의 나쁜 버릇이다.
자신만 이해하고 있는 게 너무 많아서 설명이 너무나 부족하단 말이지.
히나타와 교대할 것이라고 밝힌 클로에로부터 자세한 얘기를 들었다.
클로에가 알고 있는 미래에서 일어날 일을 들으면서, 어느 정도의 사정도 납득했다.
원래의 클로에가 이 세계에 찾아왔을 때 '존재중복'의 문제로 인해 지금의 클로에의 의식이 사라질 것이다. 그때 남아 있던 히나타와 교대하게 된다.
간단히 요약하면 그런 얘기로군.
그건 좋다. 그건 좋다만, 그다음이 문제다.
"그래서 300년이나 지나면 이번에는 히나타의 의식이 사라진단 말이냐?"
"응, 그렇게 되려나?"
"알았다. 그때는 내 힘을 써서 봉인하겠다고 약속하마."
클로에가 사라지는 것을 한탄하기보다 그다음 일을 생각해야

한다.

히나타가 남아 있는 동안에는 괜찮겠지만, 히나타도 사라지게 된다고 한다. 그렇게 되면 남은 클로에는 어떻게 되는 걸까.

클로에와 히나타의 예상으로는 틀림없이 폭주하게 될 것이라고 한다.

클로에 안에는 미래를 알고 있는 '클로노아(파멸의 의지)'라는 것이 잠들어 있다고 한다. 그 존재가 눈을 뜨면 제3의 인격이 되면서 이 세계에 파멸을 가져올 것이라고 했다.

정말이지, 귀찮기 짝이 없는 얘기를 들었군.

그러나 친구를 위한 일이므로 도와주는 것을 망설일 생각은 없다.

클로에가, 그리고 히나타가 해준 설명만으로는 정작 중요한 부분을 대충 얼버무리고 넘긴 것 같은 느낌이 들었다. 그래도 나는 그녀들을 믿기로 한 것이다.

*

실패했다!

중요한 부분을 대충 얼버무리고 넘긴 수준이 아니라, 아예 들었던 얘기와 내용이 전혀 달랐던 것이다.

아니, 모든 게 달랐다면 아예 포기했겠지만, 히나타가 찾아온 것까지는 들었던 얘기 내용 그대로였다. 그러나 그 뒤에 리무루라는 슬라임이 출현한 부분부터는 전체적인 맥락이 크게 달라진 것이다.

"리무루 씨는 아주 대단한 사람이고, 내 은인이야. 그래도 여러 가지 사정으로 인해 히나타와 리무루 씨는 싸우게 되지만, 루미너스는 절대로 손을 대지 마!"

그렇게 약속했기에 가만히 지켜보고 있었지만, 이게 또 대혼란의 연속이었던 것이다.

맨 먼저 공격을 시도한 쪽은 히나타였다.

그러나 나는 안심하고 있었다.

클로에로부터 잉그라시아 왕도 부근에서 벌어지는 싸움은 피할 수 있다고 들었기 때문이다.

하지만…… 무슨 이유인지 거기서 리무루와 히나타가 전투를 벌이게 된 것이다.

——파르무스의 획책에 의해 주변 나라들이 일치단결할 것이고, 히나타가 그들을 하나의 군대로 이끌면서 템페스트(마물의 나라)를 토벌하러 갈 것이다. 그때 히나타와 리무루가 화해하면서 일시적인 평화가 찾아올 것이다——.

나는 그렇게 들었지만, 히나타는 이미 리무루와 싸우고 있었다. 이렇게 되면 들었던 이야기의 신빙성은 이미 사라진 것으로 생각해야 할 것이다.

나는 그 시점에서 좋지 않은 예감이 들었다.

그 예감은 적중했다.

놀랍게도 리무루가 마왕이 된 것이다.

파르무스 왕국은 단독으로 전쟁을 일으켰고, 한 명도 남김없이

반격을 받아 전멸했다. 베루도라가 부활하여 전멸시켰다고 하지만, 그게 진실인지 아닌지는 의심스럽다.

하지만 그것보다 더 문제인 것은 마왕이 된 리무루 쪽이다.

발푸르기스(마왕들의 연회)가 개최되는 분위기가 이뤄지면서, 마왕을 자칭한 리무루에 대한 처분을 놓고 논의를 하게 되었다. 이렇게 되면 나도 참가하지 않을 수 없었다.

그렇게 생각하여 나는 시녀인 양 가장한 채로 참가하기로 했다.

예정에 없던 행동이었지만, 만일의 경우 리무루가 배척당하게 되면 난감해진다. 내 입장에선 어떻게 되어도 상관없지만, 나중에 클로에가 슬퍼할지도 모르니까 말이지.

최악의 경우엔 내 밑으로 받아들여서 보호해주는 것도 좋겠지——. 그런 생각을 하면서 연회 자리에서 돌아가는 상황을 지켜봤지만…….

리무루라는 자는 생각한 것 이상으로 거물이었다.

다른 마왕들을 상대하면서도 겁을 먹지 않았고, 자신의 의견을 당당하게 밝히고 있었다. 그뿐만 아니라 클레이만을 도발하고, 자신에게 유리해지도록 그 자리의 분위기를 지배했던 것이다.

이런 모습에는 나도 감탄했지만, 그래도 어떤 결말로 이어질지 예상할 수 없어서 속으로 안절부절못하고 있었다.

결국 리무루는 마왕으로 정식 인정을 받았고, '옥타그램(팔성마왕)'의 일원이 되었다.

덩달아 나도 정체를 들킨 탓에, 겨우 로이에게 떠넘기고 있던 마왕의 자리에 다시 앉게 되었다.

귀찮다——고 생각했지만 어쩔 수 없다.

이것도 전부 그 사룡(베루도라)이 잘못했기 때문이다.

파란만장했던 발푸르기스가 끝났어도 내 수난은 끝나지 않았다.

돌아갔더니 마왕대리를 맡기고 있었던 로이가 누군가에게 죽임을 당했다.

그걸 슬퍼할 틈도 없이, 히나타가 리무루와의 화해를 위해 움직이고 있었다.

나도 리무루와 적대하는 것은 좋지 않다고 생각하고 있었다. 그래서 뒤에서 몰래 돌아가는 상황을 지켜보기로 했다만…….

위험했다.

히나타는 덫에 걸려서 죽을 뻔했으니, 그대로 놔뒀다간 큰일이 났을 것이다.

그 원인은 내가 방치해두고 있었던 '칠요의 노사'들이었다.

그들의 수장이었던 그란의 부추김에 넘어가서 나를 배신했던 것이다.

그건 그렇고――.

여기서 다시 클로에에게 느끼던 불만이 강해졌다.

히나타는 리무루와 싸우다가, 서로를 인정하는 사이가 된다. 클로에는 그렇게 말했는데, 무슨 이유인지 두 번째 싸움이 벌어지고 있었다. 애초에 그란과 칠요들이 배반할 것이라는 얘기는 일절 하지 않았단 말이다.

클로에가 알고 있는 미래와 어긋나고 있다――는 말인가. 그게 아니면 다른 이유가…….

지금에 와선 아무리 생각해봐도 답이 나올 수 없는 얘기다.

내 친구인 클로에와 히나타는 만나고 싶어도 만날 수 없기 때문이다.

어쨌든.

히나타에 대한 오해도 풀리면서, 리무루와는 화해하게 되었다. 내가 직접 끼어드는 것에 불안감도 느꼈지만, 그래도 원만하게 일은 진행되었다.

그러는 김에 베루도라에게도 제대로 한 방 갚아줄 수 있었다.

울며 소리치는 베루도라를 보면서, 조금은 마음이 개운해졌다.

베루도라는 이전과는 달리 멋대로 난동을 부리는 짓을 하지 않게 되었다. 그 사실에도 놀랐지만, 남의 말에도 귀를 기울일 수 있게 변한 모습에는 경악했다.

리무루의 말에 순순히 따르고 있던 모습을 보면서, 나는 내 눈을 의심했다.

이것도 클로에가 알고 있는 미래였을까.

클로에는 내 입에서 베루도라에 대한 악담이 나올 때마다 뭔가를 말하고 싶은 표정을 짓고 있었다.

클로에 안에 있던 히나타는 베루도라에게 맺힌 것이 있었던 모양이다. 그러나 그래도 반드시 죽여야 할 정도로 사악하다고는 생각하지 않았던 것 같다.

그 지나치게 진지하고 정의감이 강한 히나타조차도 지금의 베루도라를 용서했다는 뜻이 되겠지.

애초에 베루도라를 봉인할 때에 실컷 두들겨 패주었다고 하니, 그걸로 마음이 풀렸을지도 모르겠지만.

뭐, 지금의 베루도라는 그렇게까지 싫을 정도는 아니라고 나는

생각했다.

*

예정에 없는 행동을 한 탓에 나도 리무루와 면식이 생겼다.

하지만 이건 생각하기에 따라선 행운이었다.

같은 '옥타그램(팔성마왕)'의 일원이라는 단순한 관계를 넘어서, 직접 대화를 나눌 수 있는 기회를 얻은 것이다.

이 기회를 잘 활용해야 한다고 생각했다.

화해를 위한 연회를 열어주었는데, 그 전에 목욕하는 게 어떻겠냐는 제안을 받았다.

목욕이라면 욕실에 설치된 좁은 욕조에 시녀가 더운물을 부어주면서 몸을 씻어주는 것.

내 육체는 신진대사 같은 게 필요하지 않기 때문에 목욕할 필요는 없다. 그러나 사치의 상징으로서 즐기는 경우도 있었다.

이번에도 그런 수준으로 생각하고 있었지만, 안내받은 곳은 예상과 완전히 다른 곳이었다.

수십 명도 동시에 들어갈 수 있을 만한 광대한 욕탕. 아니, 잘 다듬은 돌을 써서 설치한 욕조에는 늘 김이 어른거리는 더운물이 흘러들고 있었다.

향기가 풍기는 나무로 만든 욕조랑 고온의 습기로 몸을 데우는 온실도 있었다,

"뭐냐, 이건……."

"이건 온천……? 더구나 사우나까지 완비되어 있어. 그 남자,

정말로 하고 싶은 대로 다 하고 있네……."

나는 본 적이 없는 구조를 보고 놀랐지만, 같이 안내를 받은 히나타는 다른 의미로 놀라고 있었다.

그 자리에 있는 다양한 시설이 히나타에겐 익숙한 모양이었다.

욕조에 몸을 담근 상태에서 나는 히나타로부터 그에 관한 설명을 들었다.

"그렇구나. 리무루는 자신이 알고 있는 시설을 이쪽 세계에서 재현시켰다는 말인가."

"그렇게 되겠네. 도로를 보고도 놀랐지만, 이곳의 시설은 아예 말이 안 나와. 얼마나 많은 노동력과 돈을 들여야 이런 훌륭한 시설을 준비할 수 있는 건지……."

"저리 보여도 리무루는 마왕의 자리까지 올라온 자다. 부하인 마물에게 명령하면 어느 정도 노동력을 모으는 것은 그리 힘들지 않을 것이다."

"그럴지도 모르지만…… 이건 납득하기가 조금 힘들어."

히나타는 불만이 있는 모양이었다.

그렇겠지.

히나타는 지금까지 필사적으로 노력해서 백성들의 삶을 좋게 바꾸려 하고 있었다. 그 노력은 조금씩 싹이 트고는 있었지만, 그래도 눈에 보일 정도로 뚜렷한 결과가 나오려면 아직 몇 년이 더 걸릴 것으로 생각되었다.

그랬는데 리무루의 나라에선 이렇게 그 결과가 떡하니 나와 있었다.

히나타가 달갑게 생각하지 않는 것도 무리는 아니다.

그건 그렇고.

이 목욕이란 것은 정말 대단하구나.

이건 인정하지 않을 수가 없었다.

무엇보다 지금도 이렇게 히나타의 훌륭한 알몸을 감상할 수 있으니까 말이지.

그야말로 눈이 행복해지는 절경이었다.

실오라기 하나 걸치지 않은 그 모습.

잘록하게 들어간 탄탄한 허리, 아름다운 라인을 그리는 둔부. 풍성한 열매같이 생긴 가슴이 그 존재를 주장하면서, 내 눈을 즐겁게 만들어준다.

보는 자를 매료시키는 예술품처럼 아름다웠다. 새로 내린 눈처럼 새하얀 피부가 희미하게 연분홍색으로 살짝 물들어 있었다. 그런 요염한 히나타를 이렇게 당당히 바라볼 수 있으니, 이 온천이라는 것을 재현한 리무루에겐 감사하지 않으면 안 될 것 같다.

이런 식으로 행복한 시간을 즐길 수 있다면 우리나라에도 욕탕을 마련하도록 하자——고, 나는 마음속으로 몰래 결의했다.

"아아, 극락이네."

"음, 그렇구나."

"그리고, 그렇게 경계하지 않아도 괜찮다고 생각해. 리무루는 남이 싫어할 일은 하지 않으니까 엿보러 오지는 않을 거야."

그러니까 '마력감지'를 펼쳐둘 필요는 없다——고 말하면서, 히나타는 웃었다.

위험했다, 위험했어.

히나타의 알몸을 감상하기 위해서 펼친 것뿐이었지만, 아무래

도 다른 의미로 좋게 해석한 것 같군.

하지만 이 이상은 위험하다.

"으, 음, 그렇겠지."

그렇게 히나타에게 대꾸하면서, 나는 찜찜한 기분으로 '마력감지'를 해제했다.

*

목욕을 마치고 났더니 연회 시간이 기다리고 있었다.

자리에 놓여 있는 낯선 요리들.

그리고 그 자리에선 새로운 시련이 나를 기다리고 있었다.

손 앞에 놓인 두 개의 작대기—— 그건 젓가락이라고 불리는 식용도구였다. 동방, 동쪽 제국 부근에서 사용한다는 얘기는 들었지만, 보는 건 처음이었다.

쉽게 말해서 쓰는 법을 몰랐다.

아니, 알긴 하지만 능숙하게 쓸 자신이 없었다.

무슨 일이든 완벽하게 대처하는 것으로 알려진 내가 알고 보니 젓가락은 다룰 줄 모르더라. 그런 소문이 퍼지는 것은 결코 인정할 수 없었다.

하물며 이곳에는 그 베루도라가 있다.

그자 앞에서 실수라도 했다간 어떤 식으로 놀림을 당할지 모르는 것이다.

푸큭큭큭 하고 비웃는다면 나는 바로 이성을 잃고 폭력을 휘두를 자신이 있었다. 그런 짓을 허용하지 않기 위해서라도 이 난국

을 어떻게든 헤쳐 나가야 한다.

나는 평정을 가장하면서도 필사적으로 이 사태의 타개책을 생각했다.

그리고——.

"그러면 서로의 건투를 위하여 건배!"

리무루가 그렇게 건배사를 말하면서 연회가 시작되었다.

김이 모락모락 나는 맛있어 보이는 요리들과 투명한 유리잔에 따라진 황금색의 음료. 나는 미식에는 나름대로 일가견이 있는데, 보기만 해도 최고의 음식이라는 걸 판별할 수 있었다.

이런 경우는 기세가 중요하다.

그렇게 각오를 굳히면서, 나는 유리잔을 쥐었다.

우선은 한 잔.

술부터 마시면서, 다른 자들의 먹는 모습을 관찰했다. 그렇게 하면 뭔가 묘안도 떠오르겠지——. 그렇게 생각하면서 취한 행동이었다.

"맛있구나."

나도 모르게 입 밖에서 나온 말은 더할 나위 없이 순수한 내 본심이었다.

차갑고 기분 좋게 입술에 닿는 감촉과 절묘하게 목을 타고 넘어가는 느낌. 와인에 익숙한 나에겐 낯설면서도 신선한 체험이었다.

같이 연회에 참가하고 있는 성기사들도 이 술의 맛에 놀라움을 감추지 못하는 것 같구나.

"어머, 차가워라. 이거 맥주지?"

"그래. 재현하느라 고생은 했지만, 일본에서 마실 수 있는 거와 비교해도 그렇게 품질이 차이가 나지 않도록 완성했어."

"그랬어? 처음 마셔보지만, 그렇게 맛있게는 느껴지지 않네. 하지만 이 세계에서 마셨던 맥주보다는 이쪽이 훨씬 더 마음에 들어."

히나타는 리무루에게 그런 감상을 늘어놓고 있었다.

그러고 보니 예전에 들은 적이 있는데, 히나타가 이 세계에 왔을 때는 아직 학생에 미성년자라고 하는 신분이었다고 했다. 술을 마신 적이 없다고 해서 내가 마시는 법을 가르쳐주었던 것이다.

술에 취한 히나타가 어떤 식으로 흐트러질 것인가――하고 기대했지만…… 히나타는 "그다지 맛있진 않네"라고 딱 잘라 말했을 뿐, 전혀 취하는 낌새가 없었다.

체질적인 문제라기보다 '독무효'라도 획득하고 있기 때문이겠지.

"이런 건 말이지, 익숙해지는 게 중요한 거야. 나도 처음에는 맥주를 맛이 없다고 생각했어. 하지만 말이지, 일을 마치고 퇴근할 때에 술집에 들르다 보면 맨 처음 한 잔은 일단 맥주를 마시게 되는 거야."

"흐―응, 그런가? 여기서 마신 맥주는 미지근한 데다, 와인은 살짝 신맛이 나서 그렇게 맛있다는 느낌이 들지 않았단 말이지."

"그건 네 입맛이 아직 어린애 입맛이라서 그런 것 아냐? 미지근한 맥주가 맛이 없다는 건 동의하지만, 와인은 맛있는 것도 있다고. 발푸르기스(마왕들의 연회)에서 나왔던 건 깜짝 놀랄 정도로 맛이 좋았으니까――."

당연하지.
그 자리에서 제공되는 것은 그 기이가 인정한 것들뿐이다.
맛이 없을 리가 없지.
"그런가? 하지만 직접 마셔보지 않으면 그게 정말인지 아닌지는 모르는 일이야."
"그야 그렇겠지. 그 정도로 훌륭한 거라면 손에 넣기도 어려울 테고. 그보다 어린애 입맛인 히나타 씨에겐 이쪽이 더 어울리지 않으려나."
"아까부터 계속 어린애 입맛이라고 놀리는데, 혹시 당신, 날 얕보고 있는 거야?"
"그런 일은 절대 없습니다."
히나타가 노려보는 가운데 리무루가 준비한 것은 달콤한 향기가 나는 과일주였다. 저런 주스 같은 마실 것을── 그렇게 생각할 뻔했지만, 잘 보니 알코올 농도가 상당히 높았다.
"당신 말이지, 이렇게 어린애나 마실 것을── 어라? 맛있네, 이거."
교묘한 화술로 히나타에게 다른 술을 권하는 리무루.
아무것도 모르는 히나타는 달콤한 맛에 속아서, 눈 깜짝할 사이에 살짝 취한 모습을 보이고 말았다.
평소에도 자신을 빈틈없이 컨트롤하는 히나타답지 않게 취한 모습이 요염하구나.
천재가 아니냐! ──나는 책사 같은 리무루의 모습을 보고 경악했다.
이렇게 훌륭하게 히나타를 손바닥 위에 놓고 가지고 놀다니.

그렇게 감탄하고 있었기 때문인지, 나는 무의식중에 눈앞에 놓인 요리로 손을 뻗고 있었다. 젓가락을 쓸 줄 모른다는 것도 전혀 신경 쓰지 않고 손가락으로 집어서 입에 넣었던 것이다.

놀라웠다.

히나타와 리무루의 대화에 쏠려 있던 의식이 순식간에 요리 쪽으로 집중되었다.

그 바삭바삭한 식감과 입안에서 퍼지는 농후한 감칠맛.

텐푸라(튀김)이라고 했던가?

처음 먹어봤지만, 이건 상당히 맛이 좋았다. 손을 닦을 수 있는 물수건도 준비되어 있어서 손가락 끝이 지저분해지는 것도 신경 쓰지 않아도 된다.

나는 오랜만에 맛있는 식사에 만족하면서, 술잔을 향해 손을 뻗었다.

히나타가 마시고 있던 과일주를 시험 삼아 마셔봤다.

과연, 이건 맛있구나. 향도 그렇지만 혀 전체에 퍼지는 감미로운 맛이 아주 훌륭했다. 꿀과 설탕을 아끼지 않고 사용했다는 것을 한 입만 먹어보고 알 수 있었다.

"루미너스 님, 이 술도 마셔보시길 권해드립니다."

그렇게 말하면서, 슈나라는 이름의 오니가 투명한 유리잔을 건네주었다.

"음. 마셔보기로 할까."

"네."

그리고 내게 부어준 것은 맛있어 보일 정도로 투명한 액체였다.

향기로운 냄새는 숲의 은혜를 상기시켰다.

이것도 역시 대단하군…….

나는 침을 꿀꺽 삼켰고, 우아하게 보이도록 세심한 주의를 기울이면서, 그 유리잔에 입을 갖다 댔다.

"맛있구나!"

달지 않았으며, 그렇다고 쓰지도 않았다.

"감사합니다. 아직 많이 남아 있으니, 원하시는 만큼 마음껏 즐겨주십시오."

"음, 그리하도록 하겠다."

나는 흔쾌하게 대답했다.

설마 신참 마왕이 이렇게까지 훌륭한 대접을 준비했을 줄이야. 사전에 연락도 하지 않고 갑자기 벌어진 연회인데도 불구하고…….

그 말은 곧, 이자들은 평소에도 아주 수준이 높은 삶을 살고 있다는 뜻이겠지.

나는 맛있는 술과 귀한 요리에 입맛을 다시면서, 그런 생각이 들었다.

"우리 요리는 입에 맞나?"

"음, 마음에 들었다. 요리도 그렇지만, 술이 좋구나."

리무루가 내게 물어보기에 그렇게 대답했다.

"그건 정말 다행이군. 하지만 적당히 마시지 않으면 몸에 안 좋을 텐데?"

"멍청한 녀석. 독도 듣지 않는 내가 술 따위에 질 리가 없지. 오히려 술에 취하도록 '독무효' 효과를 약화시키는데 심혈을 기울이고 있단 말이다!"

오랜만에 격의 없는 대화를 나누면서, 나는 아주 기분이 좋았다.

그래서였을까?

나는 아낌없이 리무루에게 스킬(능력)제어의 비술을 가르쳐주었다.

*

이리하여 리무루의 나라와 국교를 맺으면서, 우호관계를 구축하기로 약속했다.

하지만 문제는 지금부터다.

내가 들었던 미래에서 일어날 일들은 이 시점에서 크게 변질되어 있었다.

리무루는 마왕이 되지 않았어야 했고, 파르무스 왕국도 존속하고 있어야만 했다.

신성교황국 루벨리오스와 쥬라 템페스트 연방국이 국교를 맺는 일은 없었으며, 히나타가 리무루와 서로 아는 수준에서 그쳤어야 했다.

그리고 몇 년 후, 동쪽 제국의 침공 작전이 개시됨과 동시에 리무루가 누군가에게 살해당한다. 그 결과 봉인되어 있던 베루도라가 부활하며, 그리고 우리는 목숨을 걸고 미쳐 날뛰는 베루도라에게 도전하게 된다――. 그렇게 알고 있었다.

그러나 지금, 상황은 완전히 달라져 있었다.

이렇게 되면 이젠 이다음에 무슨 일이 일어날지 예측하는 것도 어렵다.

하지만.

확실하게 말할 수 있는 것이 하나 있었다.

히나타가 있고, 리무루와 아는 사이가 되었다. 그렇게 되면 이제 곧 클로에와도 만날 수 있을 것이다.

내 예상은 적중했다.

클로에는 이미 이 세계에 와 있었으며, 리무루가 개최한 개국제에서 나와도 재회하게 되었다.

그래봤자 클로에는 나를 기억하지 못했다——기보다 아예 몰랐겠지만.

안타까웠지만, 이것만큼은 어쩔 수 없는 일이다.

빨리 클로에를 안아주고 싶었지만, 지금은 참을 수밖에 없었다.

그보다 지금 더 염두에 둬야 할 일은 운명의 시기가 닥쳐오고 있다는 것이라 하겠다.

바뀌어버린 미래.

베루도라가 난동을 부릴 것이라는 미래는 지금의 리무루에게 길들여진 모습을 봐서는 상상을 할 수가 없었다. 그렇다면 훨씬 달라진 형태로 재앙이 일어나게 될 것이다.

이렇게 되면 앞으로 일어날 일 하나하나에 신중히 대처할 수밖에 없다.

나는 그렇게 생각하면서, 남들 모르게 각오를 굳혔다.

약속은 반드시 지키겠다고.

그리고—— 클로에랑 히나타와 진정한 의미로 재회할 것이다.

그때는 리무루 녀석도 끼워주기로 하자.

그런 생각을 하면서도 나는 리무루와 약속한 음악교류회를 즐

거운 마음으로 기대했다.

멀지 않은 미래에 무슨 일이 일어나더라도 운명을 개척해낼 것이다.

그리하여 고독했던 시간을 끝낼 것이다. 그렇게 하면 그 뒤는 나의 천하가 되겠지.

예를 들자면 그래, 히나타와 클로에를 초대하여 셋이서 목욕을 즐기는 건 어떨까?

나는 그 날의 광경을 몽상했다.

욕탕은 전면에 거울을 붙여놓고, 다양한 각도의 히나타와 클로에의 모습에 휩싸인 상태에서── 음후후후후, 너무나 기대가 된다.

그렇게 마음을 먹으니, 골치 아픈 문제는 재빨리 처리해야겠다는 생각이 드는군.

방해하는 자들은 누구라도 용서하지 않겠다.

나는 그렇게 결의하면서, 이제 곧 오게 될 낙원의 나날을 고대하면서 기다렸다.

붉게 물든 호반사변

실베리아라는 이름의 소국이 있었다.

나스카 나무리움 우르메리아 동방연합통일제국의 속국이며, 인구는 1만이 채 되지 않았다.

이렇다 할 산업도 없었으며, 눈에 띄는 특징이 없는 나라였다.

특필할 점이 있다고 한다면, 그건 나무리움 지방 특유의 온화한 기후와 아주 아름다운 호수라고 할 수 있을 것이다.

아니, 한 가지가 더 있었다.

그건 실베리아 왕의 외동딸── 왕녀인 블랑쉐 나무 실베리아, 바로 그녀였다.

왕국의 보물로 칭송받으면서, 모든 국민들로부터 사랑을 받는 왕녀.

이건 그런 블랑쉐 왕녀와 관련된 비극의 이야기이다.

*

블랑쉐는 낯을 아주 많이 가리는 소녀였다.

어머니로부터 물려받은 은백색의 머리카락과 실베리아 왕가의 특징인 진홍색의 눈. 눈처럼 흰 살결. 너무나도 귀여웠지만, 실내에서 틀어박혀 책을 읽는 것을 좋아하는 여자애.

그리고 누구보다도 높은 마력.

그녀는 다른 사람에게 보이지 않는 것까지 보이는, 왕가 특유

의 특수한 체질이었다.

그런 블랑쉐였지만, 어머니인 레티시아의 사랑에 의해 보호를 받아 큰 불편함을 느끼지 않고 살았다.

왕가 특유의 힘을 아는 자도 많았으며, 그런 특수한 아이를 대하는 방법도 다행히 잘 알려져 있었다.

"알겠니, 블랑? 너만 보이는 것은 다른 누구에게도 말해선 안 된단다."

"왜요?"

"그건 말이지, 단지 다른 사람들을 두렵게 만들 뿐이기 때문이야. 그리고 네가 볼 수 있다는 걸 알아차리면, 그 괴물이 너를 잡아먹을 거야!"

"싫어어어——!!"

"괜찮아. 이 엄마가 널 지켜줄 테니까 말이지. 그러니까 약속해 주렴. 너의 비밀을 절대 누구에게도 말하지 않겠다고."

"알았어요, 어머님. 전 절대 아무에게도 말하지 않을게요!"

"착한 아이로구나. 귀엽고 귀여운 우리 블랑."

레티시아의 금색 눈을 바라보면서, 블랑쉐는 진심으로 맹세했다. 그리고 블랑쉐는 어머니와의 약속을 계속 지켰다.

그 덕분인지, 딱히 누군가로부터 기분 나쁘다는 반응을 받는 일 없이, 귀여움을 받으면서 자랐다.

낯을 가리는 성격이긴 했지만, 블랑쉐의 외모는 귀여웠기 때문에 시녀들의 인기도 높았다. 모두에게 사랑을 받으면서, 블랑쉐는 행복한 어린 시절을 보낸 것이다.

하지만――.

그런 블랑쉐의 행복한 시간도 그리 오래 이어지진 않았다.

블랑쉐가 이제 막 열 살이 되었을 무렵, 후궁의 세력 판도가 바뀐 것이다.

블랑쉐의 어머니는 왕의 총애를 받던 제1왕비였지만, 가문의 격이 낮은 자작가 출신이었다. 그 사실이 마음에 들지 않았던 다른 귀족 가문들의 의도가 복잡하게 얽히면서, 왕은 측실 중에서 제2왕비를 들이게 되었다.

왕의 선택을 받은 것은 후작가 출신인 아밀라라는 여성이었다.

아밀라는 측실로 지내던 시절에 여자아이를 한 명 출산했다. 그게 이유가 되어서 왕비로 선택되었지만, 이 아이가 남자아이였다면 더 빨리 왕비의 자리에 앉았을 것이다.

아밀라는 고위 귀족답게 후궁에서 싸우는 법을 잘 알고 있었다.

블랑쉐 모녀가 살았던 후궁은 눈 깜짝할 사이에 아밀라의 손에 떨어졌다.

유모랑 블랑쉐를 귀여워하면서 시중을 들어주던 메이드들도 어떤 식으로든 이유가 붙으면서 차례로 해고되고 말았다. 절대적인 권력을 지닌 제2왕비에게 거역할 수 있는 자는 없었으며, 후궁에서 일하는 자들은 왕이 아니라 제2왕비의 안색을 살폈다. 그 결과, 블랑쉐 모녀는 차가운 대우를 받게 된 것이다.

그와 반비례하듯이 블랑쉐와의 나이 차이가 1년도 되지 않는 여동생―― 아쉘라가 제2왕녀로서 귀여움을 받게 되었다.

모든 것은 아밀라가 의도한 대로 되었다.

왕에게 형제는 없었기 때문에 현재의 왕위계승권 제1위는 블랑

쉐가 가지고 있었다. 제2왕비가 된 아밀라가 남자아이를 낳았다면 다음 왕의 자리는 자신의 자식이 차지할 수 있었을 것이다. 그렇게 되지 않을 때엔 아쉘라가 있다. 블랑쉐만 사라진다면 계승권 제2위인 아쉘라가 이 실베리아 왕국의 여왕이 되는 것이다.

(그러기 위해선 방해가 되는 저 모녀를——.)

자신의 혈연을 이 나라의 왕좌로 이끌 것이다. 그런 야망을 마음속에 품으면서, 아밀라의 암약은 점점 더 가열함이 더해지게 되었다.

그러던 어느 겨울날.

블랑쉐가 열두 살이 된 생일에 어머니인 왕비가 사망했다.

눈으로 새하얗게 물든 정원에서, 블랑쉐는 누구에게도 들키지 않게 혼자서 흐느껴 울었다.

블랑쉐에게 있어서 아버지인 왕은 먼 곳에 있는 인물이었으며, 가족이라고 부를 만한 인물은 아무도 없게 되어버렸다. 그 사실이 슬퍼서 블랑쉐는 계속 울었던 것이다.

그런 블랑쉐에게 말을 거는 자가 있었다.

"뭘 그렇게 울고 있는 거니?"

그 목소리의 주인을 쳐다본 블랑쉐.

그리고 숨을 쉬는 걸 잊어버렸다.

그자는 인간으로는 여겨지지 않을 만큼 아름다웠다.

아니. 블랑쉐밖에 보이지 않는, 인간이 아닌 자였다.

그러나 상대가 인간이든 인간이 아니든, 지금의 블랑쉐에겐 관계가 없었다.

"아름다워……."

슬픔조차도 잊어버릴 정도의 '아름다움'을 앞에 두고, 그렇게 진심 어린 감상을 입으로 뱉을 뿐이었다.

어머니와 했던 약속조차도 이때의 블랑쉐는 잊어버리고 있었다.

그 미모는 그 정도로 충격적이었던 것이다.

"어머나, 고마워."

그자에게도 블랑쉐의 진심이 전해졌는지, 무표정에 웃음이 더해졌다.

그 파괴력은 엄청났다.

춤추듯이 떨어지는 눈조차도 그 '아름다움'을 피할 정도였다.

눈보다도 하얀 머리카락이 바람에 나부꼈다.

그 눈은 블랑쉐와 같은 붉은색. 너무나도, 너무나도 붉었고, 피의 색보다도 선명했다.

피부의 색도 투명감이 느껴지는 흰색이었다.

칠흑의 드레스가 그 흰색을 덮어 가리는 것처럼 둘러싸고 있었다.

인간이 아닌 존재.

특수한 눈을 가지고 있지 않더라도 그 '아름다움'을 보면 인간의 영역을 초월한 존재라는 것을 누구라도 깨달을 것이다.

그런 아름다운 여성이 블랑쉐를 향해 미소 짓고 있었다.

"어머님이 돌아가셨어요."

"그랬구나."

"이제 누구도 저를 필요로 하지 않아요. 아버님에게도 소중한 존재는 여동생인 아쉐뿐이에요. 저 같은 건 어떻게 되든 상관하지 않는다고요!!"

"그렇지는 않아."

"하지만……."

"적어도 나는 네가 **필요**하다고 생각한단다."

그 말이 블랑쉐를 너무나 행복하게 만들었다.

그 인간이 아닌 존재의 목적은 무엇인지, 그런 건 어찌 되든 좋다는 생각이 들 정도로.

"넌 내가 보이니까 말이지. 너의 흰 머리카락도, 붉은 눈도 나와 같아서 너무나 아름다워. 성장하면 더 아름다워질 거야."

"정말로요?"

"응."

"언니는 제가 필요한가요?"

"그렇단다."

그 말은 블랑쉐에게 있어서 구원이었다. 그리고 그것만으로 끝나지 않고, 인간이 아닌 존재의 말은 계속 이어졌다.

"난 말이지, 네가 너무나 마음에 들었어. 그러니까 어떤 소원이든 딱 하나 들어줄게. 그러니까 너도 내 소원을 들어주면 좋겠어."

"상관없어요. 언니의 소원이라면 전 어떻게든 노력해서 이뤄드리고 싶다고 생각하니까요!"

인간이 아닌 존재의 말에 가볍게 고개를 끄덕여선 안 된다. 그런 말은, 어머니로부터 몇 번이나 들었던 적이 있는 상식이었다.

그러나 블랑쉐는 망설임 없이 고개를 끄덕이고 있었다.

자신이 필요하다고 말해주는 인간이 아닌 존재에게, 너무나도, 너무나도 아름답고 자상해 보이는 그 여성에게, 블랑쉐는 매료되어버렸다.

그 이상으로 블랑쉐는 그 인간이 아닌 존재는 믿을 수 있다고 직감으로 느끼고 있었다.

"그래? 착한 아이구나. 그럼 내 소원을 말할게. 난 너의 몸을 원해. 나는 정신만 있는 존재라서, 너의 몸에 깃들 수 있으면 좋겠어."

욕망을 감출 마음도 없는지, 자신의 본심을 우아하게 밝히는 인간이 아닌 존재.

그 인간이 아닌 존재는 인간의 눈에는 보이지 않는 괴이 중에서도 최악의 존재, 데몬(악마족)이었다. 그것도 최상위에 해당하는 아크 데몬(상위마장)—— 아니, 그 정도가 아니라 지배자 계급으로 불리는 오래된 악마들까지도 부리는 주인 같은 존재, '태초의 악마'들 중 한 명이었던 것이다.

그 외모의 특징 때문에 색을 일컫는 이름으로 불리는 일곱 명의 태초의 악마들.

기이하게도 그녀는 블랑쉐와 같은 색으로 불리고 있었다.

블랑(태초의 흰색)이라고.

아니, 그건 우연이 아니었다.

이곳 실베리아 지방은 옛날부터 블랑의 지배영역이었다.

그리고 이 땅의 왕과 나눈 오래전의 계약을 통해, 자신의 정신을 담을 그릇에 어울리는 육체를 만들어내기 위해서 십 수 세기에 걸쳐서 조정을 반복해오고 있었던 것이다.

이상적인 육체가 태어날 때까지 이 땅을 수호한다.

그게 계약의 내용이었다.

그 증거가 바로 왕가 특유의 특수한 체질.

실베리아 왕가의 특징인 진홍의 눈은, 그녀가 전해준 축복(저주)이었다.

그녀는 약속을 지켰고, 이 땅을 계속 지키고 있었다.

그게 바로 실베리아 왕국이 속국이긴 하나, 동쪽 제국에서 일단은 자치권을 계속 지켜올 수 있었던 이유였다.

그런 블랑이 만족할 만한 육체를 가지고 태어난 자── 그게 아직 어린 블랑쉐였던 것이다.

블랑은 약속을 반드시 지킨다.

이 나라의 초대 여왕과의 오래된 계약도, 지금까지 계속 지켜왔다.

은백색의 머리카락과 붉은 눈을 가진 소녀가 태어났을 때, 그 자의 소원을 하나 들어주는 것으로 그 육체는 블랑의 것이 될 것이다.

몇 대에 걸쳐 이행되어온 그 계약은 주술적인 효과도 더해지면서, 완벽한 육체를 블랑에게 전수해줄 것이다.

오늘이 약속의 날.

열두 살이라는, 옛날이라면 성인으로 인정해주는 그 날에 블랑은 블랑쉐에게 말을 걸었다.

블랑쉐가 충분히 제 몫을 하는 어른으로서, 정당한 교섭을 벌일 수 있게 되었다는 판단 하에서.

그것도 또한 옛날에 정해진 계약의 내용이었다.

악마라는 존재는 원래 자신에게 유리하도록 언질을 하는 습성이 있다. 그러나 블랑 정도 되는 거물이라면, 그런 잔재주를 벌일 생각은 조금도 하지 않는다.

그런 짓을 한다면 계약에 먹칠을 하는 것 같은 행위라 인식하고 있었다.

계약이 올바르게 달성되어야 비로소 육체도 또한 올바르게 블랑의 것이 될 것이다.

그렇게 생각했기 때문에, 그녀는 블랑쉐가 어떤 것을 원하더라도 최선을 다해서 그걸 이뤄줄 생각을 하고 있었다.

그렇기 때문에 여기서 블랑쉐가 거절한다고 해도, 순순히 포기할 생각 따위는 하지 않았다.

인간이란 존재는 욕심이 많은 생물이므로, 반드시 어떤 소원을 빌 날이 올 것이다. 그때를 기다리면 된다고, 그녀는 느긋하게 생각하고 있었던 것이다.

그렇기 때문에 블랑쉐의 대답을 듣고 놀라워했다.

"저와 친구가 되어주시지 않겠어요?"

"――뭐?"

"언니에게 제 몸을 드리겠어요. 그러니까 저와 친구가 되어주세요! 안 될, 까요?"

블랑은 당황했다.

그건 유구한 세월을 살아온 그녀에게 있어서도 처음 느껴보는 감각이었다.

블랑쉐의 눈에 비친 미모는 여전히 아름다웠지만, 그 속마음은 약간 흐트러져 있었다.

(나와 친구가, 되고 싶다고? 이것 참, 어떡한다지? 바로 죽어버릴 인간의 헛소리라고 받아들인다고 해도 웃을 수가 없는걸. 하지만 원래는 만 번 죽어 마땅할 발언인데, 왠지 불쾌하지 않

아……. 그리고 재미있을 것 같은데. **그 여자애**도 그랬지만, 이 여자애도 나를 즐겁게 만들어줄지도 모르지. 어차피 인간의 수명은 짧으니까, 약간은 어울려줘도 관계는 없겠지.)

블랑치고는 드물게, 아주 조금이나마 망설이는 모습을 보였다. 그러나 그 마음은 곧바로 결론을 이끌어냈다.

"난 상관없어. 그러면 지금부터 나와 너는 친구가 되는 거야."

그 말을 듣고, 블랑쉐의 얼굴에는 붉은빛이 감돌기 시작했다.

울던 얼굴이, 웃는 얼굴로 변화했다.

"에헤헤, 정말 기뻐요! 그러면 앞으로 잘 부탁드릴게요, 언니!"

"그래. 나는 네 몸에 빙의할 테니까 사이좋게 지내자꾸나."

그리하여 블랑은 블랑쉐의 몸에 깃들게 되었다.

이날, 실베리아 왕국의 운명은 어린 블랑쉐에게 맡겨지게 되었지만, 그 사실을 아는 자는 아직 아무도 없었다…….

*

블랑쉐는 열다섯 살이 되었다.

블랑쉐가 후궁에서 받는 대접은 여전히 지독했다. 그러나 후궁에서 한 발만 빼고 살펴보면 왕궁 쪽에선 블랑쉐의 평가가 조금씩 달라지고 있었다.

"블랑쉐 공주님은 천재입니다. 그 우아한 몸가짐, 기품 있는 태도. 어떤 걸 보더라도 만점입니다."

"역사에 미술, 그리고 수학. 지리랑 사회정세에 이르기까지, 그 지식의 양은 가히 칭찬하기에 충분한 수준입니다."

"그리고 그 어떤 것보다도 그분의 마법이론은 정말 훌륭합니다!! 술식의 해석에도 군더더기가 없고, 간결하게 만든 것은 물론이며, 그 효율은 개선이 되어 있습니다. 천재라는 말로는 부족할 정도로 우수한 분입니다!!"

그렇게 왕이 가정교사의 소임을 맡긴 자들로부터 절찬을 받는 나날을 보내고 있었다.

그런 사실이 달갑지 않은 사람은 여동생인 아쉘라 공주였다.

복도에서 마주칠 때마다 아쉘라는 블랑쉐에게 트집을 잡았다.

"어머나, 언니. 평안하신가요. 오늘도 공부를 하러 가시나요? 그것도 중요하겠지만, 갈리아스 공의 아드님이신 지니어스 님의 기분도 살펴주시지 않는다면 그분이 싫어하시게 될지도 몰라요."

갈리아스 공작가는 과거를 더듬어보면 나무리움 왕국과도 인연이 있는 대귀족이다.

동쪽 제국 안에서도 강대한 권세를 자랑하고 있으며, 갈리아스의 영도(領都)만 해도 30만 명이나 되는 인구가 살고 있었다.

그런 제국의 대귀족 자제가 1년 전부터 실베리아 왕국에 머무르고 있었다.

지니어스 나무 갈리아스.

스물두 살의 나이로, 다양한 분야에서 활약하는 재능 있는 인물이었다.

그런 지니어스에겐 형이 있었으며, 차기 공작으로 내정되어 있었다. 그렇기 때문에 지니어스는 실베리아 왕국에서 여왕의 남편 자리를 노리고 있다는 소문이 돌고 있었다.

그건 공공연한 비밀이었지만, 실베리아 왕국 측에서도 환영하

는 사람들이 다수였다.

이유는 몇 가지를 들 수 있지만, 가장 큰 것은 제국과의 융화라고 할 수 있을 것이다. 제국의 대귀족이 여왕의 남편이 된다면 속국에 대한 공세가 줄어들지 않겠냐는 기대를 하고 있었던 것이다.

그리고 또 하나.

지니어스 자신의 권한을 이용하여, 갈리아스로부터 다양한 물건을 실베리아 왕국으로 수입해주고 있었다. 그 물건들은 모든 것이 다 매혹적인 기호품이었으며, 왕국 귀족들의 마음을 사로잡았다.

유입된 상품으로 왕국 내부도 윤택해졌으며, 국민의 생활도 향상되기 시작했다. 그런 사정으로 인해, 왕국 안에서도 지니어스의 인기는 멈출 줄을 모르고 급상승 중이었다.

이렇듯 실베리아 왕국 안에서 지니어스의 인기는 높았다.

아직 젊고 잘생겼으며, 이곳 실베리아에 부를 가져다준 지니어스라면 차기 여왕의 남편으로 받아들이기에 적합하다——고, 이 나라의 모든 사람이 생각하기 시작하고 있었다.

그런 지니어스가 선택한 사람은 굳이 더 설명할 필요도 없이 바로 블랑쉐 왕녀였던 것이다.

이 혼인의 의미를 이해하지 못할 실베리아 왕이 아니었으며, 블랑쉐를 지지하여 차기 여왕의 남편이 된다면 좋겠다고 생각하여 그 약혼을 허락한 것도 최근의 얘기였다.

그게 의미하는 것은 차기 여왕이 될 자는 블랑쉐로 결정되었다는 사실이다. 차기 여왕의 자리는 자신의 것이 될 것으로 생각하고 있었던 만큼, 아쉘라는 이번의 역전극을 받아들이지 못하고

있었다.

그리고 무엇보다 어머니인 아밀라의 분노가 대단했다.

딸을 차기 여왕으로 만들기 위해서, 지금까지 다양한 공작을 벌여왔다. 그 모든 계획이 지니어스의 출현으로 인해 다 틀어지고 말았다.

아밀라의 파벌에 속했던 귀족들 중에서조차도 지니어스의 환심을 사려는 자들이 속출하고 있었다. 이대로 가면 블랑쉐가 여왕으로 받들어질 것은 확실했다.

하지만 그건 지니어스의 마음 하나만 바뀌면 어떻게든 뒤집을 수 있었다. 지니어스 공의 마음을 빼앗으라고, 아밀라는 아쉘라에게 바람을 불어넣었다.

어머니로부터 그런 말을 듣지 않아도, 아쉘라는 처음부터 그럴 마음을 먹고 있었다.

언니로부터 약혼자를 빼앗기 위해서, 다양한 방법으로 괴롭힘을 시도했다.

이번에 비아냥거리듯이 말했던 것도 그 일환이었지만, 블랑쉐는 신경 쓰지 않았다.

"어머나, 아쉐. 잘 지냈니? 걱정해줘서 기쁘구나. 하지만 괜찮아. 지금부터 지니어스 님과 시가지 시찰을 하러 갈 예정이니까."

"……그런가요. 부럽네요. 그러면 즐거운 시간을 보내고 오세요."

"우후후. 일단은 일을 하러 가는 거니까 즐기기만 해선 안 되겠지만 말이지."

그런 식으로 아쉘라의 비아냥거림도 가볍게 흘려버렸다.

블랑쉐는 이제 어린아이가 아니었다.

남들이 보지 않는 곳에서 열심히 노력하여 지식과 힘을 손에 넣었다. 그 결과, 지금은 시녀들도 직접적으로 심술은 부리지 않게 되었고, 은근히 괴롭히는 수준에서 그칠 수밖에 없게 되었다. 그건 아쉘라도 마찬가지였으며, 비아냥거리는 수준으로만 괴롭힐 수 있을 뿐이었다.

그렇기 때문에 블랑쉐에 대한 증오는 더욱더 커져갔겠지만, 그걸 이미 이해하고 있는 상태에서 블랑쉐는 유연한 태도를 유지하고 있었다.

왜냐하면 블랑쉐는 이미 혼자가 아니었기 때문이다.

『그래, 그렇게 하면 돼. 주위의 사람들은 전부 적이라고 생각하렴. 하지만 말이지, 그 모두를 짓밟을 필요는 없어. 이용할 수 있는 자와 그렇지 못한 자를 잘 파악한 뒤에 상대의 약점을 쥐고 네 말을 듣게 만드는 거야. 네 여동생도 결국은 아밀라라는 어머니의 꼭두각시에 불과해. 이용가치도 없을뿐더러, 너에게 해를 끼칠 만한 존재도 아니야.』

『네, 언니!』

블랑이라는 든든한 동료가 있다. 그것만으로 블랑쉐는 강해질 수 있었다.

학문이나 마법 같은 것도 블랑이 가르쳐주었다. 그걸 순순히 흡수하는 것만으로도 블랑쉐는 최근 3년 만에 급성장을 이룬 것이다.

"흥! 그러면 부디 조심하시면서 놀다 오세요."

"응, 너도. 아쉐."

두 명의 왕녀는 표면적으로는 온화하게, 그러나 속으로는 적개

심을 불태우면서, 그 자리는 아무 일도 없이 헤어졌다.

이런 식으로 블랑쉐는 나날이 성장했으며, 조금씩 지지자를 늘려가고 있었다.

지니어스와의 사이도 양호했으며, 두 사람은 어느새 이상적인 연인으로서, 주변의 모든 사람으로부터 인정을 받게 되었다.

그렇게 되자, 지니어스의 환심을 사고 싶어 하는 자들로부터의 접촉도 늘어나게 되었다. 관망하고 있던 귀족들 중에서도 블랑쉐가 차기여왕이라는 것을 인정하는 자가 나오기 시작했다.

이쯤 되자 아밀라 일파의 간섭도 과격해지기 시작했다. 앞뒤 가리지 않고 실력행사로 나오면서 암살자까지 보내고 있었던 것이다.

그러나 그 모든 시도가 실패로 끝났다.

당연했다.

블랑쉐에겐 블랑이 빙의되어 있었다. 암살자 따위로는 블랑쉐에게 위해를 가하는 것은 불가능했다.

순풍에 돛을 단 형세.

이대로 가면 블랑쉐의 여왕즉위는 확실했다.

백성들도 또한 나날이 아름다워지는 블랑쉐를 자신들의 여왕이 되기에 걸맞다고 느끼게 되었다.

그리고 블랑쉐도 지금은 블랑 이외의 사람에게도 진심이 담긴 미소를 보여주는 일이 많아지고 있었다. 그건 타인과 마음을 터놓게 되었다는 증거였으며, 블랑으로서도 바라던 바였다.

그러나 불만스러운 점이 없는 건 아니었다.

그건 블랑쉐와 지니어스와 관계였다.

『……정말 번거롭군. '사랑' 같은 불확정 정보가 많은 감정 따윈 백해무익할 텐데. 만약 블랑쉐의 마음에 큰 영향을 미칠 것 같다면 내 쪽에서 대처하지 않으면 안 되겠네. 정말 짜증이 나――.』

블랑쉐가 행복하다면 블랑으로서도 불만은 없었다. 어리석은 인간이긴 하지만, 진정한 의미로 축복해주자고 생각하고 있었다.

그건 블랑쉐의 친구로서 당연히 해야 할 일이었기 때문이다.

하지만.

블랑은 지니어스에 대해서 좋지 않은 예감을 느끼고 있었던 것이다.

육체를 얻고 이 세계에 완전히 강림했다면 또 모를까, 불완전한 상태인 지금의 블랑이나 정신적인 존재밖에 없는 부하들로는 미칠 수 있는 영향에도 한계가 있었다.

그래도 블랑은 가능한 한 동원할 수 있는 모든 수를 썼다.

그리고 자신이 느끼고 있었던 불안이 적중했다는 걸 알게 되었다…….

*

『――보고드릴 것은 여기까지입니다.』

부하들의 보고를 받은 블랑은 일이 좋지 않게 흘러간다고 생각했다.

수많은 데몬들을 풀어서 실베리아의 왕도랑 각 도시, 그리고 갈리아스의 영토 등에서 정보를 모아오도록 시켰다.

그중에 간과할 수 없는 것이 포함되어 있었던 것이다.

(방심할 수 없는 남자라고 생각하고 있었지만, 이렇게까지 철저하게 악마에 대한 대책을 세워두고 있을 줄은 생각하지 못했어. 그건 즉, 우리가 존재한다는 걸 이미 전제해둔 상태에서 이 나라에 찾아왔다는 말이겠지.)

블랑쉐와 지니어스가 사귀기 시작한 무렵부터 정보 수집은 빠짐없이 하고 있었다. 그래도 유력한 정보를 들을 수 없었기 때문에 의심은 하고 있었던 것이다.

그게 오히려 너무나 수상했기 때문이다.

그래서 범위를 확대하여 부하들을 보냈지만, 그 결과, 지니어스의 목적이 희미하게나마 보이기 시작했다.

지니어스는 실베리아 왕국과 블랑의 관계를 알고 있었다. 그리고 알고 있는 상황에서 그걸 방해하려는 목적을 가지고 있다는 생각이 들었다.

——은백색의 머리카락과 진홍색의 눈. 그 두 가지를 다 갖춘 자가 태고의 악마가 강림하는 열쇠가 된다——.

그건 쉽게 조사해서 알아낼 수 있을 만한 정보가 아니다. 그러나 제국의 대귀족이라면 어떤 수단을 통해 알게 되었다고 해도 신기할 건 없었다.

그렇다면 블랑쉐와의 연애도 전부 연기——.

"그렇다면…… 용서할 수 없지——."

구름이 낀 하늘을 슬쩍 쳐다보는 블랑의 표정은 진지하게 굳어

졌다.

오랜 시간을 들여 강림할 수 있도록 만든 길이 끊어지는 것보다도 지금은――.

지금은 그저, 친구의 행복이 망가지는 것을 두려워하면서.

블랑은 그 아름다운 입술 사이를 통해 우울한 한숨을 한 번 쉬었다.

*

실베리아 왕국에서 지니어스의 인기는 높았다.

그 이유는 많은 걸 들 수 있지만, 가장 큰 이유는 즉물적인 것이었다.

새로운 산업으로서 지금까지 제대로 고려되어 본 적도 없었던 마광석의 발굴사업을 시작했다. 실제로 이곳 실베리아 왕국은 마력요소의 농도가 다른 곳보다 높은 편이었으며, 광산에서 채굴되는 마광석의 품질은 높았다.

그걸 갈리아스 공작령이 비싼 값으로 구입해주고 있었다.

지금까지는 농경, 낙농. 어업이 실베리아 왕국의 주산업이었다. 느긋한 성격의 백성들만 있었다. 자급자족으로 충분히 메울 수 있을 정도로 검소한 생활에 만족하고 있던 자들뿐이었다.

그런데 돈이 되는 산업이 생겨났다.

동시에 차례로 오락거리의 제공도 시작되었다. 특히 활발하게 운영되었던 것이 말을 달리게 만들어서 그 승패를 예상하는 놀이였다. 돈도 걸 수 있게 되었기 때문에, 쉽게 번 돈을 손에 넣은 자

들이 정신없이 그 놀이에 몰두하게 되었다.

온순하고 평화로운 성격을 가졌던 국민들은 조금씩 그 성격이 바뀌기 시작했다…….

돈이 모자라기 시작한 자들도 나오기 시작했지만, 지니어스는 웃는 얼굴로 돈을 빌려주었다. 그 호탕함 때문에 백성들의 인기도 천정부지로 올라가고 있었다.

그렇게 지반을 다지는 것뿐만 아니라 지니어스의 활동은 폭넓게 전개되었다.

자신에게 아첨하는 귀족들을 모아서 착실하게 세력을 확대해 나갔다. 제국의 대귀족인 갈리아스의 이름을 최대한으로 활용하여 부를 뿌렸으며, 그리고 빠짐없이 회수했다.

그 모습은 말 그대로 재인이라는 이름에 부끄럽지 않은 것이었다.

모든 것은 계획대로.

지니어스는 잔인한 표정으로 비웃었다.

"실로 한심하군. 너무 쉽게 예정대로 되어가고 있어서 재미가 없을 지경이네."

"하하하, 지니어스 님. 그런 말씀 마십시오. 이런 시골 변두리 나라에선 우리가 제공하는 오락거리에 미친 듯이 달려드는 것도 어쩔 수 없는 일입니다."

지니어스의 말에 맞장구를 치는 자는 본국에서 같이 와 있는 심복 부하였다. 명목상으로는 집사로 되어 있지만, 그 정체는 어엿한 문관이었다. 마음대로 움직일 수 없는 지니어스 대신 세부적인 일처리를 처리하는 역할을 담당하고 있었다.

"흥! 그렇게 말은 하지만, 정작 중요한 블랑쉐가 우리 생각대로 되지 않아. 그 여자, 어서 나를 받아들이면 될 것을, 결혼할 때까지 순결을 지키겠다는 멍청한 소리나 하고 있으니."

"뭐, 상대는 한 나라의 왕녀이니까요. 그렇게 구는 것도 당연하긴 할 겁니다."

"모든 게 우리 생각대로 되는데, 그것 하나만 마음대로 되지 않는단 말이지. 그게 더 내 짜증을 유발한단 말일세."

불쾌한 표정으로 그렇게 내뱉는 지니어스.

그게 바로 귀공자처럼 굴었던 그의 본질이었다.

"자아, 자아, 지니어스 님. 그렇게 불쾌한 표정을 짓지 않으셔도 됩니다. 그동안 참아왔던 시간도 끝이 보이게 되었으니까요."

짜증을 내는 지니어스에게 그렇게 말해주는 자는 뚱뚱하고 욕심이 많아 보이는 남자였다. 이 남자도 지니어스의 심복이며, 재무를 맡은 위치에 있었다.

지니어스가 공작이 되었을 때엔 갈리아스 공작령에서 어용상인의 지위를 주기로 약속이 되어 있었다. 그렇기 때문에 투자라는 명목으로 돈을 물 쓰듯이 마구 뿌리면서, 지니어스에게 도움을 주고 있었다.

"호오? 준비가 다 끝난 건가?"

"네. 군에도 의사를 타진해봤는데, 몰래 기갑사단을 움직이겠다는 허가가 내려왔습니다. 칼리굴리오 각하에게 선물을 보내느라 돈이 많이 들었지만, 만족할 만한 병력이 집결할 예정입니다."

"핫핫핫, 그거 좋군. 그러면 이 계획도 드디어 대단원을 맞이했단 얘기인가. 내가 공작이 될 날도 가깝군. 실로 기대가 되네."

지니어스는 가까운 장래를 몽상하면서 비천한 웃음을 지었다.
이번 계획의 개요는 다음과 같다.
지니어스가 데릴사위가 될 것처럼 보여주고 왕위계승권 제1위인 블랑쉐와 약혼한다. 그러나 실제로 지니어스는 실베리아 왕국의 여왕의 남편이라는 지위 정도로 만족할 생각은 없었다.
갈리아스에서 공작이 되는 것이 지니어스의 꿈이었던 것이다.
그러기 위해선 형이 방해가 되지만, 그쪽은 이미 사전작업이 다 끝난 상태였다. 만약 자신을 거역할 것 같으면 암살도 검토하고 있었던 지니어스였지만, 형도 또한 동생의 그런 성격을 충분히 이해하고 있었다. 능력의 차이를 인정한 형은 이미 동생의 밑으로 들어가 있었다.
장래에 공작이 될 것은 확정되어 있었다.
그럼 왜 지니어스가 실베리아 왕국을 찾아온 것인가 하면…….
"그러면 지니어스 님, 처음 짠 계획대로 블랑쉐 님은 우리와 같이 가주실 것 같습니까?"
"흠. 잠자리는 같이 하지 않았지만 그 여자는 내게 반해 있지. 거절할 거라곤 생각하지 않지만, 그럴 경우를 대비해서 미리 수는 써놓았네."
"그 말씀이 맞긴 합니다만, 가능하면 무력에 의존하는 것은 피하고 싶습니다. 이 땅을 무력침공하면 무슨 이유인지 늘 방해를 받으니까 말이죠."
"제 입장에서도 전쟁은 사양하겠습니다. 지니어스 공, 이 땅을 전화(戰火)에 노출시키는 것은 곤란합니다. 그런 일이 일어나버리면 귀공과의 관계도 다시 검토해야 합니다. 저로선 귀공과 인연

이 계속 이어지지 않는 것은 아쉽지만, 새로운 여왕이 될 손녀딸과는 앞으로도 좋은 관계를 유지하고 싶습니다. 갈리아스 공작가가 후의를 베풀어주신다면 우리 실베리아 왕국도 태평성대를 이룰 테니까요."

고개를 끄덕이면서 그렇게 말하던 자는 아밀라의 아버지, 반즈 후작이었다. 이성을 잃은 딸이 수단방법을 가리지 않는 행동으로 옮기기 전에, 후작이 스스로 움직여서 정보를 모았다. 그리고 지니어스의 목적이 여왕의 남편 자리가 아니라는 것을, 귀족의 본능이라고도 부를 수 있는 후각으로 꿰뚫어 본 것이다.

그리고 반즈 후작은 손녀딸을 여왕의 자리에 앉히기 위한 도박에 나섰다. 지니어스와 접촉하여 그의 본심을 캐물어보기로 한 것이다.

그 결과, 반즈 후작은 지니어스에게 인정을 받아 그의 속마음을 들을 수 있게 되었다.

블랑쉐를 본국으로 데리고 돌아가려는 지니어스와 블랑쉐가 방해가 되기 때문에 실베리아 왕국에서 쫓아내고 싶은 반즈 후작. 서로의 이해관계는 일치했기에, 손을 잡게 된 것이다.

그런 반즈 후작이었기 때문에, 더더욱 이제 와서 새삼스레 제국과 전쟁이 벌어지게 되는 것은 피하고 싶다는 게 본심이었다.

"그럼 반즈 후작. 이 나라의 귀족들은 장악된 것이라고 봐도 되겠소?"

"물론이고말고요. 왕과 블랑쉐 본인이 반대하더라도 귀족들의 대부분이 지니어스 공의 편입니다."

아직 젊어서 작위도 지니지 못한 지니어스에게 반즈 후작이 정

중하게 대응했다. 그게 바로 대국과 소국의 절대적인 입장차이라고 할 수 있었다.

반즈 후작에게 있어선 본의가 아니었지만, 손녀딸의, 나아가선 자신의 권세를 위해서, 이 자리는 웃으면서 대응할 것을 염두에 두고 있었다.

그런 반즈 후작의 사정쯤은 이미 다 꿰뚫어 보고 있는 지니어스도 아무것도 모르는 듯한 태도로 미소를 보였다.

"그럼 됐소. 그럼 결행할 때는 언제가 되겠소이까?"

빨리 본국으로 돌아가고 싶은 지니어스의 입장에선 빠르면 빠를수록 좋다. 그러나 지금까지 참으면서 신중하게 계획을 진행시켜 놓고, 마지막의 마지막에서 실패한다는 것은 멍청한 짓이다.

계획을 반드시 성공시키기 위해서라도 결행할 날짜를 잡는 것은 중요했던 것이다.

"그렇군요……."

"군의 움직임에 대해서 말씀드리자면, 앞으로 며칠만 있으면 포위가 완료된다고 하더군요."

"다음 축제일이 블랑쉐 왕녀가 열여섯 살이 되는 생일이죠. 우리나라에선 열여섯 살이면 성인으로 인정하며, 혼인을 허용하게 됩니다. 그날은 대부분의 귀족이 축하하러 모일 것이니, 적당하지 않겠습니까?"

"후후후. 역시 반즈 후작이시군. 처음부터 그날을 예정하고 있었다는 것을 언제 알아차렸소?"

"하하하, 우연일 뿐입니다."

"뭐, 됐소. 그렇다고 치고 넘어갑시다. 그럼 결행할 날짜는 그

축제일로 합시다. 이의는 없겠지?"

"넷!"

"잘 알겠습니다."

"그렇게 하시죠."

세 명의 남자들의 동의를 얻으면서, 작전 결행일이 승인되었다.

반즈 후작이 맨 먼저 나간 뒤에, 방에는 제국에 소속된 자들만 남게 되었다.

"그건 그렇고 참으로 어리석은 남자로군. 머리는 좋고, 귀족치고는 일류이겠지만 말이야."

"그렇습니다. 이 나라의 최고의 보물이라고 불리는 블랑쉐 왕녀를 이렇게 바로 포기하려고 들 줄이야. 차기 여왕의 지위 따위는 아무런 의미도 없는데 말이죠."

"진홍색의 눈은 저주의 증표. 은백색의 머리카락은 그 불길하고 무시무시한 '태초의 악마'를 방불케 하죠. 이렇게까지 특징이 일치하는데도 불구하고, 이 나라의 귀족들은 그 사실을 깨닫지 못하고 있더군요. 어이가 없습니다."

"그렇게 되도록 제국이 계속 공작을 벌이고 있었으니까. 그 악마의 강림을 방해하기 위해서 말이지."

냉철한 표정으로 지니어스가 그렇게 딱 잘라 말했다.

제국에게 있어서 이 땅의 악마는 눈엣가시였다.

멋대로 인간계에 개입하는 데몬(악마족)은 그 성질에 따라 크게 셋으로 나뉜다. 교섭이 가능한 자와 불가능한 자. 그리고 기분에 따라 변덕스럽게 행동하는 자다.

이곳 실베리아 왕국을 거점으로 삼은 악마들은 교섭이 가능한 것으로 유명했다.

단, 하얀 여왕은 아주 도도하기 때문에 교섭을 위한 테이블에 앉히는 게 우선은 불가능했다.

"2,000년도 더 된 얘기니까 말이죠. 현재까지 정확하게 정보가 전해지는 것도 곤란하겠지만, 그래도 자신들의 나라와 관련된 중요한 안건이므로 대충 얘기할 수도 없으니까요."

실베리아 왕국을 세운 왕이 악마들의 주인인 블랑(태초의 흰색)과 나눈 약속. 그건 블랑이 현세에 강림하는 것을 도와주는 대신, 실베리아 왕국을 수호해주는 것이었다.

그 계약의 증표가 바로, 왕가 특유의 특수한 체질── 만물을 꿰뚫어 보는 '진홍의 눈'이었던 것이다.

저주받은 피를 계승하여, 마력을 점점 키워나간다. 그리고 '태초의 악마'에 어울리는 육체를 지닌 자손이 탄생했을 때엔 그 몸을 빙의할 육체로 삼아서 블랑이 강림하도록 되어 있었다.

제국은 다양한 수단을 동원한 첩보활동을 벌여서, 이 밀약의 내용을 밝혀냈다. 그리고 아주 오래전부터 악마들에게 선수를 칠 준비를 진행시키고 있었던 것이다.

"그래서 말입니다만, 지니어스 님. 블랑쉐 왕녀는 향후에 어떻게 다루실 것인지 생각해두셨습니까? 정말로 아내로 맞으실 것인지요?"

"멍청한 소리 하지 말게. 몇 년 정도는 가지고 놀면서 즐길 생각이지만, 만일의 경우에라도 아이가 생기면 곤란해. 그렇게 되기 전에 죽도록 만들 생각일세."

"그 말을 듣고 안심했습니다. 역시 저희도 악마의 특징을 갖춘 여자를 저희의 주인으로 모시고 싶지는 않으니까요."

"하하하, 약간 아깝다는 생각은 듭니다만, 화근은 미리 제거해 두어야죠."

"알고 있네. 왕가의 핏줄만 제거해버리면 '태초의 악마'라고 해도 아무것도 할 수 없지. 그 붉은 마왕과는 달리 '흰' 여왕은 취향이 너무 까다로우니까 말이야. 그 덕분에 우리도 도움을 받고 있는 셈이지만……."

"어찌 됐든 이걸로 실베리아 왕가의 피도 끊어지게 되겠군요."

"그러면 아셸라 왕녀는──?"

"그건 듣지 않는 게 자네에게 좋을 걸세."

"하하하, 이거 실례했습니다. 저는 아무것도 듣지 않았습니다."

"그게 바로 정답이네."

그렇게 남자들의 밀담은 계속 이어졌다.

작은 벌레 한 마리가 창틀에 붙어 있는 것을 알아차리지도 못한 채…….

*

블랑쉐가 열여섯 살이 되는 생일.

그것은 '붉게 물든 호반사변'이 시작된 날──.

블랑쉐는 후회하고 있었다.

마음의 벗인 블랑으로부터 충고를 받고 있었는데도, 괜찮다고

생각하며 웃고 넘겼던 것을.
“나와 함께 가주겠소, 블랑쉐?”
“하지만 지니어스 님, 저는 이 나라에서 부왕 폐하의 뜻에 따라야 합니다. 이 나라를 조금이라도 더 나아질 수 있게 만드는 것이 저의 사명이고, 당신도 그걸 지지해주실 거라고 맹세해주시지 않았던가요?”
“블랑쉐, 잘 생각해보시오. 나도 당신이 이 나라를 위해서 노력하는 것은 찬성이오. 내 조국으로 돌아간 뒤에라도 경제면이나 문화적인 교류를 통해서 얼마든지 실베리아 왕국의 발전에 기여할 수 있지 않겠소? 당신이 마음먹기에 따라서 그것도 충분히 도움이 되는 행동이라고 나는 생각하는데, 당신은 어떻게 생각하오?”
“하지만…….”
블랑쉐는 어제까지 여왕이 될 자신을, 지니어스가 뒤에서 받쳐줄 것이라고만 생각하고 있었다.
지니어스는 평소에도 늘 그런 태도를 유지하고 있었으며, 자신을 지원하겠다고 약속해준 귀족들도 여왕의 자리에 어울리는 자는 블랑쉐라고 보증해주고 있었기 때문이다.
먼 옛날, 곤궁에 빠져 있던 백성들에게 손을 내밀어준 블랑과의 약속을 이뤄주고, 이 나라에 진정한 여왕을 탄생시키기 위해서.
이 나라의 비원이 드디어 성취될 것이라고, 모두가 그렇게 바라고 있을 것이라고 믿고 있었다.
당혹스러워 하는 블랑쉐.
지니어스의 제안은 제국으로 블랑쉐를 데려가겠다는 것이었다. 그건 블랑쉐의 입장에서 보면 결코 허용할 수 없는 얘기였다.

그리고 지니어스는 지금까지 한 번도 그런 생각을 입 밖으로 꺼낸 적이 없었던 것이다. 그렇기 때문에 지금의 상황은 청천벽력이었으며, 블랑쉐가 혼란에 빠지는 것도 무리가 아니었다.

그리고 이 자리에 모인 대부분의 귀족들이 지니어스의 발언을 지지하고 있었다.

이것도 또한 블랑쉐의 입장에선 뼈아픈 배신행위였다.

(그럴 수가…… 나는 모두에게 필요했던 사람이 아니었단 말이야?)

갑작스러운 사태에 처한 블랑쉐의 마음이 그런 생각과 함께 절망에 휩싸였다.

"그렇겐 안 된다! 블랑쉐를 외국으로 내보낸다니, 절대 허락할 수 없다!!"

그때 블랑쉐의 아버지인 국왕이 소리쳤다.

늘 평소에도 말수가 적었으며, 이 나라를 위해서 분골쇄신으로 일해왔던 국왕이 열화와 같은 분노를 보이면서 지니어스를 노려봤다.

"네 이놈, 처음부터 블랑쉐를 데리고 나가는 것이 목적이었느냐. 제국도 참으로 더러운 짓을 하는구나."

"무슨 말씀이십니까. 이 제안은 양국에게 다 이익이 될지언정 손해가 되진 않습니다."

"멍청한 소리! 이, 이 나라는 먼 옛날부터——."

"설마 국왕폐하이신 분이 그런 곰팡내 나는 미신을 믿고 계시진 않겠지요? 만약 그렇다면 모든 분께 웃음거리가 될 겁니다."

격노하는 국왕을 비웃듯이, 지니어스가 익살스러운 태도로 그렇

게 대꾸했다. 그에 맞춰, 귀족들 사이에서도 실소가 흘러나왔다.

표면상으로는 왕의 편이었던 귀족들까지도 그런 분위기에 동조하고 있었다. 모든 것은 이날을 위하여 지니어스가 사전에 손을 써둔 결과였다.

이미 블랑쉐의 생일을 축하하는 분위기가 아니었다.

"네, 네 이놈…… 우리나라를 안쪽에서……."

"폐하, 당신은 사람이 너무 좋으셨던 겁니다. 자신의 가신들은 배신하지 않을 것이라고, 이 나라의 백성들은 혈연으로 맺어져 있다고, 그렇게 믿고 계셨겠죠. 하지만 말이죠, 그런 건 환상입니다. 인간이란 생물은 자신의 이익을 위해서라면 뭐든지 하는 존재란 말입니다. 자신의 안전과 재산이 보장되고 향후의 번영이 약속된다면, 이렇게 태연하게 나라를 팔아넘기죠."

"우리를 우롱하지 마라! 그런 매국노가 있다는 것은 인정하마. 하지만 우리나라의 백성들은 블랑쉐가 여왕이 될 것을 바라고 있다!!"

"글쎄, 과연 그럴까요? 폐하, 좀 더 현실을 향해 눈을 돌려보십시오. 제 장인이 되실 분이 그렇게 구신다면 앞날이 불안해지니까 말입니다."

"뭐라고?!"

"사흘의 말미를 드리죠. 그때까지 블랑쉐 왕녀를 내놓으십시오."

"잠깐, 그런 얘기를 받아들일 것이라고――."

"폐하, 지금은 지니어스 공의 제안을 받아들이시죠. 블랑쉐 왕녀가 지니어스 공의 부인이 됨으로써 제국과의 관계도 더욱 양호해질 것입니다. 그리고 여왕의 자리는 제 손녀딸이 맡을 것입니다."

"그래요, 아버님. 저라면 언니 이상으로 훌륭한 여왕이 될 수 있다고요!"

반즈 후작이, 그리고 아쉘라 왕녀가 차례로 발언하면서 왕의 말을 가로막아버렸다. 이건 원래는 무례하기 짝이 없는 행동이며, 용서받을 수 없는 중죄였다. 그러나 그 행동을 비난하려는 귀족은 없었다.

극소수의 양식 있는 자들도 주위에 있는 반즈 파벌의 귀족들이 노려보자 입을 닫을 수밖에 없었던 것이다.

자신이 놓인 입장을 정확히 이해하면서, 왕은 분한 마음에 얼굴을 일그러트렸다. 그런 왕을 향해 지니어스가 승자의 여유를 가진 태도로 얘기했다.

"방금 전에 했던 얘기 말입니다만, 이 나라의 백성들이 사실은 뭘 원하고 있는지, 내일 조간신문에 그 답이 실릴 것입니다. 그걸 본 뒤에도 늦지 않으니까 이 나라에게 있어서 어떤 것이 정답일지 천천히 생각해보십시오. 그럼 좋은 대답을 기다리고 있겠습니다."

그렇게만 말하고는, 볼일은 끝났다는 듯이 지니어스는 등을 돌렸다.

축하 파티가 벌어지고 있었던 연회장에서 지니어스가 물러나자, 그를 뒤따르듯이 차례로 귀족들이 나갔다. 연회장에 남은 자들은 국왕과 블랑쉐, 그리고 소수의 귀족들뿐이었다.

"이런 말도 안 되는 일이……. 저자들은 지금의 상황을 제대로 파악하지 못하는 건가?"

"이대로 가면, 이대로 가면 나라가 멸망할 텐데……."

그렇게 탄식하는 자들은 누가 보더라도 패배한 자들로밖에 보

이지 않았다——.

다음 날 아침.

왕성에서 가장 엄중한 밀실에, 어제 중단된 축하 파티에 마지막까지 남아 있던 자들이 모여 있었다.

그들 앞에는 왕국에서 발행되는 조간신문이 놓여 있었다. 그것을 읽은 자들의 얼굴은 씁쓸함으로 가득 차 있었다.

제국의 대귀족이 될 지니어스가 블랑쉐 왕녀를 애첩으로 받아들일 것이다. 이건 약혼 같은 것이며, 나중에는 정처로서, 정식 혼인을 거행할 것이다.

기사에는 그렇게 적혀 있었다.

"끝이다. 우리의 신이 이런 배신을 허용할 리가 없어——."

그렇게 말하면서 왕이 자신의 몸을 의자에 깊이 파묻었다.

"아버님!"

"미안하구나, 블랑쉐. 내가 너를 좀 더—— 용서해라."

"아뇨, 아니에요! 아버님에겐 아무 잘못이 없습니다. 제가 너무 어린아이였어요."

"무슨 말을 하는 것이냐. 열여섯 살이라곤 해도 너는 아직 어린아이다. 그런 너에게 이런 괴로움 심정을 맛보게 만들었구나."

"그럴 리가요! 제가, 지니어스 님을——."

"이제 됐다. 된 것이다. 그보다도 지금은 앞으로의 대책을 세우는 것이 선결과제이다."

그 말을 신호로, 이 자리에 불려온 자들이 차례로 입을 열었다.

재상이 말했다.

"백성들도 기사의 내용을 믿고 있습니다. 공주님이 애첩과 같은 대접을 받는 것에 아무런 의문을 느끼지 못하는 것 같더군요. 이 나라가 더 큰 발전을 이룩할 것이라고, 그렇게 믿어 의심치 않으면서 들떠 있다고 합니다."

궁정마술단장이 말했다.

"폐하, 어젯밤에 조사해본 결과, 우리나라의 주변은 제국군에 의해 포위되어 있었습니다. 우리나라의 민중을 자신들의 아군으로 받아들인 이상, 나중에 어떻게든 전쟁의 이유를 새로 만들어 내서 둘러댈 수 있습니다. 대의명분도 또한 제국 측에 있는 것으로 생각해도 틀리지 않을 것입니다."

군의 장관이 말했다.

"솔직히 말씀드려서, 우리 군의 힘만으론 승부가 되지 않습니다. 그 이전에 군인 중에도 제국에 영합하는 자가 나올 것입니다. 싸우기 전부터 우리는 패배한 상태입니다……."

상황은 절망적이었다.

그러나 그래도 이대로 제국의 말을 순순히 따를 수는 없었다.

"제국에게 무릎을 꿇을 순 없다. 그런 짓을 하면 오래된 계약을 어기는 짓이 될 것이다. 제국에게 유린당하는 것보다도 비참한, 상상을 초월하는 참극이 일어날 것이다!"

"그 말이 맞습니다, 폐하! 우리의 신은 무시무시한 분. 약속을 위반하면 죽음보다 무서운 처벌이 기다리고 있을 것입니다!"

"그걸 잊어버린 귀족들이 설마 그 정도로 많았을 줄이야. 탄식이 나올 뿐이로군."

"이기지 못한다고 해도 저항합시다. 우리의 성의를 보여주면

신도 자비를 베풀어 주실지도 모릅니다."

실베리아 왕국은 오랜 계약으로 묶여 있던 나라였다.

신── 악마와의 계약을 휴지조각으로 만들어버리면 육체적인 죽음보다 두려운 처벌이 기다리고 있을 것이다. 그것을 알고 있는 자들이기에 더더욱 지금은 제국의 요구에 따라서는 안 된다고 말했던 것이다.

비록 나라가 멸망하게 될지라도…….

"신을, 신을 소환하죠. 그리고 우리도 똘똘 뭉쳐서 멸망에 대비해야 하지 않겠습니까."

궁정마도사단장이 평온한 목소리로 그렇게 말했다.

고개를 끄덕이는 일동.

최후의 심판이 내려질 때까지는 이제 얼마 남지 않았다──.

아버지랑 이 자리에 있는 사람들의 목소리를 멀리서 들으면서, 블랑쉐의 마음은 비탄으로 물들어 있었다.

『나 때문이야. 내가 블랑의 충고를 듣질 않았기 때문에…….』

『그렇지 않아, 블랑쉐. 내 힘이 완전하지 않았기 때문이야. 그러니까 너는 아무것도 마음에 두지 않아도 돼.』

『아니야, 아니라고! 그것도 내가 친구가 되고 싶다고 부탁했기 때문이잖아.』

『진정하렴, 블랑쉐──.』

『미안해, 블랑. 역시 나를 필요로 하는 사람은 아무도 없었어. 지니어스 님도, 이 나라의 백성들도…….』

『나는 네가 필요해.』

『고마워. 정말로, 지금까지 고마웠어, 블랑.』

『블랑쉐, 너, 지금 뭘——?!』

블랑이 당황하는 일은 이 세상에 탄생한 후로 처음 있었던 일일지도 모른다.

『블랑의 힘이 제한을 받은 것도 나와의 약속 때문이지? 이 나라와 한 계약을 계속 지켜줘서 정말 감사하고 있어.』

『멈춰, 블랑쉐! 계약 같은 건 어찌 되든 상관없어. 나에게 소중한 건——.』

『고마워, 그리고 미안해. 나는 너처럼 강하지 않아. 하지만 말이지, 딱 하나 기쁜 게 있어. 내 몸을, 네가 써줄 거라는 거야. 그것만으로도 나는 만족해. 그러니까 말이지, 블랑. 너는 자유롭게 살아가——.』

그리고 블랑쉐의 '영혼'은 약속이 성취되는 것을 승인했다.

계약의 의거하여, 블랑쉐의 육체는 블랑에게 양도되었다. 그리고 블랑쉐의 영혼은 아름다운 광채를 발산하면서 블랑의 손에 들어왔다.

『아아, 블랑쉐. 착하디 착한 나의 블랑쉐. 정말 좋아해. 정말 좋아했단다. 나의 최초의 친구. 그런 너를 지켜주지 못했으니, 나는 얼마나 무력한 존재란 말인지——.』

강력한 악마들의 여왕——블랑(태초의 흰색)이 자신의 무력함을 한탄했다. 그 광경은, 그녀를 아는 자가 봤다면 믿을 수 없었을 것이다.

아무도 보지 못했지만, 그것은 현실이었다.

왕의 눈으로도 알아보지 못한 상태에서, 블랑은 블랑쉐의 육체

를 손에 넣었던 것이다.

*

앞으로의 대책을 의논하는 왕과 신하들 앞에서 맨 처음 반응을 보였던 것은 궁정마술사단장이었다.

"시, 신의…… 신의 목소리가 들려──?!"

그렇게 소리치면서, 망연자실한 표정으로 앉아 있던 블랑쉐를 향해 손을 뻗었다. 그리고 자신의 마력을 전부 주입한 마법진을 지면에 그리더니, 악마소환의 의식을 시작했다.

"뭘, 뭘 하려는──."

왕이 그렇게 물어보는 목소리가 끝나기도 전에.

"여러분, 평안하신가요."

블랑쉐가 일어섰다.

아니.

그건 블랑쉐가 아니었다.

블랑쉐에 깃들어 있던 블랑이었다.

모두가 그 사실을 이해했고, 그 자리에 엎드렸다. 그러던 중에 왕만이 일어나서 입을 열었다.

"시, 신이여! 왜 지금 나타난 것인가? 아직 블랑쉐와의 약속이……."

"안됐군요. 그 약속 말인데, 방금 전에 성취되어 버리고 말았어요."

"말도 안 돼! 내 딸이, 블랑쉐가 죽을 때까지 지켜보겠다고──!"

"조금 조용히 해주세요. 시끄러우니까."

블랑의 말 한 마디를 듣고, 왕은 입을 다물었다. 하지만 그 표정에는 약속이 깨진 것에 대한 분노가 담겨 있었다.

하지만.

그런 왕의 분노는 그 이상으로 깊고 큰 분노 앞에서 산산이 흩어지게 되었다.

그 분노의 주인은 말할 것도 없이—— 블랑이었다.

"어리석은 인간들 탓에 내 즐거움을 빼앗기고 말았군요. 이건 속죄하지 않으면 안 될 큰 죄라고 생각하는데, 당신의 의견은 어떤가요?"

공포로 굳어지는 왕.

왕만이 블랑의 격노를 알아차리고 말았다.

"시, 신의 뜻대로 하시길——."

그렇게 대답하는 것만으로도 한계였다. 왕은 그대로 힘을 다 쓰고 의자에 쓰러지듯 주저앉았다.

"착한 아이군요. 저와의 약속을 지켜준 당신들에겐 괴로움이 없는 죽음을 선사해드리죠. 하지만 말이에요——."

약속을 어긴 자들은 어떻게 된다는 것인가?

그걸 물어보고 싶다고 생각하는 자는 이 자리에는 누구 하나 존재하지 않았다.

그리고——.

이 자리에 있던 자들은 행복했다.

앞으로 일어날 참극을 알 필요도 없이, 평온한 마음을 유지한 채 신의 곁으로 여행을 떠났으니까.

"자아, 연회를 시작해볼까요."

블랑의 명령에 따라 이 자리에 있는 시체에 악마들이 깃들었다.

참극의 막이 올랐다——.

블랑은 격노하여 금단의 마법을 구사했다.

계약을 존중하면서 지키고 있던 사람들에겐 편안한 죽음을, 배신자에겐 끝없는 고통을. 몸에 있는 모든 구멍이란 구멍에서 피를 흘리면서, 이 나라가 멸망해가는 모습을 그 눈에 새기도록.

그 저주의 효과는 블랑이 지배하는 곳의 전역에 영향을 미쳤다. 즉, 이 나라에 사는 자들은 이 저주에서 벗어날 방법이 전무했던 것이다.

그것만으로는 블랑의 분노는 진정되지 않았다.

"그 어리석은 자들을, 내 눈앞까지 끌고 오세요."

지금의 블랑을 상대로, 의견을 올릴 수 있는 부하는 존재하지 않았다. 오래된 측근——공작급의 악마라 할지라도, 블랑의 역린을 건드리면 처분될 것이 뻔했기 때문이다.

""""알겠습니다.""""

그 말을 남기고, 악마들은 각지로 흩어지기 시작했다.

그리고 기다리길 몇 분.

"내가 누구인지 알고 이러는 것이냐! 네 이놈, 모습을 보여라!!"

오만하게도, 그리고 어리석게도 그런 말을 입에 올리면서, 최초의 어리석은 자가 끌려왔다.

"어머나, 맨 처음은 당신인가요, 반즈 후작."

"너는 블랑쉐냐! 어째서 네가 그 의자에 앉아 있는 거지?! 그 의

자는 폐하에게만 허용된 지고의 옥좌란 말이다!!"

"시끄럽네요. 소인배답게 아주 잘 짖네요."

"뭐, 뭐라고? 어린 계집애 주제에 감히 날 보고── 어……?!"

위세가 좋았던 반즈 후작이었지만, 블랑의 눈을 보는 것만으로 심장에 찬물을 끼얹은 것 같은, 등줄기가 얼어붙는 것 같은 감각을 맛봤다. 그리고 냉정해지면서 주위를 둘러봤다.

그곳에는 있어야 할 자들의 모습이 보이지 않았다.

지니어스의 책략에 패배하여, 이 자리에서 탄식밖에 할 수 없었을 패배자들의 모습이.

여기 있는 것은 단 한 명, 눈앞에 있는 블랑뿐이었다.

"블랑쉐는 이제 없답니다. 당신의 그 어리석은 머리로도 제가 하는 말을 이해할 수 있을까요?"

그 말을 듣고서야 비로소 반즈 후작도 블랑의 분위기가 이상하다는 것을 알아차렸다.

블랑쉐는 아름다운 여자애였지만, 지금은 '아름답다'는 말로는 표현할 수 없을 정도로 대단했다.

눈보다 흰 머리카락이 옥좌를 장식했으며, 그 진홍색의 눈이 반즈 후작을 내려다봤다.

칠흑의 드레스 사이로 투명하게 느껴지는 흰 살결이 슬쩍 보였다. 그러나 그 요염한 모습은 욕정을 일으키기보다 외포(畏怖)의 감정을 먼저 일으켰다.

인간의 영역을 벗어난 아름다움.

그걸 깨달은 반즈 후작은 눈앞에 있는 존재의 정체를 짐작하면서 할 말을 잃었다.

"서, 설마……."

"이제 얌전해졌군요. 거기서 조금만 더 기다리세요. 이제 곧 당신의 친구들이랑 가족 분들도 초대해서 축하파티를 열 테니까요."

반즈 후작에게 거부권 따위는 없었다.

싫다고 대답하지도 못한 채, 옥좌 앞에서 구속되었다.

그리고 몇 분의 시간이 더 지나갔다.

"잠깐! 내가 누구인 줄 알고 이러는 거죠?!"

소란스럽게, 반즈 후작과 비슷한 말을 입에 올리는 여성이 한 명.

"무슨 짓을 하는 거예요! 내가 차기여왕이라는 걸 알고 이런 무례한 짓을 하는 건가요?!"

오만한 태도를 유지한 채, 자신이 처한 상황조차 파악하지 못하는 어리석은 소녀가 한 명.

블랑의 앞으로 끌려왔다.

"피는 속일 수 없군요. 그 아이의 피가 한 방울이라도 흐르고 있다면 당신도 조금은 쓸 만한 인간이 되었을 텐데."

그 피를 이어 받아온 왕이라 하더라도 지금의 블랑에겐 살려둘 가치가 없었지만. 그런 건 완전히 잊어버린 듯한 표정으로, 블랑은 연행되어 온 자들을 슬쩍 바라봤다.

"블랑쉐, 당신은 거기서 뭘 하고 있는 거죠?!"

"언니, 자신의 입장을 제대로 파악하시죠. 제국의 대귀족의 아내라는 건 단지 허울일 뿐, 아무런 뒷배도 지니지 못한 언니는 결국 죽게 될 거라는 걸 이해하지 못하는 건가요?"

자신의 입장을 파악하지 못하고 있는 어리석은 자가 블랑에게

대들고 있었다. 그 어리석음은 블랑이 눈으로 응시한 순간, 칼날이 되어 자신의 몸에게 다시 돌아왔다.

"괴, 괴로워! 숨이, 숨이이――!"

"꺄아아아――!! 부, 불타고 있어. 내 얼굴이, 내 피부가 불타고 있어――!!"

"볼썽사납군요. 제 친구를 끝까지 괴롭힌 당신들은 그리 쉽게 용서하진 않겠어요."

그 냉철하고 냉혹한 명령을 들은 순간, 아밀라와 아쉘라, 두 사람은 눈앞에 있는 인물이 블랑쉐가 아니라는 것을 깨달았다.

그건 너무나도 때늦은 이해였다. 애초에 좀 더 빨리 깨달았다고 하더라도 블랑이 용서해줄 일은 없었겠지만.

"당신들도 거기서 마지막 손님이 도착하실 때까지 기다리세요."

그렇게 지시하는 블랑의 눈에는 추한 모습을 드러내는 여자들 따위 비치고 있지 않았다.

최후의 한 사람, 가장 큰 죄를 지은 남자에 대한 증오만이 그 눈 안에서 불타고 있었던 것이다.

*

지니어스는 모든 결과가 제 생각대로 된 것에 만족하면서, 낮부터 유쾌한 기분으로 술을 마시고 있었다.

국경까지 전이마술로 날아온 덕분에 몸은 그리 심하게 피곤하진 않았다. 오히려 어젯밤에 느낀 승리의 쾌감을 잊지 못한 상태에서, 충실한 기력이 느껴질 정도였다.

"작전은 성공이로군요. 이제 이틀 후에 블랑쉐 왕녀를 받아들이기만 하면 됩니다."

"만약 거절한다면 군을 보내서 연행하도록 하죠."

"음. 백성들도 이제 나의 편이네. 부디 큰 피해가 생기지 않도록, 군에겐 철저하게 얘기를 전해놓도록 하게."

"잘 알겠습니다. 이 땅도 이제 곧 지니어스 님의 것이 될 겁니다. 백성들을 힘들게 하는 행동은 자제해야겠죠."

"그렇게 해주게."

그렇게 말하면서, 지니어스는 기분 좋은 표정으로 웃었다.

그런 지니어스의 행복은 갑작스러운 난입자에 의해 강제적으로 종료되었다.

"우리 여왕께서 당신을 초대하셨습니다. 우리와 같이 가주셔야겠습니다."

"저항은 헛수고이고, 방해할 자들도 이미 다 제거했어."

그 두 사람은 인간의 영역을 벗어난 힘의 화신이었다.

"호위병들은 뭘 하고 있나?!"

그렇게 소리쳐봤지만, 아무도 방에 들어오지 않았다. 당황하여 어쩔 줄 모르는 그들의 모습을 비웃듯이, 몸집이 작은 자가 비웃으면서 알려주었다.

"말하지 않았던가? 이 방에는 말이지, 내가 '결계'를 펼쳐놓았어. 좀 귀찮을 것 같은 녀석들이 있는 것 같아서 방해를 받고 싶지 않았거든."

순진한 목소리로 들렸지만, 그 내용은 끔찍했다. 지니어스의 측근들은 그 두 사람이 심상치 않은 존재라는 것을 깨달을 수밖

에 없었다.

"그러면 같이 가실까요."

"그렇다고 하네. 그럼 바이바이!"

그리고 두 사람은 주인으로부터 받은 명령을 충실히 수행하기 위해서, 지니어스를 그 자리에서 연행하여 사라졌다.

남은 자들은 당황하면서 부산을 떨었다.

"악마다. 악마들이 우리를 방해했어!"

"군에 알려라! 지니어스 님이 납치되었다!!"

"저건, 저건 어쩌면——."

그리고 군부에 그 정보가 전해졌다.

엄중한 경비를 펼쳤는데도 불구하고 지니어스 차기 공작이 유괴되었다고.

그 주모자는 두 명.

그 정체는 아마도—— 아크 데몬(상위마장)으로 추측된다고.

그런 미증유의 내용이 담긴 보고를 받고, 군부도 또한 대혼란에 빠졌다.

그리고 그 직후.

이번에 군이 동원된 목적은 악마토벌이라는 것으로, 급히 작전명까지 변경되게 되었다.

한편, 악마에게 납치된 지니어스는 어떻게 되었는가 하면——자신의 의지와는 전혀 상관없는 하늘 여행을 여한이 없을 정도로 즐기고 있었다.

처음에는 저항했던 지니어스. 본인의 실력은 B랭크 수준이며,

그 젊은 귀공자는 문무양도에 전부 우수하다는 평판을 받고 있었다.

사실 B랭크 정도라면 군부에서도 위관 이상의 수준이며, 상당한 실력자로 인식되고 있었다. 그런 지니어스였기 때문에 악마 한두 명쯤은 쓰러트릴 수 있을 것이라고, 조금은 상황을 안일하게 생각했었다.

그랬는데, 그런 생각은 곧바로 박살이 났다.

이 두 명은 전투태세를 갖춰놓은 군대 안으로 난입하여 엄중하게 경비되었던 지니어스를 납치한 것만 봐도 알 수 있듯이, 범상치 않은 실력을 가진 개체였던 것이다.

"제길, 날 어떻게 할 생각이냐?"

"아래를 봐라."

그 말을 듣고 아래를 본 지니어스는 너무나도 처참한 광경을 직접 눈으로 보게 되었다.

고통스러운 표정을 지은 채, 몸에 있는 모든 구멍에서 피를 흘리면서 괴로운 몸짓으로 꿈틀거리는 사람, 사람, 사람들.

가지런하게 정비된 거리는 피로 물들었으며, 사람들이 흘린 피는 호수로 흘러들고 있었다.

호수가 붉게 물들 정도로.

"——뭐야?!"

자신도 모르게 말문이 막혔지만, 곧바로 제정신을 되찾았다.

"이 빌어먹을 악마! 네놈들은 역시 이 세상에 있어선 안 되는 존재로구나! 이 땅의 백성들은 네놈들의 주인과 계약을 맺었을 텐데. 그런 자들을 이리도 쉽게 산 제물로 삼았단 말이냐?!"

그 말을 듣고, 몸집이 작은 악마가 고개를 저었다.

"아닌데. 이건 네 행동이 자초한 결과이거든?"

"내 행동이 자초한 결과라고?!"

"응. 네가 말이지, 이 나라의 백성들이 이렇게 되도록 꾸민 거잖아. 우리의 주인의 맹우이신 블랑쉐 님을 배신하도록 유도하여, 이 나라에서 쫓아내도록 시켰기 때문이잖아."

"그, 그건……."

"배신자는 필요 없어. 그걸 말리지 않은 자들도 같은 죄야."

"잠깐! 어른은 그렇다 쳐도 어린아이까지 말인가? 순진무구한 아기들도 있었을 텐데. 그런데도 네놈들은 몰살시키려 하고 있단 말이다!"

"그래서?"

"그래서, 라고?"

"말했잖아. 같은 죄라고. 애초에 우리의 주인은 지금은 아주 상냥해지셨거든. 죄가 없는 자에겐 고통을 주지 않도록 배려하고 계셔."

"그건 정말 놀라웠습니다. 예전 같았으면 절대 있을 수 없는 일이니까요. 아마 블랑쉐 님 덕분이겠죠. 그런 블랑쉐 님도 당신 때문에 돌아가셨습니다. 이 참극을 일으킨 원인은 당신에게 있으니, 밑에서 펼쳐지는 광경을 보고 마음에 새겨두도록 하십시오."

그 말을 듣고, 지니어스는 곤혹스러워했다.

지니어스도 그 성격이 극악한 건 아니었다. 이기적이고 귀족적인 사고방식이 몸에 배어 있긴 했지만, 백성이 있기 때문에 귀족이 존재한다는 사상을 가진 군주이기도 했다.

백성의 삶을 향상시키고, 오락거리를 제공하여 지지율을 고정적으로 확보하며, 적당하게 불평이 나오지 않을 수준의 강도로 노동을 하도록 시킨 뒤에 세금을 짜내어 징수한다. 그런 생각을 하고 있었기 때문에, 백성들이 학살당하고 있는 현재의 상황을 보고 마음이 동요하고 말았던 것이다.

(나, 나는 잘못한 게 없어! 잘못한 게 없다고!)

그렇게 자신을 타이르면서, 마음의 평온을 유지하려고 했다. 하지만 그런 여유를 가질 수 있었던 것은 악마가 뒤이어 한 말을 듣기 전까지였다.

"같이 휩쓸린 주민들은 안 됐어. 하지만 말이지, 원인이 된 너는 이 정도로 끝나지 않을 거라고 생각해. 그러니까 쉽게 마음이 망가지지 않도록 지금부터라도 각오해두고 있어."

지니어스는 현실을 깨달았다.

어느새 바로 앞까지 다가와 있는 무시무시한 현실을.

"시, 싫어. 살려다오. 날 놓아줘!"

"당연히 그렇겐 안 되지. 그런 짓을 하면 우리가 사라지게 되는걸."

작은 몸집의 악마가 정말 싫다는 표정을 지으면서 대답했고, 또 다른 악마도 그에 동의했다.

그리고 지니어스는 여왕 앞으로 끌려오게 된 것이다.

마음이 부서지고, 자존심도 꺾여버리면서, 지니어스의 기력은 이미 바닥이 나 있었다.

"어머나, 그 잘생긴 외모가 엉망이 되었잖아요. 그렇게 울면서

소변까지 지리다니 어쩌다가 그렇게 된 건가요?"

"살려주세요. 부탁입니다. 제발 절 그냥 보내주세요."

훌쩍훌쩍 울먹이면서 지니어스가 호소했다.

그 말을 들은 블랑은 유쾌한 미소를 깊게 지었다. 하지만 그 눈에 존재하는 증오의 불꽃은 한층 더 기세를 높이면서 격렬하게 빛나기 시작했다.

"멍청하긴. 당신이 용서를 받을 리가 없잖아요. 하지만 말이죠, 당신은 운이 좋아요."

"네?"

블랑의 말을 듣고, 지니어스가 희망을 품으면서 고개를 들었다.

그곳에 존재하는 것은 사악한 미소.

"벌을 받을 자는 당신만 있는 게 아니거든요. 그러니까 적어도 쓸쓸하지는 않을 거예요."

블랑이 시선을 돌린 곳에는 지니어스의 동료들의 모습이 있었다.

공포과 번민의 표정을 지은 채, 온몸이 추하게 문드러진 남녀의 모습이.

옷도 이미 전부 벗겨져 있었으며, 그들이 원래는 상위귀족이라는 것을 알아볼 수도 없는 모습이었다.

"시, 싫습니다! 용서, 용서해주세요!!"

"안 돼요. 자, 그럼 멍청이 씨. 당신은 거기서 죽는 것도 허용되지 않는 저주를 받고 괴로워하세요."

명랑하게, 그리고 무시무시하게. 그 아름다운 목소리가 지니어스에게 전달되었다.

"안 돼애——!!"

그 절규를 마지막으로, 지니어스의 의식은 공포와 괴로움으로 완전히 물들었으며—— 그리고 필설로도 다 표현할 수 없는 지옥을 맛보게 되었다.

*

그 후, 실베리아 왕국 안으로 돌입한 제국군은 무시무시한 광경을 보고 공황상태에 빠지게 되었다.

그리고 벌어지기 시작한 악마들과의 처절한 전쟁.

그 싸움에 승리한 뒤에, 정예병들이 왕성으로 향했다.

그리고 거기서 블랑과 대치했다.

그때 블랑은 복수를 다 끝내놓고 지독하게도 허무한 기분에 사로잡혀 있었다. 그런 상태에서 전투가 벌어졌기 때문인지, 싸울 마음이 전혀 없었다.

(허무하네. 블랑쉐도 사라졌으니, 내 놀이터였던 이 왕국도 이젠 끝났어. 이 땅에 집착할 필요가 없어졌단 말이지——.)

그런 생각을 하면서, 제국의 기사들과 대치한 블랑.

"방심하지 마라! 상황을 통해 판단하건대, 적은 '태초'의 '흰색'이다, 하지만 겁내지 마라! 비록 블랑(태초의 흰색)이 상대라고 해도, 우리의 삼위일체가 질 리가 없다!!"

위세가 좋은 기사들을 보고도 블랑은 싸울 마음이 전혀 들지 않았다.

(귀찮네. 그리고 이길 순 있겠지만 블랑쉐의 몸에 상처가 생기는 건 싫단 말이지. 이 땅에서 그 아이가 편안히 잠들기 위해서라

도, 이 자리는 얌전히 물러나도록 할까.)

블랑은 시작부터 싸울 의사를 포기하고 내던진 상태였다.

그건 블랑을 상대하고 있던 기사들에게 있어선 요행이었다.

그들의 정체는 제국의 최고전력인 임페리얼 가디언(제국황제 근위기사단)이었다. 그러나 그 정도로의 실력을 가지고도 흰색 여왕의 적이 될 수 없었다.

이 자리에서 블랑이 진심을 다해서 싸웠더라면 제국군은 몰살당했을 것이다. 그렇게 되지 않았던 행운을 알아차리지도 못한 채, 그들은 자신들이 승리했다고 믿었다.

그리고 블랑은──.

자신이 깃들어 있던 육체에서 빠져나와 현세를 떠난 뒤에, 블랑쉐에게 마지막 작별인사를 하고 있었다.

블랑쉐의 육체가 누구의 손에게도 넘어가는 일이 없도록, 아름다움을 유지한 채 썩는 일이 없도록, 공을 들여 봉인술식을 걸어준 뒤에 이 땅에 매장했던 것이다.

"잘 자렴, 블랑쉐. 네가 편안하게 잠들 수 있도록, 거기서 쓸쓸하게 지내지 않도록, 약속을 지킨 자들의 '영혼'도 함께 보내줄게."

수많은 영혼이, 환상적인 빛을 발하면서 블랑쉐의 '영혼'을 감쌌다. 그리고 블랑은 조용히 그것을 해방했다. 영혼을 아주 좋아하는 악마임에도 불구하고…….

"안녕. 또 어디선가 보자꾸나."

어쩌면 블랑은 블랑쉐의 '영혼'을 먹고 싶지 않았던 것인지도 모른다. 그래서 일부러 기사들에게 토벌된 것처럼 가장한 것은

아닐까.

부하들은 그런 식으로 생각했지만, 그 생각을 입에 올리는 자는 아무도 없었다.

바람이 불었다.

그리고 그 자리에서 악마들의 기척은 사라진 것이다.

＊

먼 옛날, 이 땅에는 실베리아라는 이름의 작은 나라가 있었다.

오래된 분위기의 도시가 아름다운 호수를 둘러싸듯이 세워져 있었다.

지금은 이제 그 흔적도 남아 있지 않다.

피에 물든 호반은 붉디붉었으며, 호수는 진홍으로 물들었다.

악마가 크게 웃는 소리가 끊임없이 울려 퍼졌다.

무너진 성은 묘비가 되었다.

저주받은 땅.

아무도 진실을 알지 못한 채, 그 왕국은 멸망하여 사라진 것이다.

⬇➘➡ 큰 컷을 이용한 캐릭터의 전신이랑 클로즈업도 가득♪ 소설판과는 다른 표현법으로 '전생 슬라임'의 세계로 끌어들인다.

주목 POINT

섬세하게 그려진 리무루와 동료들을 보는 것만으로 가슴이 두근거리는 본 작품이지만, 그중에서도 리무루의 일상 패션에는 주목할 필요가 있다! 아름다운 블라우스나 오버올 등, 다양한 패션을 볼 수 있어서 즐겁다. 또한 리리나랑 고부이치 같은 조역 고블린들이 나오는 장면도 많아서, 그런 마물들의 삶도 볼거리 중의 하나이다.

※2019년 1월 일본

넓어지는 전생 슬라임 월드

COMICALIZE

만화

전생했더니 슬라임이었던 건에 대하여

Regarding Reincarnated to Slime

치밀한 묘사로 완전 재현된 '전생 슬라임' 세계를 즐겨라!

카와카미 타이키 작가님이 그리는 만화판 '전생 슬라임'이 코단샤 '월간 소년 시리우스'에서 대호평 연재 중! 본 작품의 깊이 있는 세계가 공을 들인 필치로 생생하게 그려져 있어서, 작품의 이미지를 구체적으로 넓혀주고 있다. 마국연방의 일상에서 박력 있는 전투 장면까지, 어쨌든 볼거리가 가득하다!

↑ ➡ 소설판의 수많은 명장면을 임팩트 있는 비주얼로 즐길 수 있다. 리무루와 동료들이 멋지다 & 귀엽다!

저 같은 사람은 내정담당인데도,
바로 얼굴에 드러나 버리기 때문에….
하하하
본받고 싶어지는 부분이긴 하지.
추욱
배짱 좋게 구는 리그루도라니 왠지 그건 좀 아쉬운데.

뭐, 비주얼 면에서 가장 놀랐던 건 리그루도의 진화였지만 말이야.
네?!
그건 나중에 역사 교과서에 실릴 수준의 사건이었어.
여… 영광입니다!!
진화 전의 리그루도를 만나보고 싶어진 분들은 모두 만화판 제1권을 봐주세요 (광고).

후일담

멋진 드래곤과의 만남… 쪽이 그 교과서라는 것에 먼저 실려야 하는 것 아닌가?
힐끔
……
정말 귀찮게 구네, 이 아저씨.

퍼스트 임프레션(첫인상)

만화 : 카와카미 타이키

일러스트레이터 밋츠바 × 만화가 오카기리 쇼

설정자료집 제2권 간행 기념, 일러스트 담당인 밋츠바 작가님과 스핀오프 코믹 '마물의 나라를 즐기는 법'의 작가인 오카기리 쇼 작가님을 맞이하여 보내드리는 스페셜 토크♪ '세계관을 그린다'는 것을 테마로 삼아, 작화를 하면서 만들어낸 방법이나 좋아하는 캐릭터 등에 대해서 서로 자유롭게 얘기를 나눠주셨습니다!!

(청취 & 구성 TRAP 아오야나기 미호코)

밋츠바
소설 본편의 캐릭터 디자인, 삽화, 표지 그림 담당 일러스트레이터. 소년만화의 에센스도 풍기는 엣지 있는 화풍이 인기를 얻고 있다.

오카기리 쇼
스핀오프 코믹 '마물의 나라를 즐기는 법' 담당. 앤솔로지나 만화판에서 오리지널 작품까지 각 분야에서 실적을 가지고 있는 실력파 만화가.

● 군더더기 없이 솔직하게 듣는 서로의 '첫인상'

—오카기리 씨가 '마물의 나라를 즐기는 법'(이하 '즐기는 법')을 그리게 된 경위에 대해서 말씀해주시겠습니까?

오카기리 데뷔작부터 저와 같이 일하던 담당 편집자 분으로부터, 예전 작품의 준비가 끝나갈 타이밍에 "'전생 슬라임'의 스핀오프 코믹과 관련된 기획이 있는데요"라는 말을 전해 들었습니다. '전생 슬라임'의 원작 소설이 책으로 6권 정도까지 나왔을 때쯤인 것 같네요. 판타지물을 그리고 싶다는 생각하고 있었기 때문에 바로 "하겠습니다!"라고 제 뜻을 전했죠.

—엄청난 기세로 빨리 정해졌군요. 원작을 알게 된 것은 그때였나요?

오카기리 아뇨, 원래 저는 소설을 읽는 걸 아주 좋아하고, 그중에서도 판타지물을 아주 좋아하기 때문에, '전생 슬라임'은 소문을 들어서 예전부터 읽고 있었습니다. 인터넷으로 연재될 때부터 찾아가며 읽고 있었고, 책으로 나온 것도 사서 읽고 있었죠. 밋츠바 씨의 일러스트도 아주 좋아했고요…….

밋츠바 눈앞에서 감상을 듣는다는 건 상당히 근질거리는 경험이로군요……(웃음).

오카기리 죄송합니다(웃음). 표지 그림에서 그림자를 검은색으로 채우는 기법을 스타일리시하게 쓰시기에 센스가 좋은 일러스트레이터라는 생각은 하고 있었습니다. 선화도 '만화 같은 느낌'이 있어서 마음에 들 정도였어요. 밋츠바 씨는 원래는 만화가로 활동하시기도 하셨죠?

밋츠바 그렇습니다. '전생 슬라임' 1권이 나왔을 때쯤을 지금 돌이켜보면 일러스트레이터가 되자는 생각을 한 뒤로 벌써 몇 년이 지난 상태였지만, '일러스트레이터로서의 작화법'이 아니라 '만화가 시절의 작화법'을 여전히 유지하고 있었다고 생각합니다. 오카기리 씨가 말씀하시는 '만화 같은 느낌'도 자신만의 특징으로 집착하면서 고수하고 있었다기보다 그렇게밖

에 그릴 수 없었다……는 것에 더 가까웠을지도 모르겠군요.

오카기리 빈말로 하는 게 아니라, 밋츠바 씨의 터치는 아주 인상적입니다. 저는 한 달에 소설을 열 권 정도 사서 일하는 도중에 틈틈이 쉬면서 읽고 있습니다만, 계속 다른 작품을 읽는 중에도 '전생 슬라임'의 캐릭터들은 머릿속에 뚜렷하게 남았으니까요.

—밋츠바 씨가 '즐기는 법'이나 오카기리 씨의 작풍에 대해 느끼는 바를 말씀해주시겠습니까?

밋츠바 오카기리 씨의 작풍은 여자애가 매력적이라고 할 수 있겠군요. 여자 캐릭터가 잔뜩 나오는 장면에서 모두가 캐릭터 특유의 몸짓이나 동작을 보여줍니다. 예를 들어서 '쿡 하고 웃는 장면'에서도 프레이라면 프레이답게, 슈나라면 슈나답게 그 캐릭터라면 그렇게 웃을 것 같은 방식으로 웃죠. 저는 여자애를 그리는 것이 그다지 능숙하지 않아서, 여자애의 표정이나 몸짓의 패턴이 적다는 걸 스스로도 신경 쓰고 있는지라……(웃음). 최신간에선 그게 더욱 능숙하게 표현되어 있는 걸 보고 오카기리 씨는 정말 대단하다고 생각했습니다.

오카기리 특히 '즐기는 법' 4권에 들어서면서부터 캐릭터의 연기에 신경을 써서 묘사하는 것을 염두에 두고 있었죠. 아직 자신이 생각한 수준의 30% 정도밖에 그려내지 못하고 있지만, 그런 제 노력을 알아봐 주신 것만으로도 기쁩니다!

밋츠바 그 정도가 30%란 말입니

까……! 리무루의 옷이 상당히 자주 바뀌는 것도 좋더군요. 소설의 삽화라면 애초에 리무루의 인간 버전을 그릴 기회가 적기도 해서, 기본적으로 복장은 고정된 것을 그리려고 합니다. 하지만 저희가 매일 옷을 갈아입는 것처럼 에피소드마다 코스튬이 조금씩 다른 회가 있어도 좋지 않겠냐는 생각을 하고 있기에, 오카기리 씨의 만화를 부럽다고 생각하면서 읽고 있습니다.

오카기리 리무루는 중성적인 캐릭터니까 다양한 옷차림이 잘 어울려서 좋죠. 밋츠바 씨의 일러스트 중에 정장 수트를 입은 장면이 있었습니다만, 현대적인 패션의 리무루도 한번 보고 싶습니다(웃음).

밋츠바 만약 "마음대로 그려도 좋아요!"라는 말을 듣는다면, 저 자신이 좋아하는 영국 록을 표현한 것 같은 패션을 입혔을지도……. 저는 '드래곤 볼'세대입니다만, 그 작품은 늘 그 도복만 입고 있는 오공이 표지 그림에선 현대적인 패션을 입곤 한단 말이죠. 그런 식의 '외도'도 좋겠다고, 한번 그려보고 싶다고 어느 정도는 생각합니다!

● 두 사람이 말하는 '전생 슬라임'의 캐릭터

—서로의 '첫인상'에 대한 얘기를 들었으니, 두 분이 좋아하는 캐릭터를 알고 싶은데요.

밋츠바 저는 리무루입니다!

오카기리 저는 슈나를 좋아합니다.

밋츠바 슈나, '즐기는 법'에선 활약이 많다는 인상을 주죠. 본편에선 전투에 참여하는 캐릭터의 출연 횟수가 삽화나 표지에서도 많아지는 경향이 있습니다만.

오카기리 스핀오프는 전투 이외의 에피소드를 그리고 싶다고 생각하고

있어서, 슈나를 자주 그리다 보니 점점 더 좋아지게 되고 말았습니다(웃음). 그렇긴 하지만, 전투에서도 자신의 실력을 확실하게 보여주는 히나타랑 루미너스도 아주 좋아합니다. 그다음은 베루도라랑 라미리스처럼 막 나가는 캐릭터를 좋아하기 때문에, 그림을 그리는 것도 이야기를 만드는 것도 아주 즐겁습니다.

밋츠바 베루도라는 저도 좋아합니다.

오카기리 소설 12권의 표지 그림이 베루도라였죠! 정말 멋있었습니다.

밋츠바 그건…… 한동안 베루도라의 등장장면은 익살스러운 것만 나왔기 때문에 멋진 모습의 베루도라를 무슨 일이 있어도 그리고 싶었죠(웃음). '표지에 누구를 등장시킬 것인가?'에 대한 논의를 하기 위한 미팅자리에서 '베루도라를 그리고 싶습니다'라고 억지로 밀어붙였던 기억이 있습니다.

오카기리 최근의 베루도라는 정말 멋지다니까요. 애초에 베루도라는 강한 캐릭터이고 멋있어야 하지만, 진심으로 활약해버리면 얘기가 끝나버리기 때문에…….

오카기리 씨의 작풍은 여자애가 매력적이라고 할 수 있겠군요. -밋츠바-

—확실히 그렇죠(웃음). 기술적인 점에서 묻자면, 그러니까 일러스트의 기준에서, 혹은 만화의 기준에서 그리기 쉬운 캐릭터는 있습니까?

오카기리 프라메아, 그리고 오크가 그리기 쉽습니다! 밋츠바 씨의 캐릭터는 모두 다 실루엣이 깔끔하면서 알아보기 쉽습니다만, 그중에서도 오크는 실루엣이 제일 확실하게 살아 있죠. 카와카미 씨(※월간 소년 시리우스에서 연재 중인 만화판 '전생 슬라임'의 작화가인 카와카미 타이키 씨)도 다양한 각도에서 그리고 있는지라, 구멍이 뚫릴 정도로 열심히 보면서 공부하고 있습니다.

밋츠바 참고로 오크의 코는 어떻게 되어 있는지는 저 자신도 잘 모릅니다(웃음)!

—반대로 '이 캐릭터는 그리기 어려워!'라는 인물이 있을까요.

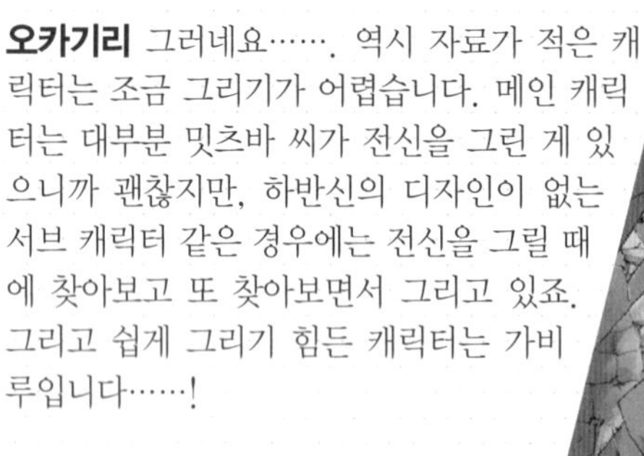

오카기리 그러네요……. 역시 자료가 적은 캐릭터는 조금 그리기가 어렵습니다. 메인 캐릭터는 대부분 밋츠바 씨가 전신을 그린 게 있으니까 괜찮지만, 하반신의 디자인이 없는 서브 캐릭터 같은 경우에는 전신을 그릴 때에 찾아보고 또 찾아보면서 그리고 있죠. 그리고 쉽게 그리기 힘든 캐릭터는 가비루입니다……!

밋츠바 아, 저도 그렇습니다. 잘 그리지 못한다는 자각이 있는 여자애보다도 어려운 것 같아요(웃음).

오카기리 아직 제 화력이 부족한 탓도 있겠고, 가비루처럼 얼굴이 길면서 인간같이 생기지 않은 캐

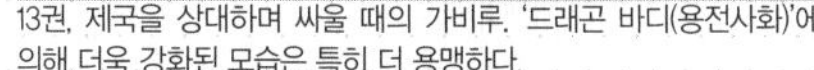
13권, 제국을 상대하며 싸울 때의 가비루. '드래곤 바디(용전사화)'에 의해 더욱 강화된 모습은 특히 더 용맹하다.

프라메아에게 인사하는 '즐기는 법' 버전의 가비루. 무인다운 품격을 갖췄다.

릭터는 만화 안에선 다양한 각도로 그리기가 어려운 것 같아요. 일정한 각도에선 멋지게 그려지지만, 그 외의 각도에선 그리기가 어렵죠. 어떻게 하면 잘 그려낼 수 있을지에 관한 생각도 하고, 리저드맨이라는 종족에 대해서도 '초식동물의 눈은 옆에 있는데, 파충류는 독특한 눈을 가지고 있군. 위치가 어디쯤에 있는 걸까?'라고 생각해보기도 하며, 도마뱀의 골격표본을 살펴보고 참고하기도 합니다만, 상당히 어렵습니다!

밋츠바 저는 고민한 결과, 드래곤에 가깝게 그리고 있습니다. 디자인했을 당시와 지금을 비교해보면 디자인에 관한 생각이 약간 달라졌을지도 모르겠군요. 삽화는 만화처럼 움직일 필요가 없으니까, 가장 멋진 각도를 그리면 된다는 생각을 했던 것도 있으니까요. 하지만 권수가 쌓이고 다양한 전개가 진행되면서, 캐릭터를 움직인다는 것에 대해서 더욱 많은 고려를 하게 되었습니다.

오카기리 가비루는 그림 자체로서는 어려운 만큼 그리고 있으면 즐겁긴 합니다. 애니메이션 1화에선 애니메이터 분들이 다양한 각도에서 그리고 움직여주셨기 때문에 많이 저장해두었죠(웃음). 기본적으로 밋츠바 씨의 캐릭터는 실루엣이 좋아서 움직이긴 쉽다고 생각합니다.

밋츠바 그렇게 말씀해주시니 기쁘군요. 늘 '이 캐릭터가 애니메이션에서

움직일 수 있게 되면 좋겠는데'라고 생각하면서 그리고 있습니다.

오카기리 밋츠바 씨는 남자 캐릭터가 멋지죠. 늘 그릴 때에 '눈매가 날카로운 분위기'를 참고로 하고 있습니다. 열심히 다크서클을 깊게, 깊게 그리고 있죠.

밋츠바 '눈매가 너무 날카롭다', '너무 악동 같다', '캐릭터가 전원 깡패다', '눈이 번뜩이지 않아도 될 장면에서도 눈이 번뜩이고 있다'는 말을 담당 편집자 분으로부터 자주 듣고 있습니다(웃음).

오카기리 '마물스러운 느낌'이 든단 말이죠. 팬들 중에도 '눈매가 사나운 리무루 그림이 제일 좋다!'고 생각하는 분이 많지 않을까요. 그 정도로 매력이 있는 디자인이라고 생각합니다. 그리고 인간이 아닌 캐릭터들이 정말 대단해요! 그리고 고블린을 구별할 수 있게 그려내는 패턴의 다양함에도 놀라고 있습니다. 대개는 이렇게 고블린이 많이 나온다면, 캐릭터를 구별하지 못하게 되어도 이상하지 않죠. 그런데도 독자들이 캐릭터의 성격을 확실하게 파악할 수 있다는 건 디자인이 그만큼 훌륭하기 때문이라고도 생각합니다.

밋츠바 그런 캐릭터들은 무한히 그려낼 수 있습니다(웃음)! 물론 원작이 있어야 캐릭터가 존재하는 법이니까 후세 작가님의 세계관 안에서 허용이 되는 디자인만을 내놓고 있지만 말이죠.

오카기리 밋츠바 씨의 고블린은 그리고 있으면 즐겁다니까요. 본편에서 새롭게 등장한 고블린족도 스핀오프에서 등장시키면 '만화에 딱 들어맞는다'는 느낌이 듭니다. 4권에는 테마파크 에피소드가 수록되어 있습니다만, '고블린 네 명(※고부치, 고부토, 고부츠, 고부테)

을 이런 식으로 출연시키자'고 생각하면서 잔뜩 들떠 있었죠.

● '전생 슬라임'이기에 힘든 점은?

—이건 후세 작가님이 두 분에게 '물어봐 줬으면 좋겠다'고 말하신 질문입니다만, '전생 슬라임'과 관련하여 가장 힘든 점은 무엇일까요?

오카기리 가장 힘든 건 도시! 배경이 되겠군요. '즐기는 법'에선 거리 풍경이나 일반인의 생활 등을 그리고 있죠. 그 부분은 밋츠바 씨가 디자인하지 않은 부분이기도 하고, 문장에선 자세하게 적혀 있지 않은 부분이기도 하니까요. '건물은 어떤 기술을 이용하여 어떤 양식으로 지어져 있을까?' 같은 부분은 생각하면 끝이 없지만, 직접 찾아서 해결하고 있습니다.

밋츠바 씨는 남자 캐릭터가 멋지죠. 늘 그릴 때에 '눈매가 날카로운 분위기'를 참고로 하고 있습니다.

-오카기리-

밋츠바 그 부분은 반대로 제가 좀 더 고생을 해야 하는 부분일 텐데, '이 정도면 되지 않을까'하고 생각하면서 적당히 넘어가 버린 것이 죄송하군요…….

—자신들의 도시를 발전시켜나간다는 설정이 독특한 '전생 슬라임'만의 고민거리라 하겠군요. 밋츠바 씨의 힘든 점은 무엇일까요?

저는 풀 디지털로 작업을 하기 때문에 그런 아날로그 특유의 분위기가 만들어지질 않죠. 기법적으로 해결할 수 없을지를 생각하면서 늘 시행착오를 거듭하고 있습니다.

-오카기리-

밋츠바 조금 전에 나왔던 가비루 얘기도 그렇습니다만, 예전에는 삽화나 표지 일러스트에선 한 장의 일러스트로서 멋진 분위기를 추구하면 된다고 생각하던 시절도 있어서, 이 각도와 구도로 멋있으면 그만이라는 식으로 그렸기 때문에, 그때의 업보가 지금 저에게 그대로 돌아오고 있습니다(웃음). 권수가 늘어나고 스핀오프가 전개되면서, 다양한 장면이 나왔음에도 가비루를 옆이나 뒤에서 봤을 때의 형태를 스스로도 상상하지 못하고 있죠……. 그래서 최근에 그린 가비루는 모습이 조금 변했습니다(웃음).

—그 점은 밋츠바 씨가 한 장의 그림으로서 멋진 분위기를 추구했기 때문에 지금과 같은 전개가 이뤄진 것이고, 다양한 캐릭터의 다양한 장면이 필요하게 된 것이라 생각할 수도 있겠군요(웃음). 그밖에는 어떤 것이 있을까요?

오카기리 나머지는 작화의 기술적인 면에 관한 얘기가 되겠습니다만, 밋츠바 씨가 채색을 할 때의 터치는 오리지널리티가 강해서 '즐기는 법' 1화를 그릴 때는 고민을 많이 했습니다. 1화에서 전장 컬러 페이지를 그렸을 때엔 밋츠바 씨의 채색법을 흉내 내기도 했죠. 하지만 정작 해봤더니 선의 분위기가 달라서인지, 생각했던 것만큼 잘 반영이 되질 않더군요……. '너무 신경 쓰지 않아도 된다'고 담당 편집자 분이 말씀해주셔서, 1권의 표지는 저에게 익숙한 채색법으로 그리고 말았습니다. 밋츠바 씨의 채색법은 정말 부럽다니까요.

밋츠바 제 채색법의 특징도 1권부터 계속 바뀌고 있어서, 종종 담당 편집자 분과 말다툼을 벌이기도 합니다만……(웃음).

오카기리 밋츠바 씨도, 카와카미 씨도, 두 분 다 선이 아날로그이기 때문에 '전생 슬라임' 같이 판타지를 무대로 한 작품이라면 그게 아주 괜찮은 분위기를 만들어낸다고 생각합니다. 하지만 저는 풀 디지털로 작업을 하기 때문에 그런 아날로그 특유의 분위기가 만들어지질 않죠. 기법적으로 해결할 수 없을지를 생각하면서 늘 시행착오를 거듭하고 있습니다.

—예를 들면 어떤 것일까요?

오카기리 디지털이라면 선 하나하나가 너무 균일하고 깔끔하기 때문에 두께나 질감을 표현하기가 어렵죠. 그래서 '수인용의 털 브러시' 설정을 만들어보거나, 손의 필압을 바꿔보기도 하면서 선은 늘 이래저래 고생하면서 그리고 있습니다(웃음). 애초에 지금까지의 저는 여자애가 메인인 작품이 많았기 때문에 '등신을 너무 크게 잡지 않는다'나 '눈이 너무 작아지지 않게 그린다'는 것에 주의를 하면서 그리고 있었습니다. 하지만 '전생 슬라임'은 그와는 정반대죠. '선을 늘려서 질감을 표현해보자', '데포르메의 분위기를 바꿔보자'는 식으로, 새로운 도전을 할 수 있어서 재미있습니다. 밋츠바 씨나 카와카미 씨의 수준에는 따라가지 못할 것 같습니다만……!

밋츠바 아니, 아니, 아닙니다! 읽고 있으면 아주 많은 캐릭터를 등장시키고 있는지라 정말 대단하다고 생각해요.

오카기리 그런 부분은 저도 즐기고 있습니다만, 난감해질 때도 있어서……. 에피소드에 따라선 한 화에 등장하는 캐릭터의 수가 장난이 아니게 많아지거든요. 3권에 수록된 대회 에피소드엔 이름이 있는 캐릭터가 한 화에 스무 명 이상이 나오죠. 도중에 내가 뭘 그리고 있는 것인지 한순간 알 수 없게 되어버렸답니다……! 하지만 많은 캐릭터가 등장한다는 점을 독자 여러분도 즐겁게 생각해주실 테니까, 가능한 한 많이 그릴 수 있으면 좋겠다고 생각하고 있습니다.

—'즐기는 법'은 오카기리 씨가 스토리도 직접 만들고 있죠?

오카기리 늘 긴장하면서 만들고 있습니다……. 얘기를 만들 때는 '이렇게 만들어도 괜찮을까?'라는 생각이 먼저 들고, 플롯을 제출할 때엔 '글자로 적었는데 이미지가 제대로 전달이 될까'라는 생각으로 아슬아슬한 심정을 느끼는 데다, 콘티가 통과되면 통과되는 대로 '재미있을까'하는 생각에 불안해지고, 그리기 시작하면 '잘 표현할 수 있을까'라고 생각하면서 가슴이 두근거리며, 최종적으로는 '마감에 맞출 수 있을까'를 걱정하고 있습니다(웃음).

—그중에서도 가장 불안하게 느끼는 것은 어떤 포인트일까요?

오카기리 그렇군요. 캐릭터의 대화나 동작에 대해선 늘 불안감을 느끼지만, 담당 편집자나 후세 씨에게 아주 많은 도움을 받고 있습니다. 모처럼의 기회이니 저도 밋츠바 씨에게 하나 묻고 싶은데, 캐릭터 디자인 같은 건 어떤 순서로 진행하고 계시나요?

밋츠바 원작을 읽어본 뒤에 그리고 있습니다. 담당 편집자 분이 예전에 "'전생 슬라임'의 캐릭터는 '점'으로 보면 이해할 수 없다"고 말했는데, 확실히 그럴지도 모른다고 생각하고 있습니다. A인 장면에선 단순히 비아냥거리는 걸 좋아하는 것으로 보였던 캐릭터가 다음 권에선 마음을 고쳐먹고 멋지게 바뀌기도 하거든요. 베스터가 알기 쉬운 예인데, 악역에서 '마음이 깨끗한 베스터'가 되었죠. 아다루만도 본인은 진지하지만 주변 캐릭터와의 갭으로 인해 멍청하게 보이는 타입이거든요. 그런 식으로 전체적인 흐름을 보고 디자인하지 않으면 이미지가 바뀌는 일도 있으니까, 사실 뒤에 나오는 전개에 맞춰서 디자인이 조금씩 바뀐 캐릭터도 있습니다(웃음).

오카기리 과연……. 밋츠바 씨의 디자인은 '액셀을 밟고 있다'는 느낌이 들어서 전 동경하고 있습니다.

밋츠바 액셀이라, 잘 조절하면서 밟으면 좋겠는데 말이죠……. 그냥 망가져 있는 것뿐일지도 몰라요(웃음).

오카기리 작가에겐 아주 중요한 일이라고 생각합니다. 저는 좀처럼 액셀을 잘 밟지 못하는 타입이라서, 스스로도 '밸런스에 너무 집착하고 있는 건 아닐까. 폭이 너무 좁아져 있는 걸지도 몰라'고 생각하면서 불안해지곤 하는 데다, 담당 편집자 분으로부터도 '사양하지 말고 좀 더 저질러보자'는 말을 듣습니다만…… '어디까지 저질러도 되는 걸까?' 하는 생각에 선을 제대로 긋질 못해서 고민에 빠진단 말이죠. 밋츠바 씨의 액셀을 밟고 있는 듯한 느낌은 정말로 대단한 데다가 본받고 싶다는 생각을 하고 있습니다.

—'가챠'가 메인 소재가 되어 있는 이야기('즐기는 법' 26화) 같은 최신화는 액셀을 밟은 채 공격적으로 밀어붙이고 있는 듯한 느낌이 들었습니다.

오카기리 26화는 2월에 후세 작가님과 미팅을 했을 때 받은 아이디어를 전개시킨 것이었죠. 그때 후세 작가님과 얘기를 나누면서 가이드라인이라고 할까, '이렇게까지는 해도 된다!'는 선을 알게 되면서, 어느 정도는 안심하면서 액셀을 밟을 수 있게 되긴 했습니다. 그때 후세 작가님이 얘기를 해주신 것을 정리하여 '그 소재는 여기에 넣자', '이렇게 활용하자'고 여러모로 생각하고 있습니다(웃음).

밋츠바 프라메아의 디자인이나 설정은 오카기리 씨가 하셨죠?

오카기리 네. '수인 중에서 좋아하는 캐릭터를 그려도 된다'는 얘기를 듣고 '토끼 귀를 그리고 싶어!'라고 생각했죠(웃음). 그때는 래비트맨(토인족)이라는 설정도 없었습니다. 스킬이랑 이름을 받은 상대는 루미너스로 정해준 분은 후세 씨이고요. 리무루에게 이름을 받으면 너무 강해지는데다 '여행을 하는 캐릭터라면 루미너스가 좋지 않을까'라는 이유를 들어서 그렇게 설정이 잡혔습니다만, 루미너스도 마왕이므로 프라메아는 상당히 튼튼합니다. '즐기는 법'에서도 꽤나 험난한 꼴을 당하지만 무

사합니다.

—프라메아는 원작에도 이름만은 등장했었죠.

오카기리 스핀오프 코믹의 기획이 정해진 뒤에 등장시켜주셨습니다. '즐기는 법' 단행본의 게스트 일러스트에서 밋츠바 씨가 프라메아를 그려주셔서 정말 기뻤습니다!

밋츠바 실은 이번에 이 대담의 기획 코너에서도 프라메아를 그리게 되어 있습니다……(※뒤쪽 120P에 게재). 저야말로 잘 부탁드립니다!

오카기리 아까 그 얘기를 담당 편집자 분으로부터 듣고, 텐션이 화악 올라갔습니다(웃음). 벌써부터 가슴이 두근거리고 있습니다!

● 더욱 넓어지는 '전생 슬라임' 세계

—조금 전에 애니메이션에 관한 얘기도 나왔습니다만, 애니메이션이나 만화판, 각 스핀오프 코믹 등 '전생 슬라임'도 다양한 방면으로 전개되었습니다만, 그런 작품들로부터 받은 직접적인 영향 같은 게 있을까요?

밋츠바 있습니다, 있고말고요! 애니메이션은 물론이고 만화판이나 스핀오프를 보면서도 생각하고 있는 겁니다만, 캐릭터의 '웃는 얼굴'에 영향을 받습니다. 표지나 삽화에선 의외로 캐릭터의 웃는 표정이 나오질 않거든요.

오카기리 삽화라면 전투 장면 같은 게 많으니까 말이죠. 웃는 것보다 멋진 표정을 많이 그리게 되겠죠.

오카기리

애니메이션은 물론이고 만화판이나 스핀오프를 보면서도 생각하고 있는 겁니다만, 캐릭터의 '웃는 얼굴'에 영향을 받습니다. **-밋츠바-**

밋츠바 그렇습니다. 웃는 표정을 평소에 그리지 않으면 제 머릿속에서 '이 캐릭터는 어떤 표정으로 웃을까?', '웃을 때의 입은 어떤 각도로 바뀔까?'라는 것을 떠올리지 못하거든요……. 만화랑 애니메이션을 통해서 캐릭터의 표정을 다시 배우고 있습니다. 특히 여자 캐릭터는 저 자신이 몰랐던 표정을 보여주고 있죠. 그런 표정을 그릴 기회는 좀처럼 없습니다만, 언젠가 그릴 때를 위해서 '좋아, 좋아, 기억해두자'라고 생각하고 있죠(웃음).

오카기리 저도 애니메이션은 실시간으로 매주 보고 있습니다. '전생 슬라임'의 다양한 전개를 통해 세계가 점점 넓어져가는 모습이 저에겐 늘 힌트를 주고 있습니다. 저 자신은 애니메이션을 보면서 '목소리랑 음악이 들어가면 이미지가 이렇게 확대된다'는 것을 느낍니다. 머릿속의 이미지가 넓어지면, 그것만으로도 캐릭터나 스토리도 움직이며, 재미있는 아이디어도 떠올릴 수 있게 되리라 생각하고 있습니다.

밋츠바 하지만 스핀오프도 만화판도 애니메이션도 읽거나 보고 있으면 자신의 그림의 부족한 점이 보이게 된단 말이죠(쓴웃음). 직시할 순 없지만, 역시 신경이 쓰여서 힐끗힐끗 보게 된다……는 문제가 있습니다.

오카기리 그 심정은 저도 이해가 됩니다……. '전생 슬라임'의 새로운 권이 나올 때마다 한 번 호흡을 가다듬은 뒤에 보고 있습니다. '스핀오프는 자유롭게 해도 된다'는 말은 들었습니다만, 매회 작업에 들어갈 때마다 자료로서 밋츠바 씨, 카와카미 씨, 시바 씨(※월간 소년 시리우스에서 연재 중인 스핀 오프 코믹 '전생 슬라임 일기'의 작가인 시바 씨)의 그림을 보는 것부터 시작하고 있죠. 그리는 시간의 40% 정도는 '보고 있는 시간'이라고 할 수도 있겠습니다. 정작 그리기 시작하면 어떤 식으로든 자신의 그림의 특색이 튀어 나와버리므로 '100% 따라서 그린다는 마음'을 먹

고 그리는 게 딱 적당한 결과물로 나오는 것 같거든요.

—마지막으로 독자 여러분에게 메시지를 부탁드립니다!

오카기리 애니메이션이 시작되면서, 독자 여러분에게도 '전생 슬라임'의 세계가 한층 더 넓어졌다고 생각합니다. 앞으로 원작소설을 비롯하여 새로이 나올 것들은, 애니메이션으로 보완된 부분도 경험하신 상태에서 즐기시게 되리라 생각합니다. 본편을 만끽하신 뒤에 쿨다운의 의미로 '즐기는 법'도 읽어주시면 감사하겠습니다!

밋츠바 캐릭터도 점점 늘어나고 있으며, 스핀오프 등의 관련 작품도 늘어나게 되었습니다. '전생 슬라임'은 회를 거듭하면서 점점 재미있어지는 시리즈 작품이라고 생각하므로, 아직 더 계속 이어질 이 세계를 마지막까지 같이 어울리면서 즐겨주십시오.

(2018년 10월 26일 마이크로 매거진 사에서)

Contribution **밋츠바**

두 크리에이터의 작업방법

이 코너에선 크리에이터들끼리 나누는 약간 마니악한 탈선 토크를 전해드리겠습니다! 작업할 때에 모티베이션을 끌어올리는 법이나 작화 환경에 관한 것 등, 각자의 공통점과 차이점이 흥미진진하게 다가옵니다.

—일하기 전에 텐션을 올리는 방법은?

밋츠바 산책을 하러 나가며, 걸으면서 생각을 합니다. 애니메이션 제작이 정해지기 전부터 유지하던 습관이지만, 산책하면서 '애니메이션이 만들어지면서 이 캐릭터가 움직이면 어떻게 될까—'라는 생각을 하곤 했었습니다. 그러면 '애니메이션 제작이 빨리 결정되도록 내가 지금 노력해야겠지', '아, 산책하고 있을 때가 아니야', '어서 돌아가야겠어!'라는 생각으로 이어지면서, 텐션이 올라간 상태로 집에 돌아올 수 있게 됩니다(웃음). 신기하게도 집을 떠나면 뭔가를 그리고 싶어진단 말이죠…….

오카기리 애니메이션이 시작된 지금은 어떤 생각을 하시나요(웃음)?

밋츠바 그러네요. 최근에는 '그래, 꿈이 이뤄지고 말았어!'라고 깨달으면서 냉정해졌죠. 최근 며칠 동안은 '한 번 더 다른 꿈을 찾아야겠어'라고 생각하면서 찾고 있습니다. 물론 '이런 상황이 계속 이어지도록 노력하자'는 건 하나의 모티베이션이 되긴 하겠지만, 역시 '추구하는 마음'이 계속 달리기 위해선 더 필요하지 않을까 하는 생각이 들어서 말이죠.

오카기리 이해가 됩니다. 헝그리 정신은 그림을 그리는데 있어서 아주 중요하죠.

밋츠바 오카기리 씨는 뭔가 정해진 방법이 있나요?

오카기리 음악이라고 할 수 있겠네요. 정해진 음악을 듣고, 열량을 끓여 올려서 작업에 임하도록 하고 있죠. ……밋츠바 씨는 영국 록을 좋아한다고 하셨는데 실은 저도 영국 록을 아주 좋아하거든요.

밋츠바 아, 그러셨군요!

오카기리 밋츠바 씨의 Twitter에서 음악 얘기가 나올 때마다 '그렇지!'라고 생각한답니다. 가끔 서양음악의 앨범 재킷 같은 패션이나 일러스트를 그리기도 하시죠? '소재로 삼은 건 그 곡이려나—'라고 생각하면서 구경하고 있습니다.

밋츠바 그렇죠. 오리지널 일러스트를 그리다 보면 좋아하는 곡의 이미지를 집어넣곤 하니까요. 영국 록을 들으면서 작업을 하는 건가요?

오카기리 헤드폰을 끼고 큰 소리로 들으면서 텐션을 확 끌어올리죠. 작업에 집중할 수 있게 되면 보컬이 없는 연주곡이나 피아노 솔로 같은 것으로 바꿔 듣습니다. 판타지 세계에 몰두하고 싶을 때엔 켈트 음악을 듣기도 하죠.

밋츠바 저도 작업 중에는 '드래곤 퀘스트'의 음악을 계속 듣곤 하죠. 게임만이 아니라 애니메이션의 오프닝이나 엔딩곡도요. 그런 음악을 듣고 자라온 세대이기도 해서 텐션이 올라간답니다. 음악 얘기를 나누니까 재미있네요!

—제작환경은?

밋츠바 밑그림은 기본적으로 아날로그입니다. 거의 2B 연필로 그리며, 선을 정리할 때에 '여기엔 역시 검은색을 넣어야겠다'는 생각이 들 때엔 4B를 조금 사용합니다. 종이는 A3 크기의 카피용지를 반으로 접어 A4 크기로 만든 상태에서 밑그림을 그린 뒤에, 라이트 판에 얹어놓고 반으로 접은 나머지 부분의 종이에 2B 연필로 깔끔하게 선을 땁니다. 그런 뒤에 포토샵으로 선화를 스캔하여 받아들여서 조정한 뒤에, 클립스튜디오로 작업합니다. 태블릿은 13인치의 액정 태블릿을 쓰고 있습니다. '큰 것도 좋겠는데'라는 생각은 하고 있지만, 손이 지치는 것을 생각하면 이 정도 사이즈가 적당하지 않을까 하고 생각합니다.

오카기리 눈은 피곤하지만, 사이즈가 작은 게 손이 덜 지치죠. 저는 밑그림부터 최종완성까지 전부 디지털 작업이기 때문에 모니터는 큰 걸 쓰고 있습니다. 저번 달부터는 24인치로 바꿔봤죠.

밋츠바 역시 큰가요?

오카기리 크죠. 원래는 디스플레이를 L자 모양으로 배치하고 있었지만, 자료를 다른 화면에 출력시켜두면 역시 집중력이 끊기는 게 마음에 걸려서 말이죠. '같은 화면에 자료와 작업 공간을 두고 싶다'는 생각이 들어서 액정 태블릿의 사이즈를 큰 것으로 마련했고, 지금은 여러 가지로 시험 중입니다.

밋츠바 그렇군요. 저도 지금 작업환경을 바꿔보고 싶어서 여러모로 고민하고 있던 참이라. 많은 참고가 되었습니다!

ANIMATION

전생했더니 슬라임이었던 건에 대하여 TV 애니메이션

Regarding Reincarnated to Slime

애니메이션이 되면서 색이 더해진 '전생 슬라임'! 움직이며 돌아다니는 리무루와 동료들에 주목♪

만화판(뒤쪽 P.100)을 베이스로 하여 드디어 애니메이션이 된 '전생 슬라임'. 제작은 '야마노스스메' 등의 인기작으로 알려진 에이트비트, 감독은 '마크로스 F' 등으로 메카와 미소녀 캐릭터로 정평이 나 있는 키쿠치 야스히토 씨가 맡는다. 젊은 신인부터 베테랑까지 실력 있는 성우진이 생명을 불어넣은 리무루와 동료들이 화려하게 채색이 된 '전생 슬라임' 세계를 종횡무진으로 돌아다니는 모습은 필견이다!

STAFF 원작 : 카와카미 타이키, 후세, 밋츠바 '전생했더니 슬라임이었던 건에 대하여'(코단샤 '소년 시리우스' 연재) / 감독 : 키쿠치 야스히토 / 부감독 : 나카야마 아츠시 / 시리즈 구성 : 후데야스 카즈유키 / 캐릭터 디자인 : 에바타 료마 / 음향감독 : 아케타가와 진 / 음악 : Elements Garden / 애니메이션 제작 : 에이트비트

CAST 리무루 : 오카사키 미호 / 대현자 : 토요구치 메구미 / 베루도라 : 마에노 토모아키 / 시즈 : 하나모리 미유리 / 베니마루 : 후루카와 마코토 / 슈나 : 센본기 사야카 / 시온 : M·A·O / 소우에이 : 에구치 타쿠야 / 하쿠로우 : 오오츠카 호우츄 / 리그루도 : 야마모토 카네히라 / 고부타 : 토마리 아스나 / 란가 : 코바야시 치카히로 / 트레이니 : 타나카 리에 / 밀림 : 히다카 리나

←⬇미카미 사토루를 테라시마 타쿠마 씨, 리무루를 이번 작품에서 처음으로 주역을 맡는 오카사키 미호 씨가 연기한다.

⬇시즈 역을 연기하는 성우는 하나모리 미유리 씨. 소환 장면부터 공을 들여 그려져 있다.

← 베루도라를 마에노 토모아키 씨가 담당. 중후한 미성으로 베루도라의 박력과 장난기를 훌륭하게 표현♪

⬇이름을 받고 진화한 리그루도. 야마모토 카네히라 씨의 연기도 그에 맞게 갭이(웃음)…….

⬆고블린과 아랑족의 전투부터 그들 주인이 되기까지, 초반의 에피소드 정성껏 그려져 있다.

⬆재미있게 생긴 고부타이지만, 은근슬쩍 중요한 캐릭터. 고블린들의 활약도 본 작품의 볼거리.

⬆바람에 밀려서 날아가 버린 리무루를 당황하면서 쫓아가는 란가가 코미컬하면서 귀엽다.

시즈의 소환이나 어릴 적의 에피소드도 빠짐없이 그려지는 등, 전체적으로 아주 공을 들여 제작한 본 작품. 스킬 획득이나 사용 시의 연출도 원작의 이미지를 강화하여 잘 살렸으며, 우수한 수준으로 완성되어 있다. 세부적인 점을 말하자면 리그루도의 근육 어필(?)이나 리무루의 교장선생 개그 등을 살렸으며, 그런 애정이 담긴 재치 있는 연출도 기분 좋게 다가온다.

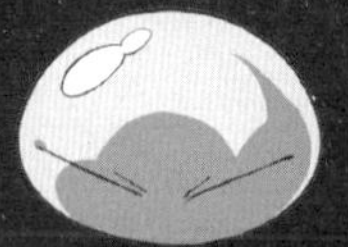

▶ 이 앞의 설정편은
제본 방식의 차이로
맨 앞 페이지부터
읽어주시기 바랍니다.

◀ 이 특별편은
제본 방식의 차이로
맨 뒤 페이지부터
읽어주시기 바랍니다.

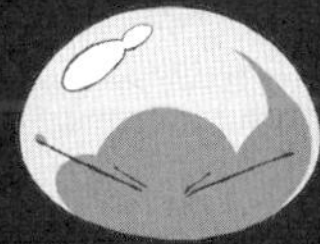